Diogenes Taschenbuch 22761

Robert Richardson

Von fremder Kinder Hand

Roman

Aus dem Englischen von Monika Elwenspoek

Diogenes

Titel der 1993 bei Victor Gollancz, London,
erschienenen Originalausgabe:
›The Hand of Strange Children‹

Umschlagzeichnung von
Tomi Ungerer

*Für
Jane Gregory und
Lisanne Radice*

Deutsche Erstausgabe

80/95/36/1
ISBN 3 257 22761 2

Drei können ein Geheimnis bewahren, wenn zwei von ihnen tot sind.

Benjamin Franklin,
›Poor Richard's Almanack‹

Inhalt

Erstes Buch

Prolog

Wir sind alle Lügner, und die gefährlichsten Lügen sind solche, die wir am Ende selbst glauben. Wenn wir unsere Vergangenheit anschauen, überkommen uns oft Schmerz, Trauer und manchmal auch Abscheu über das, was wir getan haben. Darum ändern wir die Vergangenheit so ab, wie wir sie gern gehabt hätten; die Geschichte wird zur Summe dessen, was wir an Erinnerungen ertragen können, inklusive Selbsttäuschungen, hinter denen wir uns verbergen. Wir können die Wahrheit noch so sehr wollen, sie entzieht sich uns trotzdem. Wir erinnern uns vielleicht an Gespräche und rufen uns anhand alter Tagebuchaufzeichnungen sogar Einzelheiten ins Gedächtnis, aber die eigentlichen Gründe, warum etwas gesagt wurde, gehen vor lauter Rechtfertigen und Rationalisieren verloren. Die Erinnerung beschwört die Geister von Menschen herauf, die früher Teil unseres Lebens waren, inzwischen aber zu Fremden wurden, die wir nicht mehr wiedererkennen – und unter diesen Fremden sind vielleicht die jungen Leute, die einmal unsere Namen trugen.

Naomi, Timothy und Richard Barlow waren die Kinder ganz normaler Eltern aus der Mittelschicht; eine scheinbar untadelige Familie, ja sogar langweilig. Sie waren rechtschaffen und wohlerzogen wie Millionen andere auch. Sie wuchsen heran und heirateten und bekamen eigene Kinder. Die sie als Kinder gekannt hatten, meinten später, Naomi und Richard hätten es weit gebracht, und auch Timothy brauche sich dessen, was er erreicht habe, nicht zu schämen. Was dann schließlich geschah, war um so erschreckender, weil es ausgerechnet so gutbürgerliche, erfolgreiche und sogar beneidenswerte Menschen traf. Doch der äußere Glanz trog und verdeckte den Virus heimlicher, von Unwahrheiten überlagerter Schuldgefühle, die an ihnen nagten.

Unsere Vergangenheit ist vielfach präsent, ohne daß es uns bewußt wird. Ein angeschlagenes Nippes oder ein Schmuckstück bergen Erinnerungen an einen Menschen; alte Briefe, unerwartet aus den Tiefen nie geöffneter Schubladen zutage gefördert, verbreiten einen feinen Hauch wie altes Parfum, das einmal stark duftete; Fotos zeigen, wie die Menschen aussahen. Aber das sind Fossilien, es ist nicht die lebendige Wirklichkeit, die wir verloren haben. Das Foto enthüllt nur das Bild eines kurzen Augenblicks, an einem bestimmten Tag, Posen für die Kamera, so flüchtig wie das Klicken des Auslösers, und unter der Oberfläche war uns vielleicht gar nicht nach Lächeln zumute.

Auch Zeitungen liefern Aufzeichnungen, obwohl wahrscheinlich die unzulänglichsten. Die meisten Menschen tauchen nie darin auf, es sei denn, sie bezahlen für persönliche Mitteilungen oder sind zufällig in ein berichtenswertes Ereignis verwickelt. Die Geburten der Barlow-Kinder wurden nicht in die Zeitung gesetzt, denn für so etwas hätten ihre Eltern kein Geld ausgegeben, aber später erschienen von Zeit zu Zeit ihre Namen, meist in Verbindung mit schulischen Leistungen, sportlichen Erfolgen oder Prüfungsergebnissen; solche Ausschnitte wurden eine Zeitlang gehütet, dann vergilbten sie und wurden brüchig, bevor sie schließlich verlegt oder weggeworfen wurden. Es ist mehr als vierzig Jahre her, seit ihre Namen im Zusammenhang mit dem einen Ereignis auftauchten, das ihr Leben bestimmen sollte. Es wurde im *Wilmsford Messenger* vom 19. Juni 1959 veröffentlicht.

Verstorben

BARLOW – Harold Edward, 58, am 17. Juni 1959 nach langer Krankheit friedlich im Wilmsford Cottage Hospital. Geliebter Ehemann von Florence und Vater von Naomi, Timothy und Richard. Trauerfeier in der St.-Lukas-Kirche, Wilmsford, am 23. Juni, 14 Uhr, anschließend Einäscherung auf dem Südfriedhof. Alle Anfragen an William Duncan & Söhne, Birchwood Road 28a.

Eine Woche danach erschien folgende Anzeige:

BARLOW – Florence, Naomi, Timothy und Richard danken allen Freunden für die herzliche Anteilnahme, die ihnen anläßlich ihres traurigen Verlustes zuteil wurde. Besonderer Dank gilt den Ärzten und Schwestern des Pennine-Flügels im Wilmsford Cottage Hospital und den Direktoren der Firma Coombes Brothers Ltd.

Und ein Jahr später:

In memoriam

BARLOW – Harold Edward, in liebevoller Erinnerung an ihren am 17. Juni 1959 verstorbenen Ehemann und Vater. Florence, Naomi, Timothy und Richard.

Die gleiche Anzeige erschien auch in den beiden darauffolgenden Jahren, dann nicht mehr. Zeitungsmeldungen, besonders über Naomi, begannen am 4. Januar 1967, als eine andere Anzeige erschien, wieder im *Wilmsford Messenger.*

Verlobungen

BARLOW-STANSFIELD – Verlobung von Miss Naomi Jean Barlow, einziger Tochter von Mrs. Florence und dem verstorbenen Mr. Harold Barlow, Tattersall Close 17, Wilmsford, Manchester, mit Mr. Charles Stansfield, einzigem Sohn von Mr. und Mrs. Henry Stansfield, Temple Manor, Dollington, Buckinghamshire.

Und dann, zusammen mit einem Foto, im *Buckinghamshire Courrier* vom 15. Juli 1967:

BARLOW-STANSFIELD – Die Hochzeit zwischen Miss Naomi Barlow, einziger Tochter von Mrs. Florence und dem verstorbenen Mr. Harold Barlow, Wilmsford, Manchester, und Mr. Charles Robert Stansfield, einzigem Sohn von Mr. und Mrs. Henry Stansfield, Temple Manor, Dollington, fand am Samstag in der St.-Michaels-Kirche in Dollington statt.

Die Braut trug ein langes Kleid aus cremefarbenem Satin mit einem Schleier aus Nottingham-Spitze und wurde von ihrem Bruder, Mr. Timothy Barlow, geführt. Ihr Brautstrauß bestand aus weißen Rosen und Maiglöckchen. Brautjungfern waren Miss Daphne Both-Wills, eine Kusine des Bräutigams, und Miss Helene Staunton, beide in langen rosa- und cremefarbenen Satinkleidern und mit Nelkensträußen. Trauzeuge des Bräutigams war Captain Gerald St. John Waterford, M.C.

Nach der Trauung, die von Reverend Jonathan Hartley, Pfarrer der St. Michaelskirche, vollzogen wurde, fand ein Empfang im Haus der Eltern des Bräutigams statt. Unter den Gästen waren Brigadier Michael Bellamy, Lord Lieutenant, und Sir Peter Carey, Staatssekretär im Innenministerium, mit Gattinnen. Das Paar, dessen Hochzeitsreise in die USA führt, wird in Hertfordshire wohnen.

Am 18. August 1969 hieß es in einer Notiz in der *Times*:

Geburten

STANSFIELD – Am 17. August: Eheleute Naomi (geb. Barlow) und Charles, Brookmans Park, Hertfordshire, eine Tochter, Roberta Diane.

Und in derselben Zeitung unter dem Datum vom 9. Oktober 1971:

Geburten

> STANSFIELD – Am 7. Oktober: Eheleute Naomi (geb. Barlow) und Charles, Brookmans Park, Hertfordshire, ein Sohn, David Edward, ein Bruder für Roberta.

In der Zwischenzeit hatte der *Wilmsford Messenger* die Verlobung und die Eheschließung von Timothy Barlow mit Claire Hopkins 1963 und die Geburt ihres Sohnes Harry 1965 angezeigt. Harrys Tod wurde drei Jahre später gemeldet. Richard Barlows Heirat mit Katharine Eastwood 1970 war sowohl in der *Times* als auch im *Daily Telegraph* annonciert, ebenso die Geburten der Töchter Katharine und Emma 1971 und 1975.

Solche Zeitungsausschnitte sammelt nahezu jede Familie, und nach Emmas Geburt wurde nichts Wichtiges mehr im Zusammenhang mit Naomi, Timothy oder Richard veröffentlicht, bis zum 27. Dezember 1992. An diesem Tag waren sie die Hauptmeldung in den Fernseh- und Rundfunknachrichten, und am nächsten Morgen füllten sie die meisten Titelseiten. Das Folgende sind Auszüge aus den Agenturmeldungen der Press Association an die nationalen und regionalen Zeitungen und Radiosender.

HSA 589910 PASNAPFULL PA 09.03

POLIZEI · Todesfälle

Polizei untersucht Fund zweier Leichen in einem Haus in Hertfordshire.

HSA 589914 PASNAPFULL PA 09.08

POLIZEI · Todesfälle

Noch nicht identifizierte Leichen einer Frau und eines Mannes in einem Haus in Devon Lane, Bookmans Park, Hertfordshire, gefunden.

HSA 589922 PASNAPFULL PA 09.20

POLIZEI · Todesfälle

Ein Sprecher der Polizei von Hertfordshire erklärte, ein Verbrechen sei nicht auszuschließen.

HSA 589926 PAHOME PA 09.29

POLIZEI · Todesfälle · BERICHTIGUNG

In 2 POLIZEI · Todesfälle, Eingang ca. 09.06, ›Bookmans Park‹ durch ›Brookmans Park‹ ersetzen.

HSA 589947 PAHOME PA 09.54

POLIZEI · Todesfälle

Die Polizei kam um 8 Uhr 30 nach einem Anruf in das Haus. Die Leichen befanden sich in einem Zimmer im Erdgeschoß, und einem Sprecher zufolge ist ein Verbrechen nicht auszuschließen.

Das Haus gehört Charles Stansfield, Investmentbanker in der Londoner City, und seiner Frau Naomi. Das Ehepaar hat zwei erwachsene Kinder.

HSA 589966 PAHOME PA 09.59
POLIZEI · Todesfälle · INFO
ACHTUNG NACHRICHTENREDAKTIONEN
Nicht zur Veröffentlichung. Die beiden Leichen in Hertfordshire gehören vermutlich zur selben Familie. Wir versuchen, Fotos zu bekommen.

HSA 589978 PAHOME PA 10.18
POLIZEI · Todesfälle (Fortsetzung)
Detective Chief Superintendent Michael Dundee, CID, erklärte: »Wir wurden gegen 8 Uhr 15 zu dem Haus gerufen und fanden die Leichen in einem der vorderen Zimmer im Erdgeschoß. Beide Opfer waren an Schußverletzungen gestorben. Wir befragen momentan andere, zur Zeit des Zwischenfalls im Haus anwesende Personen.«

Wie er hinzufügte, hofft die Polizei, die Identität der Opfer im Laufe des Tages bekanntgeben zu können. Offenbar wurde ein Gewehr aus dem Haus zur kriminaltechnischen Untersuchung gebracht.

HSA 58999 PAHOME PA 10.32
POLIZEI · Todesfälle
Roberta Stansfield, Tochter von Charles und Naomi Stansfield, arbeitet in der Nachrichtenredaktion der BBC. Der Sohn des Ehepaares, David, studiert Architektur an der Universität Leeds.

HSA 581013 PAHOME PA 10.37
POLIZEI · Todesfälle · INFO

ACHTUNG NACHRICHTENREDAKTIONEN
Wir versuchen Roberta und David Stansfield in ihren Wohnungen zu erreichen.

HSA 581033 PAHOME PA 10.40
POLIZEI · Todesfälle (Fortsetzung)
Beide Leichen wurden mit dem Krankenwagen ins Leichenschauhaus von Hertfordshire gebracht.

Mrs. Jocelyn Harmer, 46, die in der Nähe der Stansfields wohnt, sagt: »Mrs. Stansfields Brüder, Zwillinge, und ihre Mutter sind über Weihnachten zu Besuch gekommen, ebenso andere Mitglieder der Familie.

Mein Mann und ich waren am 2. Weihnachtsfeiertag auf einen Drink drüben, und alles schien ganz normal. Es ist eine schreckliche Tragödie. Die Familie ist sehr beliebt.«

Charles Stansfield ist Hauptteilhaber der Londoner Investmentbank Kennet Bolingbroke. Bankpräsident Sir Malcolm Kilmartin erklärte: »Wir sind alle zutiefst betroffen.«

Sir Malcolm fügte hinzu, Mr. Stansfield habe sich nicht mit ihm in Verbindung gesetzt.

Die Polizei ist dabei, andere Familienmitglieder zu befragen, die zum Zeitpunkt der Tragödie im Hause waren.

Ein Polizeisprecher erklärte, vorläufig werde nicht nach weiteren Personen in Verbindung mit dem Vorkommnis gesucht.

HSA 581111 PAHOME PA 10.51
POLIZEI · Todesfälle · INFO
ACHTUNG BILDREDAKTIONEN
Bekommen demnächst Farbfoto (Querformat) des Hauses in Devon Lane, Brookmans Park. Zu POLIZEI · Todesfälle.

HSA 581165 PAHOME PA 10.58
POLIZEI · Todesfälle
Die Polizei von Hertfordshire gibt heute gegen Mittag eine Pressekonferenz zu den beiden Leichenfunden in Brookmans Park.

HSA 581174 PAHOME PA 11.00
POLIZEI · Todesfälle · INFO
ACHTUNG NACHRICHTENREDAKTIONEN
Die Polizei will in der Pressekonferenz die Namen der beiden Toten bekanntgeben. Wir versuchen, Fotos der Familie zu bekommen. In den Wohnungen von Roberta und David Stansfield meldet sich niemand. Zusammenfassung für Aufmacher folgt.

HSA 581197 PAHOME PA 11.14
POLIZEI · Todesfälle · Aufmacher
FLEET-STREET-JOURNALIST IM TODESHAUS
Ein Fleet-Street-Journalist weilte als Familienangehöriger zu Gast in einem Haus, in dem heute morgen die Leichen eines Mannes und einer Frau gefunden wurden.

Die Polizei, die im Laufe des Tages die Namen bekanntgeben will, schließt Mord nicht aus, hat aber noch keine konkreten Anhaltspunkte.

Heute morgen um 8 Uhr 30 kamen Beamte auf einen Anruf in das 750.000-Pfund-Haus in der Devon Lane, Brookmans Park, Hertfordshire, und fanden die Opfer in einem Zimmer im Erdgeschoß. Beide waren an Schußwunden gestorben.

Das Haus gehört dem Londoner Investmentbanker Charles Stansfield und seiner Frau Naomi. Das Ehepaar hat zwei Kinder, Roberta, Nachrichtenredakteurin bei der BBC, und David, Architekturstudent an der Universität Leeds. Beide waren heute nicht in ihren Wohnungen zu erreichen.

Nachbarn berichten, daß die Stansfields über Weihnachten Verwandte zu Besuch hatten. Unter den Gästen befänden sich Mrs. Stansfields Bruder, Richard Barlow, Redakteur bei der *Post*, und sein Zwillingsbruder Timothy, Lehrer. Ihre Mutter, Mrs. Florence Barlow, sei aus ihrem Haus in Tattersall Close, Wilmsford, Manchester, mit ihrem Sohn Timothy Barlow und seiner Frau Claire angereist.

Detective Chief Superintendent Michael Dundee, CID, Hertfordshire, erklärte, es werde in Verbindung mit dem Vorkommnis nicht nach weiteren Personen gesucht. Andere Gäste des Hauses würden zur Zeit befragt.

Reverend Piers (korrekt so) Lumley, Pfarrer von St. Matthews, Brookmans Park, sagte: »Alle sind völlig erschlagen von der Nachricht. Mr. und Mrs. Stansfield kommen regelmäßig in unsere Kirche und haben gemeinsam mit Mrs. Stansfields Mutter an unserem Heiligabend-Gottesdienst teilgenommen. Ich habe hinterher noch mit ihnen gesprochen und hatte den Eindruck, daß alles in bester Ordnung war. Es ist unfaßbar.«

Ein Sprecher der *Post* erklärte, Richard Barlow (49) habe seit dem 23. Dezember nichts von sich hören lassen. Mr. Barlow, der zwei Töchter hat, lebt von seiner Frau getrennt und wohnt in Eagleton Mews, Paddington, London W2.

HSA 581239 PAHOME PA 11.26
POLIZEI · Todesfälle · INFO
ACHTUNG NACHRICHTENREDAKTIONEN
Pressekonferenz über Tote auf 13 Uhr verschoben.

HSA 581287 PAHOME PA 11.47
POLIZEI · Todesfälle (Fortsetzung)
Katharine Barlow, die von ihrem Mann getrennt lebende Ehefrau Richard Barlows, wurde heute morgen von der Polizei aus ihrem Haus in Chard, Somerset, abgeholt und nach Hertfordshire gebracht. »Sie war sehr aufgeregt«, berichtete eine Nachbarin, die nicht genannt werden will. »Sie ist ohne ein Wort in das Polizeiauto gestiegen.«

Mrs. Barlow lebt allein, aber ihre ältere Tochter, ebenfalls Katharine mit Namen, war über Weihnachten bei ihr. Sie begleitete ihre Mutter nach Hertfordshire. Die jüngere Tochter des Ehepaars, Emma, soll angeblich zu den Gästen im Mordhaus gehören.

HSA 581291 PAHOME PA 11.51
POLIZEI · Todesfälle · BERICHTIGUNG DRINGEND
ACHTUNG NACHRICHTENREDAKTIONEN
In POLIZEI · Todesfälle · ca. 11.48, dritter Absatz, »Mordhaus« löschen. Im Augenblick schließt die Polizei bei den Todesfällen nur *ein Verbrechen* nicht aus, obwohl zu erwarten ist, daß wegen Mordes ermittelt werden wird.

Es kam noch so einiges mehr, als Zeitungsreporter und Fotografen, Fernseh- und Rundfunkteams in Brookmans Park einfielen und Polizisten, Nachbarn und überhaupt jeden ausfragten, der ihnen möglicherweise etwas sagen konnte. Angesichts einer so sensationellen Geschichte an einem traditionell nachrichtenarmen Tag gierten ihre Redakteure nach jedem Informationsschnipsel, so dürftig und in vielen Fällen ungenau es auch sein mochte. Wirklichkeit, Fiktion und Phantasie vermengten sich unentwirrbar, während die Medien der Pressekonferenz entgegenfieberten, die ihnen die Identität der Opfer enthüllen und Gewißheit verschaffen sollte, daß sie tatsächlich ermordet worden waren.

Aber dies war eine Geschichte, die kein Journalist wirklich würde erzählen können, denn wie immer dröselten sie vom Ende auf, und keiner von ihnen wußte, wie, wo und warum alles angefangen hatte. Am Morgen nach dem zweiten Weihnachtsfeiertag 1992 erreichte nur etwas seinen Höhepunkt, was sich schon vor über dreißig Jahren ereignet hatte, als Naomi, Timothy und Richard noch Teenager waren. Etwas, das in absoluter Stille vor sich gegangen war und weniger als fünf Minuten gedauert hatte. Aber es war für fast alles, was sie danach taten, bestimmend gewesen und hatte sich auf die Menschen ausgewirkt, deren Leben mit dem ihren verwoben war. Man sollte Geschichten nicht von ihrem Ende her erzählen, aber diese Geschichte kann ein einzelner nicht vom Anfang her erzählen. Irgendwo im Folgenden liegt die Wahrheit – oder liegen zumindest akzeptable Versionen der Wahrheit, mit denen die am unmittelbarsten Betroffenen glaubten leben zu können.

ERSTES KAPITEL

Naomi

Mein ganzes Leben wäre soviel leichter gewesen, wenn ich einfach Richard dafür hätte verantwortlich machen können, daß wir unseren Vater umgebracht haben, aber ich muß mich damit abfinden, ihm höchstens vorwerfen zu können, daß er es als erster vorgeschlagen hat. Es war schon schlau von ihm, zuerst nur darüber zu spekulieren, daß der Tod so viele Probleme für uns alle lösen würde, und sich so aufrichtig bedrückt darüber zu geben, daß etwas so Furchtbares der einzige Ausweg zu sein schien. Dann begann er versteckte Andeutungen auszustreuen, wenn es nicht von selbst geschehe, könnten wir vielleicht ... Ich hätte ihn natürlich durchschauen müssen; er heckte ja ständig irgend etwas aus, was ihm nutzen konnte. Aber in diesem Fall ging das nur, wenn Tim und ich mitspielten, und das Schreckliche ist, daß wir es schließlich taten. Warum? Nachdem ich den größten Teil meines Lebens damit verbracht habe, so vieles aus der Vergangenheit bewußt auszuradieren, bedrückt und quält mich diese Frage immer noch, denn die Gründe waren nicht gut genug, sie schienen nur – damals – ausreichend und vertretbar.

Es war eine Zeit, in der wir uns alle unbewußt zurückentwickelten und wieder wurden, was wir gewesen waren, bevor wir uns zwangsläufig auseinanderlebten. In dem Augenblick, als unser Vater starb – es war genau halb vier Uhr nachmittags; ich hörte die Krankenhausuhr schlagen –, waren wir uns so nah wie zu Zeiten, da wir den Schuppen im Garten zu einem Schloß oder Piratenschiff erklärten oder in Mrs. Wolstenholmes Eckladen standen und überlegten, welche Feuerwerkskörper wir für den Guy-Fawkes-Day am 5. November kaufen sollten. Um ihn zu töten, griffen wir auf unsere Kindheit zurück und handelten wieder einmütig, schoben die Differenzen zwischen uns beiseite, die größer geworden waren. Die unzertrennlichen Zwillinge hatten sich allmählich zu Individuen entwickelt, die einander beinah fremd waren, und ich fand, daß ich eine Frau geworden und plötzlich weiser war als zwei Fünfzehnjährige, die anzüglich über Sex kicherten. Im allgemeinen tat ich alles, was der eine oder andere der Zwillinge vorschlug, mit der ungeduldigen Überheblichkeit einer Achtzehnjährigen ab. Dies aber nicht.

Nachdem er seine Idee in die Welt gesetzt hatte, überließ Richard in seiner typisch gerissenen Art den Rest uns; er wußte, daß er uns nicht zwingen konnte, daß wir vielmehr unsererseits die Initiative ergreifen und zu ihm kommen mußten, nachdem jeder für sich seine Rechtfertigung gefunden hatte. Wir behielten unsere Gedanken eine Weile für uns, dann begannen wir verhalten darüber zu sprechen; bald waren wir gewillt, es zu tun, bald schauderten wir vor Entsetzen und Schuldbewußtsein darüber, daß wir so etwas überhaupt nur in Erwägung zogen. Wir gingen soweit, behutsam darüber zu sprechen, wie man es machen könne, und verwarfen es dann als undenkbar und grausam. Endlich beschlossen wir ... nein, ich möchte mit meiner eigenen Rechtfertigung anfangen, und das heißt, ich muß versuchen, meine Gefühle für meinen Vater zu erklären.

Vielleicht hilft es, wenn ich ihn zunächst einmal beschreibe. Er war um einiges älter als die Väter meiner Freundinnen, denn er hatte erst mit Ende Dreißig geheiratet. Er war etwa einsachtzig groß, und als junger Mann hatte er sehr gut ausgesehen. In seinem schmalen Gesicht stand ein von Natur aus ernster Ausdruck, verstärkt noch durch einen extrem kurzen Haarschnitt und den kleinen Schnauzbart, der vor dem Zweiten Weltkrieg Mode gewesen war und in den fünfziger Jahren dann etwas lächerlich wirkte. Dieses Wort hätte ihn richtig böse gemacht, denn er war aufgeblasen und starrsinnig, sehr auf seine Würde bedacht.

Er zwang uns seinen Willen auf und spielte eine wichtige Rolle in unserem Leben, stolz auf unsere Erfolge, beißend kritisch bei Mißerfolgen; für ihn war im Leben alles klar, schwarz oder weiß, richtig oder falsch, gehört sich oder gehört sich nicht – vorallem Letzteres. Für ihn gab es keine Kompromisse, nur Gewißheiten, eine Haltung, die er aus seiner eigenen Kindheit mitbrachte. Ich sah das damals natürlich nicht. Erst später habe ich begriffen – oder wenigstens zu begreifen versucht –, wie es gewesen sein mußte, als einziger Sohn von Eltern aufzuwachsen, die sich offensichtlich nicht im klaren waren, was die Erziehung bei Kindern anrichten kann. Mein Vater wurde 1900 geboren. Damals hatte das während sechzig Jahren gewachsene imperiale Selbstbewußtsein der Nation seinen Höhepunkt erreicht. Großbritannien beherrschte alle wesentlichen Teile der Welt – Amerika war noch die verlorene Kolonie, keine wichtige eigenständige Nation, ganz sicher keine Supermacht –, und die traurige kleine Königin war schon so lange da, daß die große Mehrheit sich das Leben kaum mehr ohne sie vorstellen konnte.

Die Folge war, daß viktorianische Anschauungen sich ebenso hartnäckig hielten wie die viktorianische Architektur, antiquierte Beständigkeit in einer sich wandelnden Welt. Ich erinnere mich dunkel an den Vater meines Vaters, der noch steife Hemdkragen und Westen trug, wenn ich auf seinen Knien saß und er mich mit der alten Goldguinee spielen ließ, die an seiner Uhrkette hing. Er kam mir unglaublich alt vor, viel älter, als mir heute meine Freunde vorkommen, die schon Großeltern sind. Aber in meiner Kindheit waren die Leute wirklich älter oder benahmen sich jedenfalls so. Mit Vierzig war das Leben vorbei. Ehemänner nahmen es als gegeben hin, daß sie bis zum Ende ihres Arbeitslebens bei derselben Firma bleiben würden, Ehefrauen waren dazu erzogen, die Begrenztheit ihres Daseins nicht in Frage zu stellen; das Erbe einer Gesellschaft, die von einer Frau regiert, aber völlig von Männern beherrscht war.

Wenn man noch klein ist, hat man keine Möglichkeit, die eigenen Eltern mit anderen zu vergleichen. Wir wurden gefüttert und gekleidet, bekamen Geschenke zum Geburtstag und zu Weihnachten und akzeptierten die Prügel, die uns – immer von Vater – verabreicht wurden, weil wir wußten, daß wir etwas Unerlaubtes getan und sie somit verdient hatten. Aber wenn Schmerz und Tränen vorbei waren, liebten wir ihn wieder mit der Bedingungslosigkeit kleiner Kinder, die ein Objekt für ihre Liebe brauchten. Er verzieh nicht, er strafte – in bester Absicht; er hätte sich selbst nie als grausam betrachtet –, und brutale Gerechtigkeit gehörte zu seinen väterlichen Pflichten. Hätte die Welt sich nicht so sehr verändert, wir hätten seine Maßstäbe vielleicht für immer akzeptiert und wären nicht die Menschen geworden, die wir wurden – oder hätten nicht getan, was wir taten.

Ich wurde im Dezember 1940 geboren, kurz vor den ersten deutschen Luftangriffen auf Manchester. Zu meinen frühesten Kindheitserinnerungen gehört, daß ich vom Heulen der Sirenen aufwachte und im schwachen Licht auf die weißen Stäbe meines Gitterbettchens blickte, während ich meine Mutter die Treppe herauflaufen hörte. Aus dem warmen Bett gerissen und zum Schutzraum am Ende der Straße geschleppt zu werden gehörte zu meinem Kinderalltag. Ich erinnere mich auch an meinen Vater mit einem Blechhelm auf dem Kopf – keinen Stahlhelm wie die Soldaten, denn als Ingenieur war er daheim für die Kriegsindustrie tätig und baute Maschinengewehre oder dergleichen, aber er war Luftschutzwart für Tattersall Close. Während meine Mutter mich in eine Decke gehüllt durch die Dunkelheit trug, sah ich ihn mit wichtigtuerischem Gehabe, das ich später als solches erkannte, unsere Nachbarn vor sich hertreiben.

Nach dem Sieg in Europa wirkte der Krieg noch eine Weile in unserem Haus nach, denn ich konnte an Sommerabenden nicht einschlafen, wenn das Licht durch die Vorhänge in mein Zimmer drang. Ich war an die Verdunkelung gewöhnt, und so holte meine Mutter den Stoff wieder vom Dachboden – man warf damals nichts weg – und verhängte für mich das Fenster. Dank Hitler hatte ich nie Angst vor der Dunkelheit.

Aber was ich eigentlich sagen wollte: Der Zweite Weltkrieg versetzte den starren und unerschütterlichen Wertvorstellungen meines Vaters den Todesstoß. Natürlich verehrte er Churchill, eine Verkörperung des neunzehnten Jahrhunderts, der beim letzten großen Husarenstück der Weltgeschichte mitgewirkt und die Bomberstaffeln nach Dresden und Berlin geschickt hatte; doch dann kam nach dem Krieg Attlees Labour-Regierung. Ich weiß noch, daß ich gerade mit meinen Puppen (in ihren alten Kleidern aus den Dreißigern) spielte, als er 1945 die Wahlergebnisse notierte, die im Radio bekanntgegeben wurden, und dabei laut vor Mutter herumschimpfte, das sei das Ende Großbritanniens, des Empires, der ganzen Welt, und es sei nur eine Frage der Zeit, bis die Bolschewiken auf Whitehall marschierten, denk an meine Worte. Die Verstaatlichung der Eisenbahnen und Bergwerke, der Wohlfahrtsstaat und die Gründung des staatlichen Gesundheitswesens nährten seine Vorurteile – obwohl er ganz froh war, keine Arztrechnungen mehr bezahlen zu müssen. Ein paar Jahre lang ergab er sich einem mißmutigen, selbstzufriedenen Pessimismus und warnte nur düster, die Labour-Partei wolle George VI, später Elizabeth II zum Abdanken bewegen und aus Buckingham Palace, Windsor Castle und Sandringham Sozialwohnungen machen, alles auf Befehl ihrer Herren in Moskau. Die Russen kamen nicht, Attlee stürzte, und Churchill und die Konservativen gelangten 1951 wieder an die Macht. Wir seien gerade noch mal davongekommen, erzählte Vater jedem, und wäre die Wahl anders ausgegangen, es hätte kein Jahr mehr gedauert, bis die Demokratie für immer futsch gewesen wäre. Und wundersamerweise wurde in seinen Augen alles besser. Die Rationierung wurde gelockert, die Leute hatten mehr Geld in den Taschen, und für ein paar Jahre flackerten die Reste der geordneten und sicheren Welt meines Vaters noch einmal auf, bevor sie schließlich verloschen. Die Ironie dabei war, daß ihr Ende nicht durch eine heimtückische Revolution herbeigeführt wurde, die böse Kommunisten ausgebrütet hatten, sondern durch Amerika, das mein Vater jetzt, nachdem es im Krieg zu einem unserer Verbündeten geworden war, herablassend als eine Art assoziiertes Mitglied des Britischen Commonwealth anerkannte. Und das wurde nicht mit Kanonen bewerkstelligt, sondern mit wildgewordenen Gitarren.

Ich muß etwa vierzehn gewesen sein, als ich meine erste Rock-'n'-Roll-Platte hörte. Ich habe meinen Kindern zu erklären versucht, wie dieser Sound uns damals unter die Haut ging, aber er gehört inzwischen so sehr zu ihrem Leben, daß sie es nicht begreifen können. Da war plötzlich diese Musik, die zu uns, zu unserer Generation gehörte und nichts zu tun hatte mit allem vorher. Sie war laut, trotzig und aufdringlich – und mein Vater haßte sie. Jazz war schon schlimm genug gewesen – »Verdammte Urwaldmusik!« schnauzte er, wenn er auf der Suche nach dem guten alten dritten Programm der BBC aus Versehen ein paar Töne zu hören bekam – aber in sein Haus war sie noch nicht eingedrungen, hatte seine Familie nicht vergiftet. Sie hatte ihn nicht bedroht. Ich aber bewunderte insgeheim diese frühen Rockplatten, die ich bei Freunden hörte, deren Eltern mir unglaublich tolerant und liberal erschienen. Und ich wollte unbedingt selbst so eine besitzen, als Ausdruck meiner kleinen Rebellion, obwohl ich es damals nicht so sah.

Drei Wochen lang sparte ich einen Teil meines Taschengeldes von zweieinhalb Shilling die Woche, und eines Tages ging ich nach der Schule in den Musikladen in der Hauptstraße. Das waren damals wirklich noch Musikläden. Sie hatten Musikinstrumente und Klaviernoten; auf der Plattenhülle war ein Bild des Sängers – unsere damaligen Pin-ups. Mr. Prendergast, der den Laden betrieb, hatte den Zug der Zeit erkannt und an einer Wand Boxen installiert, in denen man die Platten anhören konnte, bevor man sie kaufte. Zwanzig Minuten hörte ich eine nach der andern, dann entschied ich mich gegen ›Blue Suede Shoes‹ (warum, weiß ich nicht, aber heute ist mir klar, daß die unverhohlene Sexualität in Presleys Stimme mehr war, als ich zu der Zeit verkraften konnte), ›Rock around the Clock‹ hatten alle, und was ich wirklich wollte, war ›Rockin‹ through the Rye‹ von Bill Haley und den Comets. Eigentlich hatte ich mich schon entschieden, doch dann hätte ich die Platte beinahe noch gegen Frankie Lymon and the Teenagers mit ›Why do Fools Fall in Love‹ ausgetauscht, aber Bill Haley siegte. Es war natürlich eine 78er Platte, dick, zerbrechlich und schwer, in schlichter brauner Hülle mit einem Loch in der Mitte, durch das man das Etikett und den Preis sehen konnte ... ich glaube, sie kostete etwa zwei Shilling.

Ein wichtiger Teil meines Plans war es gewesen, den richtigen Tag zu wählen, an dem das Haus leer wäre. Es war halb fünf, als ich die Tür aufschloß; Richard und Tim waren noch in der Schule, um ein Theaterstück zu proben. Mutter würde kurz nach fünf von ihrem wöchentlichen Besuch bei Tante Eleanor zurückkommen, Vater nicht vor sechs. Ich warf Schultasche und Mantel in der Diele auf den Boden und rannte ins Wohnzimmer. In einer Ecke stand unser Vorkriegsgrammophon – kein Plattenspieler, wir lebten in der Steinzeit –, ein Schrank aus Holz, größer als heute eine Waschmaschine, mit einem Ziergitter davor, hinter dem man die Stoffbespannung des Lautsprechers sah. Es hatte einen mit grauem Filz bespannten Plattenteller und einen metallenen Tonarm, der wie ein Fragezeichen geformt war, an einem Ende ein Gelenk hatte und Gott weiß wie schwer war. Ich öffnete die kleine blaue Dose, die immer innen aufbewahrt wurde, und steckte die Nadel auf – wenn du jünger als fünfunddreißig bist: Sie sahen aus wie das Ende einer dicken Stopfnadel und verwüsteten die Oberfläche der Platte. Dann holte ich meine ach so kostbare Bill-Haley-Platte heraus, legte sie auf und schloß den Deckel, um das Gekratze nicht zu hören. Dieses Grammophon hatte nie etwas Lebhafteres als ein Potpourri aus ›Oklahoma‹ gespielt, aber nach ein paar Sekunden Knistern durchtoste es das Zimmer, und »ich sang in meinen Ketten wie das Meer«. (Die Gedichte von Dylan Thomas gehörten zu meiner Examenslektüre, und ich glaubte plötzlich zu wissen, was diese Zeile bedeutete.)

Ach, es war herrlich, wie diese wunderbaren, fremdartigen Klänge triumphierend über die altmodische Sitzgarnitur brüllten und vom Spiegel abprallten, der an seiner Schnur über dem Kaminsims hing, wo die beiden Elfenbeinelefanten abergläubisch so aufgestellt waren, als wollten sie aus dem Haus laufen. In meinen Ohren klang es wie ein Freudenschrei der Jugend und Unabhängigkeit und riß die erstickenden Fesseln jahrelanger Dressur hinweg. Gut, gut, ich weiß, daß es nur eine Pop-Platte war – und nicht einmal eine der klassischen –, aber zum erstenmal rebellierte ich, erfaßte zaghaft, daß es Werte gab, die ich selbst erkunden konnte, und daß das Leben sich nicht unbedingt nach den Regeln meines Vaters richtete.

Natürlich dachte ich das alles damals nicht. Ich schloß nur die Augen – ich weiß, daß ich lächelte – und überließ meinen Körper dem Rhythmus. Zum erstenmal war ich ganz allein und spürte ein bißchen, wie es wäre, ich selbst zu sein. Die Platte war zu Ende, und ich ließ sie noch einmal laufen. Und noch einmal. Und ... auf der Uhr war es zehn vor fünf, noch Zeit für zwei Durchgänge, bevor ich die Platte in meinem Zimmer verstecken mußte. Ich hatte angefangen, mir den Text zu merken, damit ich ihn mir vorsingen konnte, bis sich die nächste Gelegenheit bot, ihn zu hören. Es waren banale, sich ständig wiederholende Worte, aber nach fast vierzig Jahren kenne ich sie immer noch auswendig, weil sie etwas ausdrückten, was ich instinktiv fühlte, aber nicht verstand, weil ich noch zu jung war; heute würde man sagen: es war ›mein Ding‹. Ich sang zu der Platte, schnippte mit den Fingern und warf den Kopf hin und her, bis mein Haarband sich löste und die Haare mir ins Gesicht fielen. Ich war weggetreten. Es war so dumm und kindisch, aber ach, so herrlich. Es war Freiheit. Das war ich.

Dann kam mein Vater herein. Ich hatte ihn nicht aufschließen hören, und ich weiß heute nicht mehr, warum er so früh kam. Mit ihm trat ein schreckliches, vernichtendes Schweigen ins Zimmer, und die Comets schienen sich plötzlich wie vor einem Feind ins Grammophon zurückzuziehen. Er hatte seine Aktentasche noch in der Hand und machte ein Gesicht, als hätte er eine Bande Halbstarker bei der Verwüstung seines Hauses überrascht. Er ging zum Grammophon, und das schrille Kratzen ging mir durch und durch, als er mit einem Ruck den Tonarm abnahm. Dann drehte er sich zu mir um, ›Rockin'‹ through the Rye‹ zwischen den Fingern wie etwas Übelriechendes.

»Wer hat dir die gegeben?«

»Niemand. Ich habe sie gekauft.« Meine Antwort hätte trotzig klingen sollen, aber das war unmöglich. Schamrot im Gesicht, konnte ich nur stammeln. Ich war zwanzig Minuten lang ich selbst gewesen; jetzt war ich wieder seine Tochter.

»Wovon?«

»Von meinem Taschengeld.«

»Du bekommst dein Taschengeld nicht, damit du dir solchen Schund kaufst. Die nächsten drei Wochen gibt es keins.« Er zerbrach die Schallplatte. »Komm mit nach nebenan.«

Hier, wo uns niemand sehen konnte, der zufällig vorn

am Wohnzimmerfenster vorbeiging, legte er mich übers Knie und versohlte mich; das war ungefähr seit meinem zehnten Lebensjahr nicht mehr vorgekommen, und die Qual der Demütigung wurde noch verschlimmert durch das Unbehagen und die Peinlichkeit, daß ich eine meiner ersten Perioden hatte (etwas, wovon mein Vater absolut nichts wußte und wovor er voll Ekel zurückgeschaudert wäre). Aus seiner Sicht war ich ein ungehorsames Kind, dem man eine Lektion erteilen mußte, keine Vierzehnjährige, die zaghaft zur Frau heranwuchs und verwirrt war von dem, was mit ihrem Körper vorging. Während jeder vorsätzliche, wütende Schlag meine Würde herabsetzte und meine schüchterne Individualität zerschmetterte, machten sich die Schreie in meinem Inneren durch bittere, halberstickte Schluchzer Luft. Es war entwürdigend und beschämend und unverzeihlich. Es war Kindesmißhandlung, und er war überzeugt, daß es das Richtige war. Dann war es zu Ende.

»So, und jetzt gehst du in dein Zimmer«, sagte er. »Wenn du über dein Tun nachgedacht hast und bereit bist, dich zu entschuldigen, darfst du wieder herunterkommen.«

Ich richtete mich auf, mein Atem kam in kurzen, verbitterten Stößen. Lieber Gott, hätte ich in diesem Augenblick ein Messer in Reichweite gehabt . . . Ich unterdrückte die Tränen eines Schmerzes, der meine Seele viel mehr peinigte als meinen Körper, rannte in mein Zimmer hinauf und warf mich aufs Bett, wo ich meine Schreie in den Kissen erstickte. Es war mir damals unmöglich, meine Gefühle in Worte zu fassen, aber heute kann ich es.

Du grausamer, nachtragender, unbarmherziger, liebloser, dummer, nichtsahnender ... Aber hinter all meinem Zorn und Groll war immer noch diese eindringliche, infame Stimme, die sagte: Du sollst nicht gegen deine Eltern aufbegehren, sie wissen, was am besten für dich ist. Die harte Schale meiner Erziehung war an jenem Nachmittag gerade erst angeknackst worden.

Ich drehte mich um und starrte an die Decke, schniefte und wischte Tränen weg. Ich dachte an alle die anderen Mädchen aus meinem Bekanntenkreis, deren Eltern keine versteinerten Überbleibsel aus der Vergangenheit waren, und ich fragte Gott, warum meine nicht so sein konnten. Ich hatte Väter kennengelernt, die verständnisvoll waren, die mit ihren Kindern redeten, die etwas mit ihnen gemeinsam hatten, wonach ich mich sehnte ... der Begriff Beziehung lag damals völlig außerhalb meines Erfahrungsbereichs, deshalb fiel mir das Wort nicht ein. Ich wollte weglaufen, aber leben fort von zu Hause war undenkbar; ich konnte nirgends hin. Ich war Rapunzel in ihrem Turm, und es gab keine Prinzen, die an meinem Haar hätten hinaufklettern können. Es dauerte noch sieben Jahre, bis ich einundzwanzig war und selbst er mich als Erwachsene anerkennen mußte; würde es bis dahin weiter Prügel geben?

Unten hörte ich Mutter nach Hause kommen und sich laut darüber wundern, daß Vater schon da war. Ich verstand nicht, was er ihr sagte, aber seine Stimme klang immer noch wütend, dann hörte ich ihre Schritte auf der Treppe. Ich drehte mich mit dem Rücken zur Tür und konzentrierte mich auf die kleinen Gesichter, die ich in dem Blumenmuster der Tapete sah. Sie kam herein und blieb neben meinem Bett stehen, aber sie setzte sich nicht, um mich in die Arme zu nehmen, sie berührte mich nicht einmal.

»Dein Vater ist sehr böse auf dich, Naomi. Er erwartet, daß du zu ihm kommst und dich entschuldigst.« Dann ging sie.

Ich lag reglos da und weinte vor Verzweiflung. So war das. Ich war physisch und psychisch von meinem Vater mißhandelt worden, verwirrt und wütend, und so ging sie damit um. Ich liebe sie, wirklich, aber sie war immer zuerst seine Frau, und unsere Mutter erst unter ferner liefen.

Ich blieb, wo ich war, bis meine Brüder nach Hause kamen und ich hörte, wie Vater ihnen sagte, sie sollten mich in Ruhe lassen, aber nach ein paar Minuten kam Tim leise in mein Zimmer.

»Was hast du denn getan, Nimmy?« Nimmy hatte er als kleines Kind gesagt, weil er meinen Namen nicht aussprechen konnte; er sagt es immer noch.

»Geh weg.«

»Erst, wenn du mir erzählst, was du getan hast.«

Wäre es Richard gewesen, hätte ich ihn angeschrien, er solle gehen. Er hätte es nur wissen wollen, damit er sich hämisch über den Vorfall freuen und sehen konnte, ob dabei etwas für ihn heraussprang. Aber Tim hatte Mitleid.

»Ist doch egal«, murmelte ich.

»Ist es nicht, weil du traurig bist. Du hast geweint.«

Himmel, er ist immer so *nett*. Hilflos, weltfremd, wankelmütig, läßt sich von jedem ausnutzen, aber immer freundlich, immer verständnisvoll. Ich kann ihn nie abweisen; das wäre, wie den Segen eines Heiligen ausschlagen.

»Ich habe eine Bill-Haley-Platte gekauft.«

»Rock'n' Roll?« Er war beeindruckt und gleichzeitig geschockt. »Mann. Welche denn?«

»Ist doch egal. Er hat sie zerbrochen.« Ich hatte nicht vor, die Prügel einzugestehen.

»Warum hast du ihm denn gesagt, daß du sie gekauft hast?«

»Hab ich nicht! Er ist nach Hause gekommen, während ich ...« Der Schmerz, der sich schon langsam verflüchtigt hatte, kam wieder, und ich rollte mich mit dem Rücken zu ihm auf meinem Bett zusammen. »Ach, laß mich in Ruhe!«

»Dad sagt, er wartet, daß du runterkommst und dich entschuldigst.«

»Da kann er lange warten.« Ich rollte mich fester zusammen. »Ich hasse ihn!«

Das war ein Schlag für Tim. Er war damals erst elf, und er und Richard hatten Vater immer völlig anders gesehen als ich. Er nahm sie mit zu Cricket- und Fußballspielen, während Mutter und ich einkaufen gingen; er ließ sie helfen, wenn er etwas am Auto reparierte, und dann kamen sie alle zusammen herein und erwarteten, daß ich ihnen eine Tasse Tee machte; er kaufte ihnen eine tolle Modellyacht, die sie gemeinsam auf dem Teich in Llandudno segeln ließen, wo wir immer in den Ferien hinfuhren, während ich allein am Strand spielte und Mutter in ihrem Liegestuhl las. Tim konnte einen Vater, der so mit ihm umging, nicht hassen.

»Das meinst du doch nicht im Ernst«, sagte er. Es klang, als ob er nicht wollte, daß ich es ernst meinte, weil er damit nicht fertig wurde. Sanft legte er mir die Hand auf die Schulter. »Komm schon runter und ...«

»Nein!« Ich trat heftig nach hinten aus, und er fiel vom Bett. »Es war meine! Ich habe sie mir gekauft. Von meinem Geld. Und ich wollte sie haben, weil ...«

Warum? Weil ich ein Teenager war, der gerade seine Haut abwarf, unter der die richtige Naomi Barlow hervorkam. Ich wußte nicht, wer sie war, aber der unausgegorene Gedanke, daß ich nicht zu einem Leben als Harold Barlows gehorsame kleine Tochter verdammt sein mußte, nahm Gestalt an. Wahrscheinlich ist es für jeden schwierig, die Sicherheit des Kindseins aufzugeben, aber es ist hilfreich, wenn Eltern erkennen, was geschieht, und dazu beitragen, die Bande zu lösen. Die Reaktion meines Vaters war gewesen, mich in die Gußform seiner Vorurteile zurückzupressen.

»Laß mich in Ruhe!« sagte ich. »Ich komme gleich runter.«

Ich spürte Tims Verwirrung und Besorgnis, als er ging, und ich war wieder allein, diesmal nicht mit dem magischen Gefühl des Ichseins, das Bill Haley in mir geweckt hatte, jetzt war es die Einsamkeit der Resignation und Niederlage. Das klingt entsetzlich sentimental, nicht? Mach dich deshalb nicht lustig über mich. Wenn du nicht so einen Vater hattest wie ich, kannst du nicht beurteilen, wie das für mich war. Und es war der Beginn einer Lernphase, die ich durchlaufen mußte, eines Prozesses, der mich lehrte, wie Eltern sich verhalten sollten; mein Vater hat meine Kinder natürlich nie kennengelernt, aber er hat ihnen so manches Gute getan.

Er saß im Wohnzimmer und las die *Manchester Evening News*, als ich herunterkam. Ich hatte mir die Tränenspuren vom Gesicht gewaschen, mein Haar gekämmt und das Haarband wieder übergestreift; die kleine Rebellin, die er bei seiner Heimkehr vorgefunden hatte, war wieder zum passiven Schulmädchen geworden; hellblaue Bluse und marineblauer Faltenrock, schwarze Schuhe und weiße Söckchen.

»Nun, Naomi? Was hast du mir zu sagen?« Er blickte nicht von seiner Zeitung auf.

Von der Küche her hörte ich Mutter bei den Vorbereitungen zum Abendessen innehalten und wußte, daß sie auf meine Antwort lauschte. Tim und Richard waren oben in ihren Zimmern. Ich senkte den Kopf, sah an meinem einen Schuh vorn eine abgestoßene Stelle und dachte unsinnigerweise daran, daß ich sie morgen vor der Schule mit Schuhcreme abdecken mußte. Das brachte mich auf meine Mathematikhausaufgaben, und gleich darauf erfüllte die Formel für eine quadratische Gleichung sinnlos mein Denken ... x gleich minus b plus oder minus Wurzel aus b hoch zwei minus 4 a mal c, geteilt durch 2 mal a. Weil sich alles in mir gegen das auflehnte, was ich sagen sollte, konnte mein Gehirn sich offenbar nur auf alles mögliche andere konzentrieren. *J'ai, tu as, il a, nous avons, vous ...*

Die Zeitung raschelte leise. »Naomi, ich warte.«

»Es tut mir leid.« Allein das zu sagen tat schon weh.

»Und du tust es nicht wieder.« Keine Frage, eine

schlichte Feststellung. Ohne aufzusehen, schüttelte ich den Kopf, sagte aber nichts.

Jetzt wurde die Zeitung gesenkt. »Sieh mich an, Naomi. Sag, daß du es nicht wieder tust.«

Einen irren Augenblick lang hätte ich fast aufgeschrien und wäre wieder vor ihm davongelaufen. Wieviel an Demütigung mußte ich noch schlucken? Ich unterdrückte die Wut, die mich schüttelte, und hob den Kopf.

»Ich tu's nicht wieder. Ich verspreche es. Es tut mir leid.« Hinter dem Rücken verschränkte ich die Finger beider Hände. Kindischer Trotz war meine einzige Waffe.

»Das sollte es auch. So, und jetzt geh deine Hausaufgaben machen.«

Du hattest doch nicht etwa eine großmütige Geste erwartet, oder? Ein vergebendes Lächeln, ein paar nette Worte, um den Stachel und die bittere Schmach abzumildern? Wenn doch, dann habe ich offenbar nicht richtig erklärt, was für ein Mensch er war. Oder vielleicht ist er aus heutiger Sicht so unglaublich, daß man ihn höchstens skizzieren und dich nur bitten kann, dir das Gesamtbild selbst auszumalen. Nach seinen Wertmaßstäben erfüllte er seine Pflichten als Ehemann und Vater gewissenhaft. Er war ein guter Ernährer, er brachte uns Manieren bei und Disziplin und viele Dinge, die uns nützlich waren. Aber während er perfekte, gehorsame Kinder heranzuziehen glaubte, für deren Tugenden man ihn bewundern würde, hatte er immer dann, wenn wir es am nötigsten gebraucht hätten, kein Verständnis für uns.

Immer wenn heute im Radio ein alter Bill-Haley-Titel gespielt wird, egal welcher, muß ich ausschalten, und wie schnell ich auch den Knopf erreiche, kommen mir schon die Tränen. Es gab natürlich noch andere Zwischenfälle, aber diese Erinnerung bleibt die stärkste und prägendste und war, wie ich später erkannte, einer der ersten Auslöser für seinen Tod. Die unmittelbare Folge war, daß ich meinen Vater nicht mehr mochte, während ich mich nach wie vor verpflichtet fühlte, ihn zu lieben; aber je bewußter und kritischer ich sah, was er für ein Mensch war, desto mehr begann die Liebe zu verwesen. Entweder war er im Unrecht oder ich, und zu meinem eigenen Heil mußte er das Ungeheuer werden. An jenem Nachmittag hatte er das in Gang gesetzt, was mich schließlich dazu brachte, den Gedanken zuzulassen, daß Timothy, Richard und ich ihn töten sollten und mir sogar einzureden, daß es seine eigene Schuld war. Aber ich weiß es jetzt besser; es war meine.

ZWEITES KAPITEL

Richard

Es ist nicht so, daß ich über meinen Vater nicht reden mag; vielmehr will ich gar nicht an ihn denken. Aber wenn ich schon über ihn rede, dann möchte ich eines von Anfang an klarstellen: Ich war es nicht, der vorgeschlagen hat, ihn zu ermorden. Ich mag ja vieles vergessen haben, aber daran würde ich mich erinnern. Also gut, man kann mir eine Mitschuld anlasten, weil ich dabei war, als es passierte – man könnte sogar einwenden, daß ich es hätte verhindern können –, aber ich habe nichts *getan*. Ich bin auf meinem Stuhl sitzengeblieben, bis es vorbei war. Ich habe nicht einmal hingesehen. Wer von den anderen hat es also vorgeschlagen? Tim kann es nicht gewesen sein, denn er hat nicht den Mumm dazu, also war es wohl Naomi. Spielt es eine Rolle? Jedenfalls war er hinterher tot, niemand hat es herausbekommen, und nichts davon hat etwas mit dem zu tun, der ich heute bin.

Meine Kindheit tut eigentlich auch nichts zur Sache, aber wenn du es denn wissen willst, habe ich natürlich das übliche Sammelsurium von Erinnerungen, und offensichtlich spielt der Alte darin eine Rolle. Ich muß ihn wohl mal bewundert haben, gewissermaßen als das männliche Rollenvorbild, das man akzeptiert, ohne groß darüber nachzudenken. Er brachte uns bei, den Ball beim

Cricket mit Effet zu werfen, und erlaubte uns sogar, die alten Eagle-Comics zu kaufen, nachdem er herausgefunden hatte, daß sie von einem Geistlichen der Church of England herausgegeben wurden und Dan Dare offensichtlich einem RAF-Spitfirepiloten nachempfunden war. Und er gab uns das Gefühl, daß Männer Frauen überlegen wären; er hätte im Feminismus eine klassische Verschwörung des KGB gesehen. Denke ich so? Da fragst du besser meinen Chefredakteur – das ist eine Frau. Er ging morgens zur Arbeit, kam abends nach Hause, war am Wochenende da, wenn er nicht gerade Golf spielte, reparierte Dinge im Haus, zeigte uns, wie wir unsere Spielsachen wieder in Ordnung bringen konnten, wenn sie kaputt waren, kaufte den Weihnachtsbaum, organisierte die Sommerferien ... das Übliche. Wir hatten keinen Grund, uns zu beklagen – oder begeistert zu sein.

Naomi kann es offenbar nicht verwinden, wie er uns als Kinder bestraft hat; wenn sie richtig loslegt, könnte man meinen, wir wären mißhandelt worden. Aber was soll's? Ich habe meinen beiden Töchtern auch gelegentlich einen Klaps versetzt, wenn sie es nicht besser verdient hatten, das heißt aber nicht, daß ich sie nicht liebe. Und sie haben sich ganz gut entwickelt – na ja, Emma macht mir manchmal Sorgen, aber Kathy ist in Oxford. Kluges Mädchen, hat wirklich was auf dem Kasten. Wie auch immer, das war nicht das Problem bei meinem Vater; Schläge überlebt man, sie können einem sogar ganz guttun. Was mich genervt hat, waren seine ewigen Benimmregeln. Man hätte glauben können, daß er sie von Gott persönlich hatte, in Steintafeln geritzt. Es grenzte schon an Paranoia, wie er immer darauf achtete, das Rechte zu tun. Wenn du mit einer Frau auf der Straße gehst, ist dein Platz außen; wie ich später erfuhr, geht das auf die Zeit zurück, als Frauen noch Krinolinen trugen, und der Mann sollte verhindern, daß sie von vorbeifahrenden Kutschen mit Dreck bespritzt wurden. Er behauptete, es sei eine Sache der Höflichkeit, aber ich glaube, er wünschte sich eigentlich nur die Kutschen zurück. Jeder mußte Mr. X und Mrs. Y und Miss Z angeredet werden; die Barracloughs wohnten jahrelang neben uns, aber er nannte sie nie Donald und Cicely. In seiner Firma war der Direktor für ihn immer Mr. Douglas, im Unterschied zu seinem Sohn, Mr. Frank, oder seinem Vetter, Mr. Arthur. Wie vornehm kann man eigentlich noch tun? Aber er war eben ein Heuchler. Das habe ich schon früh gemerkt. Doch zuerst noch einige Hintergrundinformationen.

Eines muß man ihm lassen, der Alte hatte sich ganz schön hochgearbeitet. Fing bei Coombes Brothers als Lehrling an, besuchte Abendkurse am Technikum, hielt sich immer aus allem heraus und buckelte sich bis ins mittlere Management hinauf. Der Krieg half mit, denn er hatte eine kriegswichtige Stellung (wie ich ihn kenne, hat er dafür wahrscheinlich selbst gesorgt), und einige, die ihm im Wege standen, kamen nicht zurück, so war er Mitte der Fünfziger technischer Direktor – vielleicht auch Leiter der Entwicklungsabteilung, ich weiß es nicht mehr genau – und hatte fast vierzig Untergebene, die er herumkommandieren konnte. Geld war bei uns nie ein echtes Problem, sosehr er auch über Steuern und steigende Lebenshaltungskosten meckerte, die ihn ruinierten. Er hätte unbeschwert leben können, bis man ihm die goldene Uhr und die gerahmte Urkunde ausgehändigt hätte.

Was mich am meisten aufbrachte, war seine Unfehlbarkeit – er mußte immer recht behalten, worüber man auch redete. Als ich älter wurde, habe ich versucht, mit ihm zu diskutieren, konnte aber nie gewinnen. Ein klassisches Beispiel dafür gab es einmal, als bei Coombes Brothers ein Streik drohte.

»Da stecken natürlich die Kommunisten dahinter«, erzählte er meiner Mutter eines Abends. »Die Firmenleitung sollte sie einfach alle rauswerfen.«

»Sie wollen nur fünf Shilling die Woche mehr«, sagte ich. Es betraf auch die Väter einiger meiner Schulkameraden, und wir hatten uns darüber unterhalten. »Die Firmenleitung und die Leute im Büro haben doch auch gerade mehr bekommen, oder?«

Er sah mich an, als ob ich ihn beschimpft hätte. »Wer hat dir das erzählt?«

»Einer aus meiner Schule. Er sagt, daß –«

»Wie heißt er?«

»Stuart Campbell. Sein Vater ist –«

»Campbell!« Ich dachte, er würde gleich explodieren. »Ist das der Sohn von diesem verdammten Vertrauensmann der Gewerkschaft?«

»Ja, und er sagt –«

»Jetzt hör mir mal zu. Campbell ist ein Unruhestifter. Er legt es darauf an, die Firma zu vernichten, für die ich arbeite. Du bist noch zu jung, um das alles zu verstehen, aber du wirst ab sofort den Kontakt zu seinem Sohn abbrechen. Ist das klar?«

»Aber er ist ein Freund von mir«, protestierte ich.

»Dann such dir andere Freunde. Ich habe dich nicht zur Schule geschickt, damit du dich mit Kindern von Anarchisten anfreundest.«

»Eben hast du gesagt, es seien Kommunisten.«

»Das ist dasselbe, und –«

»Ist es nicht! Da könntest du genausogut sagen, daß –«

»*Es ist dasselbe!* Keine Widerrede. Anarchisten, Kommunisten, Faschisten, Sozialisten. Sie wollen alle nur das Land zerstören, in dem du das Glück hast, leben zu dürfen. Merk dir das. Gegen solche Leute haben wir einen Krieg geführt.«

»Du nicht.« Mir wurde sofort klar, daß diese Bemerkung nicht sehr klug gewesen war, aber ich fand so widerwärtig, was er da gesagt hatte, daß es mir einfach herausrutschte. Einen Moment lang dachte ich, er würde mich schlagen. Aber ich war groß für mein Alter, und offensichtlich besann er sich eines Besseren; er war zu allem auch noch feige.

»Ich werde mich morgen mal mit dem Direktor deiner Schule unterhalten, junger Mann, und ihn fragen, was für eine Erziehung er dir eigentlich angedeihen läßt. Dann schlage ich vor, daß er noch ein paar Stunden Anstandsunterricht mit euch einlegt.«

Seine Heuchelei hatte ich ein Jahr zuvor entdeckt. Zu den wichtigsten Dingen, die man einfach tat, gehörte der Gang in die Kirche, wo er wahrscheinlich heimlich betete, daß die Labour-Partei untergehe wie Sodom und Gomorrha. Kurz vor der Predigt marschierten die Kinder immer alle zur Sonntagsschule, und wenn wir dann zusammen heimgingen – die Kirche lag etwa anderthalb Kilometer von unserem Haus entfernt, aber es muß ihm wohl sehr fromm vorgekommen sein, nicht mit unserem alten Wolseley hinzufahren –, wurden wir über das befragt, was man uns beigebracht hatte.

Er kannte seine Bibel – ich berichtige, er hatte die Bibel gelesen, aber nie darüber nachgedacht –, und wenn einer von uns ihm dann erzählte, welche Geschichte wir gehört hatten, griff er sie auf, warf ein paar Zitate ein und machte so was wie eine Lektion in Moral daraus, bei der wir uns heilig oder demütig fühlen sollten. Jesus war natürlich Superman im weißen Gewand. Gottes Sohn, der sich alles gefallen ließ, Retter der ganzen Menschheit (außer den Sozialisten). Ich könnte beschwören, daß seine Stimme immer etwas Ehrfürchtiges bekam, wenn er seinen Namen aussprach. Aber eines wurde nie erwähnt – daß er Jude war. Und mein Alter war Mitglied im Wilmsford Golf Club, der keine Juden aufnahm.

Diesen kleinen Widerspruch entdeckte ich durch Zufall. Eines Sonntags lasen wir eine Stelle, in der jemand Jesus Rabbi nannte. Wir hielten unsere Bücher beim Zuhören auf dem Schoß, und ich sah das Wort schon vorher und begann zu kichern, weil ich ›Rabbit‹ – Kaninchen – gelesen hatte. Ich stieß Naomi an, die neben mir saß, und zeigte es ihr, worauf sie auch zu lachen anfing. Die Lehrerin – es muß Miss Simpkins gewesen sein, die immer nach Kampfer roch – forderte uns auf, still zu sein, aber am Schluß meldete ich mich und fragte, was ein Rabbi sei. Ein Lehrer, sagte Miss Simpkins. Nein, kein Sonntagsschullehrer, Richard, ein Religionslehrer. Nein, nicht wie der Pfarrer ... also, ja, so etwas Ähnliches. Ein heiliger Mann. Ich hatte das Gefühl, daß sie um etwas herumredete, besonders, als sie das Thema dann so offenkundig fallenließ. Im Rückblick war das wohl eines der ersten Male, daß der Journalist in mir zum Vorschein kam. Ich hatte etwas gefragt, war abgewimmelt worden und gab mich nicht damit zufrieden.

Auf dem Heimweg brachte ich das Gespräch darauf. Ohne mir dessen bewußt zu sein, fing ich es ganz geschickt an (noch eine Lektion für den werdenden Reporter), denn ich fragte meinen alten Herrn nur, was ein Rabbi sei, ohne den Zusammenhang zu Jesus herzustellen. Er war nicht sehr erbaut. Wo hatte ich das Wort gehört? Von Miss Simpkins? Warum hatte sie über Rabbis gesprochen? Das hatte nichts mit der Kirche zu tun, er würde sich mal mit ihr unterhalten müssen. Natürlich ist mir heute klar, daß er sie im Verdacht hatte, unser Denken mit zionistischer Ketzerei zu besudeln. Aber damals war einfach nur mein Interesse geweckt. Eine Frage war in der Sonntagsschule aufgekommen, und zwei Erwachsene drückten sich um die Antwort. Zu Hause schlug ich das Wort in unserem Lexikon nach. Als ich die Definition las, merkte ich immer noch nichts; ich konnte nur nicht verstehen, was beide veranlaßt hatte, mich abzuwimmeln. Aber am selben Abend rief der Vorsitzende des Golfclubs bei uns an, und ich hörte meinen Alten sagen: »Wie heißt er? Goldstein? Na, der hat vielleicht Nerven, uns um Aufnahme zu bitten. Natürlich stimme ich dagegen. Wenn die Söhne Abrahams Golf spielen wollen, können sie sich ja ihren eigenen Platz kaufen. Seien wir doch ehrlich, Geld genug haben sie. Solange er nur nicht in unserer Nähe liegt.«

Es dauerte ein paar Wochen, bis ich alle Teile zusammengefügt hatte, aber schließlich fiel der Groschen. Ich war zu jung, um ihn deswegen anzugehen, aber ich merkte es mir und konnte ihn nie mehr so sehen wie früher.

Diese Heuchelei war nicht so wichtig, aber die nächste schon. Einmal sorgte er dafür, daß ich in den Sommerferien eine Art Praktikum bei Coombes Brothers machte, Teil seines Gesamtplanes, nach dem ich ebenfalls Ingenieur werden sollte – von wegen! –, und ich kochte drei Wochen lang Tee, betätigte mich als Laufbursche und ließ mich zum Zigarettenholen schicken. Man kennt das ja. Ich lernte den Laden verdammt gut kennen. Mein besonderes Interesse weckte eine Sekretärin namens Megan Williams, wasserstoffblond, Make-up wie aus dem Rotlichtbezirk und Titten wie Mount Snowdon in doppelter Ausfertigung; die ideale Frau für meine jugendlichen Träume. Kurz bevor meine Zeit um war, saß ich mit einer Gruppe von Arbeitern beim Tee in der Kantine, als sie hereinkam. Einer ließ eine Bemerkung fallen, was er gern mit ihr anstellen würde, als George, der Vorarbeiter, sagte: »Da vertust du nur deine Zeit. Der haben's doch die höheren Ränge angetan.«

Er warf mir über den Tisch hinweg einen Blick zu. »Du weißt doch Bescheid, Dick, oder?«

»Was?« Ich verstand nicht, was er meinte.

»Na, stell dich mal nicht dümmer, als du bist, Junge.« Er nickte zur Kasse hin, wo das Mädchen gerade bezahlte. »Dein Vater hat doch was mit ihr. Schon lange.«

»Das stimmt nicht«, erwiderte ich automatisch. Sie hatten mich die ganze Zeit über auf den Arm genommen – einer hatte mich mal ins Lager geschickt, um einen Schraubenzieher für Linkshänder zu holen –, und ich hatte gelernt, damit fertig zu werden.

»Du kannst es glauben oder nicht, Junge.« George trank den Rest seines Biers. »Komm, wir müssen los.«

Als wir die Kantine verließen, sah ich mir Megan Williams noch einmal an, wie sie ihr Tablett auf einem Tisch ablud und dabei mit ein paar anderen Mädchen plauderte. Ich konnte mir nicht vorstellen, daß mein Vater mit so einer etwas hatte – aber George war der einzige, der mich nie in den April geschickt hatte. Als ich ihn das nächste Mal allein sah, fragte ich ihn, ob er das ernst gemeint hätte.

»Sonst hätte ich es nicht gesagt . . . gib mir doch mal den Schraubenschlüssel rüber, ja? Danke.« Er drehte weiter an einem Maschinenteil herum.

»Woher wissen Sie das?«

»Ich habe Augen im Kopf.«

Offensichtlich wollte er das Gespräch damit beenden, aber ich ließ nicht locker. »Und was haben Sie gesehen?«

»Dies und das.«

»Und das wäre?«

Er legte den Schraubenschlüssel beiseite und fing an, sich eine Zigarette zu drehen. Offenbar überlegte er, was er sagen sollte.

»Ich habe einen Hund, mit dem drehe ich jeden Abend eine Runde am Park entlang«, sagte er schließlich. »Eines Abends habe ich den Wagen deines Vaters bei den Bäumen drüben an der Bahnlinie stehen sehen. So gegen neun war das schätzungsweise. Jedenfalls noch hell genug, daß ich erkennen konnte, wer bei ihm war. Und ich habe sie erkannt.«

»Aber was haben sie gemacht?«

»Jedenfalls hat er ihr keinen Brief diktiert.« Er hielt inne, um seine Zigarette anzuzünden. »Tut mir leid, Dick. Ich habe auch noch ein paar andere Dinge gesehen, und das alles geht schon so lange, daß ich dachte, du weißt Bescheid. Ich hätte den Mund halten sollen, aber jetzt ist es zu spät. Vergiß es einfach, ja?«

Zuerst wollte ich ihm nicht glauben. Es kränkte mich, daß Dad meine Mutter betrog, und ich verachtete ihn dafür, daß er uns Moralpredigten hielt, während er es mit einem Mädchen trieb, die seine Tochter hätte sein können; vielleicht machte mein eigener, frustrierter Sexualtrieb mich auch neidisch. Das schlimmste war, daß ich nichts tun konnte. Ihn darauf ansprechen konnte ich nicht, denn dann hätte er es nur geleugnet, mir die Hölle heiß gemacht und wahrscheinlich dafür gesorgt, daß George gefeuert wurde. Mutter konnte ich es auf keinen Fall erzählen, und mit Naomi oder Tim darüber zu sprechen, brachte ich nicht über mich. Ich mußte allein damit fertig werden. Das wurde ich auch – es hat mich gelehrt, mit solchen Dingen umzugehen – und ganz plötzlich war er für mich verabscheuungswürdig. Als es dann darum ging, ihn umzubringen, wußte ich schon einen guten Grund dafür, auch wenn nicht ich es war, der den Vorschlag machte.

Wenn wir über unseren Alten Herrn reden – und es hat Jahre gedauert, bis wir es wirklich taten –, graben Naomi und Tim alle möglichen Vorfälle aus unserer Kindheit aus, aber ich kann mich kaum an etwas erinnern. Da war die Keilerei mit Tubby Key, den ich auf dem Spielplatz nach Strich und Faden vermöbelt habe, und alle standen im Kreis drumherum und feuerten uns an; er war auch noch ein Jahr älter als ich. Und wie ich mit der Luftpistole der Elster auf dem Gewächshaus, klack, mitten durchs Auge geschossen habe. Wie ich Susan Youngs Titten begrapscht habe – oder war das Jill Maitland? –, als sie mit Ian Barker ging. Wie ich mal beim Sportfest für unsere Schule die Meile gewonnen und den Pokal eingeheimst habe. Tim meint, ich sei einmal in Tränen ausgebrochen, als ich vor der gesamten Schule einen Rüffel erhielt, nachdem ich hinter dem Fahrradschuppen beim Rauchen erwischt worden war, aber ich habe ungefähr mit acht aufgehört zu heulen. Ebenso besteht Naomi darauf, ich hätte mir in die Hose gemacht, als wir unser Alter falsch angaben, um in diesen Horrorfilm zu kommen; ich habe ihr erzählt, ich hätte meinen Orangensaft verschüttet.

Aber eigentlich soll es hier ja um meinen Alten gehen. Als kleiner Junge muß ich ihn wohl geliebt haben, wie alle Kinder ihre Eltern lieben; später habe ich ihn verachtet, und ich will nicht behaupten, daß ich über seinen Tod besonders traurig war. Er war für mich wie eine Zeitungsmeldung, eine Weile interessant und dann vergessen. Wenn allerdings die wahre Geschichte herausgekommen wäre, dann hätte sein Tod fette Schlagzeilen abgegeben, der große Türöffner, reihenweise Interviews, versteckte Kameras, reißerische Zitate, riesige Balkenüberschriften. ICH LIEBE MEINE KINDER TROTZDEM, SCHLUCHZT WITWE DES ERMORDETEN ... DAS GESICHT EINER TOCHTER, DIE

IHREN VATER MORDETE ... WIR TÖTETEN IHN, DANN KÜSSTEN WIR IHN EIN LETZTES MAL ... ER WAR UNSER VATER, ABER ER MUSSTE STERBEN ... KINDER DES TODESKANDIDATEN.

Aber wenn alles herausgekommen und die Sache untersucht worden wäre, hätte man meine Fingerabdrücke nicht da gefunden, wo sie hätten sein müssen. Wer von den beiden anderen war also der eigentliche Mörder? Manchmal glaube ich, Naomi war's, dann wieder denke ich, es muß Tim gewesen sein; vielleicht waren sie es beide. Himmel noch mal, es ist über dreißig Jahre her. Vielleicht ist er einfach so gestorben. Die Ärzte hatten gesagt, es könne jetzt jederzeit soweit sein. Und ich war derjenige, der hinausrannte und die Schwester rief. Ich hatte keine Angst, ich wußte einfach, daß ganz schnell jemand benachrichtigt werden mußte. Und ich habe geweint – gut, ich gebe es zu, ich habe geweint. Aber nicht, weil es mir leid tat, sondern weil ich ... Es ist doch scheißegal.

Und wenn du mir jetzt damit kommst, daß es ein Unterschied sei, ob dein Vater auf natürliche Weise stirbt oder ob du etwas damit zu tun hast ... ach, ich habe das alles satt! Er ist seit 1959 tot. Die Trauerfeier fand in der St.-Lukas-Kirche statt, und er wurde auf dem Südfriedhof eingeäschert. Was zum Teufel hat das mit heute zu tun?

Da Naomi in Hertfordshire wohnt, kann ich sie besuchen, wann immer ich Lust habe, aber Tim lebt immer noch in Manchester; er ist nie weiter als zehn Kilometer von unserem Geburtsort weggewesen. Die einzige Gelegenheit, zu der wir jetzt noch alle zusammenkommen, ist Weihnachten, wenn Tim unsere Mutter mit nach

Brookmans Park bringt und ich mich auch dort sehen lasse. Das Leidige an Weihnachten ist, daß man ein Vermögen ausgibt, um die Familienmitglieder zusammenzubringen, die man den Rest des Jahres voneinander fernzuhalten versucht, und sich dann wundert, warum es schiefgeht. Vor ein paar Jahren habe ich zum erstenmal Stephanie mitgenommen und zufällig gehört, wie Roberta – das ist Naomis Tochter – zu ihrer Mutter sagte, sie solle durchhalten und ganz cool bleiben. Am ersten Feiertag trank Tim dann zuviel und wurde gefühlsduselig. Alle anderen waren zu Bett gegangen, und nur wir drei waren noch auf.

»Dad wäre nächste Woche neunzig geworden«, sagte er aus heiterem Himmel.

»Er hätte es nie geschafft«, erklärte ich ihm.

»Dafür haben wir ja gesorgt, nicht?«

Naomi, die gerade schmutzige Gläser auf ein Tablett räumte, hielt inne und sah uns beide an.

»Denkst du immer noch daran?« fragte sie.

»Jeden Tag«, antwortete Tim.

»Quatsch.« Ich glaube, wenn wir beide allein gewesen wären, hätte ich ihm eine geknallt. »Niemand erinnert sich jeden Tag an etwas, das so verdammt lange her ist.«

»Ich schon. Und Mutter auch.«

Naomi erfaßte seinen seltsamen Unterton schneller als ich. »Wie meinst du das, Tim?«

»Es kommt nicht mehr so häufig auf wie früher, aber sie erwähnt es schon manchmal noch. Roberta hat sie darauf gebracht.«

»Roberta?« fragte Naomi verwundert. »Wie denn?«

»Du weißt doch, sie hat es so mit Familie, will alles immer ganz genau wissen und –«

»Das war, als sie noch Schriftstellerin werden wollte«, unterbrach Naomi. »Da ist sie schon seit Jahren rausgewachsen.«

»Vielleicht. Aber du weißt ja, wie Mutter ihr die Füße küßt. Seit Roberta sie darauf gebracht hat, wieder über Vater nachzudenken, kommt sie andauernd darauf zurück.« Er sah uns unsicher an. »Manchmal habe ich den Eindruck, sie weiß es.«

»Was weiß sie?« wollte ich wissen.

»Stell dich nicht dumm, Richard.« Naomi setzte sich neben Tim aufs Sofa. »Was hat sie gesagt?«

»Nur Kleinigkeiten. Was es ihr für Sorgen bereitet hat, wie wir wohl über die Runden kommen würden, und dann sei es geschehen wie ein Wunder. Wie er gerade an dem Wochentag gestorben sei, an dem wir allein bei ihm waren. Wie überrascht der Spezialist dann offenbar doch war, daß es so plötzlich passiert ist ...« Seine Stimme verlor sich.

»Aber sie hat nie ...« Naomi stockte. »Du hattest aber nie den Eindruck, daß sie einen Verdacht hegt?«

»Nicht direkt.« Tim kippte den Rest von seinem mindestens schon vierten großen Whisky hinunter. »Aber sie grübelt.«

»Dann laß sie grübeln.« Ich stand auf. »Und paß bloß auf, was du zu ihr sagst. Ich gehe jetzt schlafen. Gute Nacht ... Frohe Weihnachten.«

Ich hatte wohl irgendwas gegessen, was mir nicht bekommen war, denn als ich ins Bett ging, wurde mir heiß, und ich bekam Schüttelfrost. Ich mußte am nächsten Tag in die Redaktion, konnte es mir also nicht leisten, krank zu werden. Stephanie schlief schon, aber ich brauchte nicht lange, sie wach zu bekommen; mit mir ist alles in Ordnung.

DRITTES KAPITEL

Timothy

Als ich ganz klein war, durfte ich die Kerzen auf meinem Geburtstagskuchen sieben Minuten vor Richard ausblasen, weil ich sieben Minuten älter bin als er; das hörte an unserem sechsten Geburtstag auf, als er wütend wurde und so lange brüllte, bis er gleichzeitig durfte. Von da an wurden wir genau gleich erzogen. Wenn wir mit Nimmy Verkleiden spielten, machte sie Soldatenzwillinge oder Doktorzwillinge oder was auch immer aus uns. Keiner wurde dem anderen vorgezogen, Mama zog uns genau gleich an, bis wir sieben oder acht waren, und als wir älter wurden, sorgte sie dafür, daß immer, wenn der eine etwas hatte, der andere etwas Gleichwertiges bekam. Als Dad uns das Cricketspielen beibrachte, achtete er darauf, daß jeder von uns gleich oft als Schlagmann an die Reihe kam, und nahm uns im Sommer beide mit zu Lancashire und im Winter zu Manchester United.

Heute würde man uns nicht einmal mehr für Brüder halten, schon gar nicht für Zwillinge. Wir sehen uns nicht ähnlich – Richard schlägt eher Dad nach, ich bin so etwas wie ein männliches Äquivalent meiner Mutter –, und wir sind so verschieden wie Tag und Nacht. Richard ist zu einer Karikatur des hartgesottenen Journalisten geworden, der von Zeit zu Zeit Reporter feuert, weil ihn plötzlich sein oder ihr Gesicht stört; Tragödien und menschliches Leid sind kaum mehr als Rohmaterial für Schlagzeilen, wie sehr auch Menschen darunter leiden mögen; es ist ungeheuer wichtig, daß die Story in der *Post* besser ist als die in der *Daily Mail* oder im *Daily Express*, und auf Genauigkeit kommt es nicht an; die Wahrung der Intimsphäre ist eine Beleidigung für die Pressefreiheit. In diesem letzten Punkt kann er der größte Heuchler sein. Als Emma, seine jüngere Tochter, in einen Drogenskandal an ihrer Privatschule verwickelt war, tauchte ihr Name in keiner der Schock- und Horrorenthüllungen auf. Natürlich war es für Richard kein Problem, ihn aus der *Post* herauszuhalten, und ein paar Telefonate mit einflußreichen Kollegen sorgten dafür, daß ihr Name auch in keinem der anderen Blätter erschien. Als Gegenleistung überließ er ihnen dafür exklusiv ein paar Zitate von einem der Mädchen, die von *Post*-Reportern mit Tricks zum Reden gebracht worden waren; die Konkurrenz auszustechen war plötzlich weniger wichtig als die Intimsphäre der Seinen. Einige Wochen später, als die verzweifelte, krebskranke Frau eines Geistlichen bei ihm anrief, erklärte er ihr, es gebe keine Möglichkeit, die Geschichte vom Ladendiebstahl ihres Sohnes unter den Tisch fallenzulassen, auch wenn er sich einer psychiatrischen Behandlung unterzogen habe. Die Öffentlichkeit habe ein Recht, es zu wissen.

Das ist also Richard, und was aus ihm werden sollte, machte sich schon in unserer Kindheit bemerkbar. Von uns beiden war er der geborene Anführer, und ich folgte ihm, bis er mich abhängte. Er war gerissen, wo ich unschuldig war, er begriff den Wert von Lügen, ich sagte instinktiv die Wahrheit, nicht immer zu meinem Vorteil. Nimmy merkte, wie unsere Persönlichkeiten auseinanderdrifteten, und begann, uns unterschiedlich zu behandeln; Richard mußte man im Auge behalten wie eine Katze, die unvermutet fauchen und kratzen konnte, ich war immer noch ihr kleiner Bruder, um den man sich kümmern mußte. Die Situation hat sich selbst heute, da wir alle um die Fünfzig sind, nicht wesentlich verändert. Aber sosehr wir uns auch auseinanderentwickelt haben, Dads Tod fesselt uns aneinander. Siehst du, wie ich versuche, die Dinge zu beschönigen, indem ich von ›Dads Tod‹ rede? Todesfälle kommen in allen Familien vor. Was ich wirklich meine und so schwierig finde, selbst jetzt, da ich es hinschreibe, ist der Mord an Dad. Den wir begangen haben.

Ich möchte so ehrlich wie möglich sein (und ich höre Nimmy förmlich sagen: ›Da ist er wieder, unser Mr. Proper‹), aber die Wahrheit ist, daß ich mich nicht mehr an so viele wichtige Einzelheiten erinnere, weil ich sie sehr bald danach aus meinem Gedächtnis verbannt habe. Aber eins weiß ich genau: Es war Richards Idee, und aufgebracht hat er sie schon Monate, bevor wir es dann wirklich getan haben. Die Reihenfolge der Ereignisse geht heute in meiner Erinnerung durcheinander, aber er hat sich zuerst die Argumente zurechtgelegt und dann angefangen, Nimmy gegenüber Andeutungen fallenzulassen. Als sie darauf einzugehen begann, kam ich an die Reihe, weil er wußte, daß ich zustimmen würde, wenn Nimmy auf seiner Seite war. Ich befand mich in der schwierigen Phase – dummes

Zeug, schwierige Phasen gibt es immer, bis ins Erwachsenenalter und vielleicht sogar bis ans Ende des Lebens, – der schwierigen Phase zwischen sterbendem Jungen und ungeborenem Mann, eine Zeit, in der man sein Gesicht im Spiegel studiert und versucht, sich einzureden, daß man sich eigentlich rasieren müßte. Aber ich war immer noch Nimmys kleiner Bruder und Richards verwirrter Gefolgsmann. Ich beschuldige sie nicht, sie hätten mich gegen meinen Willen überredet, ich muß meinen Teil der Verantwortung tragen, doch von uns dreien habe ich am meisten gezögert.

Die wirkungsvollste Waffe, die sie benutzten – ich korrigiere, die Richard benutzte –, war Mutter. Es würde bald praktisch kein Geld mehr ins Haus kommen, und daß sie arbeiten ging, war undenkbar. Dad hatte immer für sie gesorgt, und er würde wollen, daß auch jetzt für sie gesorgt wurde, aber wenn er nur noch theoretisch am Leben war . . . Almosen anzunehmen wäre eine schreckliche Demütigung für sie . . . sie würde das Haus verkaufen müssen, das sie so liebte und in dem sie ihr ganzes Eheleben verbracht hatte . . . von ihren Freunden wegziehen . . . vielleicht in einer Sozialwohnung enden. Während mein Widerstand ausgehöhlt wurde, lockerten winzige Gefühlsveränderungen meine Abwehrstellung. Aber zu der Entscheidung kam ich selbst, als ich eines Nachts wach im Dunkel lag, über Dad nachdachte und merkte, daß ich Mama viel lieber hatte als ihn.

Es war so allmählich gekommen, daß ich es erst jetzt merkte. Nicht, daß Dad angefangen hätte, mir Richard vorzuziehen, auch wenn die beiden so viel mehr gemeinsam hatten, nein, die Kluft zwischen dem Mann, den er verkörperte, und den Menschen, zu denen wir herangewachsen waren, war schlicht so groß, daß wir keine Berührungspunkte mehr hatten. Die anderen hatten das erkannt und hätten rebelliert, wäre nicht seine Krankheit dazwischengekommen. Sie hätten seine Regeln und Überzeugungen in Frage gestellt, die wir alle so lange hingenommen hatten; sie hätten widersprochen und ihm die Stirn geboten. Da ich so anders war als sie, hätte mich das alles verwirrt, ihr Verhalten ebenso wie die Frage, was ich eigentlich selbst wollte. Denn ich hätte ihm nicht die Stirn bieten können, ich hätte darunter gelitten, und meine Mutter hätte mich in langen Gesprächen zu trösten versucht – schließlich war ich ihr Liebling –, mir aber letztlich auch nicht geholfen.

An diesem Punkt mußte ich mir über meinen Vater klarwerden und entscheiden, was er eigentlich für ein Mensch war. In der Schule lasen wir gerade *Barchester Towers*, und eines Tages hatten wir als Hausaufgabe eine Liste von Tugenden und Mängeln der einzelnen handelnden Personen aufstellen müssen. Mr. Harding war sanft, aber naiv; Erzdiakon Grantly ehrlich, aber ohne Verständnis für die Schwächen anderer; Obediah Slope hatte herzlich wenig Tugenden, war aber emsig; Signora Neroni war böse, aber scharfsichtig. Mir wurde klar, daß Dad beinah wie eine Figur von Trollope war, in vielerlei Hinsicht schien er fast in Trollopes Jahrhundert zu gehören, also ... zuerst die Tugenden. Ehrlich, arbeitsam, achtbar, verantwortungsbewußt, gewissenhaft ... ich zählte Eigenschaften auf, die einem Arbeitgeber gefallen würden, aber was war mit der Familie? Noch einmal. Er war ... mir fielen lauter Dinge ein, die mit einer Negation verbunden waren; er trank nicht und spielte nicht, er betrog Mama nicht, und wir hatten nie hungern müssen. Es war nicht soviel, wie ich erwartet hatte. Mängel? Das war schon komplizierter, denn es war das erste Mal, daß ich versuchte, ihn von dieser Seite zu sehen. Er war unbeweglich in seinem Denken, schon fast fanatisch; er hatte wenig Phantasie und verstand keinen Spaß; er war altmodisch und aufgeblasen. Mir wurde klar, daß er, wäre er nicht mein Vater, genau zu den Erwachsenen gehört hätte, die ich langweilig fand und um die ich einen weiten Bogen machte. Es gab nichts, was ich ihm hätte vorwerfen können, aber auch nichts, was ich bewundern ... und nichts, was ich lieben konnte. An diesem Punkt hörte ich mit Nachdenken auf und versuchte einzuschlafen, weil ich das Gefühl hatte, Verrat an ihm zu üben; aber ich hatte einen weiteren Schritt hin zu Richard und Nimmy und ihrem Vorschlag getan.

In den darauffolgenden Wochen schwankte ich zwischen angstvoller Abwehr der Idee und der Sorge um Mama. Ich wußte, daß sie mit dem Geschäftsführer der Bank gesprochen hatte und sich Sorgen ums Geld und unser Auskommen machte. Nimmy wollte auf die Universität gehen, aber das würde schwierig werden. Ich war hin und her gerissen und suchte verzweifelt nach einem Kompromiß zwischen meinen unklaren Gefühlen für Vater und der Auswirkung seines Zustands auf uns alle. Dann rief Mama uns eines Nachmittags, etwa ein Jahr nachdem er krank geworden war, nach der Schule ins Wohnzimmer und erzählte uns, die Ärzte hätten gesagt, sie könnten nichts mehr machen. Er könne sich wieder erholen, aber ... irgendwie hielt sie ihre Tränen zurück und schlug vor, wir sollten alle für ihn beten. Es muß wohl eine Woche danach gewesen sein, als Richard den Mord wieder erwähnte; er hat es immer verstanden, die Dinge zeitlich so einzurichten, daß sie die größtmögliche Wirkung erzielten. Ich weinte mich in jener Nacht verzweifelt in den Schlaf, und am nächsten Tag hörte ich, wie Mama und Nimmy sich in der Küche unterhielten.

»Dein Vater hat keine Vorsorge für so einen Fall getroffen«, sagte sie. »Damit rechnet man einfach nicht.«

Nimmy sagte etwas, was ich nicht ganz verstand, aber es hatte mit Coombes Brothers zu tun, wo Dad arbeitete.

»Ich war bei Mr. Douglas«, antwortete Mama. »Sie haben in einer Vorstandssitzung darüber gesprochen und zeigen Verständnis, aber die Firma will sein Gehalt nicht mehr lange weiterzahlen. Sie sagen, es würde einen Präzendenzfall schaffen, obwohl man eigentlich denken sollte, sie könnten nach so vielen Jahren eine Ausnahme machen. Sie wollen nur seine Beiträge zur betrieblichen Altersversorgung zurückzahlen, und das ist nicht gerade viel.«

Es klang empört, was gar nicht zu ihr paßte. Sie nahm es ebenso genau wie Dad mit dem inzwischen verlorengegangenen, etwas unterwürfigen Respekt gegenüber einem Arbeitgeber. Was Coombes Brothers tat, hatte nicht in Frage gestellt zu werden. Mir war scheußlich zumute, nicht nur ihretwegen, sondern auch wegen meiner eigenen Reaktion. Wenn Nimmy nicht auf die Universität gehen konnte, welche Chance hatte ich dann,

Lehrer zu werden? Ich sagte mir, es sei egoistisch, so zu denken, aber auch, daß die Lage für mich schon schlecht war, für Mama aber noch schlimmer. Dad war schon so lange nicht mehr zu Hause, daß unser Leben sich um seine Abwesenheit herum neu geordnet hatte, fast schon so weit, daß wir seine Rückkehr als Störung empfunden hätten, mit der wir uns hätten arrangieren müssen. Obwohl er doch früher scheinbar so wichtig gewesen war, hatten wir gemerkt, daß wir ohne ihn auskamen – sogar Mama, auf ihre Weise –, allerdings nur, solange die finanzielle Sicherheit andauerte, für die er stand. Richard hatte mir erklärt, was eine Lebensversicherung war und wie Dad immer daran geglaubt hatte. Ich verstand das System der Prämien und Policen nur mit Mühe, aber soviel wurde mir klar: Dad hatte gewisse Schritte unternommen, damit wir im Falle seines Todes versorgt wären. Aber das alles ging nur, wenn er tot war, nicht jetzt, da er in einer Art Dämmerzustand dahinvegetierte, den man nicht Leben nennen konnte. Ich hörte Nimmys tröstende Worte, als Mama zu weinen anfing; sie sagte, daß es nicht so schlimm sei mit der Universität, daß sie eine Arbeit finden könne und die Jungen auch bald aus der Schule kämen und ihr Scherflein beisteuern könnten und daß wir gemeinsam schon damit fertig würden. Ich wußte, daß sie log, zumindest was ihr Studium und dessen Unwichtigkeit anging, denn studieren wollte sie unbedingt.

Leise ging ich aus dem Wohnzimmer nach oben zu Richard. Als ich in sein Zimmer kam, las er gerade etwas, was er rasch zuschlug und mit irgendwelchen Papieren zudeckte. (Später suchte ich aus Neugier danach. Es war ein Heft von *Health and Efficiency*, einer Nudistenzeitschrift mit harmlosen Schwarzweißfotos von nackten Frauen, etwa ein *Men Only* oder *Rustler* der fünfziger Jahre; das Heft war so abgegriffen, daß es schon seit Wochen in der Schule kursieren mußte.)

»Ich will mit dir reden«, sagte ich.

»Worüber?«

»Über ... über deinen Vorschlag. Über das, was du mit Nimmy besprochen hast ... über ... du weißt schon ... über Dad.«

Er ist wirklich schlau, unser Richard. Er weiß genau, wie man Menschen manipuliert, er kann sogar den Eindruck erwecken, unglaublich verständnisvoll und mitfühlend zu sein, wenn es ihm in den Kram paßt. Er sah sofort, wie nah ich daran war überzulaufen und half mir glänzend über die letzten Hürden. Er stand auf und legte mir tröstend und brüderlich den Arm um die Schultern.

»He, komm. Ist ja gut. Laß uns darüber reden.«

Langsam und geduldig ließ er mich – nein, zwang er mich, meine eigenen Worte zu finden, ermutigte mich gelegentlich oder untergrub unmerklich meine Bedenken. Als ich meine Sorge um Nimmy erwähnte, die vielleicht nicht zur Universität gehen könnte, nickte er zustimmend.

»Da hast du recht«, sagte er, als wäre ihm der Gedanke noch nie gekommen. War er wahrscheinlich auch nicht; er hatte wohl nur seine eigenen Interessen im Kopf gehabt. »Alle ihre Lehrer sagen, sie sollte studieren, und du weißt ja, wie sehr Dad es auch möchte. Aber wenn kein Geld da ist ... Für mich spielt es keine Rolle. Ich würde die Schule sofort hinschmeißen, wenn ich könnte, und bei einer Zeitung anfangen, aber Nimmy will wirklich ... und du möchtest doch aufs Lehrerseminar, oder?«

»Ja.« Seine Frage überraschte mich, denn ich hatte noch nie mit jemandem darüber gesprochen. Aber ich hätte wissen müssen, daß Richard es sich zusammengereimt hatte und es nun benutzte, um mich zu manipulieren.

»Also, ich finde, das solltest du tun. Du bist schon immer klüger gewesen als ich.«

Nur in der Schule, Richard, weil du dich mit Lernen nicht aufgehalten hast. Aber draußen, in der wirklichen Welt, wo man austricksen und täuschen konnte, wo es einem zugute kam, wenn man das war, was sie heute cool nennen, wo du die Regeln verdrehen und deine Lügen vertuschen konntest, da warst du brillant und ich hilflos.

Wie auch immer, ich schloß mich ihnen an, noch nicht endgültig an diesem Tag, aber ein Zurück gab es nicht mehr, und danach sorgte Richard durch gelegentliches Rucken an der Leine dafür, daß ich brav dabeiblieb. Er und Naomi schienen sich in jenen Wochen sehr nah. Sie hatten ein gemeinsames Ziel, wenn auch aus verschiedenen Gründen, und mußten nur sicherstellen, daß ich mich nicht von meinen Zweifeln überwältigen ließ. Ich hätte sie so leicht abhalten können, denn es hieß ja alle oder keiner. Hätte ich nein gesagt und gedroht auszupacken, wenn etwas passierte, hätten sie ihren Plan fallenlassen müssen. Es war das einzige Mal in meinem Leben, daß ich Macht über sie hatte, und ich hatte nicht den Mut, sie einzusetzen. Ich war nicht tapfer genug, meinen Vater zu retten, statt dessen half ich schließlich mit, ihn umzubringen.

Es fällt mir sehr schwer, über den Mord selbst zu reden. Ich versuche nicht daran zu denken, aber es ist, als hätte man ein lahmes Bein, das einen zum ständigen Hinken zwingt; sosehr man sich auch daran gewöhnt, das Unterbewußtsein weiß, daß man verkrüppelt ist. Und weil es sich nicht körperlich bemerkbar macht und dadurch Mitleid erregt, ist es eine Verkrüppelung der Persönlichkeit, die keiner sieht und die man still für sich ertragen muß.

Worüber ich reden kann, weil es mir so lebhaft vor Augen steht, sind die Ereignisse unmittelbar nach unserer Tat. Ich war wie benommen. Nimmy schien Meilen entfernt und lächelte Dad an, als ob sie ihn sehr liebte. Aber Richard geriet in Panik, und das war so untypisch für ihn, daß ich noch heute sein weißes, entsetztes Gesicht vor mir sehe. Einen Moment lang sah er aus, als wollte er in Tränen ausbrechen, nicht Tränen der Trauer, sondern Tränen der Angst; dann stürzte er aus dem Zimmer, und wir hörten ihn nach einer Schwester rufen.

»Ist schon gut, Tim«, sagte Nimmy ruhig. »Es ist genau das, was einer von uns getan hätte, wenn Dad ...« Sie drehte sich um und blickte aus dem Fenster auf den Krankenhauspark, ohne den Satz zu beenden.

Kurz darauf kam die diensthabende Schwester mit Richard angelaufen, gefolgt von der Oberschwester. Sie war groß und hager und leitete die Abteilung wie ein Internat, in dem strenge Regeln galten, die genauestens eingehalten werden mußten. Daß Mr. Barlows Kinder ohne Begleitung zu Besuch kamen, war gegen die Regeln – normalerweise mußte ein Erwachsener dabei sein, besonders bei unheilbar kranken Patienten –, aber sie hatte es nicht verhindern können. Jetzt warf sie nur einen kurzen Blick auf ihn und manövrierte uns dann freundlich, aber bestimmt aus dem Zimmer.

»Kommt mit«, sagte sie. »Der Arzt wird gleich hier sein, und wir wollen eure Mutter anrufen.«

Der Arzt kam auf die Station gerannt, als sie uns gerade in ihr Büro geleitete. Ich ging als letzter, und sie stieß mich beinah ins Zimmer und bat uns dann, einen Augenblick zu warten. Richard fing sofort an zu flennen, und wenn ich auch nicht mehr alles weiß, was wir gesagt haben, erinnere ich mich genau, daß er plötzlich behauptete, nichts mit der ganzen Sache zu tun zu haben. Naomi fuhr ihn an, nicht so blöde zu sein und mit dem Heulen aufzuhören.

Er blitzte sie wütend an. »Ich heule nicht.«

Obwohl ich wie gelähmt und durch das Geschehene – durch unsere Tat – ganz benommen war, nahm ich Richards Verhalten doch mit Verwunderung zur Kenntnis. Sein tränenersticktes, trotziges Leugnen kam mir vor wie das Täuschungsmanöver eines kleinen Jungen. Damals verstand ich das nicht, konnte es höchstens dem Schock zuschreiben, unter dem auch ich stand, aber in diesem Augenblick gab er etwas preis, was er sein ganzes Leben lang immer zu verbergen versucht hat. Unter all seiner scheinbaren Stärke, tief unter der Oberfläche dieses skrupellosen Äußeren liegt eine gehörige Portion Feigheit. Er weiß es, und seine ganze Härte und sein Selbstvertrauen gaukelt er sich und den anderen nur vor. Die größte Gefahr, noch Wochen nach dem Mord, war die, daß er plötzlich umfallen und alles ausposaunen könnte.

Als die Schwester wiederkam, hatte ich den Eindruck, daß ihr nicht recht wohl in ihrer Haut war. Sie wußte bestimmt, wie man Erwachsenen eine Todesnachricht beibrachte, aber bei Teenagern hatte sie offenbar Probleme. Naomi machte es ihr leicht, indem sie geradeheraus fragte, ob Dad tot sei, und die Schwester war ganz offensichtlich erleichtert. Sie sagte etwas von friedlichem Einschlafen und daß es so am besten sei. Dann erklärte Naomi, es täte uns sehr leid, daß Mama nicht auch dabeigewesen sei. Ich weiß noch, daß ich dachte, wie diese Worte doch genau die passenden waren. Verantwortungsvoll. Besorgt. Bedauernd. Wie man es von anständig erzogenen Kindern erwartete, ganz besonders von der Tochter als der ältesten. Wir müssen das perfekte Bild gefaßter Jugend abgegeben haben, die mit zitternden, aber fest zusammengepreßten Lippen das Leid hinnahm, von dem sie wußte, daß es kommen würde. Als wir später das Krankenhaus verließen, hörte ich die Schwester leise zu Mama sagen, wie stolz Mr. Barlow auf seine Kinder gewesen wäre und wie stolz sie sein müsse. Das fügte der endlosen Kette von Verletzungen dieses Tages eine weitere hinzu, aber am schlimmsten war es gewesen, als Mama kam und uns tröstete und sagte, daß wir beten sollten. Das war schon schlimm genug, aber als wir alle noch einmal zu ihm hineingingen ... Seltsamerweise setzte mir nicht das Schuldgefühl am meisten zu, sondern die Erkenntnis, daß ein Mensch, der selbstverständlich zu meinem bisherigen Leben gehört hatte, für immer fort war. Ich hatte meine Kindheit mit Dads verläßlichen Regeln genossen; ich konnte mir nicht vorstellen, wie das Leben aussehen würde ohne ihn, der mir Dinge erklärte und verstehen half. Es war der erste Blick auf eine Leere in meinem Innersten, die ich nie wieder habe ausfüllen können.

Im Taxi nach Hause sagte keiner etwas. Mama saß vorn beim Fahrer, und wir drei saßen hinten, Richard in der Mitte. Wir fuhren an der Straße vorbei, die zu Coombes Brothers führte, und ich sah Dad vor mir, wie er Richard und mich dort entlanggefahren hatte, als wir vielleicht zwölf waren und er uns mitgenommen hatte, um uns etwas zu zeigen, woran er gerade arbeitete. Ich bin mir nicht ganz sicher, warum er das tat, vielleicht, um seinen Kollegen seine Söhne vorzuführen. Mir wurde plötzlich klar, daß er stolz auf uns gewesen war, und ich fühlte mich in diesem Augenblick so mies und jämmerlich wie nie wieder in meinem Leben. Er war kein perfekter Vater gewesen – das gibt es sowieso nicht –, aber er hatte nie etwas für oder gegen uns getan, von dessen Richtigkeit er nicht überzeugt war. Er war zu praktisch veranlagt für Träume, aber wenn er welche gehabt hätte, dann den, daß wir Erfolg haben würden, daß wir unseren Kindern die Werte weitergeben würden, die er uns vermittelt hatte, so daß er sich im Alter zufrieden sagen konnte, er habe eine wichtige Aufgabe in seinem Leben ordentlich erledigt. Ein sehr achtbarer Ehrgeiz.

Aber ich würde ihn nie als alten Mann erleben, jedenfalls nicht älter als achtundfünfzig. Mir kam der schreckliche Gedanke, daß er wider alle Wahrscheinlichkeit wieder gesund geworden wäre, daß ein Wunder ihn uns zurückgebracht hätte. Aber nun nicht mehr. Nicht mehr jetzt, da er tot war. Nicht jetzt, nachdem wir ... Ich muß mich noch immer zwingen, es zu sagen ... nachdem wir ihn ermordet hatten.

Richard hatte wieder zu schluchzen angefangen, und Naomi nahm seine Hand, als Mutter sich besorgt umblickte.

»Wir sind gleich zu Hause«, sagte sie tröstend und lächelte, obwohl sich um ihre Augen die Spuren ungeweinter Tränen eingegraben hatten. Ihre Trauer würde hinter ihrer Sorge um uns den zweiten Platz einnehmen. Sie würde Dads Anteil an der Last unserer Erziehung zusätzlich zu ihrem eigenen auf sich nehmen. Und wir würden uns ein Weilchen auf sie stützen und ein Trostbedürfnis an den Tag legen, das sie unserer Trauer zuschrieb, während es in Wahrheit unserem Schuldgefühl entsprang.

VIERTES KAPITEL

Florence

Selbst heute, nach all den Jahren, erinnert manches noch an Harold. Daß ich im selben Haus wohnen geblieben bin, hat natürlich viel damit zu tun, und auch die vielen Möbel von früher. Einige waren reif fürs Museum, und ich habe sie durch moderne ersetzt, aber die Standuhr seiner Eltern tickt und schlägt immer noch in der Diele, ich habe sein schönes Rollpult noch, und die Vogelbilder – aus echten Vögeln, die irgendwie halbiert sind – hängen noch im Treppenhaus, obschon meine Enkelin Roberta immer »bäh« sagt, wenn sie daran vorbeigeht. Im Garten trägt der Apfelbaum, den er ein Jahr vor seinem Tod gepflanzt hat, jeden Herbst massenweise herrliche Kochäpfel – wenn ich mir auch nicht die Mühe mache, sie zu verarbeiten –, und ich setze immer Studentenblumen entlang der Einfahrt, genau wie er. Aber es ist ein seltsames Gefühl, fast als lebte ich in der geisterhaften Gesellschaft eines völlig Fremden. Ich kenne seinen Namen und sein Gesicht, ich weiß so vieles über ihn, aber war er tatsächlich zwanzig Jahre lang mit mir verheiratet? War er der Vater meiner Kinder?

Unsere Ehe galt als vorbildlich, wenngleich ich mir nicht vorstellen kann, daß viele Frauen von heute es so sehen würden – und nach all dem, was ich inzwischen erfahren habe, würde ich mich bestimmt nicht mehr damit abfinden, wenn ich mein Leben noch einmal leben könnte. Aber ich habe mich gehorsam den Anforderungen der damaligen Zeit und Harolds Verhalten gebeugt; es war eben damals so. Meine Jugendzeit gehört heute in der Schule zum Geschichtsunterricht, was mir das Gefühl gibt, eine echte Antiquität zu sein, und darum sollte ich vielleicht zuerst etwas über mich selbst erzählen, wie ich Harold kennenlernte und was er für ein Mensch war.

Meine Familie bestand aus meinen Eltern, meiner älteren Schwester Eleanor und mir. Vater hätte gern einen Sohn gehabt, aber nach meiner Geburt verbot der Arzt weitere Schwangerschaften. Vater war Abteilungsleiter bei einer Bank, und da er nur zwei Kinder zu versorgen hatte, ging es uns recht gut. Ich will euch nicht mit meiner Kindheit langweilen; es war eine ganz normale nordenglische Mittelstandskindheit. Wir wohnten in Wilmsford, südlich von Manchester, in einem Einfamilienhaus und hatten ein Dienstmädchen; das hatten Leute unseres Standes damals. Ich verließ die Schule mit sechzehn. Ich will nicht angeben, aber ich hätte durchaus auf die Universität gehen können; doch ich dachte gar nicht daran, denn so was tat ein Mädchen aus gutem Hause einfach nicht. Ich war dazu erzogen worden, es als mein natürliches Ziel zu betrachten, einen verantwortungsbewußten Mann zu heiraten, der mir ein Heim bot und dessen Kinder ich zur Welt brachte. Eine Beschäftigung war nach der Schule für ein paar Jahre erlaubt, aber nicht im Sinne eines Berufs. Das war etwas für Frauen, die ihren Lebensunterhalt selbst verdienen mußten, was eigentlich Männersache war.

Die Firma Coombes Brothers war Kunde bei Dads Bankfiliale, und er kannte einige Leute aus der Finanzabteilung. Eines Tages eröffnete er mir, man habe ihm von einer freien Stelle im Schreibbüro erzählt und er habe für mich einen Vorstellungstermin in der kommenden Woche vereinbart. Es erscheint heute unglaublich, daß eine intelligente junge Frau in einer solchen Sache kein Mitspracherecht hatte, aber ich nahm es widerspruchslos hin. Ich hätte nicht gewußt, wie ich es anstellen sollte, eine passende Arbeit zu finden, und vertraute darauf, daß so etwas für mich arrangiert wurde – wie praktisch alles andere in meinem Leben. Ich konnte Schreibmaschine schreiben und hatte natürlich (auf Anraten meines Vaters) einen Stenographiekurs angefangen, und hier bot sich eine ideale Gelegenheit. Das Vorstellungsgespräch war nur noch Formsache, und ich begann zum fürstlichen Gehalt von zwölfeinhalb Shilling die Woche zu arbeiten und lernte am zweiten Tag Harold kennen. Ich fand ihn ungehobelt und mit seinen damals fünfunddreißig Jahren unglaublich alt. Da er in der Abteilung für Forschung und Entwicklung arbeitete, war das Schreibbüro für ihn unbekanntes Territorium – ich weiß nicht mehr, was ihn zu uns führte –, und er stand unsicher in der Tür, bevor er mich ansprach, weil mein Tisch zufällig der nächste war.

»Wo finde ich Miss Butterworth?«

Ich wurde rot. Er hätte schließlich auch der Direktor sein können, und Vater hatte mir eingebleut, daß Coombes Brothers eine Firma war, in der es äußerst korrekt zuging. Alle Männer – außer den einfachen Arbeitern, mit denen ich nichts zu tun hatte – wurden mit Sir angesprochen oder mit Mr. Soundso, falls der eigene Status diese Vertraulichkeit erlaubte, was bei mir bestimmt nicht der Fall war.

»Ich weiß es nicht«, stieß ich hervor. »Tut mir leid.«

»Arbeiten Sie nicht hier?«

»Doch, aber ...«

»Ich frage jemand anderes.«

Nicht gerade eine vielversprechende Ausgangsbasis für zwanzig Jahre Ehe und drei Kinder. Aber nach diesem schlechten Start wurde es besser. Ich gewöhnte mich ein, und mein Selbstvertrauen wurde durch die Anerkennung der Büroleiterin gestärkt. Ich war das, was man heute Bürobotin nennen würde. Ich mußte in der Fabrik herumsausen, wobei ich mich zu Anfang oft hoffnungslos verlief, und allen möglichen Leuten Aktennotizen und Briefe zur Unterschrift vorlegen. Wenn ich an den Arbeitern vorbeikam, gab es gelegentlich anerkennende Pfiffe, aber mehr war von dem, was Roberta heute sexuelle Belästigung nennt, nicht zu merken. In solchen Begriffen hätte ich nie gedacht. Sex war für mich nicht nur ein Buch mit sieben Siegeln, sondern eines, von dem ich schlicht keine Ahnung hatte. Zwangsläufig traf ich Harold – will sagen Mr. Barlow – wieder und war erleichtert, daß er die Umstände unseres ersten Zusammentreffens offenbar vergessen hatte. Er verhielt sich immer untadelig, aber nach einer Weile fing er an, sich die Zeit zu nehmen, mir kleine persönliche Fragen zu stellen, die ich für nichts weiter als beiläufige Höflichkeiten hielt. Beim Schwatz mit den anderen Mädchen in der Kantine fiel gelegentlich sein Name, und so erfuhr ich dies und jenes über ihn. Er war Junggeselle, ohne skandalträchtigen Beigeschmack (selbst meine vorwitzigsten Kolleginnen hatten von solchen Dingen kaum eine Ahnung), und wohnte nicht weit von meinem Elternhaus entfernt bei seinen Eltern. Ein etwas unnahbarer Typ offenbar, aber immer ganz der perfekte Gentleman. Ich hatte kein besonderes Interesse an ihm und dachte nicht, daß ich es je haben würde.

Dann kam 1936 die Weihnachtsfeier der Firma im Restaurant ›Milton‹. Natürlich nur für die Büroangestellten; diejenigen, die wirklich die Maschinen herstellten, die wir verkauften, bekamen lediglich eine Prämie in der Lohntüte und eine unpersönliche, gedruckte Karte von der Geschäftsleitung, die ihnen für den Einsatz im vergangenen Jahr dankte und frohe Weihnachten und ein gutes neues Jahr wünschte. So war das eben, Schlips und Kragen oder Blaumann. Vier von uns Mädchen aus dem Schreibbüro gingen zusammen hin, begleitet vom Verlobten der einen als Anstandswauwau. Wir setzten uns an einen Tisch nahe der Tanzfläche, und er fragte, was wir trinken wollten. Selbstverständlich würde er bezahlen, und jede von uns bestellte wohlerzogen einen Fruchtsaft, der war erstens am billigsten und zweitens alkoholfrei. Dann warteten wir darauf, zum Tanzen aufgefordert zu werden, plauderten angeregt und versuchten nichts zu tun, was als verworfen ausgelegt werden konnte, zum Beispiel einen Mann, der ohne Begleitung da war, allzu lange ansehen. Es war alles so förmlich wie ein Menuett, nur daß die Kapelle Foxtrott und Quickstep spielte. Nach einer guten halben Stunde forderte der Zeremonienmeister zur Partnerwahl für ›Tiptoe through the Tulips‹ auf, und plötzlich stand Harold vor mir und bat mich mit einer leichten Verbeugung höflich zum Tanz. Ich war verblüfft, konnte aber nicht ablehnen. Die Tage, da man eine Tanzkarte hatte, auf der stand, wem man die einzelnen Tänze versprochen hatte, waren längst vorbei, und sein Vorgehen war völlig korrekt. Ich nahm also an, und er ließ mich an sich vorbei auf die Tanzfläche treten.

Er tanzte schauderhaft, da er zwar offensichtlich Unterricht genommen hatte, weil Tanzenkönnen damals zum guten Ton gehörte, aber nur die Schritte, nicht aber die Bewegung gelernt hatte. Er war steif und gehemmt, und ich merkte, daß es ihn befangen machte, etwas tun zu müssen, was er als unter seiner Würde ansah; wie sich herausstellte, war das eine ganz zutreffende Einschätzung. Er machte eine nette Bemerkung über mein Kleid, die mir aufrichtig vorkam, und eine über die hervorragende Kapelle, die mir weniger aufrichtig schien. Nachher geleitete er mich zu meinem Tisch zurück und fragte, ob er sich dazusetzen dürfe. Ich war etwas unsicher, weil er soviel älter war als wir alle, aber nein zu sagen wäre unhöflich gewesen. Eines der anderen Mädchen zog die Augenbrauen hoch, als sie mit ihrem Partner wieder an den Tisch kam und mich da mit ihm sitzen sah, und als Harold Getränke holen ging, beugte sie sich zu mir herüber und flüsterte: »Ich wußte ja gar nicht, daß du Mr. Barlow kennst.« Sie schien beeindruckt.

»Ich kenne ihn auch nicht«, widersprach ich. »Nur aus der Firma.«

»Na, aber offenbar will er dich gern kennenlernen.«

In den wenigen Minuten, bevor Harold mit den Getränken wiederkam, ließ ich mir ziemlich aufgeregt die Situation durch den Kopf gehen. Er konnte mich aus reiner Höflichkeit zum Tanz aufgefordert haben, aber warum gerade mich? Es waren genug andere Mädchen allein hier, unter denen er wählen konnte, und viele von ihnen kannte er bestimmt schon länger. Mir fiel ein, daß jemand gesagt hatte, er überlege sich immer sehr genau, was er tue, und das konnte heißen ... also, Florence Metcalfe, du solltest über diese Sache vielleicht mal nachdenken. Ich konnte ihn von meinem Platz aus sehen und musterte ihn nun etwas genauer. Er war groß und hatte sehr dunkles Haar, das kurzgeschnitten war und von Pomade glänzte; die meisten Männer trugen es damals so. Er hatte einen kleinen Schnurrbart, ähnlich wie Richard Coleman, ein Kinoschwarm von mir, und wenn er auch nicht umwerfend gut aussah, hatte er doch ein ansprechendes Gesicht, verläßlich und grundehrlich. Und was mir noch auffiel, er hatte sehr schöne Zähne – oft ein nicht zu unterschätzender Bonus in den Zeiten, bevor man umsonst zum Zahnarzt gehen konnte. Was empfand ich für ihn? Ich war mir nicht ganz sicher, aber jedenfalls keine Ablehnung. Er war wesentlich älter, doch das war kein Handicap. Als er an den Tisch zurückkam, hatte ich entschieden, daß es ganz interessant wäre, mehr über ihn in Erfahrung zu bringen. Es war keine plötzliche Anziehung, ganz zu schweigen von himmelhoch jauchzender Verliebtheit, weder damals noch später. Harold machte mir ungefähr so den Hof, wie er seine Maschinen entwarf, peinlich korrekt, immer einen Schritt nach dem anderen; es sollten viele Jahre vergehen, bis die romantische Liebe in mein Leben trat.

Wir tanzten an dem Abend noch ein paarmal, und ich merkte, daß im Saal darüber geredet wurde. Nach dem letzten Walzer brachte er mich zu meinen Bekannten zurück und verabschiedete sich; es hätte sich nicht geschickt, mir nach so kurzer Bekanntschaft seine Begleitung auf dem Heimweg anzubieten. Vor dem Einschlafen dachte ich noch ein bißchen an ihn, aber am nächsten Tag bei der Arbeit schien unsere Beziehung unverändert, obwohl die anderen Mädchen mich immer wieder nach ihm fragten. Ich sagte, es sei nichts weiter gewesen, merkte aber, daß ich enttäuscht war, was mich selbst überraschte. Ich sah es so, daß er mir ein Kompliment gemacht und ich ihn nicht zurückgewiesen hatte, warum also unternahm er nichts weiter? Dann begriff ich, daß er den nächsten Schritt von mir erwartete. Schließlich konnte er nicht einfach ins Schreibzimmer kommen und mich um ein Rendezvous bitten; andere Männer hätten das damals, in jenen Zeiten des Umbruchs, vielleicht gewagt, aber nicht Harold. Außer Coombes Brothers verband uns nichts, und ich konnte nicht bis Weihnachten 1937 warten, wenn wir uns wieder bei einem gesellschaftlichen Ereignis außerhalb der reglementierten Arbeitsatmosphäre treffen würden. Die Wilmsford Amateur Operatic Society bot schließlich eine Gelegenheit; ich sang in *The Maid of the Mountains* im Chor mit, und meine Eltern besuchten die letzte Vorstellung. Ich brachte meiner Mutter vorsichtig bei, ich kenne da jemanden in der Firma – ich betonte, er sei ein Gentleman –, der die Aufführung vielleicht auch gern sehen würde, wenn ich ihn als ihren Gast einladen dürfte . . . Rückblickend hätte ich mir gar keine Sorgen machen müssen, daß sie peinliche Fragen stellen würde; ich glaube, in dem Moment, als ich das Thema anschnitt, machte sie schon Pläne, was sie als Brautmutter tragen würde. Vater war auch einverstanden; ich bin fast sicher, daß er diskrete Nachforschungen über Harold anstellte, sobald ich den Namen erwähnte.

Harold kam also und machte alles richtig, er überreichte Mutter bei seiner Ankunft ein kleines Blumengebinde und sprach bei einem Glas Sherry mit Vater über Coombes Brothers und seine Karriereaussichten dort. Ich war natürlich an dem Abend nicht dabei, aber Mutter erzählte mir später, daß Harold einen sehr guten Eindruck hinterlassen habe und sie ihn kommenden Sonntag zum Tee gebeten hätten. Ehrlich gesagt, meine Lieben, danach hatte ich keine Chance mehr; ohne daß ich recht wußte, wie mir geschah, kamen meine Eltern und Harold rasch zu einer stillschweigenden Übereinkunft. Als ich aufwachte, war es zu spät; bei Coombes Brothers war es das Tagesgespräch – daß Mr. Barlow heiratete, war schon sensationell genug, und dann auch noch ein Mädchen aus dem Schreibbüro, das achtzehn Jahre jünger war als er –, und ich hatte weder den Mut noch einen Grund auszubrechen. Ich wußte nicht einmal, daß ich diesen Wunsch überhaupt haben könnte. So etwas war mir einfach nicht mitgegeben worden. Kennt ihr Oscar Wilde, die Stelle aus *The Importance of Being Ernest*? Wo Lady Bracknell zu ihrer Tochter sagt: »Wenn du verlobt bist, wird dein Vater, sollte sein Gesundheitszustand es erlauben, dir Mitteilung davon machen.« Es war tatsächlich furchtbar ähnlich.

Die Trauung fand am 16. August 1938 in der St.-Lukas-

Kirche statt, mit allem Drum und Dran. Harold trug Cut und Zylinder, und mein seidenes Brautkleid war von Kendal Milne's in Manchester extra für mich angefertigt; der Empfang fand im Restaurant ›Milton‹ statt, wo er mich zum ersten Mal angesprochen hatte. Der *Wilmsford Messenger* berichtete auf der Titelseite in allen Einzelheiten über das Ereignis, einschließlich aller Geschenke, die wir bekamen, wobei besonders auf das Sheffield-Besteck von Coombes Brothers (ein wichtiger Anzeigenkunde), Harolds Vater und seine Verdienste ums Gemeinwohl (er war Friedensrichter und vor Jahren einmal Bürgermeister von Wilmsford gewesen) und die Stellung meines Vaters bei der Bank und als führender Rotarier (der Herausgeber der Zeitung war ebenfalls Mitglied) hingewiesen wurde. Auch das Opferlamm im Brautkleid fand Erwähnung. Rundum alles in bester Ordnung, sogar schön – damals, aber heute ... also, sagen wir es mal so: Ich bedaure, daß ich nicht zu einer Zeit aufgewachsen bin, in der ich etwas selbstsicherer hätte auftreten können, wenn nicht gar aufsässig.

Dann kam die Hochzeitsnacht, die wir im ›Great Orme Hotel‹ in Llandudno verbrachten und auf die Mutter mich vorbereitet hatte, so gut sie es verstand. Es lief nicht ganz auf: ›Ein braves Mädchen rührt sich nicht‹ hinaus, aber wesentlich fortschrittlicher war es auch nicht. Zuerst war die Rede von dem glücklichen Paar, das Kinder haben sollte, gefolgt von einer kleinen Predigt darüber, daß Gott die Ehe zu vielerlei Zwecken bestimmt habe, von denen einer sei, daß Kinder in ein gutes christliches Haus hineingeboren werden sollten. Aber Kinder fielen natürlich nicht einfach vom Himmel, es gab da gewisse Dinge... von hier an erging sie sich in Andeutungen. Es gebe gewisse ... physische Dinge; ein Mann habe natürliche Instinkte – und daran sei gewiß nichts auszusetzen bei geziemendem Umgang damit –, und der Frau komme es zu, sich dem zu fügen. Sie erlaubte sich einen flüchtigen Hinweis auf anfängliche Unannehmlichkeiten und die ausdrückliche Ermahnung, nie der Lust zu frönen, möge man schließlich noch so sehr dazu geneigt sein. Eines nämlich gelte ohne Einschränkung: Der erste Schritt sei Vorrecht des Mannes. Wenn meine Mutter heute noch lebte, wäre sie fast hundert Jahre alt, ein ungewöhnliches, aber nicht unmögliches Alter. Und sie würde sich mit einer Urenkelin abfinden müssen, die jetzt schon mit dem dritten Mann zusammenlebt und es sich im Bett eindeutig sehr wohl sein läßt – und bestimmt nie wartet, bis sie gefragt wird. Und wohlgemerkt, auch mit mir müßte meine Mutter sich abfinden.

Verwirrt und ängstlich angesichts dessen, was mir bevorstand, stieg ich mit Harold in den Zug nach Nord-Wales. Ein Taxi brachte uns zum Hotel, und ich lächelte befangen, als Harold ›Mr. und Mrs. H. E. Barlow‹ auf die Anmeldung schrieb und wir dem Hoteldiener, der unsere Koffer trug, in unsere Suite mit Blick auf die Mündung des Conway folgten. Der Diener machte die Tür hinter sich zu, und zum erstenmal, seit der Pfarrer ihm am Ende der Trauung die Erlaubnis gegeben hatte, küßte Harold mich. Ich hatte mir irgendwie vorgestellt, es müsse anders sein, wenn wir erst verheiratet wären, aber es war nicht anders; sein Schnurrbart kitzelte ein bißchen wie immer, und außer dem Kuß passierte nichts. Keine Liebkosungen, kein leidenschaftliches Aneinanderpressen unserer Körper, kein Hunger. Nur ein kurzer, wenn auch sehr liebevoller Kuß, dann meinte Harold, wir sollten auspacken. Ich nahm mein Nachthemd (auch von Kendal Milne's) aus dem Koffer und hielt inne, als ich mich zum Bett umdrehte; ich hatte keine Ahnung, auf welche Seite ich es legen sollte. Harold verstand zumindest diese kleine Unsicherheit und legte seinen Pyjama auf die linke Seite. Das Ganze hätte eine scherzhafte Bemerkung auslösen können, die das Eis gebrochen hätte, aber er sagte nichts. Nach dem Auspacken spazierten wir ein Weilchen den Marine Drive entlang und ließen den Tag Revue passieren, dann kehrten wir zum Abendessen ins Hotel zurück. Ein Streichquartett spielte zum Essen zwischen Topfpalmen Potpourris von Sigmund Romberg und Gilbert and Sullivan, dann gingen wir zum Kaffee in die Lounge. Es war Hochsaison, und das Hotel war ausgebucht, so daß wir uns mit einem Paar aus Birmingham an einen Tisch setzen mußten. Sie plauderte mit mir über die Zerstreuungen, die Llandudno zu bieten hatte, während ihr Mann und Harold sich über das Cricket-Länderspiel unterhielten. Keiner von uns sagte etwas, womit wir verraten hätten, daß wir frisch verheiratet waren; Hochzeitsreisen waren damals etwas sehr Intimes, ein kurzes Zwischenspiel zwischen dem offiziellen Hochzeitstag und den Jahren achtbaren Ehelebens, die folgen sollten. Heute klingt das ganz seltsam.

Dann zu Bett – und was das für ein Auftritt werden sollte. Wir lächelten und wünschten ringsum gute Nacht, als wir die Lounge verließen, dann stiegen wir die breite Treppe hinauf und gingen durch den langen Korridor zu unserem Zimmer. Harold schloß die Tür auf und trat zur Seite, um mir den Vortritt zu lassen. Ich ging zum Fenster und blickte aufs mondlichtüberglitzerte Wasser hinaus, das von der Ebbe sanft aus der Flußmündung ins Meer gesogen wurde. Ich fand es wunderschön mit den dunklen Silhouetten von Penmaenmawr und Llanfairfechan am fernen Ufer als Hintergrund und hätte am liebsten bis zum Frühstück da hinausgeschaut. Da trat Harold neben mich und zog die Vorhänge zu.

»Ich glaube, es ist Zeit zum Schlafengehen. Geh du zuerst ins Bad.«

Er zog sich in den kleinen Wohnraum zurück, von wo aus er mich nicht sehen konnte. Ich nahm mein Nachthemd und ging ins Bad, wo ich lange auf meinen Ehering starrte, bevor ich anfing, mich auszuziehen. Ein hoher, holzgerahmter Spiegel hing da, und zum erstenmal in meinem Leben sah ich meinen nackten Körper an, das heißt, ich sah ihn richtig an. Ich hatte damals keine Vergleichsmöglichkeiten, aber heute weiß ich, daß es ein attraktiver Körper war, schmale Taille, voller Busen (nicht Brüste, ein viel zu biologisches Wort, schon fast unanständig), wohlgeformte Beine. Mein Haar war damals blond, und ich hatte mir zur Hochzeit einen Stufenschnitt machen lassen, und einer meiner größten Vorzüge waren immer meine Augen gewesen, groß und von der Farbe heller Veilchen. Was ich dort sah, ohne es erkennen zu können, war eine begehrenswerte Frau; was ich spürte, war der Wunsch, alles, was geschehen sollte, möge rasch vorbei sein. Das Nachthemd mit seinem pfirsichfarbenen Seidenglanz ließ mich noch sinnlicher aussehen, aber ich schaute nicht noch einmal in den Spiegel. Harold saß immer noch im Nebenraum, als ich hastig ins Bett stieg.

»Das Bad ist frei«, rief ich, während ich mir die Decke bis ans Kinn zog.

Er lächelte mir zu, als er durchs Zimmer ging, und ich starrte an die Decke und überlegte, ob ich beten sollte. Wofür? Frieden war damals keine schlechte Idee; denn selbst ich hatte mitbekommen, daß es in Europa kriselte, obschon mein Vater der Ansicht war, Frauen sollten sich mit der männlichen Welt der Politik nicht befassen. Ich dachte an meine Schwester Eleanor, die jetzt wohlbehalten zu Hause war, noch unverheiratet und wahrscheinlich neidisch auf mich. Mein Zimmer wäre jetzt leer, aber es war nicht mehr mein Zimmer. Genaugenommen würde es ›mein Zimmer‹ nie mehr geben, nur unser Zimmer – meins und Harolds. Mein Mann. Lieben, ehren und gehorchen ... ich erstarrte unter der Bettdecke, als er aus dem Bad kam. Er trug einen neuen Schlafanzug, und mein Blick fiel auf die weiße, um die Taille geknotete Kordel. Unmittelbar darunter waren die blauen Streifen des Musters aus der Form, und es sah aus, als hätte er dort irgend etwas. Ich fühlte eine nervöse Erregung, aber meine Ängste hatten sich schon fast zur Panik gesteigert. Wenn meine Mutter sich im Zusammenhang mit bestimmten Dingen doch nur etwas genauer ausgedrückt hätte! Nach unserem Gespräch hatte ich mir in der Bibliothek von Wilmsford einen Bildband über italienische Kunst genommen und mir ein Bild des jungen David genau angesehen, um ihre Andeutungen mit dem in Einklang zu bringen, was ich sah. Harold war dem jungen David jedenfalls gar nicht ähnlich ... heute lache ich natürlich, wenn ich daran denke, aber ich war wirklich so unschuldig, und das Ganze war einfach beängstigend für mich. Er machte das Licht aus, stieg ins Bett und legte den Arm um meine zitternden Schultern.

»War der Tag sehr anstrengend für dich?«

Ich glaube, ich hätte nur ja zu sagen brauchen, dann hätte er bis zur nächsten Nacht gewartet, aber ich flüsterte nein, nicht allzusehr. Ich wollte unbedingt meine Rolle übernehmen – und ihm endlich meine Gefühle zeigen –, und so legte ich beide Arme um ihn und küßte ihn; im Kopf hatte ich ein Bild von Clark Gable und Jean Harlow in ... ich habe den Filmtitel vergessen, aber wenn sie sich küßten, meinten sie es ernst. Hollywood-Stars waren natürlich kaum das richtige Rollenvorbild für brave Mädchen, aber es war das einzige, das ich hatte. Ich zog den Kuß bewußt in die Länge, teils um zu demonstrieren, daß ich ihn liebte (ich hatte mir eingeredet, das müßte ich), teils um noch hinauszuzögern, was als nächstes kam. Er schob seine Hand nach unten und zog mir das Nachthemd über die Beine hoch bis zur Taille – ja, das hatte ich erwartet –, dabei stöhnte er leise, ganz untypisch für Harold. Dann begann er unter der Bettdecke herumzufummeln, und ich fühlte ein nacktes Bein an meinem, eine überraschende, aber nicht unangenehme Empfindung. Seine Hand glitt wieder nach oben und strich jetzt über meinen Körper (die obere Hälfte), und etwas, das ich nicht identifizieren konnte, drückte gegen meine Hüfte.

Ich küßte ihn erneut, und dann schnappte ich nach Luft, als er sich heftig atmend auf mich legte; er war schwer, und ich fühlte mich gefangen. Was immer gegen meine Hüfte gedrückt hatte, war noch da, von Harold schonungslos und ungeschickt hin und her bewegt; auch er war ja mit seinen siebenunddreißig Jahren gewissermaßen noch Jungfrau. Dann schrie ich auf, als er sich in mich hineinzudrängen versuchte, und plötzlich war alles klebrig; er hatte im Moment des Eindringens seinen Höhepunkt gehabt. (Das sind natürlich alles nachträgliche Weisheiten. Heute weiß ich, was sich da abgespielt hat – ich weiß es sogar sehr gut –, aber damals tat mir nur alles weh, und ich hatte Angst und war bestürzt.) Am verwirrendsten war seine Reaktion. Alle Anspannung wich von ihm, und er rollte von mir herunter. Dann entschuldigte er sich verlegen.

Ich erinnere mich nicht mehr genau an seine Worte, aber ich weiß, daß sie mir keine große Hilfe waren. Innerhalb von wenigen Minuten schlief er fest – wenigstens schnarchte er nicht –, und ich lag hellwach da und lauschte auf das ferne Geräusch der Wellen. War ich jetzt schwanger? War das alles, was dazu nötig war? War das die Ehe? Ich erinnere mich halb und halb an einen kurzen Augenblick seltsamen Wohlgefühls, aber er war so kurz gewesen, daß ich dachte, ich müsse mir das eingebildet haben. Ich drehte den Kopf und sah meinen Mann an. In guten und in schlechten Tagen, bis daß der Tod uns scheidet. Am selben Vormittag hatte ich in der Kirche gestanden und es gelobt, überzeugt davon, daß ich es auch so meinte.

Wir hatten zwei Wochen lang herrliches Wetter, waren

einen Abend im Konzert, einen anderen im Kurtheater auf dem Pier, spazierten auf den Great Orme und verbrachten einen Nachmittag in Happy Valley, wobei Harold mit seiner Box Schnappschüsse von mir machte; außerdem nahmen wir an zwei Busausflügen teil, einem auf den Snowdon, einem anderen über die Menai Strait nach Anglesey; einmal gingen wir ins Kino, um Charles Laughton und Vivien Leigh in ›St. Martins Lane‹ zu sehen, und auf dem Rückweg ins Hotel summte ich die Melodien, die Larry Adler und das Carroll-Gibbons-Orchester gespielt hatten, aber für Harolds Geschmack war alles zu seicht gewesen. Das Ehepaar aus den Midlands fuhr mit uns nach Anglesey, und Harold und der Mann – ich vergesse immer die Namen – freundeten sich richtig an. Ich fand es anerkennenswert, daß die Frau, obwohl sie gemerkt haben mußte, daß wir Hochzeitsreisende waren, nie ein Wort darüber verlor. Außer einmal, als wir im Bus auf unsere Männer warteten. Sie hatte mir höfliche Fragen nach meiner Familie gestellt und, ohne daß ich es merkte, mehr über mich erfahren, als mir klar war.

»Werden sie Ihnen nicht fehlen, jetzt, wo Sie verheiratet sind?« fragte sie. »Ich meine, Ihre Eltern und Ihre Schwester?«

»Wie bitte?« Die Frage kam so unvermutet, daß ich nicht gewappnet war. »Ach nein. Wir wohnen ganz in der Nähe, und wir können uns jederzeit sehen.« Ich wußte sofort, daß ich mich verraten hatte, und errötete tief.

Sie tätschelte mir beruhigend die Hand. Sie und ihr Mann waren in Harolds Alter, und für sie war ich kaum mehr als ein Kind.

»Sie werden bestimmt sehr glücklich«, sagte sie. »Zu Anfang muß man sich an manches gewöhnen, aber dann renkt sich alles ein. Ach, sehen Sie nur! Ist die Sonne auf den Bergen nicht wunderschön?« Sie kam nie wieder darauf zu sprechen, lächelte mir danach aber jeden Abend zum Abschied herzlich und ermutigend zu. Ich sollte mich wenigstens an ihren Namen erinnern; sie war doch meine heimliche Verbündete.

An unserem letzten Abend trank Harold nach dem Abendessen zwei Gläser mehr als sonst. Versteht mich recht; er war nicht betrunken und schon gar nicht abstoßend, aber als wir in unser Zimmer kamen, küßte er mich, als ob er es wirklich ernst meinte, und zum erstenmal liebten wir uns mit gewissem Erfolg. Danach kuschelte ich mich mit einem wohlig zufriedenen Gefühl, das ich nicht erklären konnte, das mir aber gefiel, an ihn und schlief fest ein. Früh am nächsten Morgen schlüpfte ich vorsichtig aus meinem Nachthemd, legte mich auf ihn und streichelte sein Gesicht, bis er aufwachte ... und er war schockiert. Ich hatte schon angefangen, ihn hinter mir zu lassen.

Auch so wurde aus mir eine höchst befriedigende Mrs. Harold Barlow. Ich kochte ihm das Essen, stopfte seine Socken, wusch seine Wäsche, hielt das Haus in Ordnung und pflegte ihn, wenn er krank war, was selten vorkam. Während er sich bei Coombes Brothers hocharbeitete, nahm ich immer häufiger an offiziellen geschäftlichen Veranstaltungen teil und machte ihm Ehre. Ich nickte gehorsam, wenn er sich über Politik ausließ, und übernahm seine Meinungen, ohne sie zu hinterfragen. Abends hörten wir das dritte Programm im Radio, oder er legte eine seiner Klassikplatten auf, während ich stickte oder strickte. Ich brachte seine Kinder zur Welt und unterwarf mich widerstandslos seinen Regeln für ihre Erziehung. Denn er war ein guter Ehemann, treu und fleißig, verantwortungsbewußt und korrekt, verläßlich wie ein Fels. Ich hatte einen Mann gewählt – oder besser, er war für mich gewählt worden –, der mir den Vater ersetzen sollte, und ich konnte mir einreden, daß ich zufrieden war, sogar vom Glück begünstigt. Zwanzig Jahre lang akzeptierte ich etwas, wovon mir eine immer lauter werdende innere Stimme sagte, daß es nicht genüge, und niemand ahnte etwas davon.

Bis daß der Tod uns . . . Harold starb am 17. Juni 1959, als meine Kinder allein bei ihm im Krankenhaus waren. Naomi, die Ruhelose, Ehrgeizige, Richard, der Hartgesottene, Tim, der Sanfte. Sie sind so unterschiedlich, daß ich meine Liebe jedem von ihnen anders zeigen muß. Aber sie sind aneinandergekettet, weil sie an jenem Nachmittag dort waren und ihren Vater sterben sahen. Und trotz ihrer Trauer weiß ich, daß dieser Augenblick ihnen so etwas wie ein Gefühl der Erlösung gebracht hat und daß sie sich deswegen immer noch schuldig fühlen. Ich habe ihnen das auszureden versucht, aber es ist trotzdem so, und das macht mir Sorge. Ich konnte ihnen gegenüber nämlich nie zugeben, daß ich keine Schuld empfinde wegen dieses Gefühls, das mich erfaßte, als ich nach dem Anruf aus dem Krankenhaus den Hörer auflegte. Sie hatten mir nicht gesagt, was genau passiert war, aber ich wußte es. Und als ich nach einem Taxi telefonierte, überkam mich ein fast schmerzliches Gefühl großer Freiheit und Erleichterung darüber, daß mein lieber, treuer, langweiliger Harold nie erfahren würde, wie sehr ich ihn hintergangen hatte.

FÜNFTES KAPITEL

Familientragödie

Harold Barlow brach am 14. März 1958 über seinem Zeichenbrett zusammen, während er einem halbfertigen Plan noch ein Detail hinzufügte. Der Bleistift, den er in der Hand hielt, glitt mit einem unkontrollierten, irren Strich vom Lineal nach oben ab, bohrte sich in das Millimeterpapier und zerbrach an dem Holz darunter. Als der Betriebssanitäter von Coombes Brothers hereingerannt kam, war Harold schon bewußtlos; als man seine Augenlider hochschob, waren die Pupillen erweitert, und nur der schwache Puls und die flache Atmung deuteten darauf hin, daß er noch lebte. Ein Krankenwagen brachte ihn ins Cottage Hospital von Wilmsford, wo man Röntgenaufnahmen machte und feststellte, daß ein Blutgefäß geplatzt war und in einen nicht vermuteten Tumor an der Gehirnhaut hineinblutete, der Membran zwischen Schädelknochen und Gehirn.

Er wurde in ein abseits gelegenes Zimmer des Pennine-Flügels gelegt, dessen hohes Schiebefenster auf den Krankenhauspark blickte. Der Fußboden war mit Linoleum belegt, das die hellolivgrüne Farbe der Wände aufnahm; die Möblierung bestand aus drei Stahlrohrstühlen mit roten Plastiküberzügen, von denen einer etwas eingerissen war, und einem stählernen Nachttisch, auf dem eine Vase mit Blumen stand, die seine Frau Florence regelmäßig aus ihrem Garten erneuerte; daneben lagen Karten von seiner Schwägerin, der Geschäftsleitung und den Mitarbeitern von Coombes Brothers, seinen Kirchenvorstandskollegen sowie ein Foto seiner Kinder. Am Fußende des eisernen Bettgestells hing eine Karte mit seiner Fieber- und Pulskurve. Auf der einen Bettseite hing an einem Ständer eine umgedrehte Flasche, aus der ein Schlauch durch sein rechtes Nasenloch in seinen Magen führte und ihn langsam tropfenweise ernährte. Auf der anderen Seite ging ein weiterer, dickerer Schlauch von einem schwarzen Metallzylinder zu einer Maske über seiner unteren Gesichtshälfte. Von dem Zylinder hing so etwas wie eine rosafarbene Fußballblase, die sich im Rhythmus seines künstlich kontrollierten Atems ausdehnte und zusammenzog. Die leisen Seufzer dieser Blase waren das einzige Geräusch in dem stillen Zimmer.

Er lag reglos unter der Bettdecke und der beigefarbenen Tagesdecke, auf die an einer Ecke in Karmesinrot der Name des Krankenhauses gestickt war. Wenn seine Frau ihn besuchte, zog sie sanft seinen rechten Arm darunter hervor und hielt seine Hand, während sie ihm leise von ihrem Alltag erzählte, was die Kinder machten und was es in der Nachbarschaft Neues gab. Zweimal die Woche deckten zwei Krankenschwestern ihn auf und wuschen ihn mit einem Schwamm, bevor sie ihn auf die andere Seite legten und die durchgelegenen Stellen an seinem Körper mit Salbe einrieben. Alle vierzehn Tage wurden ihm die Nägel geschnitten, einmal im Monat die Haare. Jede Woche schaute Dr. Hardcastle, der Spezialist, auf seinem Rundgang vorbei und fragte Schwester Poole, ob es Anzeichen gegeben habe, daß er auf Reize wie Licht, Geräusche oder anderes reagiere, und die Antwort war immer nein. Der Tumor war eine unüberwindliche Barriere, die sein Bewußtsein abschnitt. Nachdem dieser Zustand fast ein Jahr lang unverändert geblieben war, führte der Chirurgieassistent im Büro der Stationsschwester ein Gespräch mit Florence Barlow.

»Dr. Hardcastle hat mich gebeten, noch einmal mit Ihnen zu sprechen«, sagte er. »Vergangene Woche hatten wir einen Spezialisten aus der Harley Street hier, der sich Ihren Mann angesehen hat, und er ist zum selben Schluß gekommen wie wir. Operieren ist viel zu riskant. Man hat es in vergleichbaren Fällen schon versucht, und das Resultat war immer, daß der Patient entweder gestorben oder in ein Dauerkoma gefallen ist.«

»Mein Mann liegt im Koma.«

»Gewiß, aber ... Mrs. Barlow, ich möchte Ihnen keine falschen Hoffnungen machen, aber es hat Fälle gegeben, in denen Patienten zumindest teilweise wiederhergestellt wurden. Im *Lancet* stand vor kurzem ein Bericht über eine Amerikanerin, die einen Teil ihres Sprechvermögens wiedergewonnen hat.«

»Nach wie langer Zeit?«

Der Doktor sah etwas verlegen drein. »Leider ziemlich lange. Sieben Jahre, soviel ich weiß.«

»Und dann konnte sie auch nur ein bißchen sprechen.«

»Schon, aber das Gehirn ist ein Teil des Körpers, über den wir noch viel zu lernen haben. Im Falle Ihres Mannes ... also, möglich ist da fast alles.«

»Natürlich auch, daß es genauso bleibt wie jetzt.«

Bei seiner ersten Begegnung mit Florence Barlow hatte der Chirurg etwas anderes gesehen, als er erwartet hatte. Ihr Mann war Ende Fünfzig; sie war höchstens Ende Dreißig, eine attraktive und offensichtlich intelligente Frau. Er hatte sofort erkannt, daß er ihr keine unverbindlichen Platitüden anbieten oder falsche Hoffnungen machen konnte, und er hatte es darum auch nie getan.

»Sein Zustand ist so, daß wir Ihren Mann am Leben erhalten können, Mrs. Barlow, aber mehr kann ich Ihnen nicht versprechen.«

»Und wie lange können Sie ihn am Leben erhalten?«

»Das kann man unmöglich vorhersagen. Bis auf den Tumor ist sein Gesundheitszustand für sein Alter ausgezeichnet. Sein Herz ist kräftig, und wir haben sonst keine Anzeichen für irgendeine Krankheit gefunden.«

»Er könnte also ... sagen wir, siebzig werden? Oder achtzig?«

»Ehrlich gesagt, ja, Mrs. Barlow. Er könnte aber auch morgen sterben. Wir wissen es einfach nicht. Fest steht, daß wir nichts weiter für ihn tun können.«

Sie blickte einige Sekunden auf ihre Handtasche, die sie auf dem Schoß hielt; dann hob sie den Kopf und nickte. »Vielen Dank, Doktor. Ich weiß Ihre Aufrichtigkeit zu schätzen. Und jetzt würde ich gern zu ihm gehen und ein Weilchen bei ihm sitzen.«

»Natürlich.« Die regulären Besuchszeiten waren für die Familie längst aufgehoben.

»Darf ich noch eine Frage klären?« sagte sie, als sie beide aufstanden. »Sehen Sie eine Möglichkeit – wenn sie auch noch so gering ist –, daß mein Mann wieder völlig gesund wird?«

Der Chirurg hob die Hände. »Mrs. Barlow, es gibt Situationen, in denen es für einen Arzt ganz verkehrt wäre, etwas voraussagen zu wollen. Ich habe noch nie von so einem Fall gehört, aber ich kann ihn nicht ganz ausschließen. Vielleicht möchten Sie darüber noch einmal mit Dr. Hardcastle sprechen?«

»Würde er mir denn etwas anderes sagen?«

»Nein ... bedaure.«

»Dann will ich ihn nicht belästigen. Er hat viel zu tun.«

Florence saß eine gute Stunde bei ihrem Mann. Was sie eben gehört hatte, ängstigte oder erschreckte sie nicht. Sie hatte die Lage schon erkannt und sich auf vielerlei Weise damit abgefunden. Aber jetzt war es bestätigt, und sie mußte die Möglichkeit, daß Harold auf Dauer so hilflos blieb, irgendwie in ihr weiteres Leben einbauen. Sie war immer eine praktische Frau gewesen, die ihre Gefühle von den täglichen Anforderungen als Frau und Mutter trennen konnte. Sie mußte einen Gesprächstermin mit Mr. Douglas, Harolds Chef, vereinbaren und ihm die Lage schildern; das war ebenso ein Gebot der Höflichkeit als auch eine Möglichkeit herauszufinden, wie Coombes Brothers sich nun verhalten würde. Bisher war Harolds Gehalt weitergezahlt worden, aber ... das Bankkonto lief nur auf seinen Namen, und das hieß, sie mußte sich mit dem Bankdirektor und wahrscheinlich auch mit ihrem Anwalt beraten. Die Schulleitungen mußten verständigt werden, auch wenn sie natürlich bereits im Bilde waren. Briefe mußten geschrieben werden. An den Vorstand des

Golfclubs, an verschiedene Freunde, an Harolds Vetter in Toronto, an den Mann – wie hieß er noch? Summers oder Summerville – in Southampton, mit dem Harold seit einiger Zeit Fernschach spielte und der so mitfühlend Anteil genommen hatte. Dann war da der Urlaub, den sie vor Monaten gebucht hatte, teils um etwas Normalität in das Unnormale zu bringen, teils aus dem verzweifelten Traum heraus, daß Harold ebenso plötzlich wieder genesen würde, wie er krank geworden war. Es war noch nicht zu spät für eine Absage ... nein, das würde bei den Kindern nur zu dem Gefühl beitragen, daß ihr Leben in ein Chaos entartet war. Sie konnte trotzdem mit ihnen fahren, solange das Krankenhaus wußte, wo sie zu erreichen war; sie mußte so normal wie irgend möglich weitermachen.

Die praktischen Fragen häuften sich, und es wurden zu viele, um über alle gleichzeitig nachzudenken. Sie ließ sie vorerst beiseite, während sie die Hand ausstreckte und ihrem Mann über die Stirn fuhr und stumme Tränen über ihr Gesicht rannen. Sie hatte oft das Gefühl, daß sie zu rasch geheiratet hatte – verheiratet worden war, aber Harold war zuverlässig und treu gewesen, berechenbar und langweilig vielleicht, aber immer ganz korrekt. Das Leben mit ihm war nie aufregend gewesen, aber er hatte sie auch nie verletzt. Er hatte nie etwas dagegen gehabt, daß sie sich so in der Amateuroperngesellschaft engagierte, sich pflichtschuldigst eine Vorstellung jeder Aufführung angesehen, in der sie mitwirkte, und auch nie versucht, sie davon abzubringen. Es war eine schreckliche Ironie, daß sie kurz vor seiner Erkrankung die Titelrolle in Lehars

›Lustiger Witwe‹ gespielt hatte – mit Donald Barraclough als Partner. Der liebe Donald, der so besorgt und verständnisvoll gewesen war, als er davon hörte, und der sich so rücksichtsvoll zurückgehalten hatte, obwohl er gleich nebenan wohnte ...

O ja, Verwicklungen gab es – Schuldgefühle und Reue und lockende Verheißung, die ebenso verführerisch war, wie sie verboten gehörte, und ihre Qualen jetzt noch vergrößerte. Wenn Harold nicht krank geworden wäre, was wäre geschehen? Was *war* geschehen? Es hatte alles so unschuldig begonnen, mit netten, zwanglosen Gesprächen und Gelächter, und hatte sich dann langsam weiterentwickelt zu etwas Tiefergehendem, Unbekanntem und bezaubernd Neuem. Seine Bemerkungen über Cicely, zuerst nichts weiter als dunkle Andeutungen, gingen über in das Eingeständnis einer unglücklichen Ehe. Ihre Sympathiebekundungen waren immer vertrauter geworden, ohne daß sie es merkte, bis er sie eines Abends in seinem Auto geküßt hatte. Als sie sich das nächste Mal begegneten, hatte er sich entschuldigt und gesagt, sie müßten zu ihrem freundschaftlichen Verhältnis von vorher zurückkehren, aber (und Florence wußte, daß sie hier nicht ganz unschuldig war) dann war es doch weitergegangen, bis sie schließlich bei jeder Probe – für *Jolanthe* – nur noch halb auf den Regisseur und den Dirigenten hörte und kaum erwarten konnte, daß es zu Ende war und Donald sie nach Hause fuhr. Es war die Romanze gewesen, die Harold ihr nie hatte bieten können, wie eine Operettenliebschaft, die so schön war, daß man das mulmige Gefühl, etwas Verbotenes zu tun, dafür in Kauf nahm. Körperlich gingen sie nie über Umarmungen hinaus, die ihnen das Gefühl gaben, einander glücklich gefunden zu haben, doch die Umarmungen wurden jedesmal inniger, jede war ein weiterer Schritt hin zu dem, was zwangsläufig geschehen würde; was Florence, indem sie sich auf jedes neue Stadium einließ, mit zunehmender Gewißheit auch wollte. Donald hatte ein Bedürfnis in ihr geweckt, ein Bedürfnis, von dem sie nichts gewußt hatte.

Florence deckte den Arm ihres Mannes sorgsam wieder zu und küßte ihn auf die Stirn. Zuerst mußte sie zu Mr. Douglas gehen, dann zur Bank, dann ... nein. Zuerst mußte sie den Kindern sagen, daß die Ärzte nach den Monaten der Hoffnung und des Redens über weitere Untersuchungen, weitere Spezialisten, ›interessante‹ Anzeichen und der Annahme einer medizinischen Herausforderung nun doch am Ende aufgaben. Die einzige Chance war, daß ihr Vater plötzlich wieder zu sich kam, weil irgend etwas Unerklärliches sein persönliches Gefängnis aufschloß. Nur ein willkürliches, blindes Schicksal, das ihn zu dem gemacht hatte, was er jetzt war, konnte ihn nun noch retten.

Naomi saß auf der Werkbank ihres Vaters und starrte aus dem Fenster des Schuppens in den Garten hinaus und auf die Rosen am Spalier, hinter dem das Gemüse wucherte, das seit der Erkrankung ihres Vaters längst in den Samen geschossen war. Im Schuppen roch es nach Öl und Sägemehl, aber er war tadellos aufgeräumt und viel benutzt. Die soliden Gartengeräte standen an ihren Plätzen; in einer Ecke stapelten sich Holzreste von irgendwelchen

Arbeiten im Haus; auf dem Regal standen Dosen mit Nägeln, Schrauben und Dichtungen, alles nach Größen geordnet und ordentlich beschriftet; Rechen, Spaten, Gabel und Hacke hingen an ihren Haken. Als sie und ihre Brüder noch klein gewesen waren, hatten sie im Schuppen spielen dürfen, wenn sie versprachen, nichts anzurühren. Naomi konnte sich nicht erinnern, wann sie zuletzt alle drei hier gewesen waren. Aber jetzt waren sie ganz instinktiv hierher zurückgekehrt. Richard und Tim saßen nebeneinander auf der uralten schwarzen Reisetruhe, in der ihr Vater angebrochene Farbtöpfe aufbewahrte. Die Nachmittagssonne flutete durch die offene Tür herein, und Staubpartikel tanzten langsam in ihren Strahlen.

»Wann stirbt er?« fragte Tim leise.

»Mami sagt, der Arzt hat gemeint, es könnte auch ganz plötzlich wieder besser werden«, antwortete Naomi.

»Aber die haben auch gesagt, daß er vielleicht nie mehr aufwacht.« Tim fing an zu schluchzen, und Naomi wurde plötzlich bewußt, daß sie ja die Älteste war; sie reagierte genauso wie ihre Mutter, wenn sie ihren Mann trösten mußte.

»Na komm, Tim.« Sie glitt vom Tisch und kniete sich neben ihn auf den Boden, wobei sie den Rock raffte, damit er nicht schmutzig wurde – sie waren alle noch in ihren Schuluniformen –, und nahm seine Hand. »Es ist nicht schlimmer als vorher.«

»Aber auch nicht besser. Die Frage ist, wann unternehmen wir etwas?«

Naomi warf Richard einen warnenden Blick zu. »Nicht jetzt.«

Richard zuckte die Achseln. »Tim weiß, was ich meine.«

Sein Bruder heulte auf, sprang hoch und rannte, ehe Naomi ihn aufhalten konnte, aus dem Schuppen zum Haus. Sie schloß die Augen und seufzte müde, als sie aufstand.

»Hast du denn überhaupt kein Gefühl dafür, wann du mal den Mund halten mußt? Ich weiß, worüber wir gesprochen haben – und ich weiß auch, daß du mit Tim geredet hast –, aber ausgerechnet jetzt davon anzufangen ...« Ungläubig und wütend wandte sie sich ab.

Richard ging nicht darauf ein. Als ihre Mutter mit der Nachricht aus dem Krankenhaus gekommen war, hatte er sofort beschlossen, den Augenblick zu nutzen. Jetzt, da die Ärzte jede echte Hoffnung aufgegeben hatten, war es an der Zeit, seinen Argumenten für den Tod seines Vaters Nachdruck zu verleihen. Wenn er erst Naomi dafür gewonnen hätte – und er wußte, daß er sie allmählich auf seine Seite bekam –, würde Tim unweigerlich folgen.

»Ich bin nur realistisch«, widersprach er. »Jetzt ist es sogar noch logischer, oder?«

»Es ist nicht der richtige Augenblick, darüber zu reden«, wiederholte sie. »Ich weiß nicht, was ich denken soll.«

»Bist du denn nicht mehr dafür?« wollte er wissen.

»Du sollst einfach ... frag jetzt nicht ...«

In seinem Eifer, jetzt nicht den Boden zu verlieren, den er in wochenlanger Mühe gewonnen hatte, machte Richard einen Fehler. »Du meinst, du willst nichts mehr davon wissen, daß du ihn haßt?«

Er jaulte auf, als Naomi ihm, atemlos vor Zorn und Schmerz, mit Wucht gegen das Schienbein trat.

»Sag das nie wieder, Richard!« Er zuckte zurück, als sie noch einmal drohend mit dem Fuß ausholte, dann nickte er. »Verstanden?«

»Okay«, murmelte er. Sie sah noch, kurz bevor er den Kopf senkte, wie ihm die Tränen in die Augen schossen.

»Das will ich auch hoffen. Im Augenblick müssen wir uns darauf konzentrieren, Mama beizustehen.«

»Wie denn?« Er fuhr sich mit dem Ärmel übers Gesicht, bevor er sie wieder ansah. »Wirklich helfen kann ihr nur sein Tod. Das wissen wir alle. Und wenn er noch Jahre so weiterlebt –«

»Ich hab's dir gesagt, Richard«, unterbrach sie ihn heftig. »Nicht heute.«

»Dann morgen? Nächste Woche? Oder hast du einen anderen Vorschlag, wie wir Mama helfen können?«

»Gib doch einfach mal Ruhe. Vielleicht können wir ... Ich gehe jetzt nachsehen, was Tim macht.«

Als sie fort war, rieb Richard sich das Schienbein und zog mit der anderen Hand ein zerknülltes Fünferpäckchen Woodbines aus seiner Tasche. Es war unwahrscheinlich, daß jemand in den Schuppen kam und ihn beim Rauchen erwischte. Da er selbst sich seiner Sache sicher war, machte ihn das Zögern der anderen ungeduldig. Ihr Vater war schon so gut wie tot; in dem Moment, da er keine finanzielle Sicherheit mehr bot, wurde seine sinnlose Existenz zur Bedrohung. Ihre Mutter hatte über sein Arbeitsverhältnis nur gesagt, daß sie mit Coombes Brothers sprechen wolle, aber Richard hatte sich schon lange ausgerechnet, daß die nicht bis in alle Ewigkeit zahlen würden. Jetzt mußte er Naomi und Tim so lange bei der Stange halten, bis auch sie es begriffen. Naomi wollte studieren, Tim würde sich Sorgen machen, wie ihre Mutter zurechtkam. Richard begann darüber nachzudenken, wie er sein Manipulationstalent am besten einsetzen könnte.

Als Naomi in sein Zimmer kam, lag Tim bäuchlings auf dem Bett und schluchzte. Mit der einen Hand umklammerte er sein Stoffkaninchen, dessen zerdrückte Ohren und schlaffer Körper von Jahren kindlicher Liebe zeugten; selbst Richards Hänseleien hatten ihm dieses Kaninchen nicht vermiesen können. Sie setzte sich neben ihn und strich ihm tröstend übers Haar.

»Na komm«, sagte sie aufmunternd. »Damit mußten wir doch schon lange rechnen.«

»Das macht es auch nicht besser«, murmelte er.

»Ich weiß, aber Weinen hilft Mama nicht, und wenigstens für sie können wir etwas tun.«

»Wie denn?«

»Indem wir einfach da sind. Sie unterstützen. Und wenn wir uns noch so mies fühlen, für sie muß es noch … gut, vielleicht nicht noch schlimmer, aber genauso schlimm sein. Wir dürfen sie nicht im Stich lassen.«

»Und wie ist das mit …« Er drehte sich abrupt um und sah sie an. »Mit dem, was Richard gesagt hat?«

Naomi zögerte. Sie wußte nicht genau, wie weit Richard bei Tim gegangen war. »Was meinst du?«

»Ich meine … Ich kann es nicht aussprechen, aber du weißt schon. Er hat mit dir darüber geredet.«

»Du meinst, daß wir Dad erlösen?«

»Ja ... um Mama zu helfen. Es würde ihr doch helfen, oder? Wenn Coombes Brothers sein Gehalt nicht weiterzahlt, kommt sie nicht über die Runden. Sie muß das Haus verkaufen und in eine Sozialwohnung ziehen oder so. Das könnte ich nicht ertragen.«

»Wir wissen noch nicht, ob sie sein Gehalt weiterzahlen oder nicht.«

»Richard sagt, sie tun es nicht. Und was meinst du?«

»Ich weiß es nicht ... vielleicht ...« Naomi begann unvermittelt zu weinen. »Warum mußte das alles passieren, Tim?«

»Weiß ich auch nicht.« Er griff nach ihrer Hand und drückte sie. »Ich hab Angst, Nimmy. Was wird aus uns?«

»Wir kommen schon zurecht«, versicherte sie.

»Wie denn? Höchstens ... du weißt schon.«

Sie sahen sich lange an, dann sagte Naomi: »Du würdest doch alles für Mama tun, oder? Ich auch.«

Sie hatte nichts weiter gewollt, als ihrem Bruder sagen, daß sie seine Sorgen verstand, aber es war einer jener Sätze, die einer sagt und der andere nie vergißt, weil er ihn als wichtig ansieht. Es war nur ein winziger Augenblick in vielen Gesprächen, die während jener Zeit zwischen den Geschwistern stattfanden, aber es war ein entscheidender Wendepunkt, an dem der Zögerlichste anfing, seine Entscheidung zu treffen. Als er wieder allein war, klammerte Tim sich an diese Worte. »Du würdest doch alles für Mama tun, oder?« Ja, das würde er.

Florence hatte die Arme vor der Brust verschränkt, während sie am Küchenschrank lehnte, so weit wie möglich entfernt von Donald Barraclough.

»Wie haben die Kinder es aufgenommen?« fragte er.

»Ganz gut. Ich habe sie allein gelassen, damit sie darüber reden können.«

»Und wann gehst du zu Coombes Brothers?«

»Morgen vormittag. Mr. Douglas' Sekretärin hat mir gleich einen Termin gegeben.«

»Die tun bestimmt, was sie können.«

»Wir werden sehen. Ich schraube meine Hoffnungen nicht allzu hoch. Mein Vater hat immer gesagt, im Geschäftsleben ist kein Platz für Gefühle.«

»Aber Harold ist doch schon Jahre in der Firma. Da werden sie ja wohl ...«

»Ich schraube meine Hoffnungen nicht zu hoch«, wiederholte sie energisch. »Harold war immer der Ansicht, daß die erste Pflicht der Firmenleitung gilt.«

Sie biß sich auf die Lippe, als er den Kopf wandte. In bestimmten Momenten sah Donald unglaublich attraktiv aus, viel mehr wie ein Kinoheld als ein Pharmavertreter. Sie sehnte sich danach, in seinen Armen zu liegen.

»Wenn ich irgendwie helfen kann, mußt du es mir nur sagen«, erklärte er.

Florence erstarrte, als er auf sie zukam. »Nein. Bitte faß mich nicht an, Donald. Das wäre im Augenblick schrecklich grausam.«

Er blieb stehen. »Gut. Es tut mir leid, Florence. Es ist nur so lange her, seit wir richtig miteinander geredet haben, und ich wollte ... Ich hätte nicht kommen sollen.«

»Ich bin froh, daß du gekommen bist. Gib mir nur

etwas Zeit, mich zurechtzufinden, dann ... also, gib mir einfach etwas Zeit. Aber jetzt solltest du lieber gehen.«

Sie drehte sich um, schloß für einen langen, stillen Moment die Augen und machte sie erst wieder auf, als sie die Tür hinter ihm zufallen hörte. Durch die Milchglasscheiben der Schranktür sah sie die verschwommenen Umrisse der neuen Eßteller, die sie am Tag vor Harolds Erkrankung gekauft hatte. Er hatte nie davon gegessen, und nun würde er es auch nie tun. Sowenig wie er je wieder seine Bach- und Brahmsplatten spielen oder versuchen würde, sein Handicap beim Golf zu verringern, über Rechnungen murren, die Labour-Partei kritisieren, die Kollekte übernehmen, über etwas im Fernsehen lachen, Leserbriefe an die *Times* schreiben, die nie veröffentlicht wurden, Unkraut jäten, die Cricketergebnisse vergleichen ... so viele Kleinigkeiten. Über manche hatte sie sich geärgert, aber alle hatten zu dem Mann gehört, der ihr Ehemann war. Verläßlich, anständig, verantwortungsbewußt ... und in allem betrogen, außer durch den letzten Akt ehelicher Untreue.

Und nun hilflos, das Hirn eingefroren in einem Körper, der ebensogut tot sein konnte. Kein Vater mehr, weil er nicht mehr tun konnte, was er als seine Pflicht ansah; nicht mehr Chef der Forschungsabteilung von Coombes Brothers, weil er nicht denken konnte; kein Golfspieler mehr, weil er sich nicht mehr bewegen konnte, kein Musikliebhaber, weil er nicht mehr hören konnte. Kein ... sie hielt inne. Doch, ein Ehemann war er noch. Vielleicht würde er nicht mehr lange der Ernährer sein, und sie würde nachts nie mehr seinen schweren Körper neben sich fühlen, nie mehr für ihn kochen oder waschen oder ergeben seine Meinungen teilen. Aber er war immer noch ihr Mann – und das konnte noch Jahre so bleiben.

An der Wand hinter Douglas Coombes' Schreibtisch hing ein Porträt seines Vaters, Mr. Thomas, der die Firma 1902 gegründet hatte. Sein Sohn wurde ihm langsam ähnlich mit dem welligen, immer mehr ergrauenden Haar, dem vollen Gesicht, das allmählich füllig wurde und die lange, dünne Familiennase der Coombes' dadurch noch stärker zur Geltung brachte. Seine Augen blickten aufmerksam und mitfühlend, während er zuhörte. Als sie fertig war, schüttelte er traurig den Kopf.

»Mrs. Bar... darf ich Florence sagen? Danke. Zunächst möchte ich Ihnen, im Namen der Firmenleitung, versichern, wie sehr wir mit Ihnen fühlen. Harold war ... Entschuldigung, Harold *ist* so sehr ein Teil von Coombes Brothers. Als ich in die Firma eintrat, schätzte mein Vater ihn schon sehr, und dabei gehörte er damals noch zu den jüngeren Angestellten. Mr. Thomas hat seinen Aufstieg mit Freude verfolgt.«

»Harold hat sich hier immer sehr wohl gefühlt, Mr. Douglas. Coombes Brothers hat in seinem Leben immer eine sehr wichtige Rolle gespielt.«

»Glauben Sie mir, Florence, das ist uns allen bewußt ... Sie sagen, der Arzt meint, es besteht noch immer die Möglichkeit einer Genesung?«

»Ja, aber es ist nur eine Möglichkeit. Und selbst dann könnte es nur eine teilweise Genesung sein. Darum muß ich wissen, wie die Firma dazu steht.«

»Natürlich.« Er zog sich einen Notizblock heran und nahm einen goldenen Füllfederhalter aus seiner Brusttasche. »Sie haben viel mit Harold gemeinsam. Einen klaren Blick fürs Wesentliche ... Helfen Sie mir bitte. Wann genau ist er krank geworden?«

»Am vierzehnten März vergangenen Jahres.«

»Am vierzehnten.« Er sprach, während er schrieb. »Vor gut zwölf Monaten. Wie Sie wissen, hat die Firmenleitung regelmäßig der Zahlung seiner vollen Bezüge auch nach Ablauf der üblichen sechs Wochen zugestimmt.«

»Ja.« Sie senkte den Kopf vor dieser demütigenden Situation, die ihr zuwider war. »Dafür bin ich sehr dankbar.«

Douglas Coombes lehnte sich zurück und gab seinem schwarzen Ledersessel einen leichten Drall.

»Sie werden jedoch verstehen, daß wir angesichts dessen, was Sie mir eben gesagt haben, die Lage überdenken müssen«, sagte er. »Der Punkt steht bereits auf der Tagesordnung für unsere nächste Vorstandssitzung, und die Firmenleitung möchte sich ein vollständiges Bild machen können. Ich werde es erklären – und natürlich hoffen wir alle auf Harolds Genesung –, aber bis dahin ...«

Florence umklammerte den Messingverschluß der Handtasche auf ihrem Schoß, während er einen grauen Aktendeckel aufschlug.

»Harold hat sich bei seiner Beförderung zum Leiter der Forschungsabteilung vor fünf Jahren das Recht auf unsere Betriebsrente erworben. Er hat den mittleren Prämiensatz gewählt. Normalerweise hätte das einen Rentenanspruch von ... aber das spielt eigentlich keine Rolle. Entscheidend ist, daß wir mit unserer Versicherung gesprochen haben, die uns erklärte, daß seine Prämien, sollte er nicht mehr arbeitsfähig sein, an Sie zurückgezahlt werden. In voller Höhe.«

»Und wieviel ist das?«

»So um die zweihundert Pfund. Ich kann meine Sekretärin bitten, den genauen Betrag nachzusehen, wenn Sie möchten.«

»Nein, vielen Dank, Mr. Douglas. Ich habe nachher noch einen Termin beim Direktor der Bank, aber ich nehme an, eine ungefähre Zahl genügt ihm, um mir sagen zu können ...« Sie blickte wieder auf ihren Schoß. »Tut mir leid, das ist nicht leicht für mich.«

»Aber bitte.« Einen Augenblick lang sah Douglas Coombes seinem Vater noch ähnlicher. »Sie haben noch eine Frage?«

»Ja.« Sie rieb mit dem Daumen auf der Schließe herum. »Ich muß wissen – die Bank muß wissen –, ob die Zahlungen weitergehen. Ich bin sehr dankbar für das, was die Firma bis jetzt getan hat, aber ich muß wissen, ob ...«

»Mir war klar, daß Sie danach fragen würden«, unterbrach er. »Wie gesagt, sind wir in Harolds Fall von unserer üblichen Praxis abgewichen. Angesichts der jetzigen Situation wird die Firmenleitung wissen wollen ... können Sie mir sagen, wie der Spezialist heißt?«

»Dr. Hardcastle. Ich glaube, sein Vorname beginnt mit G.«

»Dr. G. Hardcastle.« Er notierte sich den Namen. »Wenn Sie nichts dagegen haben, würden wir gern ein offizielles medizinisches Gutachten von ihm erbitten.«

»Ich habe nichts dagegen.«

»Das dachte ich mir. Ich werde versuchen, ihn rechtzeitig zu der Sitzung zu bekommen. Danach ... nun, die Entscheidung liegt natürlich bei der Firmenleitung, aber ich glaube – so leid es mir tut –, daß der Fall doch sehr ernsthaft geprüft werden muß.«

»Sie meinen, die Zahlungen werden eingestellt.«

Er seufzte. »Ich fürchte ja ... aber nicht sofort. Ich werde der Firmenleitung vorschlagen, Harolds Gehalt noch drei Monate in voller Höhe weiterzuzahlen – wenn wir vom Datum der Sitzung ausgehen, wäre das bis Ende Juli –, und dem wird sicher stattgegeben. Aber dann ... es tut mir leid, Florence, aber Sie werden verstehen, daß wir an gewisse Regeln gebunden sind.«

»Harold gehört seit dreißig Jahren zur Firma.«

»Es gibt viele, die schon so lange bei uns sind, manche noch länger. Wir müssen aufpassen, daß wir keinen Präzendenzfall schaffen.«

Florence stand auf. »Vielen Dank für das Gespräch, Mr. Douglas. Sie haben mir die Lage der Dinge sehr deutlich vor Augen geführt.«

Er stand ebenfalls auf. »Es tut mir nur leid, daß ich Ihnen nichts anderes sagen kann. Aber unter den gegebenen Umständen ... und sollte Harold, was wir alle aufrichtig hoffen, wieder gesund werden, wären wir selbstverständlich froh, ihn wieder bei uns haben zu können.«

Sie preßte die Lippen zusammen. »Und ich wäre froh, wenn ich ihn wieder zu Hause hätte. Guten Tag, Mr. Douglas. Vielen Dank, daß Sie mir Ihre Zeit geopfert haben.«

Das Fabrikgelände der Firma Coombes Brothers lag etwas zurückgesetzt von der Straße, an der Florence Barlow den Bus in die Innenstadt besteigen würde. Sie ging durchs Fabriktor und am Maschendrahtzaun des Erweiterungsbaus entlang, in den Ohren die gedämpften Geräusche stampfender Maschinen und den unerwarteten Sirenenton, der die Frühstückspause der Arbeiter ankündigte. Über die Hälfte seines Lebens hatte Harold zu Fuß, mit dem Fahrrad oder mit dem Auto diese Straße auf seinem Weg zur Arbeit und zurück benutzt. Er hatte sich damit gebrüstet, daß er in all der Zeit nur fünf Tage gefehlt hatte, je einen bei der Geburt seiner Kinder und zwei, als er 1948 die Grippe hatte. Und jetzt war er nicht mehr wert als die Rückzahlung der von ihm selbst eingezahlten Beiträge zur betrieblichen Altersversorgung und eine letzte, dreimonatige Gehaltszahlung. Und wie lange reichte das, wenn man noch Kinder großzuziehen und selbst noch den Rest des Lebens vor sich hatte? Tränen vernebelten ihr die Sicht, nicht Tränen der Sorge oder Trauer, davon hatte sie schon mehr als genug vergossen. Es waren Tränen der Wut und Verbitterung – und ein Teil dieser Verbitterung war, so schrecklich und unverzeihlich es auch sein mochte, gegen ihren Mann gerichtet, weil er weiterlebte.

SECHSTES KAPITEL

17. Juni 1959

Als Harold Barlows Kinder anfingen, ihren Vater allein zu besuchen, mischte sich bei ihnen Pflichtgefühl – gegenüber beiden Eltern – mit schuldbewußtem Groll. Keiner von den Vätern ihrer Freunde bürdete seiner Familie so etwas auf; sie verloren die Freiheit ihrer Samstagnachmittage, während ihre Mutter die Einkäufe erledigte; und was konnten sie schon tun außer zusehen, wie er stumm, hilflos und unbeweglich dalag? Diese Wache von zwei bis drei vergiftete den ganzen Tag, mit weichen Knien vorher und mit schlechtem Gewissen danach. Bei den ersten Besuchen rutschten sie unbehaglich auf ihren Stühlen herum und sahen von Zeit zu Zeit verstohlen auf die scheinbar unbeweglichen Zeiger ihrer Uhren. Die prosaischen Geräusche des Krankenhauses wurden zu willkommenen Unterbrechungen in einer tödlichen Monotonie, Stimmen auf dem Korridor zur Erinnerung daran, daß es noch lebendige Menschen auf der Welt gab. Dann wagten sie allmählich, sich leise zu unterhalten, mit leeren Bemerkungen, wie daß er heute besser aussah, wie oft wohl die Preßluftflasche ausgetauscht werden mußte, was die Zahlen und Kurven auf der Karte am Fußende des Bettes wohl zu bedeuten hatten. Aus Gewöhnung wurde bald Hinnahme, und sie brachten Bücher mit, Spiele, Comics, sogar Schularbeiten. Sie gewöhnten sich an, über andere Dinge zu reden, bis die Stunde schließlich zu einem Teil ihres Wochenendes wurde und der Anblick des Mannes auf dem Bett der Aussicht aus einem Fenster glich, die sie schon so gut kannten, daß sie gar nicht mehr hinsahen. Wenn sie wieder gingen, küßte Naomi ihn auf die Stirn, und die beiden Jungen drückten verlegen seine Hand; Harold Barlow gehörte einer Generation an, in der Männer nicht von ihren Söhnen geküßt wurden. Schließlich wurde das Ganze zur bloßen Zeremonie, die mehr der allgemeinen Form genügte, als ein Ausdruck von Liebe war; im Monat vor seinem Tod ließen sie es ganz.

Die Ärzte und Schwestern der Station gewöhnten sich so an ihre Besuche, daß es niemandem auffiel, als die Kinder am 17. Juni 1959 ohne ihre üblichen Bücher kamen. Die Oberschwester begrüßte sie freundlich lächelnd, als sie an ihr vorbei über den Korridor gingen und in dem kleinen Nebenzimmer verschwanden, dessen Tür Richard energisch hinter ihnen schloß. Naomi hatte sich angewöhnt, ihren Vater zu küssen und »Hallo, Dad« zu flüstern, wenn sie kamen, aber an dem Tag mochte sie ihn nicht anrühren. Ein paar Minuten vergingen, ehe einer etwas sagte.

»Was ist, wenn jemand hereinkommt, während wir – « Tims Stimme klang angstvoll.

»Es ist noch nie einer reingekommen«, unterbrach Richard ihn scharf. Er war gereizt. Seine Blicke schweiften ziellos im Zimmer umher, und er hatte einen Knoten im Magen. Er hatte die beiden anderen soweit gebracht, nun war es an ihnen, den letzten Schritt zu tun.

Wieder schwiegen sie, bis Tim leise fragte: »Wann?«

Richard sah auf die Uhr. »In einer Viertelstunde etwa. Wenn wir es zu früh tun, werden sie womöglich mißtrauisch.«

Naomi trat ans Fenster, von wo aus man über Rasen und Blumenbeete bis zum Zaun an der Hauptstraße sehen konnte. Ein Rasensprenger verteilte rotierend seine Wasserkaskaden übers Gras, und weiter hinten schob jemand einen Patienten im Rollstuhl. Es war mitten in einem glühendheißen Sommer, der noch weit bis in den Herbst dieses Jahres dauern sollte. Sie sah den 47er Bus, mit dem sie immer nach Hause fuhren, am Haupteingang halten. Etliche Fahrgäste, beladen mit Geschenken für Patienten, stiegen aus und kamen die Auffahrt herauf. Aber sie würden heute nicht mit dem Bus zurückfahren; man würde ihre Mutter anrufen, und die würde ziemlich sicher ein Taxi für sie alle bestellen. Mami würde gerufen, nachdem ... Naomi wandte sich vom Fenster ab und sah ihren Vater an. Seine Arme lagen auf der Bettdecke; seine Hände, die immer kräftig und muskulös gewesen waren, schrumpften allmählich, und unter der schlaffen, wachsfarbenen Haut traten die Knochen hervor; es waren die Hände eines alten, sterbenden Mannes.

»Wir sind uns alle sicher, oder?« fragte sie. »Es kommt mir so ...« Ihre Stimme verebbte.

»Wir haben es hundertmal besprochen«, fuhr Richard dazwischen. »Und ihr wart beide einverstanden.«

»Ich weiß, aber ... Ich wünschte nur, es gäbe einen anderen Ausweg.«

»Gibt's aber nicht.« Richard deutete auf ihren Vater.

»Sieh ihn dir an. Er kommt da nie mehr heraus. Nicht nach so langer Zeit. Er lebt ja gar nicht mehr. Wir tun nur das, was sowieso früher oder später geschieht.«

»Für Mama«, murmelte Tim, fast wie zu sich selbst.

»Genau«, ermutigte sein Bruder ihn. »Für Mama.«

Naomi sah wieder weg. Taten sie wirklich das Falsche aus den richtigen Gründen? Was für Gründe *hatte* sie denn? Daß sie womöglich nicht studieren konnte, wenn ihr Vater in diesem Zustand blieb, in dem er jetzt war? Sheffield hatte ihr schon einen Studienplatz angeboten, falls ihre Prüfungen entsprechend ausfielen. Sie hatte viel Zeit und Mühe in etwas investiert, was sie gern erreichen wollte und ihrer Meinung nach auch verdiente. Sie hatte die Beschränkungen, die ihr Vater ihrem Leben auferlegte, schon hassen gelernt, und nun stand sein blinder, alternder, nutzloser Körper ihren Hoffnungen im Weg. Für ihn war es kein Unterschied, ob er starb oder nicht, für sie aber ein gewaltiger.

»Wie wollen wir es machen?« fragte Tim.

»Hab ich doch schon erklärt. Es ist ganz einfach.« Richards Stimme klang ungeduldig. »Siehst du den Hahn da auf der Preßluftflasche? Wenn wir ihn eine Minute abstellen, kann er nicht mehr atmen. Er stirbt ganz ruhig.«

Sie starrten auf den mattglänzenden Messinghahn, und die Seufzer des Blasebalgs klangen laut in der Stille.

»Tut es ihm auch nicht weh?« fragte Tim.

»Ich hab dir doch gesagt –« fing Richard an.

»Ich rede mit Nimmy.«

»Was?« Seine Schwester fuhr erschrocken aus ihren Gedanken auf. »Nein, es kann ihm nicht weh tun. Mama hat doch erzählt, daß die Ärzte sagen, er kann nichts fühlen.«

Tim nickte. »Dann ist es ja gut.«

Richard kaute an einem Fingernagel. Wenn es jetzt nicht klappte, schaffte er es womöglich nie mehr, alle beide soweit zu bringen.

»Tun wir's jetzt«, sagte er.

»Du hast gesagt, in einer Viertelstunde«, erinnerte ihn Tim.

»Das ist doch egal. Kommt schon. Am besten sehen wir gar nicht ... wir sehen einfach nur den Hahn an. Ihr könnt auch die Augen zumachen, wenn ihr wollt.« Er stellte sich neben die Preßluftflasche; Naomi und Tim rührten sich nicht von der Stelle.

»Kommt schon«, drängte er.

»Du kannst ja den Hahn auch allein abstellen«, sagte Naomi. »Wir werden einfach ...«

»O nein. Wir waren uns einig, daß wir es alle drei gemeinsam tun müssen.«

Der Knoten in Richards Magen zog sich fester zusammen, während er wartete. Wenn einer der beiden zu ihm trat, kam der andere nach, aber keiner von ihnen ... Tim blinzelte heftig.

»Also gut.« Seine Teenagerstimme, die gerade im Stimmbruch war, krächzte. »Nimmy?«

Sie nickte, und alle drei versammelten sich um die Flasche.

»Denkt nicht darüber nach«, sagte Richard leise. Er zog ein Taschentuch heraus und legte es auf den Hahn. »Macht es einfach so, wie wir gesagt haben.«

Naomi legte ihre Hand als erste auf den Hahn, dann Tim, dann Richard; er hatte dafür plädiert, es dem Alter nach zu tun, was bedeutete, daß er als letzter kam.

»Ich kann deine Hand kaum fühlen, Richard«, flüsterte Tim.

»Haltet richtig fest«, sagte Naomi. »Drückt ein bißchen, damit ich es spüre. So ist es besser. Also gut ... jetzt.«

Ihre so miteinander verbundenen Hände drehten sich, hoben sich und umfaßten erneut den Hahn, fünfmal. Der Blasebalg blähte sich nicht mehr so stark, dann hörte er ganz auf. Nervös erwarteten sie jeden Moment, daß irgendein Laut von ihrem Vater sie zwang, zu ihm hinzusehen, aber nichts brach die vollkommene Stille im Zimmer. Sie hörten eine Klingel schrillen, als ein Rettungswagen durchs Tor raste. Naomi zählte im Geist bis hundert und dann noch einmal bis fünfzig. Draußen schlug die Uhr die halbe Stunde.

»Ich will jetzt loslassen«, flüsterte Tim. »Bitte.«

Naomi schüttelte den Kopf. »Noch nicht. Wir müssen ganz sichergehen ... Richard!« Sie klatschte ihre freie Hand auf seine, die sich lösen wollte. »Untersteh dich! Wir lassen alle gleichzeitig los, wenn ich es sage.«

Sie fühlte, wie seine Hand der ihren Widerstand leistete, bis sie ihn mit ihrem Blick zum Nachgeben gezwungen hatte; Tim fing still an zu weinen. Naomi zählte wieder, zwang sich, es langsam zu tun. Fünfzig ... hundert ... hundertfünfzig ... ihre Handflächen wurden feucht.

»Gut«, sagte sie endlich. »Aber zuerst drehen wir wieder auf.« Ihre Hände bewegten sich zusammen, und das leise Seufzen des Blasebalgs erfüllte wieder den Raum. »Jetzt loslassen.«

Richard zog mit einem Ruck seine Hand weg und stand schon an der Wand, bevor die anderen sich bewegt hatten. Tim und Naomi sahen zu ihrem Vater hin. Seine Brust hob und senkte sich noch.

»Ist schon gut.« Naomi ahnte Tims Bestürzung. »Das ist jetzt nur noch das Gerät. Er ist tot.«

»Aber woher wissen wir das?« protestierte er. »Was sagen wir? Wir können doch nachher nicht einfach weggehen, als ob nichts passiert wäre.«

Naomi zögerte, während sie nachdachte. Sie hatten sich überlegt, daß es ihn töten würde, wenn sie die Luftzufuhr abdrehten, aber darüber hinaus waren sie sich nicht sicher gewesen.

»Wir sagen einfach, er hätte irgendeinen komischen Laut von sich gegeben«, schlug sie schließlich vor. »Wie beim Ersticken oder so. Und wenn sie ihn dann sehen, werden sie ... Richard! Komm zurück!«

Es war zu spät. Ihr Bruder war schon zur Tür hinaus und auf den Gang gelaufen, und sie hörten ihn nach einer Schwester rufen.

»Was sagt er jetzt?« Tims Stimme klang entsetzt.

»Ist schon gut«, beruhigte ihn Naomi. »Wenn er damit herausplatzt, daß Dad tot ist, halten sie es wahrscheinlich für Panik. Es wäre ja auch einer von uns hinausgelaufen, wenn Dad ... sag gar nichts, wenn jemand kommt.«

Draußen hörte man eilige Schritte, dann kam die Stationsschwester ins Zimmer gestürzt. »Was ist los?«

Naomi zeigte auf ihren Vater. »Wir wissen es nicht genau. Er ist einfach ... wir dachten, es stimmt etwas nicht. Es tut mir leid, wenn wir ...«

Sie hielt inne, als die Oberschwester in der Tür erschien; von Richard war immer noch nichts zu sehen.

»Wartet einen Augenblick draußen«, sagte die Schwester. »Wir kümmern uns um euren Vater. Ist schon gut.«

Richard stand im Gang vor einem Anschlagbrett. In seinem Blick lag ein angstvolles Flehen, als er sie ansah, aber keiner von ihnen sagte etwas, während sie warteten. Gleich darauf kam die Stationsschwester wieder heraus.

»Kommt in mein Büro«, sagte sie und führte sie mit gütiger Miene in ihr Zimmer. »Wartet hier, ich komme wieder, sobald ich kann.«

»Was ist passiert?« fragte Naomi. Sie stellte fest, daß sie ganz klar denken konnte und wußte, daß es die richtige Frage war. Sie registrierte, daß die Schwester nicht darauf antwortete.

»Der Arzt ist unterwegs. Er wird es uns sagen können.« Sie lächelte, dann ging sie und machte die Tür hinter sich zu. Ein paar Sekunden lang war nur Richards hilfloses Schluchzen zu hören.

»Ist er denn nun tot?« fragte Tim schließlich.

»Ich glaube schon«, antwortete Naomi. »Bald wissen wir es.«

»Ich habe es nicht getan.« Richards Stimme war durch seine Schluchzer hindurch kaum zu verstehen, klang aber trotzig und abwehrend. »Ihr wart es.«

»Sei nicht blöd!« fuhr Naomi ihn an. »Wir haben es alle zusammen getan.«

»Nur weil ihr mich gezwungen habt.«

Naomi starrte ihn ungläubig an. »Was redest du da? Du hast doch als erster die Idee gehabt. Wir wären überhaupt nicht darauf gekommen, wenn du nicht ...«

»Wärt ihr wohl. Du hast dir viel mehr gewünscht als ich, daß er stirbt.«

Seine Schwester wandte sich ab, während sich in ihr Zorn und Frust mit der eigenen Angst mischten, etwas Unverzeihliches getan zu haben, das ganz und gar außerhalb ihrer Wertvorstellungen lag. Plötzlich war es, als müßte sie sich mit einem widerborstigen Kind auseinandersetzen.

»Wenn ... wenn sie Fragen stellen, sage ich, daß ich es war«, erklärte Tim.

»Nein!« Naomi lächelte, um ihrem heftigen Widerspruch die Schärfe zu nehmen. »Das kannst du nicht machen, Tim. Wir waren uns einig, daß wir es gemeinsam tun, und wir haben es gemeinsam getan. Alle drei. Du auch, Richard. Jetzt müssen wir nur ganz ruhig bleiben. Wenn die Schwester zurückkommt, sagt ihr beide gar nichts. Ich rede für uns alle. Keine Sorge. Es wird schon alles gutgehen.«

Im Seitenflügel sahen Oberschwester und Stationsschwester zu, wie der Arzt vergeblich den Puls suchte und mit der anderen Hand eines von Harold Barlows geschlossenen Lidern hochschob.

»Was ist denn passiert?« wollte er wissen.

»Seine Kinder waren zu Besuch bei ihm, und eines kam herausgelaufen und hat uns gerufen«, erklärte die Schwester. »Als ich kam, sah ich, daß er hinüber war.«

»Ja.« Der Arzt ließ Harold Barlows Handgelenk los.

»Aber woran haben die Kinder gemerkt, daß etwas nicht stimmte? Wo sind sie?«

»In meinem Büro ... aber ich glaube nicht, daß jetzt der rechte Augenblick ist, mit ihnen zu reden. Sie sind ziemlich durcheinander.«

»Das kann ich mir vorstellen, aber es wäre interessant zu erfahren, was für Symptome sie gesehen haben. Wie alt sind sie denn?«

»Die Tochter ist achtzehn, glaube ich, die Brüder sind etwas jünger. Es sind Zwillinge.«

»Vielleicht läßt es sich später einrichten. Wir wissen nicht viel über solche Zustände, und jede Information könnte nützlich sein. Haben Sie schon seine Frau benachrichtigt?«

»Ich habe Schwester Bolton gebeten, sie anzurufen. Sie müßte bald hier sein.«

»Gut.« Der Arzt stellte das Preßluftgerät ab. »Entfernen Sie bitte den Tropf. Ich versuche Dr. Hardcastle zu erreichen. Er möchte vielleicht dazukommen. Und verständigen Sie die Leichenhalle. Vielen Dank, Schwester.«

Dic Stationsschwester legte Harold Barlows Arme unter die Decke, während die Oberschwester die Vorhänge zuzog. Als sie hinausgingen, schloß die Stationsschwester mit einem Schlüssel von dem dicken Bund, den sie am Gürtel trug, die Tür zu und ging dann zur Station zurück.

»Haben Sie Mrs. Barlow erreicht, Schwester?«

»Ja. Sie sagt, sie kommt so schnell wie möglich.«

»Gut. Führen Sie sie direkt zu mir ins Büro, wenn sie da ist. Ihre Kinder sind bei mir. Sorgen Sie dafür, daß wir Tee bekommen. Und sagen Sie Mr. Marshall in der Leichenhalle, daß wir einen Todesfall haben. Die Leiche darf nicht weggebracht werden, bevor Mrs. Barlow da war, und Dr. Hardcastle kommt eventuell auch dazu. Doktor Brewis will ihn verständigen.«

Die Stationsschwester ging zu ihrem Büro und blieb vor der Tür stehen. Wenn ein Tod auch noch so unausweichlich war, das Überbringen der Nachricht war immer mit großem Kummer verbunden. Bei Erwachsenen sorgte sie dafür, daß neben dem üblichen süßen Tee immer ein Schluck Brandy greifbar war, aber jetzt mußte sie drei Teenagern gegenübertreten. Sie hätte lieber gewartet, bis die Mutter kam, aber sie konnte die Kinder in ihrer Not und Sorge nicht so lange allein lassen. Sie holte tief Luft und öffnete die Tür. Die drei standen dicht beieinander am Fenster und schöpften Trost aus der gegenseitigen Nähe. Naomi hatte den Arm um Tims Schultern gelegt.

»Eure Mutter ist unterwegs hierher«, sagte die Schwester. Instinktiv sprach sie Naomi an. »Sie muß gleich da sein. Wir können hier warten ... kommt, setzt euch.« Keiner rührte sich, als sie Stühle vor ihren Schreibtisch stellte. »Kommt.«

»Unser Vater ist gestorben, nicht wahr?« Bei Naomis Worten schluchzte Richard heftig auf. »Ist schon gut, Schwester. Es war uns klar.«

»Setzt euch«, wiederholte die Stationsschwester. Naomi behielt den Arm um Tim, als sie zu den Stühlen gingen, und die Schwester nahm Richard sanft beim Arm. Als sie saßen, fühlte sie sich etwas wohler, weil sie vor ihnen stehen konnte.

»Leider ja. Aber es war ganz friedlich, und er kann

nichts gefühlt haben. Es tut mir sehr leid, daß es passiert ist, als ihr gerade bei ihm wart, aber ihr habt ja gewußt, daß es geschehen könnte, nicht?«

Naomi nickte. »Wir dachten aber nicht, daß es so bald sein würde. Mutter hat gesagt, daß der Arzt meinte, er könnte noch Jahre leben.«

»Das stimmt.« Die Schwester fühlte sich verpflichtet, ihren Berufsstand zu verteidigen. »Aber manche Dinge passieren einfach, ohne daß jemand sie erklären kann. Könnt ihr mir sagen, was genau geschehen ist? Ich meine, bevor ihr nach einer Schwester gerufen habt. Ich frage das nicht gern, aber Mr. Hardcastle, der Arzt eures Vaters, möchte es sicher wissen. Wenn ihr aber lieber nicht darüber ...«

»Das geht schon.« Zwischen tröstenden Gesten für Tim und energischen Aufforderungen an Richard, nicht hysterisch zu werden, hatte Naomi sich ausgedacht, was man sie fragen und was sie für alle drei Geschwister antworten würde. Wieder merkte sie erstaunt, wie klar sie denken konnte.

»Wir haben dagesessen und mit ihm geredet – ich weiß, es klingt dumm, weil wir ja wußten, daß er uns nicht hören konnte, aber wir haben es jedesmal getan. Geschichten aus der Schule und wie es gerade im Garten aussieht. Was ihn interessiert hätte, wenn er ... also jedenfalls haben wir es so gemacht. Dann ... ich weiß nicht mehr genau, weil es so unerwartet kam. Es war, als wenn er sich plötzlich hätte bewegen wollen, und diese Blase an dem Zylinder ist ganz schnell auf und ab gegangen, dann hörte sie auf. Das dauerte vielleicht – ich weiß nicht mehr, es kann nicht sehr lange gedauert haben – und danach war alles wieder normal.«

Sie machte ein schuldbewußtes Gesicht. »Wir hätten gleich jemanden rufen sollen, aber wir sind erst mal zu ihm hingegangen, weil wir dachten, er wacht gleich auf. Wir haben seinen Namen gerufen – haben Sie uns nicht gehört? – und seine Hand gehalten. Und als er sich dann nicht mehr bewegt hat ... Sie schüttelte hilflos den Kopf. »Es tut uns leid. Wir hätten Sie gleich verständigen sollen ... es tut uns leid. Vielleicht hätten Sie dann noch ...« Der Schluchzer, in dem der Rest ihres Satzes unterging, klang schuldbewußt und tieftraurig.

»Schon gut«, die Schwester griff nach Naomis Hand. »Ihr dürft euch keine Vorwürfe machen. Euer Vater war sehr krank, und die Ärzte hätten nichts mehr für ihn tun können.«

»Aber wenn ... ich meine, als er sich bewegt hat ... hätte das nicht ein Zeichen sein können, daß er wieder zu sich kam?«

»Nein.« Es gab keinen Grund für diese energische Verneinung, aber sie mußte ausgesprochen und mit besonnenen Lügen untermauert werden. »Ganz ausgeschlossen. Ich danke dir für die Schilderung, aber du darfst nie glauben, daß es anders hätte kommen können. Dr. Hardcastle kann sicher genau erklären, was geschehen ist. Es tut mir schrecklich leid, daß keiner euer Rufen gehört hat, aber auch dann hätte niemand etwas tun können. Daran müßt ihr immer denken. Wir wußten alle, daß euer Vater sterben würde, und es ist traurig, daß ihr dabei wart – aber ist es nicht besser, als wenn er ganz allein gewesen wäre?«

Naomi lächelte ihr zu und nickte kurz. »Ja. Danke, Schwester. Können wir ihn noch einmal sehen, wenn Mutter kommt?«

»Aber sicher könnt ihr das. Ihr wollt euch doch von ihm verabschieden.« Sie richtete sich auf, als es klopfte. »Herein ... ah, guten Tag, Mrs. Barlow. Es tut mir sehr leid, aber ... also, ich lasse Sie ein paar Minuten mit Ihren Kindern allein. Ich bin draußen, wenn Sie soweit sind.«

Kaum war die Tür zu, stürzte Naomi zu ihrer Mutter. »Mama!«

»Ach, Kinder«, Florence Barlows Stimme klang gepreßt vor Erschütterung, als sie sich umarmten. »Tim, Richard, kommt her.« Sie drängten sich zusammen, die Arme umeinandergelegt. »Ist ja gut. Vater geht es jetzt besser. Ich wünschte nur, ich wäre bei euch gewesen. Es tut mir wirklich leid.«

»Nein«, murmelte Naomi in den Jackenärmel ihrer Mutter. »Sag das nicht.«

»Du weißt schon, was ich meine.« Florence strich ihrer Tochter über das blonde Haar und drückte einen Kuß darauf. »Laßt uns für ihn beten.«

»Nicht jetzt.« Naomi machte sich los. »Später ... wir sollten erst zu ihm gehen.«

»Wenn ihr es so wollt? Richard? Tim? Gut, sehen wir nach, wo die Schwester ist.«

Die Vorhänge im Seitenflügel waren aus einem dünnen, malvenfarbenen Stoff, wodurch die hereinfallenden Sonnenstrahlen eine blasse Purpurfarbe erhielten und Harold Barlows Gesicht mit Lavendel übergossen. Die Schwester stand vorn an der Tür, als die Familie sich schweigend um das Bett scharte. Florence sah ihn lange an, dann beugte sie sich über ihn und küßte ihn.

»Leb wohl, mein Guter«, flüsterte sie. »Und danke.«

Die Kinder fingen an zu weinen.

»Wir lassen ihn jetzt allein«, sagte ihre Mutter. »Sagt ihm Lebewohl. Er hat euch alle sehr lieb gehabt.«

Eines nach dem anderen küßten sie ihren Vater, zuletzt nun auch seine Söhne, dann führte Florence sie aus dem Zimmer, und die Schwester schloß die Tür wieder ab. Die Tränen der Schuld und Trauer, die auf Harold Barlows Gesicht vergossen worden waren, glänzten in dem milddgedämpften Licht, bevor sie in der Hitze des Nachmittags verdunsteten.

Als die Nachbarn später die zugezogenen Vorhänge in Tattersall Close sahen, sagten sie zueinander, was es für ein Segen sei. So traurig. So eine nette Familie. Wie schrecklich für die Kinder, ihren Vater zu verlieren. Aber welche Erleichterung für Mrs. Barlow. Sie suchten die Anzeige im *Wilmsford Messenger* und gingen zur Beerdigung, manche aus Zuneigung, manche aus Pflichtgefühl, manche auch, weil solche Ereignisse ein morbides Bedürfnis befriedigten, eine Erfahrung mit der Trauer ohne den Schmerz des persönlichen Verlustes. Alles ging so vonstatten, wie es sich gehörte, darüber war man sich einig. Zwei amtliche Fahrzeuge folgten dem dahinkriechenden Leichenwagen, die Blumenspenden fielen angemessen üppig aus, aber nicht ordinär, eher würdevoll. Mrs. Barlow in geziemendem Schwarz, die Kinder in Schuluniformen, mit schwarzen Krawatten bei den Jungen. In der Kapelle des Krematoriums fiel auf, wie die Kinder, die mit ihrer Mutter in der ersten Reihe standen, sich an den Händen hielten, als der Sarg auf Rollen durch die Türen glitt. So tapfer, so erwachsen, obwohl sie noch so jung waren; Mr. Barlow hatte sie wirklich gut erzogen.

Zweites Buch

Prolog

Am 27. Dezember überflog Daphne Byron, Chefredakteurin der *Post*, kurz vor mittag die letzten wirren, widersprüchlichen Informationen auf ihrem Computerbildschirm und wandte sich dann an Brian Durham von der Nachrichtenredaktion.

»Haben wir denn überhaupt keine harten Fakten bei dieser verdammten Geschichte?« fragte sie.

»Herzlich wenige«, sagte er. »Soweit wir feststellen konnten, waren die meisten Familienmitglieder im Haus, außerdem wissen wir, daß Dick mit Stephanie da war. Fest steht nur, daß zwei von ihnen tot sind.«

»Und von Dick haben wir noch immer nichts gehört?«

»Nein, sein Mobiltelefon ist abgeschaltet. Inzwischen macht die Redaktion Manchester Jagd auf alles, was sie über Dicks Mutter und seinen Bruder kriegen kann, und in Leeds hört sich einer von unseren Freien um. Stansfields Sohn studiert da an der Uni. Eine von Dicks Töchtern ist in Oxford, wir lassen also auch dort herumfragen. Trevor, Penny und Nick gehen der Sache nach – übrigens, die Polizei hat die Pressekonferenz noch einmal verschoben –, und die Bildredaktion hat Terry und Derek hingeschickt. Ich lasse Reporter bei allen möglichen Leuten rumtelefonieren, aber viele sind noch im Weihnachtsurlaub. Das wär's im Augenblick.«

Die Goldreifen an Daphne Byrons Handgelenk klimperten, als sie sich eine Zigarette anzündete. Sie hatte nicht vorgehabt, an diesem Tag in der Redaktion zu sein, aber nachdem ihr die Neuigkeiten in ihre Pariser Wohnung durchtelefoniert worden waren, hatte sie einen Hubschrauber gechartert. Bei einer solchen Geschichte mußte die Chefredakteurin da sein. Ihre Situation war allerdings zwiespältig. Als Richard Barlow sie vor Jahren vom *Daily Mirror* abgeworben hatte, war es zwischen ihnen zu einer kurzen Liaison gekommen, die sie als erste Sprosse auf der Leiter zur Spitze benutzt hatte. Es hatte ihn nicht gestört – sein Ehrgeiz ging nicht weiter als bis zur Nachrichtenredaktion, aber er hatte ihre vermeintlich besondere Beziehung ständig auszuspielen versucht. Zu viele bei der *Post* wußten von der Affäre, und sie war ein Makel auf ihrem Ruf der eiskalten Professionalität. Viele andere Chefredakteure – selbst erfolgreiche – waren schon gestürzt, weil sie so einen Makel nicht ausgebügelt hatten, aber wenn sie Dick Barlow, einen der härtesten der harten Journalistenriege, loswerden konnte, würde niemand es mehr wagen, ihr die Stellung streitig zu machen. Sie hatte angefangen, ihn nicht mehr zu wichtigen Redaktionskonferenzen einzuladen, seine Entscheidungen umzustoßen und dafür zu sorgen, daß alle es wußten, sowie Außenstehende anzuheuern, die ihr helfen würden, ihn kaltzustellen. Beim Flug über den Kanal heute morgen hatte sie überlegt, daß sein Tod vielleicht für manche eine Tragödie sein mochte, ihr aber viel Mühe ersparen würde.

»Wissen wir denn gar nicht, wer die Toten sind?« fragte sie.

»Nichts Bestimmtes«, antwortete Durham. »Der *Express* will erfahren haben, daß eine die Großmutter ist, aber außer denen sagt das keiner, und wir kriegen keine Bestätigung. Penny bearbeitet den Pressesprecher der Polizei, aber der läßt bis zur Pressekonferenz nichts raus. Wir lassen den Polizeifunk von Hertfordshire abhören, vielleicht verplappert sich ja doch einer.«

»Was zum Teufel haben die vor? Sie wollten die Namen bekanntgeben. Warum nicht jetzt?«

»Offiziell heißt es, daß sie noch Nachforschungen anstellen.«

»Ach, Quark. Da will sich bloß so ein Polyp im Fernsehen produzieren.«

»Möglich.« Durham zuckte die Achseln. »Stimmt eh alles nicht. Die Namen werden bekannt, lange bevor wir morgen rauskommen. Wir brauchen nur noch unseren eigenen Aspekt.«

»Sorg dafür, daß wir den kriegen. Wir stechen die Konkurrenz auch ohne Dick Barlows Hilfe aus. Klar?«

»Klar.« Durham war über die Situation völlig im Bilde. Dick Barlow war der Mann von gestern, und die richtigen Resultate bei dieser Geschichte würden seinen Ruf der Unersetzbarkeit weiter untergraben – falls er noch lebte und darauf angewiesen war.

»Ich möchte alles, was wir an Material kriegen, in meinen persönlichen Speicher«, fuhr Daphne Byron fort. »Alles. Agenturmeldungen, Gerüchte, Hinweise. Die ganze Chose. Sowie es hereinkommt. Ja?«

»Ja, gut«, sagte Durham. »Ich lege einen Datensatz unter dem Titel ›Barlow‹ an. Da kommt alles rein ... und du übernimmst doch sicher die Morgenkonferenz.«

»Klar ... welchen Umfang haben wir morgen?«

»Zweiunddreißig Seiten.«

»Himmel, das reicht nicht. Ich lasse noch vier dranhängen.« Sie deutete auf ihren Bildschirm, während sie den Telefonhörer aufnahm und anfing, die Tasten zu bearbeiten. »Aufmacher mit Verweis auf Seite drei und Überlauf auf Seite vier und fünf. Den Innenteil auch, wenn wir genug Material kriegen. Fotos von allen, und so viele Zitate, wie wir beibringen können. Ich will nichts davon hören, daß irgendein anderes Blatt jemanden aus dem Haus exklusiv hat. Vergiß das Budget, wir überbieten alle. Halt dich ran, und ... Jimmy?« Sie sprach in den Apparat. »Daphne hier. Ich hänge noch vier Seiten an die Nachtausgabe ... ist mir scheißegal, ob wir die Anzeigen dafür haben oder nicht. Ich regle das mit dem sechsten Stock. Wie hoch ist die Auflage? Wie? Kommt nicht in Frage. Noch vierzigtausend mindestens. Ich liefere dir den Stoff dafür, daß wir die loswerden ... ja, das regle ich auch. Und ich brauche Plakate für London und Umgebung ... woher soll ich wissen, wie viele? Du bist doch für die Auflagenhöhe zuständig. So viele wie nötig. Ich gebe dir den Text runter, sobald ich kann ... wann? Das weiß ich ums Verrecken noch nicht. Sieh du nur zu, daß du alles soweit fertig hast.«

Sie knallte den Hörer auf und sah wieder Durham an. »Deine große Chance. Versau sie dir nicht.«

»Mach dir keine Sorgen.«

»Mach ich mir auch nicht... aber du solltest dir welche machen.«

Durham ging zurück in die Nachrichtenredaktion. Er wußte, was von ihm erwartet wurde. Bessere Aufhänger, Zitate und Fotos als die Konkurrenz, und ob alles stimmte, würde niemand groß fragen; solange es das bessere Lesefutter war, genügte das. Und wenn Dick Barlow zurückkam – falls Dick Barlow zurückkam –, würde er feststellen, daß der Boden unter seinen Füßen wieder etwas mehr abgebröckelt war.

»Neues von PA, Brian«, rief einer der Reporter, als er sich an den Computer setzte, und automatisch drückte Durham eine vorprogrammierte Taste, um die Nachrichten der Press Association abzurufen.

HSA 581244 PAHOME PA 11.39
PASNAPFULL · Todesfälle – INFO
DRINGEND. ACHTUNG NACHRICHTENREDAKTIONEN
Nicht zur Veröffentlichung. Zwei Männer in Polizeibegleitung haben Haus der Todesschüsse in Brookmans Park, Hertfordshire, verlassen. Versuchen Identität festzustellen.

Durham nahm den Telefonhörer. »Was hat Trevors Mobiltelefon für eine Kurzwahlnummer?«

»Siebzehn-siebzehn.«

Er wählte eilig. »Trevor? Hier Brian Durham. PA gibt eine Nachricht durch, daß zwei Männer das Haus verlassen hätten. Hast du sie gesehen? Du bist gar nicht dort? Ein Gespräch mit wem?... Worüber?... Scheiße... Sieh zu, daß du's exklusiv kriegst, sonst läßt Daphne sich deine Eier morgen zum Frühstück servieren. Ich versuche, Nick zu erreichen.« Durham legte auf und wählte eine andere Nummer.

»Was sagt er denn?« fragte jemand, während er wartete.

»Er ist gerade bei einer Frau, die ihm erzählt, daß Naomi Stansfield ihrem Mann zu Weihnachten ein Gewehr geschenkt hat. Sieht aus, als hätte er es an sich selbst ausprobiert. Nick ist noch beim Haus ... Nick? Brian hier ... ja, kam gerade von PA. Was? Wer sagt das? Sind die sicher? Gut. Ruf mich an, sobald es bestätigt ist.«

Er legte auf. »Nick hat sie herauskommen sehen. Er sagt, einer sei Stansfield, aber bei dem anderen ist er sich nicht sicher. Könnte Stansfields Sohn sein oder Dicks Bruder. Sie sind aus dem Haus gekommen und direkt ins Auto gestiegen. Er ist aber sicher, daß keiner von beiden Dick war.«

»Wohin hat die Polizei sie gebracht?«

»Offenbar aufs Präsidium. Das ist Pennys Revier.« Ein Telefon klingelte, und er griff hastig danach. »Penny? Du kommst gerade richtig. Stansfield ist offenbar am Leben, er wurde mit einem anderen Mann beim Verlassen seines Hauses gesehen. Sind sie schon bei dir angekommen? Was? Aber Nick hat ihn eindeutig identifiziert! Heiliger Bimbam! Mach dich noch mal an diesen vermaledeiten Pressesprecher ran. Versprich ihm meinetwegen, daß du mit ihm pennst. Ich will genau wissen, wer –«

»Neues von PA, Brian.«

»Bleib mal dran, Penny«, bellte Durham, während er sich den Pressedienst wieder auf den Bildschirm holte.

HSA 581280 PAHOME PA 11.44
PASNAPFULL · INFO – dringend
POLIZEI · Todesfälle
ACHTUNG BILDREDAKTIONEN
Foto zweier Männer beim Verlassen von Unglückshaus in Hertfordshire verfügbar über PA Pictures. Bestätigung der Namen steht noch aus.

»PA hat ein Foto vom Haus«, sagte Durham ins Telefon. »Wir überprüfen das. Bleibt an eurer Sache dran.« Er knallte den Hörer auf und rief zur Bildredaktion hinüber: »PA-Foto von zwei Männern, die das Haus verlassen. Wo zum Teufel bleibt es?«

»Kommt gerade, sieht aber aus, als hätten sie's vom nächsten Dorf aus aufgenommen. Was sagt Penny?«

»Sie hat gehört, einer der beiden sei Dick.«

»Hat sie ihn gesehen?«

»Nein. Sie haben sie durch den Hintereingang reingeschleust. Mistkerle. Aber ein Polizist beim Haus hat durchblicken lassen, der eine sei Stansfield. Das hat uns gerade noch gefehlt, daß die Polizei uns verscheißert ... schicken die das blöde Foto per Brieftaube oder was?«

»Zwei Minuten.«

Das Foto war ein Schnappschuß, vom Eingangstor aus aufgenommen; die Figuren waren leicht verwackelt, die eine halb verdeckt von den tief hängenden Ästen einer Buche neben der Auffahrt.

»Was meinst du?« Durham hielt das Bild einem seiner Kollegen hin, der ihm über die Schulter sah. »Könnte das Dick sein, da hinter dem Baum?«

»Das Bild ist so mies, selbst der, den man sieht, ist nicht identifizierbar.«

»Kennt einer von euch Dicks Bruder, oder seinen Schwager?« rief Durham quer durch die Redaktion.

»Ich habe Stansfield mal bei einer Pressekonferenz gesehen«, rief ein Reporter zurück.

»Dann sieh dir das hier mal an . . . ist er das?«

Der Reporter hielt sich das Foto dicht vor die Nase und kniff die Augen zusammen. »Kann sein. Die Größe könnte stimmen. Aber ganz sicher bin ich nicht, tut mir leid.«

»Die sollen es im Labor vergrößern«, ordnete Durham an. »Dann legt es jedem vor, den ihr auftreiben könnt und der bei Kennet Bolingbroke arbeitet, und faxt es nach Manchester, damit sie nachprüfen, ob jemand Tim Barlow erkennt.« Zwei Telefone klingelten gleichzeitig; er griff nach dem einen, während ein anderer das zweite Gespräch annahm.

»Durham . . . ja, Penny . . . woher weißt du das? . . . hat das sonst noch jemand erfahren? . . . wie ist die Anschrift?« Er zog sich ein Blatt Papier heran und fing an zu schreiben. »Wie? . . . Colander Drive 27? . . . buchstabier mal . . . Holland Drive . . . ja, hab ich . . . okay . . . nein, du bleibst, wo du bist. Sieh bloß zu, daß der Typ mit niemandem sonst redet. Warte mal.« Er wandte sich an den Reporter, der versucht hatte, Stansfield zu erkennen. »Penny hat einen Tip von einem jungen Reporter des Lokalblatts, daß Naomi ein Techtelmechtel mit irgendeinem Tory-Stadtrat hat. Hier sind Name und Adresse. Fahr hin und rede mit ihm . . . und paß auf, daß niemand Wind davon kriegt.«

Während der Reporter davoneilte, sprach Durham wieder ins Telefon. »Okay, Penny, wir kümmern uns darum. Was Neues über die beiden aus dem Haus? Also, dann bleib da dran.«

Er legte auf, als Daphne Byron erschien. »Ich habe doch gesagt, du sollst mich auf dem laufenden halten.«

»Ich hatte noch keine Zeit, und hier ist die Hölle los. Zwei Männer sind aus dem Haus gekommen, aber nur der Himmel weiß, wer sie sind.«

»Ist einer von ihnen Dick?«

»Soviel Penny gehört hat, ja, aber wir sind nicht sicher.« Er hielt ihr das Foto hin. »Da, sieh selbst. Der verdammte Baum macht es unmöglich, den einen links zu erkennen, und der andere, den man sieht, ist nicht scharf.«

»Sind es wirklich zwei Männer?« fragte Byron. »Hinter dem Baum, das könnte auch eine Frau in Hosen sein.«

»Zeig mal ... Donnerwetter, Mensch, du hast ja recht. Ich lasse es Penny nachprüfen. Übrigens, Trevor hat einen Wink bekommen, daß Naomi ihrem Mann eine Schrotflinte zu Weihnachten geschenkt hat. Mach was draus. Und Penny hat erfahren, daß sie eine Affäre mit einem Stadtrat hat. Mark ist unterwegs, um mit ihm zu reden.«

»Weiß sonst noch einer was davon?«

»Unseres Wissens nicht.«

»Sorg dafür, daß es so bleibt. Alles auf meinen Speicher. Sofort.«

Im Lauf des Vormittags vermischten sich Gerüchte und Spekulationen, während andere Zeitungen regelmäßig anderslautende Informationen bekamen. Die Journalisten wußten, daß die Wahrheit im Haus in der Devon Lane lag, aber wenn sie erst enthüllt war, kannten sie alle, und dann war sie nichts mehr wert. Das wichtige war die Exklusivität, und so jagten sie hinter allem her – unbestätigten Gerüchten, wilden Vermutungen, Ahnungen –, wovon sie sich diese erhofften. Vielleicht war vieles, was ihnen erzählt wurde, unwahr, aber bei einem Geschäft, das von eingängigen Lügen lebt, war das nicht weiter wichtig.

ERSTES KAPITEL

Roberta

HSA 5813000 PAHOME PA 11.50

POLIZEI · Todesfälle (Fortsetzung)

Steven Boussana (korrekt), 24, Roberta Stansfields Freund, Student an der London School of Economics, sagt: »Ich sollte eigentlich über Weihnachten mit nach Hertfordshire fahren, aber meine Mutter wurde plötzlich krank, und ich mußte absagen. Roberta hat mich am ersten Feiertag vormittags angerufen und schien ganz fröhlich. Jedenfalls machte sie nicht den Eindruck, als ob irgend etwas nicht stimmte.

Ich habe angerufen, aber die Polizei will mir keine Auskunft geben. Sie sagen, daß sie Informationen nur an nahe Angehörige weitergeben, aber es ist praktisch Robertas gesamte Familie mit ihr in dem Haus, so daß ich niemand sonst fragen kann.

Ich mache mir schreckliche Sorgen; denn sie hätte in jedem Fall versucht, mich wissen zu lassen, daß sie wohlauf ist.«

Mark Dyson, Regisseur bei BBC Radio, sagte ebenfalls, daß sie seit Bekanntwerden der Tragödie nichts von Roberta Stansfield gehört haben.

»Wir können es uns nur so erklären, daß sie viel zu sehr damit beschäftigt ist, den Rest ihrer Familie zu trösten, und noch nicht dazu gekommen ist, uns anzurufen«, fügte er hinzu.

Vor zwei Jahren war ich so unbeschreiblich glücklich, daß ich richtig Angst bekam, wenn ich zuviel darüber nachdachte. Martin war der Mittelpunkt meines Lebens, und ich ging völlig auf in dem Gefühl: Das ist der einzig richtige Mann für mich auf der Welt, und ich will Kinder mit ihm haben. Kurz nachdem wir uns kennengelernt hatten, schloß er sein Medizinstudium ab, bekam eine Stelle am St. Bartholomew Hospital und begann seine Karriere aufzubauen. Ich war total vernarrt in ihn. Wir machten Urlaub in Indien und Kalifornien, saßen händchenhaltend in Konzerten, entdeckten neue Restaurants, hatten unsere eigenen Witze und Redensarten, die nur wir verstanden; ich trug sein Foto in der Handtasche mit mir herum und holte es manchmal heraus, nur um es anzustarren. Eines Abends ging ich früher aus dem Studio nach Hause, weil mir nicht gut war; als ich dort ankam, lag er mit meiner Wohnungsgenossin im Bett. So etwas nennt man eine prägende Erfahrung.

Das schlimmste daran war, daß ich mir so furchtbar unzulänglich vorkam; das beste war, daß meine Beziehung zu Mam und Dad dadurch gefestigt wurde. Ich rannte nach Hause, und sie hörten zu, während ich mir das Herz aus dem Leib heulte und bis in die frühen Morgenstunden redete, ließen meine hysterischen und depressiven Anfälle verständnisvoll über sich ergehen und waren einfach nur da. Ich weiß nicht, wie ich ohne sie mit der Geschichte fertig geworden wäre – oder ob ich überhaupt damit fertig geworden wäre. Und als ich mich nicht mehr ständig umbringen wollte, ließen sie mich ohne langes Federlesen wieder ziehen. Ich möchte gern glauben, daß ich eines Tages gefestigt genug sein werde, um mich wieder Hals über Kopf verlieben zu können, ohne mich von neuem in Grund und Boden stampfen zu lassen, doch wer mein Partner auch ist, er wird sich damit abfinden müssen, daß ein Teil meiner Liebe meinen Eltern gehört. In dieser Phase meines Lebens sind sie meine besten Freunde; das ist keine Freudsche Fixierung, nur Anerkennung dessen, was sie alles für mich getan haben. Eine Einstellung, die sich natürlich ändern wird.

Inzwischen bin ich über das Selbstmitleid hinaus und habe eine andere Wohnung in Muswell Hill (diesmal ohne Mitbewohnerin). Steve ist mein zweiter Freund nach der großen Katastrophe, aber ich glaube, er rückt mir zu nah, es könnte also bald an der Zeit sein, Lebewohl zu sagen; ich bin einfach noch nicht wieder soweit. Zur Zeit arbeite ich als Assistentin in der Nachrichtenredaktion von Radio Four. Ich bin da mehr oder weniger hineingeschlittert, weil der Zweierabschluß in europäischer Geschichte des Mittelalters am Somerville College nur begrenzte Karriereaussichten bot; ehrlich gesagt, ich war nicht gerade wild auf dieses Thema, aber ich wollte nach Oxford. Was ich jetzt will, darüber bin ich mir nicht schlüssig, denn aus naheliegenden Gründen stehe ich jeder Form von Bindung vorsichtig gegenüber. Ich bin dreiundzwanzig, einsdreiundsechzig groß und sehr dünn, brutal gesagt dürr. Ein Dichter würde mein Gesicht vielleicht herzförmig nennen, weniger poetische Gemüter würden wahrscheinlich von hoher Stirn und spitzem Kinn sprechen; meine Lippen sind schmal, die Augen braun, mein Haar rotbraun, und ich trage einen Pagenschnitt. Meine Oberweite ist – Gott sei's geklagt – achtzig, aber ich habe schöne Beine, wenn sie auch die meiste Zeit in Röhrenhosen stekken.

Anfangs bin ich noch oft nach Hause gefahren, um mein Selbstvertrauen aufzubügeln. Als ich dann langsam wieder auf die Beine kam – und merkte, daß ich Gefahr lief, ein Ego zu werden –, ließ ich es sein, aber ich besuche sie immer noch regelmäßig; sie wohnen eine knappe halbe Fahrstunde entfernt. Und weil sie so lieb zu mir waren, hatte ich das Bedürfnis, mich näher mit ihnen zu befassen. Wie also sehe ich sie? Wenn du meinst, daß sich die Persönlichkeit von Menschen in ihrer äußeren Erscheinung widerspiegelt, sollte ich vielleicht damit anfangen, daß ich sie beschreibe.

Seit Mam fünfzig ist, macht sie gern abschätzige Bemerkungen über ihr Alter, aber sie ist immer noch eine sehr attraktive Frau, größer als ich, blond – weitgehend Natur, mit nur etwas Nachhilfe –, gute Figur. Ihr Gesicht ist ... also, das hängt davon ab, wie man sie gerade erwischt. Sie lacht zu selten, aber wenn, dann sieht sie unheimlich hübsch aus mit ihren himmelblauen, leuchtenden Augen. Allerdings überkommt sie regelmäßig etwas, was mein Bruder David und ich ›Mutters große Traurigkeit‹ nennen, und dann sieht sie aus wie die Hauptleidtragende bei einer Massenbeerdigung unserer sämtlichen Freunde. Wir haben nie begriffen, woher das kommt. Sie und Dad sind glücklich verheiratet, David und ich gehören nicht zu den Kindern, die ihren Eltern Kummer machen – jedenfalls zur Zeit nicht – und sie hat alles, was man sich nur wünschen kann, jede Menge Freunde und viele Interessen. Aber es ist ... ich weiß nicht, ob ich es erklären kann ... als ob gleich unter der Oberfläche etwas wäre, was sie ständig beunruhigt. Ich habe versucht, mit ihr darüber zu reden, aber sie will nicht; sie meint, es sei nichts Wichtiges. Aber das stimmt nicht, und nach allem, was ich ihr schon anvertraut habe, wünschte ich, sie würde auch mal bei mir abladen.

Dad ist Investmentbanker und organisiert die Finanzen von Kleinstaaten und internationalen Konzernen. Er gehört zu den Menschen, denen das Alter nichts anhaben kann – Männer sind da oft besser dran als Frauen – und er hat ... es ist so schwierig, Gesichter zu beschreiben ... ein hageres und kultiviertes Gesicht, wie ein Leichtathlet mit einem Doktortitel in Philosophie. Ich sage ungern, daß ich ihm näherstehe, weil ich dann das Gefühl habe, Mam zu verraten, aber es stimmt. Ich weiß noch, wie ich als kleines Mädchen immer gewartet habe, bis er heim kam, um ihm dann entgegenzulaufen. Wahrscheinlich ist das gar nicht so oft vorgekommen, aber es ist eine jener Erinnerungen, die verdeutlichen, wie ich mit ihm verbunden bin: dieses breite Lachen, wenn er seinen Aktenkoffer abstellte und sich herunterbeugte, um mich in die Arme zu nehmen und fröhlich über seinem Kopf zu schwenken – die verläßlichste Heldengestalt, die man sich denken kann. Schlag dir dumme Gedanken gleich aus dem Kopf; es ist eine Liebe ohne Makel, und ich halte sie hoch.

Ich habe also Glück gehabt mit meinen Eltern, und auch mit dem Rest meiner Verwandten insofern, als keiner von ihnen total daneben ist, und alle sind auf irgendeine Weise interessant. Ich freue mich immer noch, wenn wir alle zusammen sind, was seit einiger Zeit eigentlich nur noch zu Weihnachten vorkommt.

David ist zwei Jahre jünger als ich und studiert Architektur; er sieht abartig gut aus und weiß es. Es macht mir höllischen Spaß, seinen zahllosen Freundinnen zu erzählen, daß er falsche Zähne hat (hat er natürlich nicht). Verbunden durch eine Art Haßliebe, kommen wir sehr gut miteinander aus.

Die erweiterte Familie existiert nur von Mams Seite, denn Dad ist ein Einzelkind, und sein Vater mußte wegen dieser gemeinen Parkinsonschen Krankheit inzwischen in ein Pflegeheim. Das belastet mich ganz schön, wenn ich auch versuche, es mir nicht anmerken zu lassen. In meiner Kindheit war Großpapa ein absoluter Goldschatz, der David und mich bis zum Gehtnichtmehr verwöhnt hat, und dazu auch noch unglaublich geduldig und klug. Ich habe alles, was ich über Wein weiß, von ihm gelernt, er war der erste, der mich nach Paris mitgenommen hat, wo wir Stunden im Louvre verbrachten und er mir meinen ersten richtigen Drink spendierte. Jetzt gleicht er der Ruine eines schönen Hauses, das man geliebt hat und in dem man aufgewachsen ist, und jedesmal wenn ich ihn sehe, möchte ich Gott am liebsten anbrüllen, weil er das mit einem so liebenswerten Menschen geschehen läßt ... tut mir leid, ich hätte nicht davon anfangen sollen. Lassen wir's.

Als ich fünfzehn war, wollte ich Schriftstellerin werden und übte an der Familie. Ich beschrieb Onkel Tim – damals nannte ich ihn noch so – als einen, »den das Schicksal dazu verurteilt hat, im großen Orchester des Lebens den Triangel zu spielen« (ich hatte gerade Saki gelesen, und das war wohl ansteckend). Es paßt trotzdem ganz gut auf ihn, der, umgeben von lauter aktiven Menschen, demütig darauf wartet, seinen kleinen Beitrag zu leisten. Sein Gesicht hat so einen abbittenden, zögernden Ausdruck, und man weiß nicht, ob man ihn mitfühlend küssen oder ihm frustriert eine reinhauen soll. Ich wette, er schläft in diesem Jackett aus Harris-Tweed, obwohl er offensichtlich verschiedene Hosen dazu besitzt. Er ist Lehrer an der Grundschule in Wilmsford, die er vor über vierzig Jahren selbst besucht hat; als ob er sie nie verlassen hätte. Claire, seine Frau, strahlt etwas Gequetschtes aus, was mich immer an ein Gummispielzeug denken läßt, das man in eine zu kleine Schachtel gepreßt hat, aus der es nun dauernd herausdrängt. Das hängt nicht nur damit zusammen, daß sie mit Tim verheiratet ist; vor Jahren hatten sie ein Baby, das dann aber starb, und danach konnten sie keine weiteren Kinder bekommen. Sie ist Kinderschwester – klassische Sublimierung – und tut mir echt leid, weil ich nachfühlen kann, wie frustriert sie sein muß. Die beiden vermitteln den Eindruck, als wären sie einigermaßen zufrieden, aber manchmal frage ich mich, ob sie wirklich glücklich sind – ja, ob sie je glücklich waren.

Dann kommt Tims Zwillingsbruder, und wir sind auf einem anderen Planeten. Einerseits verachte ich ihn, dann wieder muß ich Richard (widerstrebend) bewundern. Er ist ein absolut hundertprozentiger Schweinehund – außerdem ein verdammter Sexist –, aber da ich selbst auch Journalistin bin, muß ich zugeben, daß er ein brillanter Profi ist. Natürlich ist die *Post* ein Schundblatt, aber offenbar das, was über drei Millionen Leute jeden Morgen lesen wollen. Er hat ein sehr hartes Gesicht – stell dir James Mason in Stinklaune vor – und trägt das Haar kurz geschnitten und nach vorn gekämmt; seine Zähne sehen aus, als wenn er Holz kaute. Seit er seine Frau Kate verlassen hat, trat die übliche Parade von Tussis an, um die Bedürfnisse eines Endvierzigers zu befriedigen; die neuste, Stephanie, ist mit den Geistesgaben einer Amöbe und den Milchdrüsen dreier normaler Frauen gesegnet. Richards Töchter sind auch wie Tag und Nacht; Kathy, die ältere, studiert Englisch am Balliol in Oxford, aber Emma, die Siebzehnjährige, haust mit einer Horde unerfreulicher Typen in Hackney, nimmt Drogen und treibt was weiß ich noch alles. Eins muß man Richard lassen: Er liebt seine Töchter wirklich, und um Emma macht er sich mehr Sorgen, als er zugibt.

Dann ist da noch Mams Mutter, die ich buchstäblich anbete. Als kleines Kind habe ich sie Nana genannt, dann war sie eine Zeitlang Granny, aber heute ist sie Großmama, ein kleiner privater Scherz zwischen uns; wenn ich mit ihr schimpfe, ist sie Grandmama Florence. Sie ist siebzig, obwohl man nie darauf käme – zierlich und spitzbübisch, wenn sie will, auch sarkastisch –, und läßt gelegentlich durchblicken, sie müßte nur mal richtig auspakken über ihr Leben ... Es reicht schon, was sie mir ganz im Vertrauen erzählt; meine liebe kleine Großmama hatte es zu ihrer Zeit faustdick hinter den Ohren. Aber Mam und ihre Brüder sehen in ihr die alte Mutter, und ihnen gegenüber verhält sie sich auch anders. Das hängt wohl alles mit dem Bild zusammen, das man ihnen in ihrer Jugend von ihr eingeprägt hat, aber es gibt vieles, was sie nicht wissen – vielleicht würden sie es auch gar nicht wissen wollen –, und ich kann es ihnen nicht sagen. Der schlimmste in dieser Beziehung ist Tim, der immer noch in ihrer Nähe in Manchester lebt und jede Woche mindestens ein paarmal bei ihr vorbeischaut. Das ist so offensichtlich das Syndrom des nie erwachsen gewordenen kleinen Jungen, daß es schon fast komisch ist, aber ich denke oft, daß Großmama irgend etwas an seinem Verhalten nervt. Nein, nicht nervt, eher beunruhigt. Manchmal überlege ich, ob es vielleicht mit der Sache zu tun hat, die ich nie so ganz durchschaut habe, nämlich was damals mit Großmamas Mann passiert ist.

Die nüchternen Tatsachen sind, daß er 1959 an einem Gehirntumor starb, nachdem er etwa ein Jahr im Koma gelegen hatte. Das war zehn Jahre vor meiner Geburt, weshalb er für mich nie mehr war als ein Name und ein Gesicht auf Fotos, auf denen er schrecklich altmodisch aussieht – wie alle anderen darauf auch. Als erstes fiel mir auf, daß es Mam offenbar schwerfiel, über ihn zu sprechen, was ich seltsam fand, weil er ja schon fünfundzwanzig Jahre tot war, als ich anfing, Fragen zu stellen; sie konnte eigentlich kaum mehr um ihn trauern. Sie schien sich nur noch daran zu erinnern, daß er sie einmal verhauen hat, weil sie sich eine Pop-Platte gekauft hatte. Das aus ihr herauszubekommen war schon wie Zähneziehen, und danach wollte sie nichts weiter sagen. Meine Onkel waren etwas entgegenkommender, aber es war, als ob sie sich an zwei völlig verschiedene Menschen erinnerten. Richard tat ihn als ›langweiligen alten Furz‹ ab; selbst bei ihm klang es ziemlich überzogen, so etwas über seinen eigenen Vater zu sagen. Bei Tim war es genau das Gegenteil, er reagierte mit peinlicher Sentimentalität und überschlug sich förmlich, was für ein wunderbarer Vater er gewesen sei, wie er ihnen Cricket beigebracht habe und wie schade es sei, daß seine Enkel ihn nie kennengelernt hätten. Aber bei allen dreien gab es offenbar strenge Grenzen, wieviel sie sagen wollten; manchmal fühlte ich mich regelrecht als Eindringling.

Ich vergaß die ganze Geschichte, bis ich ein Jahr später allein zu Großmama nach Manchester fuhr. Eines Nachmittags plauderten wir miteinander, während sie über einer Stickarbeit saß, als das Foto meines Großvaters auf dem Schreibtisch mich wieder daran erinnerte.

»Was war ... ich muß ja wohl Großvater sagen ... was war er eigentlich für ein Mensch?« fragte ich.

Sie sah mich über ihre Brille hinweg an, als wollte sie sagen: ›Na, worauf wollen wir denn jetzt wieder hinaus, mein Fräulein?‹ »Großvater? Ja, so hättest du wahrscheinlich zu ihm gesagt. Warum fragst du?«

Ich zuckte die Achseln. »Nur so, aus Interesse. Wir haben nie über ihn gesprochen. Bin ich ihm irgendwie ähnlich?«

Sie lachte. »Nicht im mindesten. Da müßtest du schon ein Rückfall ins vorige Jahrhundert sein. Ich bin mir nicht sicher, ob er mit dir klargekommen wäre.«

»Kommst du doch auch.«

Das gab ihr offenbar zu denken, denn sie legte ihre Stickerei beiseite, erhob sich aus ihrem Sessel, ging zu dem Schreibtisch in der Zimmerecke, zog die oberste Schublade auf und holte ein Fotoalbum heraus.

»Stimmt«, meinte sie. »Und ich bin mir auch nicht sicher, wie er damit klargekommen wäre. Sehen wir uns mal die hier an.«

Da wurde mir zum erstenmal klar, was sie für eine schöne Frau gewesen war. Es waren Schnappschüsse von ihrer Hochzeitsreise nach Wales, und sie war absolut hinreißend, eine Schönheit, der Modeströmungen nichts anhaben konnten. Großvater – nein, so kann ich ihn nicht nennen; ich sage Harold, wie sie auch – Harold sah auch recht gut aus, aber nur nach den Maßstäben seiner Zeit, pomadisiertes Haar und kleiner Schnurrbart, ziemlich ernst und steif für einen Mann, der doch eigentlich zu seinem Vergnügen unterwegs war, fand ich.

»Aber was war er für ein Mensch?« fragte ich noch einmal, während wir durch die Jahre blätterten und zu den Fotos kamen, die sie mit ihren Kindern zeigten. »Auf manchen Bildern wirkt er schrecklich pompös.«

»Ja, das war er auch.« Sie lächelte. »Obwohl ich ihn nicht so sah. Damals nicht. Er war sehr korrekt. Humor war ihm von der Natur nicht mitgegeben.«

»Hat dich das nicht gestört? Du hast Humor.«

»Danke.« Sie fuhr mir übers Haar. »Ich tue, was ich kann. Aber Harold war einfach nicht so. Ich glaube nicht, daß es mich gestört hat. Ich habe es akzeptiert. Er war ein sehr guter Ehemann – und ein guter Vater.«

Sie erzählte während wir die Seiten umblätterten alte Geschichten von ihm, keine besonders interessant, und dann kamen keine Fotos mehr. Unter dem letzten stand etwas: ›März 1958: Harold im Garten, zwei Tage vor seiner Erkrankung.‹ Grandmama sah es einen Augenblick an, dann klappte sie das Album zu.

»Danach gab es natürlich keine mehr«, sagte sie, und eine gewisse Sprödigkeit in ihrer Stimme war nicht zu überhören.

»Was ist denn genau passiert?« fragte ich. »Ich weiß, daß er einen Gehirntumor hatte, aber konnte man wirklich nichts für ihn tun?«

»Damals nicht.« Sie strich mit den Fingern der einen Hand über das Wort ›Fotoalbum‹, das in Goldlettern auf dem weichen Einband stand. »Vielleicht gibt es heute etwas dagegen, aber damals konnten sie nur versprechen, ihn am Leben zu erhalten . . . wenn man es Leben nennen konnte. Sie sagten mir, er könnte noch Jahre leben.«

»Aber dann ist er sehr schnell gestorben, nicht?«

»Ja. Es war . . . laß mich nachdenken . . . es muß fünfzehn Monate nach seinem Kollaps gewesen sein. Ganz plötzlich, aber friedlich, im Krankenhaus.«

Ich drückte halb tröstend, halb entschuldigend ihre Hand. »Tut mir leid, ich wollte dich nicht aufregen.«

»Ist schon gut. Du bist gerade in einer dieser emotionalen Phasen, in denen Schmerz etwas sehr Dramatisches ist. Das ist ganz normal, aber wenn du erst so alt bist wie ich, wirst du feststellen, daß . . .« Sie unterbrach sich schuldbewußt. »Oje, das klang jetzt wohl ein bißchen von oben herab, oder?«

»Ein bißchen«, gab ich zu.

»Dann ist es an mir, mich zu entschuldigen.« Sie brachte das Album zum Schreibtisch zurück. »Es war natürlich sehr schmerzlich, aber das Leben muß weitergehen.«

»Wie hat es sich auf Mam und die Jungen ausgewirkt?« Sie antwortete nicht sofort und schien unnötig lange damit beschäftigt, das Album wieder in der Schublade zu verstauen.

»Meinst du, direkt danach oder später?« fragte sie endlich.

»Beides, denke ich.«

Sie sah zu mir herüber, nachdenklich und fragend. »Hast du mit einem von ihnen mal darüber gesprochen?«

»Ja ... oder nein, eigentlich nicht richtig. Ich habe gefragt, was er für ein Mensch war, aber –«

»Was haben sie gesagt?« Ihr Einwurf klang unerwartet scharf.

»Wie? Oh ... ich weiß es nicht mehr genau. Es ist so lange her. Ich glaube, Mam fehlt er sogar nach all den Jahren noch. Onkel Tim hat mir erzählt, daß er ihm und Onkel Richard Cricket beigebracht hat.« Richards Kommentar behielt ich für mich. »Ehrlich gesagt, ich hatte den Eindruck, sie wollten nicht so gern über ihn reden.«

»Ach ja?« Das schien sie zu interessieren. »Haben sie gesagt, daß sie ihn geliebt haben?«

»Natürlich haben sie das gesagt.« Aber wenn ich es mir recht überlegte, hatte nur Tim das wirklich gesagt.

Großmama dachte offenbar nach, während sie zu ihrem Sessel zurückging. »Und der Tag, an dem er gestorben ist? Haben sie dir darüber etwas erzählt?«

»Ich glaube nicht.« Langsam fragte ich mich, in was ich da hineingeraten war; rückblickend begann sich unsere Beziehung an jenem Nachmittag zu verändern, und ich wurde mehr und mehr zu ihrer Vertrauten. »Höchstens, daß er immer noch im Krankenhaus war und nicht mehr aufgewacht ist, und ... na ja, er ist doch dann einfach so gestorben, oder?«

»Ja, er ist einfach so gestorben ... haben sie dir erzählt, daß sie allein mit ihm waren, als es passierte?«

»Wie?« Das haute mich wirklich um. »Nein. Ist das wahr?«

»Ja. Die Woche über war ich jeden Nachmittag bei ihm, aber samstags sind sie hingegangen, damit ich einkaufen und andere Dinge erledigen konnte, für die ich keine Zeit gehabt hatte. Das Krankenhaus rief bei mir an, als ich gerade nach Hause gekommen war, aber als ich hinkam, war dein Großvater schon eine halbe Stunde tot.«

»Und sie waren dabei, als es passiert ist? Das muß ja entsetzlich für sie gewesen sein ... und für dich auch.«

»Für mich war es nicht so schlimm. Natürlich war es ein Schock, weil ich noch nicht damit rechnete, aber ich hatte mich damit abgefunden, daß es früher oder später geschehen würde. Und wie es für sie war ... also, um ganz ehrlich zu sein, Roberta, ich weiß es nicht. Und wenn sie nicht darüber reden wollen, sollte man es vielleicht besser auf sich beruhen lassen.« Die Uhr auf dem Kaminsims schlug vier. »Guter Gott, sieh nur, wie spät es ist! Um Viertel nach muß ich beim Friseur sein. Ich komme um halb sechs zurück. Mach dir eine Tasse Tee und sieh solange fern.«

Es war ein völlig normaler Grund, das Gespräch zu beenden, aber ich hatte instinktiv das Gefühl, daß sie irgendwie dankbar war für die Entschuldigung. Sie ging sich ihren Mantel anziehen und sagte, ich solle mir von den Keksen mit der Feigenfüllung nehmen, von denen sie immer noch glaubte, daß ich sie besonders gern aß (das stimmte auch, aber ich achtete inzwischen mehr auf meine Linie). Als sie weg war, holte ich das Album heraus, sah mir die Bilder noch einmal an und stellte mir dabei vor, wie meine Mutter und meine Onkel am Bett ihres Vaters gestanden hatten, als er starb; es war grauenhaft, aber so etwas passierte vielen Leuten. Da ich noch nie einen Toten gesehen hatte, war der Gedanke daran abstoßend und faszinierend zugleich; es war etwas, was einerseits Neugier weckte, andererseits abschreckte. Ich versuchte mir auszumalen, wie es wohl gewesen sein mußte. Sie waren Teenager damals, also versuchte ich mich in ein Krankenhauszimmer zu versetzen, in dem mein Vater still und gelähmt im Bett lag, seit über einem Jahr. Bei ihren ersten Besuchen hatten sie sich wahrscheinlich unsicher und ungeschickt verhalten und nichts tun können, aber wohl geglaubt, daß es ungehörig wäre, sich irgendwie normal zu benehmen. Nach einer Weile hatten sie sich bestimmt daran gewöhnt und das Abnorme als Teil ihres Lebens hingenommen. Und eines Nachmittags hatten sie gemerkt, daß er tot war. Wie? Es mußte doch etwas gegeben haben, das zumindest einem von ihnen aufgefallen war. Und dann? Hatte Mam sich weinend über ihn geworfen? Hatten sie alle geweint? Hatten sie ihre Mutter herbeigesehnt? Mir wäre es so gegangen.

Ich konnte mir vorstellen, was ich empfunden hätte, wenn es Dad gewesen wäre, aber ich konnte mich nicht in ihr Denken hineinversetzen. Vor allem konnten sie doch unmöglich vergessen haben, daß sie dabei waren, als es passierte, und dennoch hatte keiner von ihnen es erwähnt. Warum nicht? Weil es selbst nach so vielen Jahren immer noch zu schmerzlich war? Fühlten sie sich immer noch schuldig, weil sie eine Veränderung nicht rechtzeitig genug bemerkt hatten, um die Schwester zu rufen und ihn noch zu retten? ... Oder hatten sie vielleicht gar nicht gewollt, daß er wieder gesund wurde, und hatten zwar gesehen, daß etwas nicht stimmte, aber nichts getan, bis es zu spät war? War es das, was Großmama vermutete? Daß sie, wenn sie dabei gewesen wäre, gleich Hilfe geholt hätte und er vielleicht am Leben geblieben wäre? Aber im Grunde hätte er ja ebensogut schon lange tot sein können, und ihn friedlich sterben zu lassen wäre doch eigentlich eine gute Tat gewesen. Wie ich es auch betrachtete, ich konnte nicht wissen, ob ich mit meinen Vermutungen recht hatte oder nicht, und es beschäftigte mich immer noch, als Tim am nächsten Nachmittag auf seinem Nachhauseweg vorbeikam. Wie gewöhnlich ärgerte mich die Art und Weise, wie er mich noch immer als Schulmädchen behandelte – er war nie erwachsen geworden und dachte anscheinend, ich wäre es auch nicht –, und sein Benehmen gegenüber Großmama fand ich empörend. Als ob sie senil wäre, und nicht die gescheite, tüchtige Frau, als die ich sie kannte. Ich begleitete ihn zum Auto, als er ging.

»Großmama hat mir von Großvater erzählt«, verkündete ich ganz nebenbei.

Er wollte gerade die Autotür aufschließen und hielt inne. »Was hat sie denn gesagt?«

»Wie er so war. Ich wollte es gern wissen.«

»Das habe ich dir doch schon erzählt«, sagte er. »Er war sehr nett.«

»Wir haben auch über seinen Tod gesprochen«, fügte ich hinzu. »Ich wußte gar nicht, daß du und Mam und Onkel Richard dabei wart, als er starb.«

»Hat sie dir das erzählt?« Seine Frage klang wie ein Peitschenknall.

»Ja. Es stimmt doch, oder? Aber keiner von euch hat es erwähnt, als ich etwas über ihn wissen wollte.«

»So?« Er blickte nach unten, als wollte er sichergehen, daß er den Schlüssel richtig ins Schlüsselloch steckte. »Na ja, es gibt eben Dinge, über die man nicht spricht.«

»Warum nicht?« wollte ich wissen. So leicht mochte ich ihn nicht davonkommen lassen.

»Wenn du älter bist, wirst du das verstehen.« Das Schloß klickte, und er öffnete die Tür.

»Was verstehen?« Ich fand seine Aufgeblasenheit zum Kotzen. »Es muß scheußlich gewesen sein, aber es ist doch nichts, wofür man sich schämen müßte.«

»Natürlich nicht.« Seine Stimme klang abwehrend. »Aber wir reden nicht darüber.«

»Nie?« Ich blieb hartnäckig. »Auch nicht, wenn ihr unter euch seid?«

»Also, manchmal ... kannst du nie mit deiner Fragerei aufhören, Roberta?« Bevor ich noch etwas antworten konnte, saß er im Auto und ließ den Motor an. Er winkte nicht, als er davonfuhr.

Obwohl ich noch immer ärgerlich war über seine herablassende Art, hatte ich ein schlechtes Gewissen, als hätte ich gefühllos in einer alten und sehr schmerzhaften Wunde herumgestochert. Tim kann einen zur Weißglut treiben, aber er hat auch die Verletzlichkeit eines sehr sanften Menschen, und es war nicht nett von mir gewesen, ihn so zu bedrängen. Aber ... ach, ich weiß nicht, was dieses ›Aber‹ war. Weil alles so lange her war, weil sie es inzwischen eigentlich alle hätten bewältigt haben müßten, weil, weil, weil.

Mir fiel wieder ein, wie sie sich verhalten hatten, als ich von einer Schriftstellerlaufbahn träumte und versuchte, mir etwas Rohmaterial aus meiner eigenen Familie zu beschaffen, und fast verzweifelte, weil wir so langweilig waren, weil es uns so gutging, weil wir so stinknormale Mittelklasse waren wie jedermann. Jane Austen hätte vielleicht etwas mit ihnen anfangen können, aber ich nicht. Ich wollte Neurosen wie bei den Brontës, Unglück wie bei Dickens, Leidenschaft wie bei Dante und Beatrice. Ich hätte mich sogar mit einem Gestotter à la Somerset Maugham abgefunden. Aber alles, was mir geboten wurde, war prosaisch und irrelevant, und kein Wort über jenen erschütternden Nachmittag im Krankenhaus. Es ist inzwischen so lange her, daß es natürlich keine Rolle mehr spielt, aber manchmal frage ich mich, warum sie es für sich behalten haben, als ob es etwas Schändliches wäre.

ZWEITES KAPITEL

Naomi

HSA 581309 PAHOME PA 12.11

POLIZEI · Todesfälle

Dr. Patrick Evans, Vorsitzender der Zweigstelle des Kinderhilfswerks für Hertfordshire und North London, nennt Naomi Stansfield eine seiner aktivsten Spendensammlerinnen.

»Wenn jemand ein Herz aus Gold hat, dann Naomi«, sagte er. »Keine Mühe ist ihr zuviel, und sie hat immer ein offenes Ohr für die Nöte anderer. Sie gehört zu den nettesten Menschen, die ich kenne, und ist sehr aufgeschlossen. Ich kann mir nicht vorstellen, daß es etwas an ihr gibt, das jemandem mißfallen könnte. Sie liebt ihre Familie, und alle stehen sich sehr nah, auch wenn ihre Mutter so weit weg wohnt.

Diese Morde müssen das Werk eines Außenstehenden sein. Erst vor ein paar Wochen gab es hier in der Gegend einen bewaffneten Raubüberfall, und ich bin überzeugt, es war wieder so etwas, nur diesmal mit tragischem Ausgang.«

Das wichtigste an mir – was mich am Leben erhalten hat – ist, daß ich nicht mehr Naomi Barlow bin. Ich bin Naomi Stansfield, nicht nur durch Heirat, sondern auch durch alles andere an mir. Das ist nun schon so lange so, daß es inzwischen völlig natürlich geworden ist; ich mache mir nichts vor, ich bin ein anderer Mensch geworden. Charles war bei Conrad International, als wir 1967, acht Jahre nach Vaters Tod, heirateten, aber 1983 wechselte er zu Kennet Bolingbroke. Durch seinen Beruf haben wir oft gesellschaftlichen Umgang mit den Großen dieser Welt, ausländischen Würdenträgern, Diplomaten, Wirtschaftsexperten von Whitehall, gelegentlich auch mit königlichen Hoheiten. Ich habe einen ganzen Schrank voller Kleider für solche Anlässe, an denen ich die perfekte Ehefrau einer Führungskraft spiele, den Männern höflich und leicht ehrerbietig begegne, die Frauen nach ihren Kindern und ihren Urlaubsplänen frage. Ich besitze einen unerschöpflichen Vorrat an Konversationsthemen und habe für jedes Gespräch drei neue parat.

Auch zu Hause in Brookmans Park – grüne Prominentensiedlung in Hertfordshire, etwa eine halbe Stunde vom Zentrum Londons – tue ich alles, was man so von mir erwartet: Ich bin im Schulbeirat und aktives Mitglied der örtlichen Kirchgemeinde, organisiere Haussammlungen des Roten Kreuzes und der Krebshilfe, stelle mich als Verkäuferin in den Laden der Kinderhilfe, veranstalte Morgenkaffees für alle möglichen karitativen Zwecke, rühre die Werbetrommel für die Konservative Vereinigung und tüte ihre Briefe ein. Charles und ich besuchen mindestens zweimal im Monat eine Theaterveranstaltung im West End, und unsere Villa in der Dordogne ist ebenso feudal und elegant wie unser Haus hier. Mich trennen Welten von der Tochter eines Ingenieurs aus dem Mittelklassemilieu von Manchester; das muß auch so sein. Meine heutigen Freunde und Bewunderer – ich bin schon auf höchst zivilisierte Weise von einem Botschafter, einem ältlichen GCMG-Träger und, besonders peinlich, von der Frau eines Fürstlichen Privatsekretärs angemacht worden – würden schockiert die Augenbrauen hochziehen, wenn sie das eine oder andere von dem wüßten, was in der Zeit passierte, nachdem Naomi Barlow schreiend von dem anklagenden Leichnam ihres Vaters weglief.

In dem Jahr, als er krank war, hatte ich angefangen, mir Freunde anzulachen. Das war nicht schwer, denn hübsch genug war ich, aber ich hätte es nie gewagt, solange er im Hause war; er hätte ihnen heimgeleuchtet und mir erklärt, ich solle mich auf meine Schularbeiten konzentrieren. Mutter hatte nichts dagegen – sie hatte sowieso mehr als genug am Hals –, und ich ließ mich auf die üblichen Grabbelspielchen in der letzten Reihe im Kino ein, dankbar, daß meine Nylonoberteile keine Knautschfalten haben würden, wenn ich nach Hause kam; ich ließ meine Hand packen, nachdrücklich auf schwellende Hosenläden legen und mich heiser flüsternd auffordern, fester zu drücken. Ich fand das lästig, wenn ich den Film sehen wollte, aber wenn er den Eintritt bezahlt hatte, wurde das erwartet. Ich begann auch Cider zu trinken und erfuhr erst Jahre später, daß er mehr Alkohol enthält als Bier. Aber auch wenn ungeschickte Finger sich mit Knöpfen abmühten und BH-Verschlüsse lösten, gab es doch Grenzen, die ich nicht überschritt, mochte es manchmal noch so schwerfallen. In äußersten Notfällen konnte ich mich darauf verlassen, daß der Gedanke an meinen bewußtlosen Vater jede Leidenschaft absolut sicher tötete, und machte regelmäßig Gebrauch davon. Aus Gründen, die ich selbst nie verstanden habe, log ich vor meinen Schulkameradinnen und ließ den Eindruck entstehen, daß viel mehr passiert sei, aber an jenem Nachmittag des 17. Juni 1959 war ich doch immer noch die – wenn auch leicht angeschmutzte – jungfräuliche Tochter. Vaters Beerdigung fand eine Woche später statt, und zwei Wochen danach schrie ich vor Schmerz auf, als ich meine Unschuld verlor – an einen Milchbart, dessen Namen ich nicht mehr weiß, aber er hatte ein erwachsen wirkendes Furunkel am Nacken. Es war an einem warmen, dämmrigen Abend im staubig riechenden hohen Gras neben dem Sportplatz von Wilmsford. Aber nein, das stimmt nicht; meine Unschuld hatte ich auf der Krankenhausstation verloren.

Im September darauf begann ich mein Anglistikstudium in Sheffield; wenn es dort das Examensfach Vögeln gegeben hätte, wäre mir ein Summa cum laude sicher gewesen (meine Generation fühlte sich von der Bombe bedroht, nicht von Aids). Ich weiß heute nicht einmal mehr die Hälfte aller Namen, und an die Gesamtzahl wage ich nicht einmal zu denken: einmal waren es vier verschiedene in einer Woche. Es war gnadenloser, unsinniger, endloser Sex. Zornig und fordernd wie eine Verhungernde, die sich in einem Lebensmittelladen vollstopft. Erst zu Beginn meines Abschlußjahres kam ich da wieder heraus, als ich eines Morgens in meinem möblierten Zimmer aufwachte und merkte, daß mein letzter Gastspieler schon wieder gegangen war. Kein Zettelchen, kein kurzes Aufwecken für ein leises, anerkennendes

Tschüß; einfach vernascht und liegengelassen. Da machte etwas in mir klick, und ich weinte zum erstenmal seit Vaters Tod, dann verzog ich mich in mein Schneckenhaus, um mit mir ins reine zu kommen.

Ich akzeptierte den Grund für mein Tun. Weil ich meinen Vater umgebracht hatte, mußte ich ihn abschütteln, indem ich mich in meinem Verhalten soweit wie möglich von dem absetzte, was er aus mir gemacht hatte. Ich hatte zwei Jahre lang seinem Gespenst die Stirn geboten. Sieh mich an. Ich kann gar nicht deine Tochter sein. Das ist nicht die liebe kleine Naomi Barlow. Das ist eine Nutte, die sich für jeden auszieht, der die Augen nach ihr verdreht – und davon gibt es genug. Ich habe mich im Bett vögeln lassen, auf dem Fußboden, auf einem Autorücksitz und bei einer feuchtfröhlichen Fete im Stehen, an der Wand. Wenn du noch mehr Beweise brauchst, mach ich's mit zweien gleichzeitig und lasse mich dabei fotografieren, ich mache es sogar ... Warum? Natürlich weil das zeigt, daß ich nicht deine Tochter bin, und das brauche ich, denn als deine Tochter *ertrage ich es nicht*! Ich kann mit dem, was ich dir angetan habe, nicht leben! Willst du, daß ich den Rest meines Lebens mit Schuldgefühlen herumlaufe? Bitte, geh weg. Laß mich in Ruhe ...

Unweigerlich entdeckte ich für eine Weile die Religion, natürlich immer noch auf der Flucht, aber diesmal angezogen. Ich beschäftigte mich ein bißchen mit Buddhismus, fand einen Jesuitenpater, mit dem ich reden konnte, las Dame Julian of Norwich und nahm sogar an einer Erweckungsversammlung von Billy Graham teil, bei der ich zehn Shilling Eintritt für meine Errettung bezahlte.

Ich redete mir ein, auf dem besten Weg zu einer Art Erlösung zu sein, und spielte kurze Zeit mit dem lächerlichen Gedanken, Nonne zu werden. Die Phase verging wie alles andere, und ich kehrte zurück in den vertrauten sicheren Hafen der anglikanischen Kirche, im Kopf eine verschwommene Idee von guten Werken, gewissermaßen als Buße. Wenn ich einmal gerade nicht betete, klemmte ich mich hinter mein Studium, und der Erfolg konnte sich sehen lassen. In meinem letzten Trimester lud mich dann einer meiner Tutoren, Paul Fletcher, zu sich nach Hause ein. Im ersten Moment vermutete ich eine sexuelle Anmache – ich war inzwischen übersensibel geworden, und Sex war für mich wie ein Teufel, der ständig auf der Lauer lag, um mich wieder in die Falle zu locken –, doch dann sagte ich mir, ich dürfe nicht so undankbar sein. Er war Ende Dreißig, hatte Frau und Kinder, und ich hatte nie den Eindruck gehabt, er gehöre zu jenen Dozenten, die willige Studentinnen als Gehaltszulage betrachteten. Und als er nach einem Gespräch über einen Aufsatz von mir diese Einladung aussprach, legte er eine Fürsorge und Hellsichtigkeit an den Tag, die ich nicht erwartet hatte.

»Stimmt irgend etwas nicht?« fragte er wie nebenbei.

»Was meinen Sie?«

»Sie sind in letzter Zeit so in sich gekehrt. Ich konnte mich sonst immer auf Ihre unbequemen Fragen verlassen, aber jetzt sitzen Sie einfach nur da wie ein Häufchen Elend.«

Ich zuckte schroff zurück; für Freundlichkeit war ich noch zu wund. »Mir fehlt nichts. Ich habe nur viel gearbeitet.«

»Das habe ich gemerkt, und es freut mich«, sagte er trocken. »Sie sind früher nur auf zwei Zylindern gelaufen. Ich hatte den Eindruck, daß Ihr Privatleben viel von Ihrer Zeit in Anspruch nahm.«

»Ich finde, das geht nur mich etwas an.« Ich war an dem Tag nicht in Beichtlaune.

»Stimmt«, räumte er ein. »Und wenn Sie sich weiter so hineinknieen, müßten Sie jedenfalls einen ordentlichen Abschluß schaffen. Na gut. Nächste Woche um dieselbe Zeit dann. Danke, Naomi.«

Er nahm sich schon den nächsten Aufsatz vor, doch als ich schon im Hinausgehen war, sagte er, ohne aufzusehen: »Sind Sie zufällig am nächsten Samstagnachmittag frei?«

»Warum?«

»Meine Frau und ich haben ein paar Studenten und Profs zu einer kleinen Gartenparty eingeladen. Hätten Sie Lust?«

»Oh.« Es war das erste Mal, daß er ein Treffen außerhalb des schulischen Rahmens vorschlug. »Ja, gern. Danke.«

»Dann gegen drei Uhr.« Er blätterte eine Seite um und kritzelte einen Kommentar darauf. »Wo wir wohnen, wissen Sie? Im ehemaligen Pfarrhaus Ecke Warwick Road. Und wenn Sie es aus irgendeinem Grund nicht schaffen, machen Sie sich keine Gedanken. Es ist ganz zwanglos.«

Auf dem Heimweg dachte ich über die Einladung nach. Es schien plötzlich, als ob Dr. Fletcher sich für mich interessierte, weil ich endlich arbeitete. Einige seiner Kollegen hatten sich aus ganz anderen Gründen für mich interessiert, und ich hatte sie nicht enttäuscht, und in einem Fall mein Register noch um Ehebruch erweitert. Ich beschloß hinzugehen; es paßte zu meinem neuen, reineren Ich.

Als ich hinkam – flache Schuhe, hochgeschlossene Bluse, Kreuz am Goldkettchen, schlichter schwarzer Rock, kein Make-up –, stand die Haustür offen, und ich konnte über den langen Flur direkt in die Küche am anderen Ende sehen. Dahinter sah man durch die Fenster den Garten, aus dem das Stimmengewirr der Gäste drang. Ich klingelte trotzdem und wartete, bis an der Küchentür eine Frau mit einem Glas Wein in der Hand erschien.

»Hallo! Kommen Sie doch rein. Es ist Tag der offenen Tür.«

Sie wartete, während ich auf sie zuging. Sie war, um es höflich auszudrücken, rundlich – jedenfalls konnte nicht einmal ein weiter Baumwollkaftan ihr Übergewicht verbergen. Sie hatte ein weiches, rundes Gesicht und lockiges, kastanienbraunes Haar.

»Margaret Fletcher.« Sie streckte mir die Hand entgegen. »Und wer sind Sie?«

»Naomi Barlow. Vielen Dank für die Einladung.«

»Naomi? Ach, ja. Paul hat mir viel von Ihnen erzählt. Kommen Sie, ich stelle Sie den anderen vor. Wahrscheinlich kennen Sie die meisten sowieso schon.«

Es war ein typischer Akademikertreff, intellektuelle Debatten und politische Polemik, vermischt mit seichtem Geplauder. Die Fletchers hatten vier kleine Kinder, die kreischend und brüllend zwischen den Gästen herumrannten, und an preiswertem Wein oder Bier herrschte kein Mangel. Ernsthafte, langhaarige junge Männer stritten mit ihren Tutoren über obskure Thesen, ein affektiertes Mädchen aus einem unteren Semester begann von Castro zu schwärmen, jemand versuchte dem Musikprofessor eine direkte Verbindung zwischen Wagner und Stan Kenton einzureden, einer meiner ehemaligen Liebhaber – erstaunlicherweise der einzige unter den Anwesenden –, beantwortete jedes Argument mit einem nihilistischen Zitat, bis ihm der Mund verboten wurde. Es war einer der heißesten Tage des Jahres.

Dr. Fletcher begrüßte mich und stellte mich denen vor, die ich noch nicht kannte. Nach ein paar Gläsern wurde ich allmählich gelöster und beteiligte mich an den Gesprächen. Margaret Fletcher hatte, wie sich herausstellte, einen Abschluß in Logik und Moralphilosophie, den Beruf aber dann der Familie zuliebe vorübergehend an den Nagel gehängt und fühlte sich durch die Erwachsenengespräche offensichtlich angeregt. Ich mußte mir gestehen, daß ich mich wohl fühlte, und ein gewisses Bedauern beschlich mich, daß ich mich durch mein Benehmen bisher von solchen Einladungen ausgeschlossen hatte. Irgendwann merkte ich auch, daß ich nicht mehr unsicher an meinem Kruzifix herumfingerte, als wäre es ein Talisman für meine erwachende Seele. Ich weiß nicht mehr, worüber wir alles redeten, aber man hörte mir zu, und ich präsentierte mich als genau die Art Studentin, auf die mein Vater stolz gewesen wäre. Dieser Nachmittag eröffnete mir neue Möglichkeiten; vielleicht konnte ich weiterstudieren, meinen Doktor machen, Universitätslehrerin werden, mich auf ein Leben der reinen Intellektualität zurückziehen ... dann erwähnte jemand einen schrecklichen Mordfall, bei dem vor einigen Wochen ein Mann ein Kind erdrosselt hatte.

Der Fall hatte heftige Debatten um die Todesstrafe wiederaufleben lassen. 1955 hatte es einen gewaltigen Aufschrei dagegen gegeben, als Ruth Ellis gehängt wurde, und die britische öffentliche Meinung forderte ihre Abschaffung, die dann allerdings erst Ende 1969 kam. Jeder in der Gruppe, bei der ich stand, vertrat seine Meinung, gestützt auf Vorurteile, Statistiken und Moralvorstellungen. Da es bei der Frage offenbar keinen Konsens gab, wurde die Debatte hitzig, und ich wünschte, ich wäre überall sonst gewesen, nur nicht gerade hier. Margaret Fletcher, das Gesicht gerötet von Wein und innerer Erregung, drosch auf einen Mathematikdozenten ein.

»Das ist doch Quatsch, Bernard!« Sie spie ihm die Worte förmlich entgegen. »Wir reden nicht über Absolutheiten. Zwei und zwei ist immer vier, aber so eine simplifizierte Beweisführung kann man nicht auf Leben und Tod anwenden. Menschen aufzuhängen – oder jede andere Art von Hinrichtung – ist barbarisch, und eine Gesellschaft, die so etwas zuläßt, hat versagt. Das Gesetz kennt den Begriff der rechtfertigbaren Tötung, und davon muß man ausgehen.«

»Du willst doch wohl nicht sagen, daß man jeden Mord rechtfertigen kann, oder?« fragte er.

»Definiere erst mal das Wort ›rechtfertigen‹«, blaffte sie.

»Ich glaube nicht, daß ich das kann, aber das Gesetz scheint das hinzukriegen.«

Sie stöhnte ungehalten. »Das ist keine Antwort. Was meinen Sie, Naomi?«

»Wie?« Ich hatte die ganze Zeit gehofft, sie hätte vergessen, daß ich neben ihr stand. »Eine Antwort worauf?«

»Kann das Gesetz mit zweierlei Maß messen, indem es einerseits sagt: ›Du sollst nicht töten‹, und andererseits selbst Menschen tötet, egal unter welchen Umständen?«

»Ich ... darüber habe ich nie nachgedacht.«

»Dann sollten Sie das tun. Ihre ganze Generation sollte es tun. Und ihr solltet mal langsam etwas dagegen unternehmen. Denn es gibt genug Leute, die eigentlich älter und klüger sein sollten und doch nicht die blutrünstige Barbarei darin erkennen, die es ist ... und noch etwas, Bernard ...«

Sie lief schon wieder auf vollen Touren, während ich mich davonmachte. Die Stimmen wurden zu einem fernen Summen, und die Farben im Blumenbeet gegenüber verschwammen ineinander.

»Ist Ihnen nicht gut?« Dr. Fletcher faßte meinen Arm, als ich plötzlich taumelte.

»Doch ... Entschuldigung, das liegt wohl an der Hitze. Mir ist nur ein bißchen schwindlig.«

»Kommen Sie, setzen Sie sich.« Er führte mich zu einem verschossenen Liegestuhl, der halb im Schatten eines Goldregens stand. »Soll ich Ihnen ein Glas Wasser holen?«

»Nein, danke. Es wird schon besser. Wenn ich hier ein bißchen sitzen bleibe, ist es gleich vorbei. Tut mir leid. Lassen Sie sich Ihre Party nicht verderben. Bitte ... ich brauche nur ein paar Minuten allein.«

»Natürlich. Wenn Sie ins Haus gehen und sich hinlegen möchten, sagen Sie es nur.« Ich erkannte dankbar, daß er merkte, wie peinlich mir das Ganze war. Ich schloß die Augen und lehnte mich zurück, als er wegging.

Ich weiß, wie unglaublich es klingen muß, aber an Hinrichtung hatte ich nie auch nur eine Sekunde gedacht; es hatte zu vieles zu bewältigen gegeben, zu vieles zu kompensieren, um Raum zu lassen für Fragen einer gesetzlichen Bestrafung. Bei Vaters Tod war ich achtzehn Jahre alt gewesen, bestimmt zu jung, um ... Ich umklammerte den Holzrahmen des Liegestuhls, und eine Welle von Entsetzen und Übelkeit durchflutete mich; dann riß ich erschrocken die Augen auf, als der Stuhl heftig wackelte. Eines der Fletcher-Kinder lag zu meinen Füßen im Gras und sah schuldbewußt zu mir auf.

»Entschuldigung«, keuchte das Mädchen hastig, indem es sich hochrappelte und davonrannte, die anderen jauchzend hinterher. Ich sah die ganz wilde Jagd unter Kreischen und Lachen bis zu der Mauer am Ende des Gartens rennen. Das Mädchen hatte zwei rauhbeinige jüngere Brüder, von denen sie den einen jetzt kurz in den Schwitzkasten nahm, bevor sie mit dem Ruf: »Du kriegst mich nicht!« wieder davonstürmte. Sie war wie ich mit Tim und Richard, sorglos, überschäumend und unbezähmbar, an einem Sommertag unserer Kindheit. Vor – wie lange? – zehn Jahren vielleicht, war ich genauso gewesen. Es war so eine selbstverständliche, unschuldige Fröhlichkeit, die natürlich jeder irgendwann verliert, aber ich hatte plötzlich das Gefühl, ich würde sie nie durch etwas Dauerhafteres ersetzen können. Jeden Augenblick, wenn ich am wenigsten darauf gefaßt war, konnte meine Tat mich plötzlich wieder einholen und mein Gewissen quälen. Ich würde ihr nie entrinnen, immer würde sie dasein und warten ... Ich stockte über einer halb gewonnenen Erkenntnis. Als ich dachte, *ich* könnte nie entrinnen, meinte ich Naomi Barlow, das Mädchen, das ich in den unzähligen Betten zu verleugnen, zu zerstören versucht hatte. Ich hatte das Richtige getan, aber auf die falsche Weise; ich mußte eine Persönlichkeit finden, in die ich mich flüchten konnte, eine, die von allen realistischen Träumen einer Naomi Barlow so weit entfernt war, daß es ans Unmögliche grenzte. Ich mußte ganz unerwartet lächeln bei dem Gedanken, daß ich zum Beispiel Prinz Charles heiraten und eines Tages Königin werden könnte. Oder etwas ebenso Groteskes: erste Premierministerin – dabei hätte man 1961 noch eher Königin werden können – oder ... Ich ermahnte mich, meine zarte Hoffnung nicht zu zerstören, indem ich albern wurde. Ich hatte den Ausweg gesehen und fühlte mich sonderbar wohler; vielleicht gab es doch eine Linderung für meine unsägliche Qual. Ich würde eine Lüge leben müssen, aber das wäre erträglicher als eine Wahrheit, die mich marterte.

»Wie geht es Ihnen jetzt?« Dr. Fletchers Stimme riß mich aus meinen Gedanken.

»Viel besser, danke.« Ich stand auf. »Es tut mir schrecklich leid.«

»Sie müssen sich nicht entschuldigen. Kommen Sie mit, essen Sie etwas. Ihr Studentinnen hungert euch immer halb zu Tode.«

Vor ein paar Jahren las ich im *Daily Telegraph* von seinem Tod – gerade erst siebenundfünfzig Jahre alt – und war sehr traurig. Er war ein guter Tutor und ein liebenswerter, kluger Mensch gewesen. Und ich mußte wieder an diesen Augenblick unter dem Goldregen denken.

Danach wurde meine Wandlung nicht zur fixen Idee, wohl aber zu einem genau berechneten Vorgang. Ich bestand mein Examen mit einer ordentlichen Zwei in Englisch und mußte nun entscheiden, wie es weiterging. Nach Manchester zurückzukehren kam ja wohl nicht in Frage, also schloß ich mich dem von den Sozialwissenschaftlern damals so genannten ›Trend nach Süden‹ an und zog nach London, wo ich eine Stelle bei einer PR-Agentur fand und mir eine Wohung in Kentish Town nahm. Es waren die wilden Sechziger, hochtoupierte Frisuren, Miniröcke, diese herrlichen hohen Lederstiefel, grenzenlose Freiheit und Aufbruchstimmung. Ich war jung, alleinstehend und attraktiv – hatte aber immer noch das eine im Kopf. Ich trug das Beste, was Carnaby Street und Kings Road zu bieten hatten, genoß mein Leben und veränderte zugleich meine Persönlichkeit. Da ich keinen Liverpooler Akzent hatte – der damals in London ulkigerweise als schick galt –, mußte ich meinen nordenglischen Provinzialismus ablegen. Ich besuchte Sprechkurse, verschlang Benimmbücher und kaufte mir sämtliche Modezeitschriften, deren ich habhaft werden konnte. Ich erweiterte meine sehr begrenzte Allgemeinbildung durch Reisen nach Paris und Florenz, besuchte die neuesten Ausstellungen in der Tate und National Gallery, las die gängigen Bücher und zitierte daraus, sah mir die richtigen Theaterstücke und Filme an. Nach wenigen Jahren konnte ich mich als vollkommenes Produkt der Hauptstadt ausgeben, fast als höhere Tochter, wenn man nicht zu genau hinsah. Meine Besuche in Manchester beschränkte ich auf das absolute Minimum – ›Tut mir leid, Mami, aber du kannst dir nicht vorstellen, was wir im Moment hier zu tun haben‹ –, und wenn sich ein Gedanke an meinen Vater einschlich, warf ich ihn kurzerhand hinaus.

Der nächste Schritt hatte die Ehe zu sein. An Kandidaten herrschte kein Mangel – obwohl ich, an meinen früheren Maßstäben gemessen, regelrecht abstinent lebte, schlief ich mit einigen wenigen von ihnen –, aber keiner war so sensationell anders, wie ich es eigentlich erwartete. Während ich mich die soziale Leiter hinaufarbeitete, stiegen auch meine Ansprüche. Dann lernte ich 1966 in Wimbledon Charles kennen. Ich hatte für einen unserer Kunden die Gästebetreuung organisiert und war am Tag des Herrenfinales dort, um Canapés und Champagner herumzureichen. Ich besaß für solche Fälle eine sorgfältig ausgewählte Garderobe, elegant und unterschwellig sexy. Das waren die Gelegenheiten, bei denen meine Antennen voll ausgefahren waren. Charles kam mit einer Gruppe anderer Banker, manche älter als Methusalem, und stach mit seinen sechsunddreißig Jahren zwischen ihnen heraus. Zudem hatte er keine Ehefrau bei sich und sah sich tatsächlich das Tennismatch an. Ich mußte natürlich im Zelt bleiben, während Santana gegen Ralston ohne Satzverlust gewann, aber als er zurückkam, fragte ich ihn, ob das Match gut gewesen sei. Zuerst dachte er, das gehöre nur zu meiner Arbeit, doch dann schien er angenehm überrascht, jemanden vor sich zu haben, der sich für das interessierte, was hier eigentlich vor sich ging; ehrlich gesagt, ich interessierte mich mehr für ihn.

Die Einzelheiten sind nicht wichtig, aber ich nahm seine Einladung an, mit ihm in seinem Tennisclub zu spielen – ich war in der Schule recht gut im Tennis gewesen und hatte es als Teil meines unabdingbaren Lebensstils weiterbetrieben –, und das führte zu einem Abendessen und schließlich ins Bett. Seine Frau war ein knappes Jahr nach ihrer Heirat bei einem Flugzeugunglück ums Leben gekommen, er war also frei, und wir verliebten uns. So einfach war das . . . also, er verliebte sich wirklich in mich; ich erlaubte mir, mich in ihn zu verlieben, weil er genau das war, was ich brauchte. Im November nach unserem Kennenlernen nahm er mich übers Wochenende mit zu seinen Eltern; bis zu diesem Augenblick war meine Zuversicht ständig gestiegen, aber dies war der Härtetest. Sie wohnten in einem Herrenhaus – ehrlich – in Buckinghamshire –, Teile davon waren frühes 17. Jahrhundert, und als sie es verkauften, brachte es anderthalb Millionen Pfund. Ich lächelte viel, während ich meine Angst wegdrückte, und wich aus, wenn es um meine Herkunft ging, obwohl es gar nicht nötig gewesen wäre. Sie akzeptierten mich als genau das, was ich äußerlich war – eine vorzeigbare junge Frau, die ihrem Sohn offenbar so nahestand, daß er sie ihnen vorstellen wollte. Charles' Vater ist inzwischen achtzig und hat die Parkinsonsche Krankheit; damals war er noch sehr aktiv und unglaublich nett zu mir. An jenem ersten Wochenende zeigte er mir den Garten – oder eher das Gelände, es waren gut 12 Hektar – mit einem Maulbeerbaum, den nach der Familienlegende Prinz Albert gepflanzt hatte; sie hatten tatsächlich königliche Hoheiten zu Gast gehabt. Alle Frauen legen sich besonders ins Zeug, wenn sie dem Mann begegnen, den sie heiraten möchten; ich legte von dem Moment an den fünften Gang ein, obwohl ich inzwischen überzeugt war, daß er mir früher oder später sowieso einen Heiratsantrag machen würde.

Wieder in London, feilte ich einen ganzen Abend an einem Dankschreiben an seine Eltern und schickte ihnen Blumen. Zu Weihnachten kaufte ich seiner Mutter eine teure Brosche und seinem Vater ein Kistchen mit den besten Zigarren, die ich auftreiben konnte. Über Charles' Geschenk zerbrach ich mir lange den Kopf – er war wirklich jemand, der alles hatte –, bevor ich mich für etwas entschied, was zuerst ein alberner Einfall schien, möglicherweise jedoch genau den richtigen Effekt hatte. Wir wohnten nicht zusammen – das wäre nicht ganz das Richtige, hatte ich beschlossen, doch ich hatte einen Schlüssel zu seiner Wohnung in St. John's Wood und fuhr oft nach der Arbeit hin, um auf ihn zu warten. So auch an dem Tag, bevor wir über Weihnachten nach Buckinghamshire fahren sollten. Ich rief ihn von dort aus im Büro an.

»Hallo, du. Ich habe ein Weihnachtsgeschenk für dich.«

»Danke. Ich verspreche auch, es nicht vor dem Fest auszupacken.«

»Nein, ich möchte aber, daß du es heute abend schon auspackst. Bis nachher.«

Kurz vor sieben hörte ich ihn kommen und ins Wohnzimmer gehen. »Naomi? Wo bist du?«

»Im Schlafzimmer.«

Er blieb in der Tür stehen, als er mich auf dem Bett

liegen sah, um die Taille ein überbreites Silberband, das zu einer Schleife gebunden war. Ich trug sonst nichts außer ein paar Tropfen Chanel No. 5. Ich sah ihn mit hilflos aufgerissenen Augen an.

»Mir ist absolut nichts eingefallen, was ich hätte kaufen können, um dir zu sagen, was ich dir sagen möchte. Nimmst du statt dessen mich zum Geschenk?«

Einen Augenblick blieg er reglos stehen, dann breitete sich das allerschönste Lächeln auf seinem Gesicht aus. Ich wußte, wie ernst er nach Sarahs Tod geworden war, und so etwas Frivoles würde bei ihm ankommen. Als er ans Bett kam, setzte ich mich auf, legte ihm die Arme um den Hals und küßte ihn. »Frohe Weihnachten, Liebster«, flüsterte ich. Am Weihnachtstag machte er mir seinen Antrag; sein Geschenk war mein Verlobungsring.

Die Hochzeit fand im darauffolgenden Sommer in der Pfarrkirche seiner Eltern statt. Sie hatten gemeint, wir sollten in meiner Heimatkirche heiraten, aber daran war nicht zu denken. Das letzte Mal war ich zur Beerdigung meines Vaters in St. Lukas in Wilmsford gewesen, danach nie wieder. Ich sagte, ihre Kirche sei doch viel schöner und habe große Bedeutung für die Familie. Ich hatte Bedenken, wie meine Mutter und Brüder mit einer Hochzeit zurechtkommen würden, über die im County Magazine berichtet würde, mit einem Staatssekretär und einem Lord Lieutenant unter den Gästen, aber es gab keine Probleme. Mutter war nervös und beeindruckt, und Richard reagierte nur blasiert; Fleet Street hatte ihm schon eine zynische Einstellung zu den Reichen und Berühmten beigebracht. Ich bat Tim, den Brautführer zu spielen; im

Grunde wollte ich das gar nicht, aber es stand ihm zu, und Charles' Familie erwartete es. Zuerst wollte er auch nicht recht, aber ich erklärte ihm, er sei – wenn auch nur knapp – der ältere von meinen Brüdern, und ich möchte es gern so. Ihm war während der ganzen Zeremonie nicht wohl in seiner Haut, aber er überlebte es.

Ausgestattet von Dior – ich hatte sehr lange für dieses Kleid gespart –, sah ich es nicht als den denkwürdigsten Augenblick dieses Tages, als ich an den mit Cuts und Couture gefüllten Kirchenbänken vorbeiging, nicht als Charles und ich vor dem Pfarrer standen und uns das Jawort gaben, nicht als man draußen in der Sonne rosarote und gelbe Rosenblätter streute, die sich in meinem Schleier verfingen, sondern als ich mich in der Sakristei ins Eheregister eintrug. Einen winzigen Moment lang hielt ich inne und sah mir an, was ich soeben geschrieben hatte – Naomi Jean Stansfield –, und hatte das Gefühl, endlich ein furchtbares Gewicht abgeworfen zu haben, das ich jahrelang mit mir herumgetragen hatte. Während des Empfangs in dem riesigen, blumengeschmückten Zelt, das der Partyservice auf dem Rasen vor Temple Manor aufgebaut hatte, kam Mutter zu mir und ergriff meine Hände.

»Du siehst so wunderschön und glücklich aus«, sagte sie leise, und schon flossen die Tränen. »Er wäre so stolz auf dich gewesen.«

Ich drängte meine eigenen Tränen zurück und beugte mich zu ihr vor, um sie auf die Wange zu küssen, teils aus Zuneigung, hauptsächlich aber, damit sie mein Gesicht nicht sah, vor allem den Ausdruck der Erleichterung darüber, daß Naomi Barlow nicht mehr existierte.

Naomi Barlow kommt gelegentlich wieder, aber eigentlich nicht als die Person, die ich einmal war, sondern wie jemand, den ich früher einmal gekannt, inzwischen aber vergessen habe. Das passiert jetzt nicht mehr so oft, aber es kommt doch immer wieder einmal vor, daß dieses fremde Gesicht vor mir erscheint. Ich sage ihr dann, daß sie tot ist, tot wie er; auf unterschiedliche Weise habe ich sie beide umgebracht. Und ihr Geist verschwindet dann wieder bis zum nächsten Mal.

DRITTES KAPITEL

Tim

HSA 581322 PAHOME PA 12.23
POLIZEI · Todesfälle · INFO
ACHTUNG NACHRICHTENREDAKTIONEN
Polizeipressekonferenz über Hertfordshire-Tote auf 15.00 verschoben.

HSA 581340 PAHOME PA 12.29
POLIZEI · Todesfälle (Fortsetzung)
Barry Hughes (30), Direktor der Grundschule Wilmsford, Manchester, an der Timothy Barlow seit fast dreißig Jahren Lehrer ist, sagte: »Alle sind völlig niedergeschmettert. Soweit wir alle zurückdenken können, fahren Tim und seine Frau Claire jedes Jahr mit seiner Mutter nach Hertfordshire, um dort bei seiner Schwester und ihrer Familie Weihnachten zu verbringen. Das ist mittlerweile Tradition. Es hätte ein ganz normales, fröhliches Weihnachtsfest sein sollen. Solche Dinge passieren bei Leuten wie den Barlows einfach nicht.

Tim gehört schon so lange zu dieser Schule, daß man sie sich kaum ohne ihn vorstellen kann. Kollegen haben mich mit Tränen in der Stimme angerufen, nachdem sie die Nachricht gehört hatten. Wir wollen alle nur das eine hören: daß er wohlauf ist, aber offenbar ist etwas Entsetzliches geschehen.«

Ein Freund erzählte mir neulich, er habe seine alte Schule noch einmal besucht, weil sie geschlossen werden sollte. Er war zum erstenmal wieder dort, seit er vor mehr als zwanzig Jahren abgegangen war.

»Es war, als ob man sie abgerissen und in kleinerem Maßstab wieder aufgebaut hätte«, sagte er. »Ich weiß noch, daß mir die Eingangshalle immer groß wie eine Kirche vorkam, wenn wir uns morgens dort versammelten, nun erschien sie mir fast eng. Und einige von uns liefen über eine Stunde herum und konnten sich nicht einigen, welches im zweiten Jahr unser Klassenzimmer gewesen war.«

Meine Schule, das heißt meine erste Schule, hat sich natürlich auch verändert, aber ich habe es kaum gemerkt, weil ich dabei war, als das so nach und nach vor sich ging. Solange ich Schüler war, bestand sie aus zwei Schulen, einer für die Vorschüler und einer für die Grundschüler, und jede hatte ihren eigenen Direktor, Miss Day und Mr. Tonks. Dann wurden die beiden Schulen zusammengelegt in die Grundschule Wilmsford, derzeit geleitet von Barry Hughes, und die Lehrer sind viel jünger als meine damals. Grund dafür ist, daß während des Krieges viele Lehrer aus dem Ruhestand geholt werden mußten, weil nun auch noch die jungen Frauen kriegsverpflichtet wurden, und als ich 1946 in die Schule kam, waren viele von ihnen immer noch da. Sie glaubten an das auswendig heruntergeleierte Einmaleins und an Diktate und konnten mühelos Disziplin erzwingen. Wir machen es heute anders, aber ich denke oft, daß wir vielleicht einige Tugenden des alten Systems verloren haben.

Als ich 1964 als junger Lehrer an die Schule kam, waren die alten nicht mehr da, bis auf Mr. Tonks, der allerdings kurz danach in den Ruhestand ging. Meine Klasse war in dem Raum, den ich als Mr. Fodens Zimmer kannte. Da standen immer noch dieselben schrägen Pulte mit ihren Stahlbeinen und den Löchern für die Tintenfässer – die waren natürlich weg; Kugelschreiber waren inzwischen erlaubt –, und selbst die Tafel an der Wand war noch dieselbe, die er benutzt hatte; die Schraube in der rechten oberen Ecke, die nicht zu den anderen paßte, war immer noch nicht ausgewechselt worden. Zu meinen interessantesten Erfahrungen gehörte meine erste Pausenhofaufsicht. Auf einer Seite des Hofs ist eine lange Backsteinmauer, die in Abständen von je drei Metern durch Zierpfeiler in zwölf Abschnitte unterteilt ist. Eine Gruppe Jungen spielte Fußball, und ihr Tor war das dritte Teilstück, von der Ecke aus gesehen.

»Warum ist gerade dieser Teil das Tor?« wollte ich von einem der Spieler wissen. »Warum nehmt ihr nicht einen anderen?«

Er sah mich verwirrt an, bevor er die Unwissenheit des Neuen mit einem Achselzucken abtat. »Keine Ahnung. Es ist immer das Tor.«

Er hatte recht. Es war auch schon 1946 dort gewesen, und niemand war je auf den Gedanken gekommen, dies zu ändern, obwohl es keinen logischen Grund dafür gab. Die Schule war in den zwanziger Jahren erbaut worden, und irgendein unbekannter Junge hatte bei Beginn des ersten Fußballspiels – wahrscheinlich mit einem alten Tennisball und einer beliebigen Anzahl von Spielern auf jeder Seite – eine Entscheidung getroffen. Kinder sind sehr konservativ, und so ist das Tor in all den Tausenden von Spielen dasselbe geblieben, bis heute. Das ist irgendwie beruhigend.

Warum ich Lehrer geworden bin? Da bin ich mir nicht ganz sicher. Es war einfach ein Beruf, der mir zusagte. Ich wußte, daß mein Schulabschluß nicht gut genug ausfallen würde, um wie Nimmy auf die Universität gehen zu können, aber damals reichten fünf oder sechs Zweier fürs Lehrerseminar. Die Stelle in Wilmsford war zufällig frei, als ich fertig war, und ... Es ist nicht wichtig. Ich mußte irgend etwas tun, und Lehrer ist ein ebenso guter Beruf wie jeder andere. Ich habe Freude daran und bin gut darin. Ich bedaure nur, daß ich nicht Direktor geworden bin, aber als Mr. Tonks in den Ruhestand trat, war ich offensichtlich noch zu jung, und als sein Nachfolger Gordon Davies wegging, war die Stadtverwaltung in Labour-Hand und nur an jemandem interessiert, der an diese lächerliche Ganzwortmethode glaubte und es für richtig hielt, daß Kinder sich mit möglichst viel Gebrüll ausdrückten. Gott sei Dank ist dieser Unsinn vorbei. Als die Stelle dann wieder frei wurde, galt ich als zu alt; einige meiner Kollegen, darunter auch Barry, sind eine Generation jünger als ich, und ich weiß, daß sie mich im Lehrerzimmer hinter meinem Rücken ›Mr. Chips‹ nennen, aber das stört mich nicht.

Ich hätte wegziehen können. Eine Zeitlang habe ich

mich um andere Stellen beworben, aber aus keiner wurde etwas. Bei der letzten kam ich allerdings in die engere Wahl und war unerwartet erleichtert, als ich nach dem zweiten Gespräch die Absage erhielt. Da merkte ich, daß ich eigentlich gar nicht von der Grundschule Wilmsford wegwollte – eine andere Schule hätte mich vor die gleichen Probleme gestellt. Ich verdiente genug für meine Bedürfnisse, und wenn ich es recht bedachte, war ich vollauf zufrieden. Claire, meine Frau, hat ebenfalls ihr ganzes Leben in Wilmsford verbracht, und keiner von uns hatte je den Wunsch, von hier wegzuziehen. Wir haben alle unsere Freunde in der Gegend, und alle unsere Wurzeln. Nimmy und Richard wohnen fast dreihundert Kilometer entfernt, und so bin ich der einzige, der sich um Mama kümmern kann. Natürlich ist sie noch ganz und gar selbständig, aber sie ist jetzt über siebzig, und man weiß nie, wann sie vielleicht . . . ein paar Dinge sollte ich klarstellen.

Erstens, ich hänge nicht an der Vergangenheit, Teile davon sind allzu schmerzlich, und ich möchte sie eigentlich nur vergessen. Zweitens, es ist nichts Seltsames an meinem Verhältnis zu meiner Mutter. Ich kritisiere nicht, was Naomi und Richard aus ihrem Leben gemacht haben – das war ihre Entscheidung, und die respektiere ich –, aber es gibt viele Familien, in denen eines der Kinder den Eltern enger verbunden bleibt als die anderen. Drittens, wer mich für langweilig hält, kennt mich nicht, genaugenommen kennt mich niemand richtig. Sie sehen alle nur eine graue Maus in den ausgefahrenen Gleisen des Vertrauten und Sicheren und glauben, das sei schon alles. In der Schule heißt es: ›Wenn etwas getan werden muß, frag

Tim.‹ Er springt jederzeit ein, wenn einer fehlt, und ist gern bereit, mit den Erstklässlern diese gräßlichen Tagesausflüge zu machen oder die Weihnachtspantomime zu organisieren. Für die anderen Leute sind Claire und ich das langweilige Paar mit dem zehn Jahre alten Ford Sierra, das nie zum Essen einlädt und kaum ausgeht. Bei denen, die noch wissen, was mit Harry war, besteht ein gewisses Mitgefühl, aber das ist jetzt nur noch gönnerhaft. Die Leute glauben, wenn man an meiner Oberfläche kratzt, kommt darunter nichts zum Vorschein. Sie würden sich wundern, was sie fänden.

Zum einen habe ich meinen Vater umgebracht, während er hilflos in einem Krankenhausbett lag. Dieser Mann hatte mir nie im Leben etwas zuleid getan, er hatte nie etwas unternommen, wovon er nicht aufrichtig überzeugt war, daß es gut für mich wäre. Kennen Sie irgend jemanden, der ähnlich viel mit sich herumschleppt? Glauben Sie, daß diese jungen Lehrer, mit denen ich arbeite, sich so etwas von mir auch nur *vorstellen* könnten? Zum zweiten ist es fünfundzwanzig Jahre her, daß Harry gestorben ist, und ich leide immer noch darunter. Nicht unter dem Schmerz, so quälend der auch ist, er wird mit der Zeit erträglich –, aber unter der Tatsache, daß Claire und ich nie in der Lage waren, ihn zu ersetzen.

Physisch ist bei uns beiden alles in Ordnung; andersherum wäre es vielleicht besser. Es ist nur so, daß ich mit meiner eigenen Frau nicht schlafen kann. Es war schon vor Harry schwierig genug; danach war es mir unmöglich. Wir hatten erbitterte Auseinandersetzungen deswegen, wobei sie mich beschuldigte, ihr aus Angst ein zweites Kind zu verweigern, dann begann sie Erklärungen zu verlangen, die ich ihr nicht geben konnte. Natürlich suchten wir Hilfe, bei der Eheberatung, bei einem Sexualtherapeuten, aber es nützte alles nichts. Eine der Beraterinnen biß sich an meiner Familie fest. Was wußte ich noch über die Beziehung meiner Eltern? Zeigten sie einander ihre Zuneigung? Hatte ich je gesehen, daß sie sich küßten oder miteinander schmusten? War es schwierig für mich, über so etwas zu reden? Und wie schwierig das für mich war, aber ich konnte ihr nicht sagen, warum. Über Mama konnte ich natürlich reden, das war nicht das Problem, aber nicht über Dad. Ich mußte passen und konnte nicht einmal Claire den Grund nennen. Eine Scheidung kam für uns beide nicht in Frage. Claire ist nicht sehr religiös, aber sie sagte, sie nehme ihr Eheversprechen ernst, und ich konnte mir einfach nicht vorstellen, wie ich ohne sie zurechtkommen sollte. Außer der kurzen Zeit auf dem Lehrerseminar habe ich nie allein gelebt.

So haben wir uns schließlich damit abgefunden – oder es wenigstens beiseitegeschoben –, aber es hat jeden Winkel unseres Lebens infiziert. Das dumme ist, daß Sex inzwischen so allgegenwärtig ist; man kann kaum den Fernseher anstellen, ohne ein Paar im Bett zu sehen, und jedesmal geht dann einer von uns wortlos aus dem Zimmer. Ich weiß nicht, wie Claire damit fertig wird, ich kann sie ja unmöglich fragen, aber ich weiß, was es bei mir bewirkt. Es gibt Gelegenheiten, da möchte ich gern mit ihr schlafen, aber ich wage es nicht einmal mehr, den ersten Schritt zu tun, weil ich weiß, daß am Ende eine

Mauer stehen wird und wir nur beide aufs neue verletzt werden. Lange hat sie mich beschuldigt, schwul zu sein, aber das bin ich nicht. Ich finde eben nur andere Frauen anziehend, und ich bin sicher, daß es mit ihnen klappen würde. Nicht, daß ich es ausprobiert hätte. Ich habe andere Auswege gefunden. Aber das ist etwas ganz Persönliches, und niemand weiß davon.

Dies also steckt unter der Oberfläche des langweiligen alten Tim Barlow. Ein schlechtes Gewissen wegen Dad, das ich verstehe, Irritation wegen meiner Ehe, die ich nicht verstehe. Claire ist Kinderkrankenschwester geworden – als sie mit der Ausbildung anfing, sprach sie bitter davon, daß sie Kinder in ihrem Leben brauche –, und wir versuchen beide, die Risse zu übersehen, und hoffen, daß sie nicht breiter werden. Abgesehen von diesem einschneidenden Problem, haben wir uns eine annehmbare Beziehung zurechtgezimmert. Wir sind beide in der Wilmsford Operatic Society, wo wir uns kennengelernt haben und in der Mama immer noch aktiv ist. Wir sind beide begeisterte Hobbygärtner und besuchen alte Herrenhäuser, um Anregungen zu sammeln. Wir sind gewiß nicht reich, aber es geht uns gut. Wir haben das Beste daraus gemacht, und ich kann mit mir leben.

Die übrige Familie sehen wir nicht sehr oft, außer meiner Nichte Roberta, die häufig kommt, um Mutter zu besuchen. Ich finde das ja nett, aber Claire nennt sie ein rechtes Trendpüppchen. Immer nach der neuesten Mode gekleidet, aufgemotzter Golf GTi, und immer weiß sie genau, was man gerade tut und wo man sich in London sehen zu lassen hat. Wir finden sie hochnäsig und verzogen, aber sie und Mama kommen offenbar sehr gut miteinander aus, was mich wundert, weil sie doch offenbar nichts gemeinsam haben. Ich gehe nicht gern hin, wenn sie da ist, aber natürlich tue ich es trotzdem.

Die Familie trifft sich jetzt nur noch zu Weihnachten, und dann immer bei Naomi und Charles, weil Mama so gern dort ist. Mein Schwager ist reich wie Krösus, aber er hat keine Allüren. Für einen Banker scheint er mir im Bildungswesen ziemlich beschlagen, und wir führen ganz interessante Gespräche, wenn wir zusammen sind. Ihre Weihnachtsbäume sind immer fast so hoch wie die in den Kaufhäusern, geschmückt mit teurem Nippeskram von Harrods, den Naomi jedes Jahr neu kauft. Wir haben es aufgegeben, uns in Geschenken mit ihnen zu messen; wir können es uns einfach nicht leisten, soviel Geld auszugeben. Claire war das früher immer peinlich.

»Sieh dir das an«, flüsterte sie mir an einem Weihnachtsmorgen zu – ich glaube, es war 1976 –, als die Päckchen verteilt wurden. Naomi hatte ihr eine Bluse geschenkt. »Es ist reine Seide. Die muß ein Vermögen gekostet haben.«

»Ich habe einen goldenen Füllfederhalter«, flüsterte ich so leise zurück, daß es im Stimmengewirr der anderen nicht zu hören war.

»Sie will uns nur bloßstellen – dich bloßstellen. Wahrscheinlich spendet sie unsere Edelstahlschüssel für den nächsten Wohltätigkeitsbasar.«

»Wir können nichts dagegen tun«, antwortete ich. »So ist sie eben.«

Während die Päckchen ausgepackt wurden, ging mir durch den Kopf, daß es Naomi wirklich in Fleisch und Blut übergegangen war, mit ihrem Geld zu protzen, und zwar nicht nur vor uns, sondern vor jedem. In diesem Jahr war auch noch ein Geschäftsfreund von Charles mit seiner Frau zu Weihnachten eingeladen, und ich hörte Naomi erzählen, was es gekostet hatte, die Küche neu einzurichten, alles massiv Eiche und Maßanfertigung. Dazu unglasierte Fliesen, Doppelherd, riesiger neuer Gefrierschrank und eine der ersten Spülmaschinen, die ich bis dahin gesehen hatte. Ich dachte an Mamas Küche in Tattersall Close. Das Linoleum war seit unserer Kindheit ausgewechselt worden, aber sie benutzte immer noch denselben Herd und den Resopaltisch, um den wir uns früher zum Frühstück versammelten, bevor wir zur Schule gingen. Meine Schwester war zum Snob geworden, und das hatte ich zuallerletzt von ihr erwartet, als wir jung waren.

Richards Gelächter riß mich aus meinen Gedanken und lenkte meine Aufmerksamkeit auf ihn. Er war damals noch mit Kate verheiratet, und seine jüngere Tochter Emma war achtzehn Monate zuvor geboren worden. Er war mir nicht ganz so fremd, denn ich hatte diese Skrupellosigkeit an ihm schon vor Jahren erkannt, aber auch bei ihm war es schwierig, eine Übereinstimmung zwischen dem zu finden, was wir alle einmal gewesen waren, und dem, was aus uns geworden war. Ich will jetzt keine frommen Reden führen, aber wir waren als Kinder nach bestimmten Maßstäben erzogen worden, die sich vielleicht am besten darin zusammenfassen lassen, daß Dad uns bei den Wölflingen anmeldete und wir dann später Pfadfinder wurden. Man sagte die Wahrheit, versprach, nach einem bestimmten Ehrenkodex zu leben, man log nicht; so ungefähr das, was ich meinen Neunjährigen einzutrichtern versuche, während ich ihnen die Schreibschrift beibringe. Aber Richard log jetzt, ohne rot zu werden, fast immer, wenn er schrieb, und oft, wenn er redete. Er hatte mir einmal erzählt, wie er die Karriere eines aufstrebenden Parlamentariers zerstört hatte, indem er irgendein Filmsternchen betrunken machte und dazu verleitete, ihm von einer kleinen Dummheit zu erzählen, die Jahre zurücklag. Er prahlte damit, wie er die heimlich gemachte Tonbandaufnahme zurechtgeschnitten hatte, damit alles viel schlimmer klang, als es wirklich gewesen war. Als ich meinte, das erscheine mir nicht sauber, schnitt er eine höhnische Grimasse.

»Das ist nicht deine poplige Grundschule in Wilmsford, Tim«, sagte er. »Das ist die Wirklichkeit, und in meinem Beruf sind alle zur Jagd freigegeben. Ich habe für diese kleine Exklusivgeschichte einen Bonus von fünfhundert Pfund eingesteckt, steuerfrei und bar auf die Hand. Nicht schlecht, was? Ich wette, du würdest dir auch gern mal so ein nettes Sümmchen nebenbei verdienen.«

Ich hätte ihn beinah gefragt, was seiner Ansicht nach Dad dazu gesagt hätte, aber dieses Thema vermeiden wir ja alle.

An diesem Weihnachtstag passierte etwas Merkwürdiges. Am Abend klingelte das Telefon, und als Charles aus der Diele zurückkam, sagte er, es sei für Mutter. Sie schien nicht überrascht und antwortete nicht, als einer von uns sie beim Hinausgehen fragte, wer sie denn da anrufe. Ungefähr zehn Minuten später, als ich auf dem Weg zur Toilette durch die Diele kam, sah ich Mama am Telefon sitzen und lachen. Kaum hatte sie mich gesehen, sagte sie, jetzt müsse sie Schluß machen.

»Wer war das?« wollte ich wissen.

»Nur jemand aus meinem Freundeskreis.« Sie stand auf, sah dabei in den großen Spiegel mit dem ovalen Messingrahmen, der über dem Telefontischchen hing, und zupfte an ihrer Frisur herum.

»Wer denn? Mrs. Jackson? Oder jemand von der Kirche?«

»Nein, es war ... ach du liebes bißchen, wie sehe ich denn aus.« Sie fuhr sich offensichtlich verwirrt durch ihre Dauerwelle. »Ich laufe mal rasch nach oben und bringe das in Ordnung. War der Puter nicht köstlich? Ich glaube, vor Neujahr kann ich nichts mehr essen. Du hast dich auch nicht gerade zurückgehalten, wie ich gesehen habe. Das freut mich. Manchmal denke ich, du ißt nicht genug. Ein bißchen mehr Fleisch auf den Knochen könnte dir nicht schaden. Claire sollte öfter mal einen guten altmodischen Steak-and-Kidney-Pudding für dich kochen ...«

Ihre belanglosen Worte verklangen, als sie um die Treppenbiegung verschwand. Sie hatte nie auch nur das geringste Interesse daran gezeigt, was ich aß oder nicht aß, also hatte sie bewußt abgelenkt. Mir fiel niemand aus ihrem Freundeskreis ein, der sie zu Weihnachten anrufen würde. Als ich zu den anderen zurückkam, fragte ich Charles leise, ob bei dem Anruf ein Name gefallen sei.

»Nein«, antwortete er. »Er hat nur gefragt, ob er Mrs. Barlow sprechen könne. Er sei ein Freund und wolle ihr frohe Weihnachten wünschen.«

»Er?« wiederholte ich. »Ein Ferngespräch?«

»Möglicherweise. Die Verbindung war nicht sehr gut. Warum?«

»Ich habe nur überlegt, wer es wohl gewesen sein könnte.«

»Dann solltest du sie selbst fragen ... Wie schmeckt dir der Drink?«

Auf der Rückfahrt nach Manchester schwärmte Mama von den herrlichen Tagen, wie großzügig Naomi und Charles gewesen seien und was sie doch für ein schönes Haus hätten und ... Ich sah, daß Claire neben mir sich auf die Lippen biß, und wechselte das Thema.

»Wer war denn nun dein geheimnisvoller Anrufer?« fragte ich unvermittelt.

»Geheimnisvoller Anrufer? Ach, am Weihnachtstag? Das habe ich dir doch schon gesagt, jemand aus meinem Bekanntenkreis.«

»Ein Mann«, fügte ich hinzu.

»Woher weißt du ...? Ja, Tim, das stimmt. Wenn es dich denn etwas angeht.« Ihr unerwartet scharfer Ton machte mir Sorgen.

»Normalerweise haben wir keine Geheimnisse voreinander«, sagte ich.

»Ach nein?« Sie ließ die Antwort kurz in der Luft hängen, dann wandte sie sich an Claire. »Das Buch über die königliche Familie, das du mir geschenkt hast, ist wirklich faszinierend. Ich habe gestern abend im Bett darin gelesen. Du mußt es dir mal von mir ausleihen. Wußtest du, daß . . .?«

Ich starrte auf die Straße. Wer war dieser Mann, den sie nicht nennen wollte? Sie war . . . ich mußte erst nachrechnen . . . sie wurde im Februar neunundfünfzig, obwohl sie an guten Tagen für neunundvierzig durchgehen konnte. Ein anderer Mann in ihrem Leben? Es war undenkbar. Sie brauchte keinen. Ich tapezierte für sie und besorgte alle anfallenden Reparaturarbeiten, sie hatte ihren Wohltätigkeitsverein und ihre Bridge-Nachmittage, Busausflüge zum Lake District oder nach Blackpool im Lichterglanz. Es konnte keinen anderen geben, den sie liebte. Sie hatte Dad geliebt. Ich verbot mir, solchen Unsinn zu denken. Sie hatte schlicht jemanden kennengelernt, der einsam war und mit dem sie sich ein paarmal zum Kaffee getroffen hatte, vielleicht auch durch den Wilmsford Park geschlendert war. Er war Weihnachten allein gewesen und hatte angerufen, weil er nichts Besseres zu tun hatte. Sie konnten doch nicht . . . Nein. Ich kenne sie besser als jeder andere – sie ist meine Mutter –, und sie würde so etwas nie tun.

Dann kam mir der Gedanke, daß sie vorhin, als sie meine Bemerkung, wir hätten keine Geheimnisse voreinander, in Frage stellte, auch gemeint haben konnte, es gebe Dinge, die ich ihr nicht erzählt hatte. Über mich und Claire . . . persönliche Dinge . . . über Dad, und wie er . . .

»Paß auf, der Wagen da!«

Claires Warnruf zerschnitt die Nebelwand meiner plötzlichen Panik, und ich lenkte den Wagen instinktiv auf die Überholspur.

»Paß doch auf, Tim«, sagte Mama ärgerlich. »Nicht, daß wir noch umkommen.«

Während vor mir die Autobahn wieder klar ins Bild rückte, wurde der momentane Schreck zu einem harten Klumpen, der mir körperlich weh tat. Mir wurde eines klar: Sollte das Undenkbare geschehen – sollten Naomi oder Richard plötzlich zusammenbrechen und alles gestehen –, so wäre die Strafe, die ich dafür bekäme, nicht weiter wichtig. Das schreckliche wäre, daß Mama dann Bescheid wüßte und ich sie verlieren würde.

VIERTES KAPITEL

Claire

HSA 581293 PAHOME PA 12.09
POLIZEI · Todesfälle · INFO
ACHTUNG BILDREDAKTIONEN
Farbfotos von Timothy und Claire Barlow sowie Charles und Naomi Stansfield (beide Hochformat) für POLIZEI · Todesfälle demnächst über PA abrufbar.

HSA 581344 PAHOME PA 12.33
POLIZEI · Todesfälle · INFO
ACHTUNG NACHRICHTENREDAKTIONEN
AUF KEINEN FALL ZUR VERÖFFENTLICHUNG
Ein Nachbar von Timothy und Claire Barlow in Wilmsford, Manchester, Hillcrest Road, vermutet, daß Claire Barlow einen Liebhaber hatte und vielleicht plante, ihren Mann zu verlassen. Ein Name wurde uns genannt, und wir versuchen, den Mann zu erreichen, um eine Stellungnahme zu bekommen.

HSA 5811359 PAHOME PA 12.57
POLIZEI · Todesfälle (Fortsetzung)
Der Tory-Stadtrat Christopher Taylor, Vorsitzender des Sozialausschusses Wilmsford District, bestreitet die Affäre mit Claire Barlow.

»Es ist ungeheuerlich, so etwas zu behaupten«, sagte er. »Ich kenne Mrs. Barlow und ihren Mann seit Jahren, aber an unserer Freundschaft war nie etwas Unrechtes. Es ist widerwärtig, daß jemand zu einem solchen Zeitpunkt eine derartige Behauptung aufstellt.«

ANMERKUNG FÜR DIE NACHRICHTENREDAKTIONEN (nicht zur Veröffentlichung): Mr. Taylor will gegen die Behauptung, er habe eine Affäre mit Claire Barlow gehabt, rechtliche Schritte erwägen. Zwei andere Nachbarn in der Hillcrest Road sagen, sie wüßten nichts von einer solchen Beziehung. Wir prüfen noch einmal bei unserer ersten Quelle nach.

HSA 581400 PAHOME PA 13.26
POLIZEI · Todesfälle · INFO
DRINGEND. ACHTUNG NACHRICHTENREDAKTIONEN
Löschen POLIZEI · Todesfälle ca. 12.55 mit Zitat von Wilmsforder Stadtrat Christopher Taylor. Erste Quelle hat Behauptungen über eine Affäre zurückgezogen.

Ich sehe mir jedes Jahr unseren historischen Umzug in Wilmsford an, auch wenn es längst nicht mehr das gleiche ist wie früher. Als ich noch ein kleines Mädchen war und selbst daran teilnahm, war er fast vierhundert Meter lang, drei Kapellen spielten, Wagen mit herrlichen lebenden Bildern waren dabei und Hunderte von kostümierten Kindern, und der Bürgermeister winkte aus einem offenen Rolls-Royce. Der *Messenger* brachte Dutzende von Fotos, und sogar in den *Manchester Evening News* wurde darüber berichtet. Seit meiner ersten Mitwirkung – 1948 zu meinem Schulbeginn als Elfe in grünem Krepp – träumte ich davon, einmal die Festkönigin zu sein und in einem langen weißen Satinkleid mit scharlachroter Schärpe und goldener Krone mit meinem Gefolge in einem Meer von Blumen auf dem großen Brauereiwagen zu sitzen, der von messingglänzenden, bändergeschmückten Pferden gezogen wurde. Mein Traum wurde schließlich 1956 an meinem fünfzehnten Geburtstag wahr. Es war einer der heißesten Tage des Jahres, und von dem Augenblick an, als ich um halb sechs Uhr morgens aufwachte, bis meine Mutter mich nach Mitternacht ins Bett packte, war es der glücklichste, befriedigendste und wunderbarste Tag meines Lebens. Rückblickend war alles, was danach kam, eine Enttäuschung.

Ist das nicht furchtbar? Ich habe die Schuld schon überall gesucht – bei meinen Eltern, meinem Mann, dem Schicksal –, und die ganze Zeit weiß ich, daß sie bei mir selbst liegt. Ich habe Kompromisse gemacht, nachgegeben, gelächelt und genickt, wo ich hätte kämpfen sollen. Ich habe mich gefügt, wo ich hätte rebellieren sollen; ich habe selbst an der Zerstörung meiner Persönlichkeit mitgewirkt. Brüllt mich an, schlagt mich, schüttelt mich, nennt mich dumm, verachtet mich. Jeder, den ich kenne – und fast jeder, von dem ich je gehört habe –, ist glücklicher als ich.

Wenigstens will ich mich kurz fassen; ein verpfuschtes Leben ist auch ohne die Einzelheiten schlimm genug. Einziges Kind, besitzergreifende Eltern, die mir nicht erlaubten, mit ›diesen wilden Kindern‹ zu spielen, damit meine hübschen Kleidchen nicht schmutzig wurden, in der Schule als ›zart‹ bezeichnet, schüchtern und stets in schützende Watte gepackt, die mich fast erstickte. Dauernd wurde mir unterschwellig eingetrichtert, daß meinen Erwartungen an das Leben strenge Grenzen gesetzt seien und ich mich anpassen müsse, wie es sich für ein braves Mädchen gehöre. Meine Mutter las Barbara Cartland, und mein Vater prahlte damit, daß er neben einem Mann wohnte, der einmal Robert Donat die Hand geschüttelt hatte (falls Sie zu jung sind, um sich zu erinnern, er war ein berühmter Filmschauspieler, der aus Manchester stammte). Sie waren kleine Leute mit beschränkter Weltsicht und sperrten mich in ihren Käfig, von dem aus sie die Welt da draußen betrachteten.

Es war eine schematisierte, nie in Frage gestellte, banale kleine Welt mit festen Verhaltensmustern und ohne jeden Mut zum Risiko. Dosenpfirsich mit Eis; das Wohnzimmer eine »gute Stube«; zu Weihnachten eine Flasche Sherry (der Rest wurde weggekippt, wenn im nächsten Jahr eine neue gekauft wurde); Sonntag mittag *Family Favourites* im Radio – ein Glanzlicht der Woche; Häkeldeckchen auf dem Sofa und den passenden Sesseln; Reader's Digest Auswahlbücher; Versicherungsbeiträge, die jeden Freitag von einem Mann mit Fahrradklammern an den Hosenbeinen kassiert wurden; eine Leuchte mit bernsteinfarbenem Wachs, das schmolz und langsam vor sich hin blubberte, wenn man sie anzündete; Canasta; auf dem Kaminsims der Pfeifenständer meines Vaters – »Souvenir aus Morecambe« stand darauf. Das war Zuhause, so lebte man. Und ich hatte das nicht in Frage zu stellen.

Ich hatte natürlich Träume; die haben alle Gefangenen. Eine Zeitlang war mein Rollenvorbild Shelagh Delaney, die über Nacht berühmt wurde, als sie mit achtzehn Jahren *Bitterer Honig* schrieb. Sie wohnte nur ein paar Kilometer entfernt in Salford in einem jener Häuserblocks, auf die meine Eltern snobistisch herabsahen. Ich las alles, was ich über sie auftreiben konnte: Wie sie alle möglichen wichtigen Leute kennenlernte, als ihr Stück im West End und in New York ein Knüller wurde; wie sie viel Geld verdiente und nach London zog. Wenn sie aus ihrem Milieu ausbrechen konnte, warum dann nicht ich? Ich wußte, daß ich zwar nie ein Stück schreiben konnte, aber das Theater eröffnete noch andere Möglichkeiten. Ich trat der Operatic Society von Wilmsford bei und redete mir ein, dort werde jemand erkennen, daß ich das Zeug zu einer glänzenden Schauspielerin hatte, und dann würde ich aus dem Chor hinauskatapultiert, bis mein Name schließlich in Neonschrift über dem Palace Theatre in der Oxford Street stünde (über Manchester hinauszudenken, hatte ich nicht den Mut). Dumm. Meine Singstimme war nie herausragend, und meine Erziehung hatte mir nicht das Selbstbewußtsein gegeben, etwas anderes zu tun als genau das, was man mir sagte; ich konnte nicht kreativ sein. Es passierte also nichts, außer daß ich Tim und seine Mutter kennenlernte.

Florence Barlow faszinierte mich. Sie war im selben Alter wie meine Mutter, kam mir aber viel jünger vor, und gehörte zu den Stars der Truppe, die immer die Hauptrollen bekamen. Sie war sehr hübsch und lebhaft, was ich seltsam fand, denn sie war Witwe, und ich hatte immer geglaubt, Witwen wären traurige, verschrumpelte Frauen, deren Leben eigentlich vorbei war. Sie war anders, und ich beging den fatalen Fehler, anzunehmen, daß auch ihr Sohn anders sein müsse – ein Mann, mit dem zusammen ich mich ändern könnte. Ich redete mir ein, daß unter seinem stillen Äußeren alle möglichen Leidenschaften schwelten. Er war der einzige richtige Freund, den ich je hatte, und nach einer Weile galt es als ausgemacht, daß wir heiraten würden. Ich ging aus einem Gefängnis direkt ins nächste. Wie offensichtlich doch vieles im nachhinein wird – ich war ein Kind, das ein anderes Kind heiratete; er ist nie erwachsen geworden und hat es auch mich nie werden lassen. Wir sind kleine, unterernährte Leute, und das schlimmste ist, daß er zufrieden ist und ich nicht.

Er ist so ganz anders als sein Bruder und seine Schwester. Ich lernte Naomi kennen, als sie gerade von der Universität kam (natürlich fanden meine Eltern, für meinesgleichen sei das nicht der rechte Platz). Wir konnten uns auf Anhieb nicht leiden. Sie war von lässiger Arroganz, hatte langes, zerwühltes Haar und war zurechtgemacht wie eine Nutte, dabei trug sie nur Schwarz und redete immer davon, wie phantastisch französische Filme seien. Und sie sagte absichtlich Dinge, die mich provozieren und verlegen machen sollten.

»Was für Verhütungsmaßnahmen trefft ihr, du und Tim?« fragte sie mich einmal. Wir saßen im Wohnzimmer in Tattersall Close; ich war vorbeigekommen, um Tim zu besuchen, aber er war nicht da, und ich wartete auf ihn.

»Verhütungsmaßnahmen?« Ich verstand wirklich nicht. »Was meinst du damit?«

»Na, beim Bumsen natürlich.« Sie grinste triumphierend, während ich so rot wurde wie mein Pullover und den Kopf senkte.

»Wir sind noch nicht verheiratet.«

»Was hat denn das damit zu tun? Es gibt kein Gesetz dagegen.«

O doch. Das Gesetz meiner Eltern, das so tief in mir verankert war, daß ich jedesmal ein schlechtes Gewissen hatte, wenn ich Tim meine Brüste streicheln ließ.

»Dafür ist noch viel Zeit.« Ich murmelte den Standardsatz meiner Mutter, weil mir sonst nichts einfiel.

»Himmel noch mal, vergeudet sie nicht.« Naomi schürzte auffordernd die Lippen. »Es ist das einzige, was sich zu tun lohnt, und wenn die Russen die Bombe werfen, hast du bloß noch vier Minuten, um es zu genießen. In deinem Fall, um zu lernen, wie man's macht.«

Ich war verunsichert und verwirrt, gleichzeitig aber fasziniert von dem, was ihre Worte andeuteten.

»Dann hast du also . . .?« Ich hob in plötzlicher Befangenheit die Schultern. »Du weißt, was . . .«

Sie sah mich mitleidig an. »Natürlich.«

»Wer ist es? Bist du mit ihm verlobt?«

Ich glaube, ich habe Naomi nie mehr gehaßt als in diesem Augenblick, weil sie lachte, als wäre ich ein kompletter Idiot.

»Verlobt? Du bist ja wirklich total spießig, Claire.« Sie beugte sich in ihrem Sessel vor, ihre Augen blitzten aufsässig. »Ich mach's auch nicht nur mit einem . . . du hast wohl wirklich keine Ahnung, was? Willst du mal raten, wie viele ich schon hatte?«

Ich hielt das nicht mehr aus. Sie verhöhnte mich, feixte über alles, was man mir als gut und richtig beigebracht hatte – und ich war sicher, daß sie angab, mich anlog. Was sie da andeutete, taten nur Prostituierte. Ich stand auf und hielt dabei meine Handtasche vor dem Körper wie meine Mutter, wenn sie beleidigt war.

»Kein Interesse, danke«, sagte ich steif. »Kannst du Tim bitte sagen, daß ich hier war? Ich muß jetzt gehen.«

Sie sagte nichts, hob aber eine Hand hoch und zählte, wobei sie nur die Lippen bewegte, während sie die Finger streckte und wieder beugte. Fünf ... zehn ... fünfzehn ... Ich weinte, als ich die Haustür hinter mir zuschlug und vom Haus wegrannte. Wie konnte sie so grausam sein? Ich hatte ihr nie etwas getan, warum machte sie sich dann auf so ekelhafte Weise über mich lustig? Sie wußte nichts von mir – sie hatte nie auch nur das geringste Interesse an mir als Mensch gezeigt –, sie konnte also nicht wissen, wie sehr ich mich danach sehnte, mich Tim hinzugeben, und was für Angst ich davor hatte. Ein anderes Mädchen hätte das verstanden und Mitgefühl gezeigt, vielleicht sogar versucht, mir meine Ängste zu nehmen. Naomi verspottete mich nur mit ihrer schweinischen Angeberei. Heute ist sie natürlich anders; heute ist sie die reiche Ziege mit dem aufgesetzten südenglischen Akzent und brüstet sich eher damit, wen sie alles kennt, als mit wem sie alles geschlafen hat. Ich verabscheue sie einfach aus mehreren Gründen.

Richard, Tims Zwillingsbruder, ist auch stinkreich – obwohl er immer jammert, daß er knapp bei Kasse sei –, und wenn alle Journalisten so sind, können sie mir gestohlen bleiben. Wenigstens gibt er nicht vor, etwas anderes zu sein als ein Mistkerl – im Gegensatz zu Naomi, die dauernd davon redet, was sie alles für wohltätige Zwecke tut; er ist einfach egozentrisch, selbstgefällig und ekelhaft. Wenn ich nicht mit ihm verwandt wäre, würde ich nichts mit ihm zu tun haben wollen.

Meine Schwiegermutter ist . . . also, ich habe mein Bestes getan. Ich habe immer versucht, sie zufriedenzustellen, wollte ihr Freundin und Schwiegertochter zugleich sein. Nicht etwa, daß sie nicht nett zu mir wäre, aber wenn wir zusammen sind, habe ich immer das Gefühl, daß sie ihre Zeit eigentlich lieber mit andern Leuten verbringen würde. Im Lauf der Jahre ist es zwar etwas besser geworden, aber zu Anfang war es, als ob sie sich über jede Art von Aufmerksamkeit ärgerte, die sie mir zollen mußte, und sie nahm kaum je eine Einladung auf eine Tasse Tee und ein Schwätzchen an – was meine Mutter immer tat.

Und als ich mich dann so richtig ungeliebt und niedergeschlagen fühlte und nur noch äußerlich lebte, kam mein geliebter Harry. Als ich ihn zum erstenmal in den Armen hielt, hatte ich das Gefühl, endlich etwas geleistet zu haben. Dies war *mein* Baby, das mich genauso lieben würde wie ich es auch, das mich nie herabsetzen würde, das zu einem großen, starken, klugen Mann heranwachsen würde . . . lieber Gott, ich war so glücklich. Ich machte ihn zum Mittelpunkt meines Lebens, ohne ihn zu vereinnahmen. Ich wollte ihm nur all das geben, was ich selbst nie gehabt hatte. Freiheit, Unabhängigkeit, die Erlaubnis, Berge zu erklimmen. Es war ein Kampf gewesen, ihn zu bekommen, jetzt war nichts anderes mehr wichtig.

Natürlich ließ ich Tim teilhaben; schließlich hatte er ihn – endlich – ermöglicht, aber Harry war ich.

Er starb einen Monat nach seinem dritten Geburtstag. Niemand war schuld daran, wenngleich ich noch lange jeden, der in meine Nähe kam, mit Beschuldigungen überhäufte. Er rannte vor uns her über den Spielplatz im Wilmsford Park und fiel hin, als er bei den Schaukeln ankam. Sein Kopf schlug auf den Metallrahmen, und er lag ganz still; ich dachte, er sei nur bewußtlos, aber als ich ihn aufhob ... Der Arzt nannte es einen unglücklichen Zufall, wie er einmal unter einer Million vorkommt; kleine Kinder verletzen sich normalerweise bei solchen Unfällen nicht tödlich.

Tim war völlig gebrochen. Aber er war sehr gut; es gibt jetzt so vieles, was ich ihm vorwerfe, daß ich das nicht vergessen darf. In all dem Schmerz und Schuldgefühl waren wir einander sehr nahe. Nicht verzeihen kann ich ihm, was danach geschah.

Ich hatte damals eine sehr gute Freundin, die bei den Samaritern war und bei mir blieb, als alle anderen schon gegangen waren. Sie begleitete mich durch meinen Kummer, fing meine Bitterkeit auf, hörte zu, wenn immer derselbe Schmerz sich wieder Bahn brach. Erst als ich mich einigermaßen gefangen hatte, schlug sie behutsam vor, Tim und ich sollten irgendwohin fahren, wo wir allein wären und miteinander reden könnten, an einen Ort, wo Harrys kleiner Geist nicht dazwischentrat ... sie hielt meine Hand, und ihre Stimme klang leise, aber entschieden ... ihr seid nicht die einzigen, Claire, das Leben muß weitergehen, ihr habt doch immer noch mehr Kinder gewollt, oder? Die Tränen begannen wieder zu fließen, aber ich verstand, was sie meinte, und nickte. Sie lächelte und bat mich, ihr eine Postkarte zu schicken.

Wir fuhren also weg. Und wir redeten. Und wir versuchten es. Und es glückte uns nicht. Und wir stritten. Und es glückte uns weiterhin nicht, bis es schließlich so schlimm wurde, daß wir es aufgaben. Und jetzt bin ich zu alt.

»Anderer Leute Babies, das ist mein Leben« – was für ein trauriger Noël-Coward-Song. In der Kindertagesstätte habe ich Sharon und Peter und Rupert und Jessica und ... Dutzende. Sie nennen mich Tante Claire, sitzen auf meinem Schoß und spielen mit meinem Medaillon, wenn ich ihnen vorlese; sie bringen mir kleine Geschenke und küssen mich; sie malen mich; sie verletzen mich auf sanfte Weise mit ihrer Freundlichkeit. Dann gehen sie, aber es kommen immer wieder andere, die ihren Platz einnehmen ... verschonen Sie mich mit Ihrer Amateurpsychologie, ich weiß genau, was ich tue.

Über Sex wird nicht mehr gesprochen, und die einvernehmliche Abmachung, in getrennten Betten zu schlafen, hat uns weitere Demütigungen erspart. Es macht mir nichts; wenn ich von Tim sowieso keine Kinder mehr bekommen konnte, hatte ich auch daran kein Interesse mehr. Die Zeitschriften und Videos, die er so gut versteckt zu haben glaubte, daß ich sie nicht finden würde, ekelten mich an, aber ich habe nie ein Wort darüber verloren. Es hatte nichts zu bedeuten, weil es mich nicht traf. Allerdings trifft es mich sehr, daß Naomi und Richard Kinder haben. Ich mag es nicht, wie sie mich gönnerhaft als die etwas bedauernswerte Tante behandeln, und mich ärgert ihre Existenz, weil ihre Eltern sie viel weniger verdient haben als ich meinen Harry.

Außer meiner Arbeit in der KiTa habe ich meine Fantasien, die mich mit romantischen Träumen von Liebhabern für die schale Leere in meinem Inneren entschädigten. Ich habe heimlich zu rauchen angefangen. Tim würde fuchsteufelswild – wild für seine Verhältnisse jedenfalls –, wenn er es wüßte, aber ich gehe in den Garten, so daß mich der Geruch nicht verrät, wenn er nach Hause kommt. Ist es einmal ganz schlimm, stelle ich mich auf die Veranda, mache die Augen zu und stelle mir vor, ich stände auf der Terrasse irgendeines exotischen Hotels auf dem Kontinent, wunderschön angezogen und unglaublich elegant, und würde ganz lässig mein gutes Aussehen zur Schau stellen, während ich auf meinen millionenschweren Freund wartete. Wenn jemand mich beobachten sollte – und ich glaube, diese alte Klatschtante Mavis Gross von nebenan hat es einmal getan –, würde er eine Hausfrau um die Fünfzig sehen, die schuldbewußt eine Silk Cut pafft, bevor sie wieder nach drinnen geht, um den Rosenkohl zu putzen.

Ich könnte natürlich einfach weggehen; Tim ist nicht Manns genug, mich zurückzuhalten, und ich könnte für mich selbst sorgen. Irgendwann wäre ich in der Lage, mich von ihm scheiden zu lassen, könnte die Hälfte vom Verkauf des Hauses fordern und unabhängig sein. Ich tue es nicht, weil ich Angst habe, nicht vor dem Alleinsein, aber schon vor dem Gedanken, etwas für *mich* zu tun.

Mein ganzes Leben habe ich als Teil der Existenz eines anderen verbracht: das liebenswerte Baby, das kleine Mädchen, das als verzärteltes Haustier behandelt wurde, die gehorsame Ehefrau, Harrys Mami, die Haushälterin meines Mannes. Endlose Rollen, ersonnen für anderer Leute Bedürfnisse. Und jetzt weiß ich nicht, wie ich mich verhalten soll, es sei denn, jemand stellt die Regeln für mich auf. Das schlimmste ist, daß ich glaube, ich könnte . . . nein, das schlimmste ist, daß ich weiß, ich könnte, aber ich kann nicht. Wenn Tim sterben würde, wäre es vielleicht etwas anderes, weil der letzte Notanker fallen würde und ich mich von der Flut wegtragen lassen könnte. Wohin, wäre mir egal, weil es in jedem Fall besser wäre. Aber Tim wird nicht sterben, noch lange nicht, und ich werde nur immer älter und trauriger und kleiner.

FÜNFTES KAPITEL

Charles

HSA 581423 PAHOME PA 13.44
POLIZEI · Todesfälle (Fortsetzung)
Elisabeth Kerr, Teilhaberin des Bankhauses Kennet Bolingbroke in London, sagte, Charles Stansfield sei mit Untersuchungen im Fall des Schweizer Firmenimperiums Stallion und Dupont befaßt gewesen, das dieses Jahr mit Verbindlichkeiten von 1,7 Milliarden Pfund Pleite gemacht hat.

»Er vermutete heimliche Waffengeschäfte mit dem Nahen Osten«, erklärte sie. »Ein früherer Berater Saddam Husseins, der inzwischen in London untergetaucht ist, war an ihn herangetreten und hatte ihm zu verstehen gegeben, daß die Öl- und Erzinteressen von Dupont ein Deckmantel für etwas anderes seien.

rles war sehr besorgt, auf was er sich da einlassen könnte, und hatte das Thema bei MI 5 und Special Branch zur Sprache gebracht. Als Banker wollte er nicht in die Risiken verwickelt werden, die mit dem Herumstochern in Waffengeschäften verbunden seien, wenn diese gegen internationale Sanktionen verstoßen.«

Berichten zufolge haben britische und kontinentaleuropäische Geheimdienste mehrere Personen im Zusammenhang mit der Pleite von Stallion und Dupont vernommen, und gegen führende Geschäftsleute in London, Zürich und Wien wird möglicherweise ein Verfahren eingeleitet.

Ich begann ein Tagebuch zu schreiben, als ich in Marlborough war; nichts auf dem Niveau von Pepys oder Evelyn, aber immerhin wurde es konsequent geführt. Seit meinem sechzehnten Lebensjahr schrieb ich am Ende jeden Tages – auch der schlimmsten Tage – etwas über dessen Ereignisse hinein, manchmal so kurz, daß viele meiner Aufzeichnungen heute so unverständlich sind wie Runenfragmente, aber in schlechten Zeiten konnte allein dieses bewußte Niederschreiben schon eine Katharsis sein, und was da steht, ist jetzt eine gute Gedächtnisstütze. Natürlich nur für mich; wenn Roberta oder David es nach meinem Tod lesen, wissen sie vielleicht, was passiert ist, aber nichts über meine Gefühle.

Gelegentlich blättere ich selbst in dieser Chronik oftmals vertaner Zeit und fördere dabei seltsame, vergessene Dinge zutage. Versammlungszeiten der Cambridge University Communist Society; ich trat der Partei nicht direkt bei, aber auch so hätte es später peinlich werden können, wenn ich in die Politik hätte gehen wollen. Eine gewisse Margaret muß in meinem ersten Studienjahr ein paar Wochen lang eine wichtige Rolle gespielt haben, aber ich erinnere mich absolut nicht mehr an sie; aber offenbar bin ich eines Nachmittags mit ihr nach Grantchester gefahren, und zweifellos habe ich Brooke zitiert. Und warum um Himmels willen habe ich einmal bei der Royal Shakespeare Company vorgesprochen? Dann kam der Militärdienst in Malaysia, und ich brauche kein Tagebuch, um mich an diesen Dorfjungen zu erinnern, den ich erschossen habe; er war jünger als ich.

Die ersten wirklich schlimmen Einträge kamen bei Sarahs Tod; nicht aus Trauer, sondern aus erleichtertem Schuldgefühl. Meine erste Ehe war ein Fehler, und das merkten wir beide sehr schnell. Sowie sich nach einer Reihe böser Kräche der Rauch verzogen hatte, einigten wir uns darauf, einmal ernsthaft über unsere Zukunft zu reden, wenn sie aus Neuengland zurück wäre. Ich habe nie herausbekommen, wie sie in dieses Privatflugzeug kam, und der Name des Piloten – Tony Morengo steht im Tagebuch – sagte mir nichts. Aber ich redete mir ohne die Spur eines Beweises ein, daß er ihr Liebhaber war, und heute finde ich den Unterton puritanischer Genugtuung in meinen Aufzeichnungen absolut widerwärtig. Was ich nie in Worte zu fassen vermocht hatte, war, daß ich Sarahs Tod schon als die perfekte Lösung in Betracht gezogen hatte. Eine Scheidung wäre unangenehm und teuer gewesen, der Tod war einfach und sauber und ersparte es mir, meinen Eltern und Freunden etwas über mein eigenes Versagen in dieser Ehe vorzulügen – was ich sicher getan hätte. Und der Tod, der Mitleid statt Kritik auslöste, wurde gewährt. Viel Egoismus tritt in diesen Aufzeichnungen zutage, eine Eigenschaft, die Jahre später wieder auftauchte.

Dann kommt Naomi. Zwischen den ersten Tagebucheintragungen liegen Wochen, dann werden sie häufiger, und ihr Anfangsbuchstabe genügt, um sie kenntlich zu machen. ›Bei Gerald und Miriam mit N‹ – ›N krank. Blumen schicken.‹ – ›Mit N nach Dollington. Vater macht großes Aufhebens von ihr, Mutter ist offensichtlich beeindruckt. Natürlich getrennte Schlafzimmer; der Elternbund kann sich mit der befreiten Gesellschaft noch nicht anfreunden. N weiß sie wunderbar zu nehmen.‹ – ›Ns Geburtstag. Silbernes Armband und Essen bei ›Leopold's‹. Sage ihr zum ersten Mal direkt, daß ich sie liebe. Warum habe ich das aufgeschoben? Habe ich Sarah endlich losgelassen? Ns Reaktion unerwartet, fast als ob sie Angst hätte. Festina lente. Die Reise nach Boston wird ihr Zeit für sich selbst geben.‹ – ›Heute nachmittag hat N meinen Antrag angenommen. Ich wußte, daß sie sich am Abend, bevor wir herkamen, entschieden hatte. Vater und Mutter hocherfreut.‹

Es war die schönste Zeit, wie solche Zeiten immer. Die Entdeckung eines anderen Menschen, das Neue an allem, was man gemeinsam tut, das unbeschwerte Lachen. Das einzige Problem war ihre Familie, oder besser gesagt, daß Naomi entschlossen schien, sie so lange wie möglich auszuklammern. Nach unserer Verlobung bestanden meine Eltern darauf, daß sie nach Temple Manor kommen müßten und ... Naomis Ausreden wurden so lächerlich, daß ich sie schließlich darauf ansprach.

»Wie lange soll das noch so weitergehen?« wollte ich wissen. »Mutter fragt mich schon, ob du ihnen etwas verheimlichst. Und mir. Sie ist ganz entsetzt, daß ich deine Familie immer noch nicht kennengelernt habe.«

»Es gibt nichts zu verheimlichen, es ist nur ...« Sie deutete auf die Bücherreihen der Bibliothek in Dollington, wo unser Gespräch stattfand. »Es ist das alles hier. Was deine Eltern auch über mich denken mögen, meine Familie ist unvorstellbar gewöhnlich. Mutter wohnt in einem Reihenhaus, und meine Brüder ... nun, von Richard habe ich dir ja schon erzählt, aber Tim ist nur Grundschullehrer, und sie sind alle so ... so sehr Mittelklasse, und ich bin nicht sicher, ob ihr ...«

»Du meine Güte!« fuhr ich sie an. »Du solltest mich inzwischen besser kennen!«

»Wie meinst du das?«

»Ich meine, daß ich kein Snob bin. Und ich möchte auch nicht, daß du einer bist, besonders nicht in bezug auf deine eigene Familie.«

»Bin ich denn ein Snob?«

»Ja, und ein umgekehrter dazu, das sind die schlimmsten. Mir war schon lange klar, daß ich deine Familie nicht im Debrett finden würde. Das hat mich nicht davon abgehalten, dich heiraten zu wollen.«

»Und deine Eltern?«

»Was soll mit ihnen sein? Sie haben dich sehr gern, und sie wissen, daß ich dich liebe. Alles andere ist unwichtig. Das Problem liegt bei dir, Naomi, nicht bei ihnen.«

Sie wandte sich ab. »Also gut. Es tut mir leid, daß ich so übervorsichtig war. Aber bedenke bitte eines, wenn du sie kennenlernst. Sie sind meine Familie, sie sind nicht ich.«

»Wie meinst du das?«

»Das wirst du schon sehen. Aber solange du mich liebst, ist es gut.«

So lernte ich sie endlich kennen, und ich sah, was sie meinte, obwohl ich es nie verstanden habe. Naomi hatte ihre Vergangenheit begraben. Sie muß sich ungeheuer angestrengt haben, zwanghaft geradezu, um sich so zu verändern, wie sie es getan hatte. Und ich sah keinen Grund dafür, jedenfalls nicht für das Ausmaß, in dem sie das betrieben hatte. Das war kein ehrgeiziges An-sich-Arbeiten gewesen, es war bewußte und totale Ablehnung. Wäre ihre Familie wirklich so widerwärtig gewesen, dann hätte es ja einen Sinn ergeben, aber sie war es gar nicht. Sie waren vollkommen wohlanständige Leute aus der Mittelklasse, und ich bin immer gut mit ihnen ausgekommen. Nachdem Naomi sich erst einmal sicher fühlte – und das war sie nach zehn Jahren Ehe und der Geburt unserer Kinder –, wurde auch ihr Umgang mit ihnen entspannter, und die Herablassung gegenüber der armen Verwandtschaft (dabei verdient Richard gar nicht schlecht) ist gewichen. Aber ich wußte immer noch nicht, was sie unter ihrer Kruste begraben zu müssen glaubte, und sie wollte es mir nie sagen. Schließlich ließ ich sie in Ruhe. Wie nahe wir einem anderen Menschen auch kommen mögen, es gibt immer einen geheimen Raum, zu dem nur er den Schlüssel hat. Bei mir gibt es jedenfalls so einen; darin hebe ich das auf, was mit Charlotte war.

Sie war meine Aushilfssekretärin, während Angela im Mutterschaftsurlaub war. Sie war wesentlich jünger als ich – klar –, und eigentlich war das Ganze schon langweilig in seiner Vorhersehbarkeit. Ein Drink nach der Arbeit, leichtfertig-eitle Andeutungen eines Endvierzigers, auf die sie einging, und dann natürlich das, was einmal jemand das Erregende an jungem Fleisch nannte. Ich glaube, ich habe es getan, weil es von einem Mann in meiner Position erwartet wurde. Es dauerte etwa ein halbes Jahr, bis ich merkte, daß ich in Entscheidungszwang geriet. Charlotte verhielt sich viel besser als ich; sie sagte mir, welche Ausflüchte ich gebrauchen würde und daß sie diese akzeptiere. Und wenn ich anfinge, mich entschuldigen zu wollen, würde sie mir etwas an den Kopf werfen, meinte sie noch.

»Geh nach Hause zu Naomi«, sagte sie. »Ich habe immer gewußt, daß du sie liebst.«

»Aber warum hast du dann ...«

»Weil ich es wollte. Du bist ein attraktiver Mann, aber ein lausiger Liebhaber ... tut mir leid, so meine ich es nicht. Ich meine, daß du eben verheiratet bist. Zu meinem Pech leider mit einer anderen.«

So leicht kam ich davon; nimmt man Sarah als die große Ausnahme, dann habe ich mit den Frauen in meinem Leben Glück gehabt.

Eine andere Seite an Naomi ist, daß sie eine unerschütterliche Entschiedenheit an den Tag legen kann. Ich habe das als Teil ihrer Persönlichkeit akzeptiert, und die meiste Zeit unserer Ehe hat es keine Rolle gespielt. Gewöhnlich sind wir gleicher Meinung, und wenn nicht, gibt einer von uns einfach nach. Wenn wir Auseinandersetzungen hatten, dann meist um lächerliche Trivialitäten, bis auf die letzte – und heftigste –, in der es um meinen Vater ging.

Er hatte Mutters Tod 1980 recht gut verkraftet, hatte Temple Manor auf der Höhe des Immobilienbooms verkauft und sich eine Wohnung in Brighton gekauft, von wo aus er in die Stadt fuhr, um den Kontakt zur Geschäftswelt aufrechtzuerhalten und in seinen Club zu gehen. Er besuchte uns oft, verwöhnte seine Enkel und wurde von Naomi verhätschelt. Er hatte eine ganz und gar optimistische Einstellung zum Tod und erklärte uns, sein Vater und zwei seiner Brüder seien nach plötzlichem Herzschlag tot umgefallen, dann entschuldigte er sich im voraus für den Schock, den er uns damit wahrscheinlich versetzen würde, meinte aber, immerhin sei das besser als Senilität. Seine Parkinsonsche Krankheit wurde 1988 diagnostiziert, und ein Jahr später brachten wir ihn in ein Pflegeheim, nicht weit von unserem Haus entfernt.

Ich fand es ungeheuer bedrückend. Er war bis über achtzig noch aktiv und geistig beweglich geblieben; und plötzlich war es wie in einem Horrorfilm, wenn ein gesunder Körper in Sekundenschnelle verfällt und halb verfault. Seine Muskeln wurden schlaff, seine Sprache undeutlich, und in seinem Blick lag eine schreckliche, flehende Traurigkeit. Naomi ging ihn fast täglich besuchen, und ich schaute jeden Abend auf dem Heimweg bei ihm vorbei, außer wenn es zu spät geworden war. Ich erzählte ihm, was es Neues im Geschäft gab, wie seine Aktien sich entwickelten, den Börsenklatsch, und er nickte. Ich weiß nicht, wieviel er verstand, hoffte aber zunehmend, es möge sehr wenig sein; es war ein wichtiger Teil der Welt gewesen, aus der er jetzt verbannt war. Die Besuche wurden immer mehr zur Qual.

»Wie geht es ihm?« fragte Naomi, als ich eines Abends in die Küche kam. Eine sinnlose Frage, die wir uns angewöhnt hatten, ohne uns über ihre Unsinnigkeit Gedanken zu machen.

»Wie immer.« Diese Standardantwort kam ebenfalls automatisch. »Was gibt es zum Abendessen?«

»Bœuf bourguignon. Dauert in der Mikrowelle nur ein paar Minuten. Geh inzwischen deinen Whisky trinken.«

Ich ging ins Wohnzimmer, goß mir meinen Drink ein und ließ mich in einen Sessel am Kamin fallen. Naomi kam mit ihrem Wein nach und setzte sich mir gegenüber, wobei sie die Finger am Stiel des geschliffenen Glases auf- und abgleiten ließ.

»Es wird allmählich eine Last, nicht?« meinte sie. »Ich glaube, er weiß das auch.«

»Ich habe keine Ahnung, was er weiß.« Ich war müde. »Die Schwester meinte vorhin, es sei in der letzten Woche deutlich schlechter geworden.«

»Das heißt, wir können nächsten Monat nicht wegfahren – und du brauchst dringend Urlaub.«

»Ich werd's überleben.« Ich trank von meinem Whisky und blickte in den Kamin, während ich einen Gedanken aussprach, der mich schon seit geraumer Zeit beschäftigte. »Ich habe überlegt, ob wir ihn nicht zu uns nehmen.«

»Hierher?« Naomi schien überrascht.

»Warum nicht? Er kann das Zimmer mit dem angrenzenden Bad haben, und wir engagieren eine Vollzeitschwester. Wir können ihr jede Spezialausrüstung stellen, die sie braucht.«

»Aber was soll daran besser sein?«

»Er sieht uns beide öfter. Und ... ich glaube, mir wäre es lieber, wenn er hier bei uns stirbt als da, wo er jetzt ist.«

Naomi senkte den Blick und schüttelte den Kopf. »Das will ich nicht.«

»Es wäre doch nicht für lange«, hielt ich dagegen. »Der Arzt sagt, höchstens ein Jahr.«

»Nein!« Sie stand auf, ging quer durchs Zimmer ans Fenster und fing an, die Vorhänge zuzuziehen, obwohl es draußen noch gar nicht ganz dunkel war. Als sie wieder sprach, klang ihre Stimme angespannt. »Niemand kann genau sagen, wie lange das dauern wird, und ich kann nicht ... Ich kann ihn nicht so nah bei mir haben. Es tut mir leid, ich kann einfach ... Ich liebe ihn ... Ich tue alles, um ... aber nicht hier.«

»Aber die Schwester wäre doch da«, wiederholte ich. »Rund um die Uhr. Es würde sich ja nichts ändern.«

»Doch. Ich würde immer wissen, daß er im Haus ist. Daß er stirbt und ... Himmel, das Essen ist fertig.«

Sie stürzte förmlich aus dem Zimmer. Ein paar Minuten verstand ich gar nichts, dann ging es mir auf, und ich bekam Gewissensbisse, weil ich nicht daran gedacht hatte. Ich ging in die Küche. Naomi richtete unser Essen an, und ihre Hände zitterten.

»Es tut mir leid«, sagte ich. »Ich bin schrecklich müde, und ich mache mir Sorgen um ihn. Ich hatte völlig vergessen, daß du so etwas ja schon einmal mitgemacht hast.«

»Das spielt keine Rolle.« Sie wurde langsam ärgerlich. »Es ist Ewigkeiten her. Es hat nichts mit jetzt zu tun. Ich möchte einfach nicht allein mit ihm in diesem Haus sein!«

»Aber die Schwester wird –«

»Jede Sekunde? Keinen freien Tag?« Ihr Zorn steigerte sich so, daß es mir schon wie Hysterie vorkam. »Sie wird doch gelegentlich weggehen, stimmt's? Und ich werde hierbleiben müssen. Damit würde ich nicht fertig.«

Sie ließ den Vorlegelöffel fallen und drängte sich an mir vorbei, wobei sie gegen das Glas stieß, das ich immer noch in der Hand hielt, so daß ein Teil des restlichen Whiskys auf den Küchenboden schwappte.

»Nimm dir den Rest selbst! Ich habe keinen Hunger!«

Als ich sie die Treppe hinaufrennen und die Schlafzimmertür hinter sich zuschlagen hörte, wurde ich selbst ärgerlich. Ich hatte einen Fehler gemacht, indem ich vergaß, was mit ihrem Vater geschehen war, aber das hier war doch gegen jede Vernunft. Wir lebten schon seit Jahren mit der Krankheit meines Vaters und hatten uns dabei immer gegenseitig unterstützt. Was war so unannehmbar daran, wenn wir jetzt dafür sorgten, daß er seine letzten Monate im Haus derer verbringen konnte, die er liebte – und für die er, wie Naomi sehr wohl wußte, soviel getan hatte? Ich war nicht in der Stimmung, eine Abkühlungspause einzulegen, und ging ihr sofort nach. Als ich die Schlafzimmertür öffnete, saß sie mit dem Rücken zu mir am Frisiertisch.

»Du hast mir immer gesagt, wie sehr du ihn magst«, begann ich vorwurfsvoll. »Und ich verlange doch gar nicht, daß du jetzt so besonders viel für ihn tun sollst.«

»Das weiß ich.« Sie sah mich im Frisierspiegel an. »Tut mir leid.«

»Dann nenn mir doch einen Grund. Einen, den ich verstehen kann.«

»Das geht nicht.«

»Es gibt also keinen.«

»Doch, es gibt einen.«

»Dann sag ihn!« Ihr Ausbruch ging mir langsam unter

die Haut, und wir sprachen beide mit erhobener Stimme. Ich zuckte zusammen, als sie einen silbernen Handspiegel nahm und auf den Frisiertisch knallte.

»Bedräng mich nicht, Charles!«

»Ich bedränge dich nicht! Ich will nur endlich vernünftig mit dir reden. Über meinen Vater!«

»Also gut.« Sie drehte sich auf dem Stuhl um und sah mich direkt an. »Wenn ich mit ihm in diesem Haus allein wäre, könnte ich nicht in seine Nähe gehen. Nicht einmal, wenn er um Hilfe rufen würde. Zufrieden? Das war's. Weiter nichts. Ende der Debatte. Und nun laß mich in Frieden. Bitte.«

Sie stand auf, ging in das kleine Ankleidezimmer neben unserem Schlafzimmer, und ich hörte sie die Tür abschließen. Ich blieb noch einen Moment stehen, dann ging ich nach unten, machte meinen Teller fertig und trug ihn ins Eßzimmer. Naomi hatte wie immer für uns beide gedeckt, Mineralwasser hingestellt und die Post dazugelegt, die morgens nach meinem Weggang gekommen war. Das gemeinsame Abendessen war bei uns seit langem eine geheiligte Zeit des Tages, in der wir miteinander allein sein und, vom Anrufbeantworter vor telefonischen Störungen geschützt, den Müll des Tages abladen konnten. Als noch die Kinder als die eine Generation und die Eltern als die andere uns mit ihren Anforderungen bedrängten, war das eine Oase gewesen, in der wir uns noch berühren konnten. Und jetzt, da ich ihr Mitgefühl und ihre Unterstützung brauchte, saß ich hier allein.

Der Zorn verkochte zu dumpfem Groll, während ich die Post las und auf einige Briefe kleine Notizen kritzelte, um mich zu erinnern, was daraufhin zu tun sei. Bis ich damit fertig war, hatte ich mich beruhigt. Ich ging ins Wohnzimmer, zündete mir eine Zigarre an, setzte mich wieder an den Kamin und versuchte zu verstehen. Das Motiv des sterbenden Vaters lag auf der Hand, aber Naomis Reaktion war zu extrem gewesen. Warum löste nach über dreißig Jahren, in denen sie alle Spuren ihrer Kindheit ausradiert und ihre Persönlichkeit so verändert hatte, daß ich nur spekulieren konnte, wie sie einmal gewesen sein mochte, der Tod ihres Vaters noch soviel Seelenpein aus? Denn darin mußte die Parallele liegen. Ich versuchte mir ins Gedächtnis zu rufen, was ich wußte. Er war im Krankenhaus gestorben, nicht zu Hause, sie konnte also keine Erinnerungen an seine Pflege haben; und außerdem würde es in diesem Fall keine Pflege für sie geben. Ich hatte mit ihrer Familie nie über den Tod ihres Vaters gesprochen; eigentlich war Tim der einzige, der überhaupt bereit war, über ihn zu reden. Zuerst war mir das etwas merkwürdig vorgekommen, aber dann sah ich es allmählich als etwas, das schon so lange passiert war, bevor ich sie alle kennenlernte, daß es keine Bedeutung mehr hatte.

»Entschuldige.«

Ich drehte mich um. Naomi stand in der Tür, das Gesicht tränenverschmiert, ein zusammengeknülltes Taschentuch in der Hand.

»Du hast mir beim Essen gefehlt«, sagte ich. »Es klingt vielleicht albern, aber für mich ist das zu einer wichtigen Zeit des Tages geworden. Ich dachte, für dich auch.«

»Ist es auch.«

»Aber du warst nicht da.«

»Hör auf«, sagte sie. »Es wäre mir lieber, du bekämst einen Wutausbruch und würdest mich anschreien. Nenn mich ein eigensüchtiges Mistvieh, sag mir, daß du mich verabscheust, aber sei nicht so grausam, indem du so ruhig bleibst. Das tut weh, weil du recht hast.«

»Also, schreien werde ich nicht, weil es nicht weiterhilft«, erklärte ich. »Helfen kann uns nur, wenn du dich jetzt hinsetzt und mir genau sagst, was eigentlich los ist. Ich glaube, einen Teil deines Problems zu verstehen, aber es muß noch mehr daran sein, und ich finde, ich habe ein Recht, es zu erfahren. Ich schlage doch nur vor, daß wir meinem Vater die Möglichkeit geben, bei denen zu sterben, die er liebt – und die ihn lieben. Ich meine, das ist nicht zuviel verlangt.«

»Ist es auch nicht.« Sie kam herein und setzte sich wieder mir gegenüber, glättete ihr Taschentuch und blickte darauf hinunter, während sie es faltete und wieder entfaltete. »Ich kann es nicht . . . ganz erklären. Du mußt mir einfach vertrauen. Du weißt, daß ich Daddy sehr gern habe und es abscheulich finde, was jetzt mit ihm passiert. Ich möchte nicht, daß er stirbt, und gleichzeitig wünsche ich es ihm. Ich besuche ihn, sooft ich kann, und beklage mich nicht im mindesten darüber. Aber ich kann ihn nicht hier im Haus haben, weil . . .«

Ich wartete, während das Taschentuch in immer kleinere Dreiecke gefaltet wurde.

»Weil?« hakte ich schließlich nach. Naomi sah mir ins Gesicht.

»Ich habe es dir vorhin schon gesagt. Weil es vorkommen könnte, daß ich mit ihm allein wäre. Ich weiß, daß du eine Schwester engagieren willst, aber es könnte trotzdem vorkommen.«

»Muß nicht sein. Wir könnten eine zweite Schwester nehmen, die dann einspringt.« Sie senkte erneut den Kopf, als ich sie ansah. »Du machst Ausflüchte. Warum?«

»Es ... es hat mit mir zu tun. Ich kann dem Tod nicht so nahe sein. Bitte. Versuch das zu verstehen.«

»Ich versuche es ja seit einer Stunde. Mir ist klar, daß es mit dem Tod deines Vaters zu tun haben muß, aber ...«

Sie stand abrupt auf. »Ich möchte nicht weiter darüber reden. Es ist dein Vater, und du mußt tun, was du für richtig hältst. Aber wenn du ihn in dieses Haus holst, ziehe ich aus. Es tut mir leid, Charles, aber ich meine es ernst.«

Sie verließ das Zimmer und wollte nie mehr über die Sache reden. Eine Zeitlang überlegte ich, ob ich mich einfach über ihre Einwände hinwegsetzen und sie vor vollendete Tatsachen stellen sollte, aber dann beschloß ich, ihn im Pflegeheim zu lassen. Ich sagte mir, daß er dort so zufrieden war wie woanders und daß es vielleicht mehr um meiner eigenen Bequemlichkeit willen war, wenn ich ihn hierherbringen wollte. Das war natürlich nicht das einzige Mal, daß Naomi mich enttäuschte – auch ich habe sie oft genug enttäuscht, Ehen leben von der Amnestie des Verrats –, aber ich behielt ein beunruhigendes Gefühl zurück, daß etwas in ihr war, was ich nicht kannte. Am meisten machte mir zu schaffen, daß es in ihrem »geheimen Raum« etwas so Mächtiges gab, das ich noch nie bemerkt hatte, obwohl ich sie nun schon so lange kannte. In den nächsten Wochen schrieb ich viel darüber in mein

Tagebuch. Das meiste davon war wilde Spekulation, aber eines Abends hatte ich das Gefühl, endlich erfaßt zu haben, was mich bewegte: ›Ich könnte es akzeptieren, wenn Naomi mich belügt. Sorgen macht mir nur, daß sie sich womöglich selbst belügt. Und ich weiß nicht, warum.‹

Bei Robertas nächstem Besuch erwähnte ich es ihr gegenüber; aber ehe ich ihre Reaktion schildere, sollte ich vielleicht etwas über mein Verhältnis zu meinen Kindern sagen. David ist ein ausgesprochener Hedonist, durchaus intelligent und fleißig, aber ich fürchte, unsere Bemühungen, ihn nicht allzusehr zu verwöhnen, sind insofern gescheitert, als er geschickt alles vermeidet, was ihm Unbequemlichkeiten oder Ärger machen könnte. Er hat keinerlei Verantwortungsgefühl für andere, weil das seiner Eigenliebe in die Quere käme. Roberta hingegen ist von Menschen fasziniert und hat ein freigebiges Wesen; ersteres hat sie von mir, letzteres darf sie sich selbst zur Ehre anrechnen. Man sollte zwar nie Unterschiede zwischen seinen Kindern machen, aber meine Tochter ist ein Mensch geworden, der mir gefällt, während mein Sohn, wenn ich ihn als Fremden kennenlernte, mir zu egoistisch vorkäme.

Im Augenblick herrscht außerdem ein Ungleichgewicht in Robertas Beziehung zu uns, das sich nach der Auflösung ihrer Verlobung mit Martin ergeben hat. Für Wochen wurde aus einer sprühenden, selbstbewußten jungen Frau plötzlich wieder unsere abhängige Tochter, die irrational von uns verlangte, alles wieder heil zu machen. Wir hörten lediglich ihren Verzweiflungsausbrüchen zu, die sich wie immer in solchen Fällen ständig wiederholten, aber wir wußten von vornherein, daß sie selbst ihren Weg da heraus finden würde; daß es am besten war, sie einfach ihre Wunden lecken zu lassen. Sie hat es inzwischen überstanden, nur geht ihre Dankbarkeit uns gegenüber zu weit, denn wir haben gar nicht soviel für sie getan, wie sie glaubt. In ihrem Interesse wünsche ich mir, daß sich das wieder abschleift; bis dahin belaste ich sie ein bißchen mit dem einen oder anderen meiner eigenen Probleme, damit der kleine Rollentausch ihre Perspektiven wieder zurechtrückt.

Ich habe ihr nicht alles im einzelnen erzählt, nur was ich vorgeschlagen und wie Naomi sich dagegen gestemmt hatte. Robertas erste Reaktion war spontanes Mitgefühl.

»Armer Daddy«, sagte sie. »Ich weiß ja, wie nahe mir schon Großpapas Zustand geht. Für dich muß es tausendmal schlimmer sein.«

»Meinst du, wir sollten ihn hierherholen?«

»Ich weiß nicht. Da habe ich ja nicht mitzureden, oder? Ich wohne nicht mehr hier ... Wie wichtig ist es dir?«

»Nicht überragend wichtig offenbar, sonst hätte Mamas Nein mich nicht abgehalten«, antwortete ich. »Vielleicht weiß Großpapa sowieso nicht, wo er ist, also ist die Frage müßig.«

»Aber eigentlich macht es dir doch Kopfzerbrechen, warum Mama sich so dagegen sträubt. Stimmt's?«

Ich lächelte sie an. »Kluges Mädchen. Fällt dir etwas dazu ein?«

»Hör doch mit diesen Spielchen auf«, sagte sie. »Wir kennen beide den Grund. Es muß mit dem Tod ihres eigenen Vaters zusammenhängen. Was weißt du darüber?«

»Sehr wenig. Er hatte, glaube ich, einen Gehirntumor und war ein Jahr lang bewußtlos, bevor er starb. Die Parallelen sind offensichtlich genug, aber ich hätte eigentlich angenommen, daß sie nach so langer Zeit keine derart einschneidende Rolle mehr spielen.«

»Aber du mußt bedenken, daß Mama und Tim und Richard ganz allein mit ihm waren, als er starb, darum ...« Sie brach ab, als sie mein Gesicht sah. »Ach du liebe Güte. Das hast du nicht gewußt, oder?«

»Nein. Das habe ich nicht gewußt. Woher weißt du es?«

»Von Großmama. Sie hat es mir vor Jahren mal erzählt. Tut mir leid, daß ich es nie erwähnt habe, aber ich war davon ausgegangen, daß du es weißt.«

Ich schüttelte den Kopf. »Mama hat nie darüber gesprochen ... und natürlich erklärt das, warum sie Großpapa nicht im Haus haben will. Sie hat Angst, sie könnte womöglich gerade bei ihm sein, wenn er stirbt.«

»Aber das war nicht der Grund, den sie dir genannt hat, oder?« bemerkte Roberta. »Sonst hättest du ja gewußt, daß sie alle dabei waren, ohne daß ich es dir erst hätte sagen müssen. Und warum hat sie dir diesen Grund nicht genannt, Daddy? Überhaupt, warum hat sie es dir nie erzählt?«

Wir schwiegen beide ein Weilchen, dann meinte ich: »Spielt es eine Rolle?«

»Für Mama offenbar schon. Vielleicht, wenn ich mal mit ihr ... «

»Nein«, unterbrach ich. Sie war mir zu eifrig mit ihrer Hilfsbereitschaft. »Überlaß das mir. Ich denke darüber nach.«

Das tat ich auch eine Zeitlang, aber ich konfrontierte Naomi nie damit. Es wäre eine durchaus verständliche Erklärung gewesen, aber sie hatte fast fünfundzwanzig Jahre Zeit gehabt, mir zu erzählen, was geschehen war. Wenn sie – und Tim und Richard – es für sich behalten wollten, war das ihre Sache. Abgesehen davon gibt es auch in meiner Vergangenheit Dinge, die weder Naomi noch sonst jemand weiß. Solche Dinge sind nicht wichtig.

SECHSTES KAPITEL

Richard

HSA 581456 PAHOME PA 14.00
POLIZEI · Todesfälle · INFO
Hintergrundinfo über Richard Barlow zu POLIZEI. Todesfälle folgt in Kürze.

HSA 581469 PAHOME PA 14.14
POLIZEI · Todesfälle (Fortsetzung)
Richard (Dick) Barlow (49) ist seit 1976 Nachrichtenredakteur bei der *Post* und einer der höchstgeachteten Journalisten.

Er machte sich bereits 1970 einen Namen mit der Aufdeckung eines Kinderprostituiertenrings, in den hochrangige Politiker und Persönlichkeiten aus dem Showgeschäft verwickelt waren. Im Zuge seiner Nachforschungen soll er angeblich sogar Morddrohungen erhalten haben. Zwei Jahre später wurde er für den sogenannten Müllkippe-England-Skandal zum Journalisten des Jahres gewählt. Er hatte damals Geheimdokumente enthüllt, in denen potentielle Lager für Nuklearabfälle genannt waren.

Ein früherer Kollege über seine Reporterkarriere: »Wenn andere Zeitungen hörten, daß Dick Barlow hinter einer Geschichte her war, schickten sie drei Leute los, nur um mit ihm Schritt halten zu können. Meist gelang es ihnen nicht.«

In einer Erklärung gegenüber der Presseagentur sagte Daphne Byron, Chefredakteurin der *Post*: »Dick Barlow ist einer der besten Profis, mit denen ich je gearbeitet habe, und sein Ruf ist unübertroffen. Solange wir nichts von ihm hören, versuchen wir, unsere Sache so gut zu machen, wie er sie machen würde, wenn er da wäre.«

Ein Informant der *Post* sagte, man sei besorgt, weil Mr. Barlow sich noch nicht gemeldet habe. »Sosehr er persönlich von diesen Todesfällen betroffen sein mag, Dick Barlow ist durch und durch Zeitungsmann und wäre sicher gern mit der Berichterstattung befaßt.«

Es wird viel Blödsinn darüber erzählt, wie es einen kaputtmachen kann, wenn man in jungen Jahren seinen Vater verliert; ich habe das erlebt, und es stimmt nicht. Außer daß Gleichaltrige verlegen werden, wenn sie dir sagen, wie leid es ihnen tut, und Erwachsene sich eine Zeitlang mehr für dich interessieren, passiert nichts. Aber auch das vergeht, und dann bist du einfach ein Junge, dessen Vater tot ist, und hast dein eigenes Leben zu leben. In meinem Fall hieß das, so schnell wie möglich raus aus der Schule und hinein in den Journalismus.

Ich ergatterte einen Ausbildungsplatz beim *Wilmsford Messenger*, unserem wöchentlichen Käseblatt, und der Geist des alten Herrn half mir tatsächlich dabei. Als ich zum Vorstellungsgespräch kam, trug der Redakteur ein Rotarierabzeichen, und ich erwähnte nebenbei, daß Dad vor ein paar Jahren deren Präsident war. Daraufhin lief alles glatt, und im Januar 1960 konnte ich anfangen. Ich zog weg von der Tattersall Close – Naomi war schon auf der Universität, aber Tim wohnte noch zu Hause – und fand ein möbliertes Zimmer über einem Laden im Stadtzentrum. Mein Lehrvertrag lief über drei Jahre, aber nach knapp zwei hatte ich schon alles gelernt, was die beim *Messenger* mir beibringen konnten, ich wurde vertragsbrüchig und ging zum *Evening Standard* in Blackburn, wo ich unter der Hand Artikel für überregionale Blätter schrieb, bis die Redaktion Manchester der *Daily Mail* mir eine Stelle anbot. Da wurde mir nichts geschenkt – im ersten halben Jahr machte ich die Spätschicht und durfte stündlich bei allen Polizei- und Feuerwachen in Nordengland anrufen, ob irgendwas anlag. Aber ich ließ mich nicht verdrießen, spendierte den richtigen Leuten Drinks im alten Presseclub am Albert Square und sorgte dafür, daß meine Artikel immer besser waren als die der Konkurrenz; Wirkung war wichtiger als Wahrheit. So war ich zu Neujahr 1965 schon stellvertretender Nachrichtenredakteur der Nachtschicht und scheuchte Reporter durch die Gegend, die schon im Geschäft gewesen waren, als ich noch in den Windeln lag. Mein nächster Schritt sollte natürlich nach London führen, und ich hatte schon alles so schön auf die Reihe gebracht, als ich eines Abends einen gottserbärmlich schlechten Artikel rausschmiß, den ein Freund der Ehefrau unseres Chefredakteurs verbrochen hatte – und keiner dieser Mistkerle hatte mich gewarnt. So stand ich als nächstes mit einem Abschiedsscheck in der Hand vor der Tür der *Mail* in Deansgate, und die Buschtrommel verbreitete, daß man mir nirgendwo Arbeit anbieten solle. Ich war stocksauer auf die ganze Korona und beschloß, einen Teil des Geldes mit einer Biene zu verjuxen, mit der ich gerade herumschwirrte. Eigentlich wollte ich ins Ausland, aber sie jaulte mir vor, wie sehr sie Südwales liebe, und ich ließ mich beschwatzen; Bett ist Bett, egal, wie die Aussicht aus dem Fenster ist. Wie sich herausstellte, war das eine der besten Entscheidungen, die ich je getroffen habe.

Erinnert ihr euch noch an die Aberfan-Katastrophe 1966? Ein riesiger Schlackenberg kam ins Rutschen und begrub die Dorfschule und 144 Menschen unter sich, die meisten davon Kinder – und wir wohnten keine zehn Kilometer weit weg. Ich hörte zufällig eine Kurzmeldung darüber im Radio, und so war ich, abgesehen von der Lokalpresse, der erste Journalist vor Ort. Bis dann die schweren Geschütze aus Fleet Street ankamen, war ich schon mit der Hälfte des Rettungsteams auf du und du. Mein lieber Mann, da habe ich tolles Material bekommen – Zitate, die ich nicht mal erfinden mußte – und gab es telefonisch an alle durch (außer der *Daily Mail*; denen habe ich regelrecht den Hahn abgedreht). Am zweiten Tag telefonierte ich gerade mit der *Post*, als der Redakteur am anderen Ende sagte, Stan Leatherhead, seines Zeichens Chefredakteur, wolle mich sprechen. Er bot mir ein kleines Vermögen für Exklusivberichte über alles, was ich in die Finger kriegen konnte, und bat mich, noch ein paar Tage dazubleiben, alles auf Spesen. Danach solle ich mich bei ihm melden. Ich lieferte der *Post* Geschichten, an die sonst niemand herankam – die beste war das Gebet eines weinenden Vaters, der in den Ruinen kniete; wenn es ihn gegeben hätte, er hätte es sicher nicht besser sagen können, als ich es geschrieben habe. Das Mädchen, das ich mitgenommen hatte, jammerte mir dauernd die Ohren voll, und so schenkte ich ihr eine Zugfahrkarte zurück nach Manchester und wandte mich wichtigeren Dingen zu. Als die Aufregung sich allmählich legte – selbst die besten Geschichten werden nach einigen Tagen langweilig –, packte ich meine Sachen und fuhr nach London.

Ich bin kein sentimentaler Typ, aber ich entsinne mich noch gut meiner Gefühle, als ich zum erstenmal aus der U-Bahn-Station Temple hochkam und in die Fleet Street trat. Das schwarze Glasgebäude des *Daily Express* thronte über allem, und wo man hinschaute, sah man Journalismus, konnte ihn förmlich riechen. Riesige Rollen Zeitungspapier wurden ausgeladen, Fotografen kamen aus den Gebäuden von PA und Reuters, Reporter winkten nach Taxen, in den Pubs konnte man Leuten wie René McColl, Vincent Mulchrone, Sefton Delmer und Hannan Swaffer über den Weg laufen ... das waren noch Namen, die etwas hermachten. Nachts pulsierte das Viertel vom Lärm der Pressen und Lieferwagen; selbst um elf Uhr vormittags summte es überall vor verhaltener Erregung. Das ist jetzt alles auseinandergerissen, und es gehört zu den wenigen Dingen im Leben, denen ich nachtrauere. Mir fehlt das Gefühl der Zugehörigkeit, das davon ausging.

Die Büros der *Post* waren am Bradley Court, gleich hinter St. Brides Church: schicker Empfang, ganz in Marmor, wenn man hereinkam, und das übliche Chaos in der Redaktion im dritten Stock. Stan Leatherhead führte so etwas wie ein Einstellungsgespräch mit mir, aber eigentlich mußten wir uns nur noch über mein Gehalt einigen und wann ich anfangen wollte, bevor er mich zu einem flüssigen Lunch ausführte. Auf dem Weg nach draußen trafen wir auf dem Gang den Herausgeber, der sich beifällig über meine Reportagen aus Aberfan äußerte und sagte, er freue sich, daß ich bei ihnen anfangen wolle. Stan gab mir ein paar Tips, wo ich eine Bleibe finden könnte, und zwei Wochen später saß ich in einer Wohnung in Battersea und las in der *Post* meinen ersten mit Namen gezeichneten Artikel. Und wenn ich damals mit dieser Biene nach Südfrankreich gefahren wäre, wie ich es wollte ... man kann noch so gut sein, man braucht auch ein Quentchen Glück.

Es war von Anfang an offensichtlich, daß Stan auf dem absteigenden Ast war – er saß zuviel mit anderen alten Fürzen im Pub herum, wo sie in Erinnerungen an ihre Berichterstattung über den Blitzkrieg schwelgten –, und sein Stellvertreter war ein Wichser. Während Murdoch die *Sun* vom Stapel ließ und das Regelbuch der Fleet Street neu schrieb, blökte Stan weiter etwas von verantwortungsbewußtem Journalismus und daß Titten auf Seite drei nie ankommen würden, aber als die Auflage der *Post* ins Trudeln geriet, ging er mit den Bach runter; mein Messer in seinem Rücken war nur eines unter vielen, aber man gab mir seinen Posten. Ich bekam zwölf Monate Zeit, um die 100 000 verlorene Auflage zurückzuholen; ich lieferte das Doppelte. Heute kann ich Reporter dazu bringen, daß sie sich in die Hosen scheißen, wenn sie etwas übersehen oder der Konkurrenz nicht das Nachsehen gegeben haben. Auf meinem Schreibtisch steht ein Schild ›Niemand macht's besser als wir – also baut keinen Scheiß!‹ Ich wurde auf der Medienseite des *Independent* porträtiert; sie schrieben, ich sei die letzte in einer langen Reihe von Legenden, die bis in die großen Tage von Fleet Street zurückreiche. So wurde ich in einer tuntigen Hochglanzbeilage genannt – was immer es heißen soll. Der Premierminister und die meisten Kabinettsmitglieder haben meine private Telefonnummer, und denen von der Presseabteilung im Buckingham-Palast wird mulmig, wenn sie hören, daß ich die *Post* auf eine Geschichte angesetzt habe, die sie lieber unter den Teppich kehren würden. Als der Chef der Special Branch einmal meine jetzige Chefredakteurin Daphne Byron fragte, ob ich schlimmer belle oder beiße, antwortete sie ihm, ich vertäte keine Zeit mit Bellen. Ich lebe, esse, schlafe und atme meinen Beruf. Er ist das einzige, was sich zu tun lohnt.

Mein Privatleben ist in Ordnung. Zivilisierte Beziehung zu meiner Exfrau und meinen beiden Töchtern, die mir viel bedeuten, auch wenn ich sie nicht so oft sehe, wie ich sollte. Kathy studiert Englisch in Oxford; sie hat in der Familie den Verstand geerbt. Emma ist in die andere Richtung gegangen, was mir Sorgen macht, aber ich weiß nicht, was ich dagegen tun könnte; vielleicht war es eine schlimme Zeit für sie, als ihre Mutter und ich uns trennten. Ich habe ihr gegeben, was sie sich nur wünschen konnte – das Schulgeld für dieses Internat, aus dem sie rausgeflogen ist, hat mich fast ruiniert –, und ich hätte ihr einen Job in der Branche besorgen können, aber sie wollte nicht. Ich habe versucht, mit ihr zu reden, habe sie sogar eine Weile zu mir genommen, aber es zog sie immer wieder zu diesen Schmarotzern und Junkies, mit denen sie sich eingelassen hatte. Einmal habe ich sie in ihrem besetzten Haus besucht; das war nicht meine Tochter, die da hauste, wir sprachen nicht einmal dieselbe Sprache. Ich habe alles versucht, um sie zum Aussteigen zu bewegen, aber es nützte nichts. Immerhin meldet sie sich hin und wieder, und ich führe sie gelegentlich zum Essen aus. Ich sorge dafür, daß sie Geld hat, selbst wenn ich damit wahrscheinlich die goldene Spritze eines ihrer Freunde finanziere; ich will meine Tochter nicht in Lumpen in einem U-Bahn-Schacht sitzen und Passanten um Geld anbetteln sehen, die sie ignorieren. Aber irgendwann kommt das in Ordnung; eines Tages kehrt sie zurück. Ich muß nur die Leitung freihalten.

Abgesehen von diesem Problem mit Emma habe ich alles erreicht. Stephanie ist jetzt schon seit drei Jahren mit mir zusammen, und es besteht kein Anlaß, mich nach einer Alternative umzusehen. Es gibt viele Leute, die gerne hätten, was ich habe. 70 000 Pfund im Jahr plus 10 000 Spesen, Firmen-BMW der Spitzenklasse, Freikarten für alles, was ich sehen will, Nobelwohnung im umgebauten Marstall in West-London, den einzigen Job, den ich haben will, Unabhängigkeit, Macht und eine sechsundzwanzigjährige Brünette, die mir nachts Gesellschaft leistet. Keiner hat mir das geschenkt, ich habe es mir verdient, und keiner wird es mir nehmen.

Die einzige andere Seite meines Lebens – wenn auch

nicht so besonders wichtig – ist die Familie. Da Naomi in Hertfordshire wohnt, schaue ich gelegentlich bei ihr vorbei, aber der einzige Anlaß, zu dem wir noch alle zusammenkommen, ist diese Weihnachtsorgie in Brookmans Park. Ich weiß nicht, warum wir uns das antun, aber Naomi findet es wichtig. Tim kommt dann mit seinem schrottreifen Sierra und Claire – eine Frau wie sie könnte einen dazu bringen, sämtliche Betten der Welt zu verbrennen –, und sie bringen immer Mutter mit. Was ich von meiner Familie halte? Naomi bewundere ich; sie hat die gleiche Zielstrebigkeit wie ich, und wir haben es beide weit gebracht. Vielleicht waren wir in einigen Dingen nicht ganz ehrlich, aber Ehrlichkeit ist ein Klotz am Bein. Tim ist der, den wir hinter uns gelassen haben, hauptsächlich deshalb, weil er nicht wegwollte. Wenn ich heute nach Manchester komme – was sehr selten ist –, finde ich es merkwürdig, daß der Ort, wo ich geboren und aufgewachsen bin, mir so fremd ist; ich habe das einmal zu Naomi gesagt, und ihr geht es genauso. Aber Tim ist immer noch dort, nicht nur physisch, sondern weil am Tellerrand die Welt für ihn zu Ende war, für ihn ist die Erde noch eine Scheibe ... oder vielleicht wollte er sich einfach nicht davonmachen. Das verstehe ich allerdings nicht, denn Gründe gab es dafür genug.

Und dann Mutter. Tim glaubt sie zu kennen, aber er kennt sie nicht. Ich habe nie alles mitbekommen – sie hält sich sehr bedeckt, wenn es ihr in den Kram paßt –, aber nach Dads Tod hat sich in ihrem Leben mehr getan, als sie zugibt. Ganz bestimmt weiß ich es von Donald Barraclough, der in Tattersall Close neben uns wohnte, und ich bin ziemlich sicher, daß es noch andere gab. Gut für sie; der Alte Herr hat sie zu lange kurzgehalten. Eines Tages werde ich es Tim vielleicht mal erzählen.

Wen haben wir noch? Roberta, Naomis Tochter, die mit mir über Journalismus diskutiert – sie findet Ethos wichtig, aber was kann man von Leuten erwarten, die für die BBC arbeiten? Und ihr Bruder David, der ein bißchen wie sein Großvater aussieht, ein anmaßender kleiner Mistbock, der glaubt, für alle Frauen eine Gabe Gottes zu sein. Vielleicht ist er es ja; ihre Zahl spricht dafür. Charles ist gut für Börsentips, aber wir haben nicht viel gemeinsam. Wenn ich versuche, ihm irgendwelche Sauereien aus der Finanzwelt zu entlocken, wechselt er geschickt das Thema.

Eines kann ich nicht zulassen, nämlich daß mich etwas ängstigt, denn das hieße, Schwäche zeigen, und die Schwachen werden in meinem Beruf an die Wand gedrückt. Ich weiß noch genau, was ich für Angst hatte, damals in diesem Krankenhaus, vor mehr als dreißig Jahren, und ich habe mir geschworen, daß mir so etwas nie wieder passiert. Ich habe es nicht getan, aber ich stecke mit drin, und dieses eine Mal in ihrem Leben hatten Naomi und Tim Gewalt über mich. Heute lügen sie sich selbst etwas vor, obwohl es wahrscheinlich die beste Tat ihres Lebens war, den Alten umzubringen. Es war nicht meine Idee, ich habe nur ... ich habe nur mitgemacht, weil ... weil ich es eben getan habe. Es war besser für ihn, tot zu sein – und es war besser für uns, wenn er tot war. Es war besser für Mama. Wie auch immer, er hatte es verdient. Dieser aufgeblasene Hurenbock – hinter jedem Rock war er her –, heuchlerisch und dumm ... ich habe den Scheißkerl gehaßt und ... es macht einen nicht kaputt. Wäre ich sonst heute da, wo ich bin?

SIEBTES KAPITEL

Florence

HSA 584600 PAHOME PA 14.02

POLIZEI · Todesfälle (Fortsetzung)

Donald Barraclough (78), der seit mehr als vierzig Jahren in Wilmsford neben Florence Barlow in Tattersall Close wohnt, erklärte, sie habe sich schon auf den Weihnachtsbesuch bei ihrer Tochter gefreut.

»Die Familienmitglieder hielten immer engen Kontakt, auch wenn sie nur noch einmal im Jahr alle zusammentrafen«, fügte er hinzu. »Ich habe erst kurz vor ihrer Abreise mit ihr gesprochen, und sie konnte nur noch von den Geschenken reden, die sie für alle gekauft hatte. Es deutete ganz sicher nichts darauf hin, daß irgend etwas nicht stimmte.«

Dawn Townsend, stellvertretende Vorsitzende der Operatic Society Wilmsford: »Florence Barlow ist eines unserer langjährigsten Mitglieder und noch immer aktiv. Natürlich spielt sie keine Hauptrollen mehr, aber hin und wieder gibt es doch noch eine Rolle für sie, und sie möchte immer dabeisein«, sagte sie.

»Irgendwie kommt es einem viel schlimmer vor, wenn derart schreckliche Dinge jemandem passieren, der immer so zufrieden und mit einer glücklichen Familie gesegnet war. Sie ist einer der beliebtesten Menschen, die ich kenne, allzeit fröhlich und voller Energie.«

Mrs. Barlow (74) ist seit 1959 verwitwet.

Bin ich eine schlechte Frau? Ich finde nicht, jedenfalls jetzt nicht mehr; ich bin nur anders als früher. Im Lauf meines Lebens hat sich so vieles verändert, daß es fast unmöglich ist, die Welt meiner Kindheit mit der zu vergleichen, in der ich heute lebe. Ich wurde am Valentinstag 1918 geboren und wuchs in einer Zeit auf, als die Menschen sich trotz des Krieges noch an gewisse feste Regeln hielten und sie auch akzeptierten. Roberta hat zum erstenmal mit achtzehn gewählt – einen sehr linken Labour-Kandidaten, versteht sich – während meine Mutter schon auf die Fünfzig zuging, als sie überhaupt erst das Wahlrecht bekam und gehorsam die Konservativen wählte, wie mein Vater sie geheißen hatte. Was würde sie zu meinem Verhalten sagen? Ich hätte nicht einmal im Traum daran denken können, ihr auch nur den winzigsten Einblick zu geben; sie wäre entsetzt gewesen. Weißt du, manchmal glaube ich, daß ich in der falschen Zeit geboren, aber noch in die richtige hineingewachsen bin. Darum stehe ich Roberta so nah; wenn ich in den sechziger Jahren geboren wäre, ich wäre wohl genau wie sie. Mutig, selbstbewußt, frech, unabhängig, und hätte ein wunderbar natürliches Verhältnis zum Sex. Das hatte ich schließlich auch, aber da war ich schon in der zweiten Halbzeit.

Donald Barraclough war mein erster Liebhaber, und er wurde es zu einer Zeit, als ich schicklicherweise noch um Harold hätte trauern sollen; das erste Kleidungsstück, das ich mir von Donald ausziehen ließ, war ein schwarzes Kleid. Es war noch nicht einmal drei Monate nach der Beerdigung, und als er etwas sagen wollte, legte ich ihm zwei Finger meiner linken Hand auf den Mund und schüttelte den Kopf. Er war ein guter Liebhaber – mir wurde schnell klar, daß er auf seinen Geschäftsreisen viele Erfahrungen gesammelt haben mußte –, aber ich kann nicht sagen, daß ich dieses erste Mal genoß. Es fand eines Nachmittags in unserem Bett statt, während seine Frau in Manchester zum Einkaufen war. Als er weg war, saß ich in der Küche, trank eine Tasse Tee und rauchte eine Zigarette – bis dahin mein einziges Laster, obgleich es damals noch eher akzeptiert wurde. Ich hatte ein schlechtes Gewissen und mußte mich vor mir selbst rechtfertigen. Ich hätte mich kleinlaut damit abfinden sollen, daß eine Zeit der Abstinenz vor mir lag; eine zweite Ehe war nicht auszuschließen, aber das konnte noch lange dauern, und Sex mit einem verheirateten Mann war eindeutig verboten. Mir war klar, daß alles, was vor Harolds Krankheit zwischen mir und David gewesen war, darauf zugesteuert hatte, aber warum hatte ich ihm gestattet, mich so früh zu nehmen? Mir kam plötzlich der Gedanke, es könnte daran liegen, daß ich vor meiner Vergangenheit flüchten, sie abschütteln wollte, weil ...

Ich zündete mir die zweite Players Medium an der ersten an – ich befand mich wirklich auf einer gut geölten schiefen Bahn –, während ich dahinterzukommen versuchte. Es war mehr als nur Verbitterung darüber, wie mein Leben für mich geregelt worden war, zuerst von meinen Eltern, später von meinem Mann. Ich lief nicht nur vor der Unzufriedenheit verflossener Jahre davon, sondern vor etwas Frischerem und Konkreterem. Es war Harolds Tod – nein, nicht sein Tod, sondern der Zeitpunkt des Todes. Denn ... denn ich hatte den Tod meines Mannes herbeigewünscht. Wie furchtbar für den armen Mann. Und war dieser Wunsch so stark gewesen, daß dadurch das, was dann geschah, auf irgendeine Weise herbeigeführt wurde, wie die Erhörung eines verzweifelten Gebets? Das klingt lächerlich, aber weißt du – es ist lange genug her, um es zuzugeben –, ich hatte seinen Tod mehr als herbeigesehnt, ich hatte sogar überlegt ... Donald arbeitete für einen Pharmakonzern, und vielleicht hätte er mir etwas besorgen können, was ich dann irgendwie ... Schmerz und Sorgen sind die Brutstätte für alles mögliche. Ich hatte es Donald gegenüber nicht einmal erwähnt, aber daran gedacht hatte ich, und das nagt immer noch an mir. Und dann, fast wie durch ein Wunder, ist Harold gestorben, friedlich, unerwartet und auf eine Weise, die von den Ärzten einfach akzeptiert wurde, und alles war plötzlich in Ordnung. Seine Lebensversicherungen zahlten, die restliche Hypothek auf dem Haus wurde getilgt, ich war nicht reich, aber ganz gut situiert, und Naomi und Tim konnten ihre Ausbildung beenden.

Die Kinder ... die Asche an meiner Zigarette wurde länger, während ich mir klarmachte, was mich wirklich beschäftigt und wovor ich mich wirklich versteckt hatte, als ich mit Donald ins Bett ging. Hatten sie ihrem Vater nach so vielen Monaten auch den Tod gewünscht? Kinder sollten derartige Gedanken eigentlich nicht haben, aber es wäre durchaus verständlich gewesen. Nichts konnte für ihn getan werden, sein Dasein konnte man nicht Leben nennen, und es warf einen Schatten auf ihrer aller Zukunft. Naomi und Tim hatten sich auch um mich besorgt gezeigt – bei Richard war ich mir da nicht so sicher – und immer wieder Vorschläge gemacht, was sie alles tun könnten. Beide hatten gesagt, sie würden so bald als möglich von der Schule abgehen und zu arbeiten anfangen. Sie würden nicht viel verdienen, aber es wäre wenigstens etwas. Ich hatte ihnen gesagt, das dürften sie nicht tun, und wir kämen schon irgendwie über die Runden, aber sie wußten, daß ich das nur so sagte, daß ich keine Antworten auf die Katastrophe hatte, die über uns alle hereingebrochen war. Und eines Samstags, als sie mit ihm allein in diesem Seitenflügel des Krankenhauses waren ...

Nein. Nicht das. Nicht einmal aus Liebe. Es wäre vielleicht ein gutes Werk an Harold gewesen und ein Rettungsanker für mich, aber zu entsetzlich für sie. Ich fand mich damit ab, daß meine Kinder Geheimnisse vor mir hatten, aber ich konnte nicht mit dem Gedanken leben, daß sie ein so furchtbares Geheimnis mit sich herumtrügen. Es sprengte alle Proportionen, so etwas passierte in schmalzigen Schauerromanen und nicht in normalen Familien, die in vorstädtischen Doppelhaushälften lebten. Aber wohlanständige Witwen, die in solchen Häusern lebten, nahmen sich auch nicht so schnell nach dem Tod ihres Mannes einen Liebhaber ... es gibt Gedanken, die zu denken wir nicht den Mut haben.

Die Affäre mit Donald dauerte fast zwei Jahre, in denen ich vieles lernte, nicht zuletzt daß Ehebruch, genauso wie die Ehe, von Untreue begleitet sein kann. Es war ein

Schock, als ich merkte, daß ich nicht die einzige Frau in seinem Leben war, nicht weil ich so heftig verliebt war in ihn, sondern weil es eine neue Perspektive eröffnete. Ich hatte Trost bei ihm gesucht – die körperliche Befriedigung spielte natürlich auch eine Rolle –, aber es war mir nie in den Sinn gekommen, daß ich neben ihm ja auch noch andere Männer haben könnte. Als klar wurde, daß er neben mir auch noch andere Frauen hatte, begann ich die Dinge ganz anders zu sehen. Alle Kinder waren aus dem Haus, und ich mußte, obschon ich eine Teilzeitbeschäftigung in der Bibliothek von Wilmsford hatte, um mein Gehirn vor dem Einrosten zu bewahren, eigentlich nicht arbeiten und war eine unabhängige Frau. Soeben begannen die Sechziger, die Zeit, in der die Freiheit genossen werden wollte. Mit meinen Zweiundvierzig hätten Miniröcke an mir lächerlich gewirkt, aber es gab viele andere modische Trends, auf die ich mich einstellen konnte, die sexuellen eingeschlossen. Manchester war damals eine aufregende Stadt mit ihren eigenen Rockbands und dem wunderbaren George Best, der für United spielte; es gab da draußen Geselligkeiten aller Art, und ich war bereit, mich hineinzustürzen. Fast zwanzig Jahre lang war ich die passive, gehorsame Ehefrau gewesen; jetzt war ich eine Ehebrecherin. Harold hatte mich eingekerkert; sein Tod war jetzt meine Befreiung.

Es galt natürlich, die Kinder nur ja nichts merken zu lassen, denn in ihren Augen war ich die ewige Witwe ihres Vaters, wohlanständig und gesittet. Naomi war auf der Universität und Tim auf dem Lehrerseminar, ich mußte mir also nur während der Ferien ihretwegen Gedanken machen, und Richard arbeitete noch nicht lange beim *Messenger*, da kündigte er schon an, daß er in eine eigene Wohnung ziehen wolle. Mir war klar, daß er Widerstand erwartete, und ich mußte sehr aufpassen, daß ich ihn nicht merken ließ, wie sehr seine Idee mir zupaß kam. Er zog nicht weit fort, nicht einmal zehn Autominuten weit, aber er besuchte mich nur selten. Ich fragte pflichtschuldig, ob er auch ordentlich esse und bot ihm an, seine Wäsche zu waschen, aber er sagte immer, er komme schon zurecht. Sein möbliertes Zimmer – es sah aus wie nach einer Bombenexplosion, als ich einmal unangemeldet bei ihm vorbeischaute – war offensichtlich ein Durchgangsort für einen nicht abreißenden Strom von Mädchen; es amüsierte mich, mir auszumalen, was wohl herauskäme, wenn wir je unsere Zahlen vergleichen sollten.

Aber wenn ich meine Kinder auch täuschte, so war ich doch um sie besorgt, denn mir war bewußt, wie schwer Harolds Krankheit und Tod sie getroffen haben mußten; er hatte ihr Leben stark beeinflußt, und sie mußten sich auf diesen Verlust einstellen. Es war interessant, wie sie reagierten. Als Naomi über die Weihnachtsferien nach Hause kam, erkannte ich sie kaum wieder: dick aufgetragenes, grelles Make-up und enger, schwarzer Rock; ihr Vater wäre an die Decke gegangen. Wenn sie sprach, war es, als ob eine völlig andere junge Frau ihre Stimme nachäffte. Mir tat es eigentlich leid, denn sie war sehr hübsch und hätte umwerfend aussehen können, wenn sie nicht so sehr die Hure vom Piccadilly imitiert hätte. Sie zog ein ziemlich verlegenes Gesicht, als ich die Haustür aufmachte.

»Hallo, Mama«, sagte sie. »Ich habe mich ein bißchen verändert.«

»Das sehe ich. Es ist ... na ja, jedenfalls anders.«

»Mir gefällt's. Du wirst dich schon daran gewöhnen.«

Und damit war ihr Aussehen für uns als Thema abgehakt. Während sie in ihrem Zimmer auspackte, brühte ich eine Kanne Tee und überlegte, wie wir uns beide nun verhalten würden. Ich konnte unmöglich etwas von der Affäre mit Donald erwähnen, und bei ihr wußte ich nicht, wie weit die Veränderung über ihr Äußeres hinausging und was sie davon zugeben würde – denn verändert mußte sie sich auf jeden Fall haben. Als sie herunterkam, fragte ich nach dem Studium, ihren Freunden, welchen Clubs sie beigetreten war, ob ihr das Studieren Spaß mache. Dann berichtete ich ihr wohldosiert über meine Aktivitäten – den Job in der Bibliothek, die Operatic Society, die Handwerkerarbeiten im Bad; als sie fragte, wie es den Barracloughs so ginge, erzählte ich, wieviel Spaß es mir gemacht habe, Cicely beim Secondhand-Buchverkauf für die Restaurierung von St. Lukas zu helfen. Wir hatten bestimmt schon über eine Stunde geplaudert, bevor Harold erwähnt wurde, der noch keine sechs Monate tot war.

»Ich habe neulich einen sehr netten Brief von dem Mann bekommen, mit dem Dad immer Fernschach gespielt hat«, sagte ich. »Er wollte mir sagen, daß er gerade jetzt vor Weihnachten sehr an mich denkt. Ist das nicht rührend von ihm?«

»Noch Tee?« Naomi stand auf und ging in die Küche, ohne meine Antwort abzuwarten. Sie sprach erst wieder, als sie außer Sichtweite war.

»Ja. Wirklich nett. Wie hieß er noch gleich?«

»Eric Summerville.« Ich merkte, wie ich in meine leere Teetasse starrte. »Er wohnt in Hampshire.«

»Ach ja. Ich erinnere mich ... Wo hast du denn jetzt die Teedose?«

»Wo sie immer war. Links oben im Schrank. Zwei gestrichene Teelöffel, und den Kessel halbvoll. Das reicht.«

Ich hörte, wie sie die Gasflamme entzündete, den Kessel füllte und dabei einen Schlager summte, und wußte, daß sie nicht über ihren Vater reden wollte – und vielleicht wollte ich es ja auch nicht. Meine Gründe kannte ich, über die ihren war ich mir im unklaren. Während der restlichen Ferien erwähnten wir ihn kaum.

Tim war das genaue Gegenteil, der Student, wie man ihn noch aus den Fünfzigern kannte, mit grauem Dufflecoat und gestreiftem College-Schal, als hätte der ehemalige Oberschüler nur die Uniform gewechselt. Und er redete unentwegt über Harold, in seinen wöchentlichen Briefen ebenso wie am Telefon und besonders, wenn er zu Hause war. Er kommentierte die kleinsten Veränderungen im Haus, selbst solche, die unumgänglich waren wie zum Beispiel, daß Harolds Überschuhe vom Schuhrost des Garderobenständers verschwunden waren; es war, als hätte er das Haus am liebsten in ein Museum verwandelt gesehen – nein, mehr als das, ein Mausoleum für seinen Vater, mit mir als treuer Kuratorin. Er zog mißbilligend die Brauen hoch, wenn ich etwas Neues anhatte, und bestand darauf, daß sein früheres Zimmer genauso bleiben sollte, wie es gewesen war; das 1954er Poster von Len Hutton, dem ehemaligen Kapitän der englischen Cricketmannschaft, blieb an der Wand, bis er heiratete und es mitnahm; soweit ich weiß, hat er es immer noch.

Daß er ständig auf seinen Vater zurückkam, wurde schon langsam lästig und machte mich sogar richtig wütend, aber ich sagte nichts. Offensichtlich mußte er sich daran festklammern, und es hätte ihn verstört zu erfahren, daß mir das Thema so gut wie nichts bedeutete. Ich hielt das für eine Phase, die vorbeigehen würde, aber das tat sie nie wirklich. Als er zum erstenmal Claire mitbrachte, führte er sie im Garten herum und erklärte ihr, wie Harold ihn angelegt hatte, anschließend bestand er darauf, daß ich alte Fotos herauskramte, damit er ihr zeigen konnte, wie sein Vater ausgesehen hatte. Sie machte die richtigen kleinen Einwürfe und stellte Fragen nach ihm, weil Tim das offenbar erwartete. Ich versuchte immer wieder, das Gespräch auf sie selbst zu lenken, aber sie schien genauso langweilig zu sein, wie sie aussah.

»Claire mag dich richtig gern, Mama«, sagte Tim, als er in der darauffolgenden Woche mit mir telefonierte. Er schien ganz entzückt zu sein.

»Ich mag sie auch.« Ich schnitt mir selbst eine Fratze im Garderobenspiegel. »Sie scheint ein sehr nettes Mädchen zu sein.«

»Ihre Eltern möchten dich gern kennenlernen«, fuhr er fort. »Sie wohnen nicht weit, in Harper Close. Ich habe ihnen deine Telefonnummer gegeben, und sie werden sich bei dir melden.« Mein Status als angehende Schwiegermutter wurde auf genau die gleiche Weise arrangiert, wie ich Ehefrau geworden war, die Geschichte wiederholte sich als Farce.

Bleibt nur noch Richard. Ebenso wie Naomi redet auch er kaum von Harold, allerdings habe ich ihn auch kaum mehr gesehen, seit er ausgezogen ist. Offen gestanden liegt mir nicht sehr viel an ihm; ich kann mich nicht damit anfreunden, daß mir etwas an ihm liegen sollte, nur weil er mein Sohn ist. Ehrlich gesagt, ich glaube fast, es geht ihm mit mir genauso. Er behandelt mich von oben herab. Das tut Tim auch, aber der tut es immer auf eine erdrückende Weise, als wäre ich mit Harolds Tod ein alterndes Relikt geworden, das man sorgsam pflegen mußte, und wenn ich die Wahl hätte, würde ich Richards lässige Arroganz der übertriebenen Fürsorglichkeit seines Bruders vorziehen. Alles in allem versteht mich keines meiner Kinder, und ich bin nicht sicher, ob ich sie verstehe. Sie sind nicht mehr so, wie sie einmal waren.

Einmal im Jahr, zu Weihnachten, kommen wir alle zusammen; es ist schon fast zur Tradition geworden, daß wir dann nach Hertfordshire fahren. Naomi und Charles haben so ein wunderschönes Haus und sind reizende Gastgeber. Meine Tochter ist, nachdem sie aus ihrer studentischen Rebellenphase herausgewachsen war, die soziale Leiter emporgeschossen und hat sich zur regelrechten Wohlstandslady entwickelt (nicht nett von dir, Florence, du weißt selbst, wie gern du dich im Luxus verwöhnen läßt). Es war herrlich, solange die Enkel noch klein waren; Weihnachten lebt von der Verzauberung der Kleinen. Aber als sie größer wurden, kamen ihre Persönlichkeiten zum Vorschein und prallten aufeinander. Sie sind jetzt vier junge Erwachsene – ich finde es ganz unglaublich, daß eines von ihnen mich eines Tages zur Urgroßmutter machen wird – und ein sehr gemischter Haufen. Roberta ist natürlich mein Liebling, das Mädchen, das ich selbst gern gewesen wäre. Ihr Bruder David versteht es hervorragend, seinen Charme spielen zu lassen, wenn es ihm paßt, was mich etwas seltsam anmutet, denn er sieht Harold verblüffend ähnlich, und Charme gehörte nicht zu dessen Merkmalen. Ich mag David nicht, weil ich mir nicht sicher bin, ob ich ihm trauen könnte. Kathy und Emma, Richards Töchter, sind wie Tag und Nacht. Kathy hat die Kälte ihres Vaters, kombiniert mit stählerner Intelligenz – nein, Intellekt, das ist etwas anderes – und ist ehrgeiziger, als es irgend jemandem guttun könnte; Emma ist wie ein Kind, das die Tapeten beschmiert, nicht um Aufmerksamkeit auf sich zu ziehen, sondern um einen zu ärgern, sinnloser, angeberischer Trotz. Ich bewundere an Richard, daß er seine Bemühungen um sie nie aufgegeben hat – ich hätte nicht soviel Geduld gehabt – und es geschafft hat, sie in der Familie zu halten, obwohl sie allen ein ständiges Ärgernis ist.

Und mitten dazwischen ist mir die Rolle der alten Mutter zugedacht, und ich spiele sie pflichtschuldigst, wobei ich so manches für mich behalte. Die einzige Gelegenheit, zu der ich alle meine Hüte tragen muß, ist Weihnachten, das eine Mal im Jahr, bei dem wir alle zusammenkommen, auch wenn Tim dafür dreihundert Kilometer weit fahren muß. Claire würde lieber zu Hause bleiben, das weiß ich. Der einzige, den ich noch nicht erwähnt habe, ist Charles, Naomis Mann. Früher hatte ich ein bißchen Angst vor ihm – Marlborough und Cambridge, Familie direkt aus *Country Life* –, aber er ist sehr umgänglich und hat die

Gabe, sich jeder Gesellschaft anzupassen, in die er hineingerät. Einmal kam er am Heiligabend direkt von einer hochkarätigen Konferenz in Downing Street 11, aber schon wenige Minuten später plauderte er mit Tim über die Probleme von Grundschullehrern. Eine gute Kinderstube läßt sich eben nicht verleugnen, hätte meine Mutter gesagt. Mir gegenüber ist er sehr liebenswürdig, aber manchmal habe ich den Eindruck, daß er mehr von meinem wahren Ich ahnt als meine eigenen Kinder. Er ist genau der Schwiegersohn, den Harold sich gewünscht hätte.

Meine Güte, warum komme ich nur immer wieder auf Harold? Himmel noch mal, er ist 1959 gestorben. Wenn ich zurückblicke, muß ich mir erst in Erinnerung rufen, daß ich wirklich einmal diese fügsame Ehefrau und pflichtbewußte Mutter war. Ich habe ihn geliebt – nun ja, das hat sich vielleicht abgenutzt, aber ich habe ihn immer geehrt und ihm gehorcht –, und ich bereue nichts von allem, was wir miteinander erlebt haben. Lebte er noch, mein Leben wäre anders verlaufen, aber er lebt nicht mehr. Warum also ist er so oft in meinen Gedanken? Das ist er immer dann, wenn ich mit den Kindern zusammen bin oder an sie denke, und es heißt . . . ich weiß nicht, was es heißt. Es wird nicht mehr lange dauern, dann bin ich Urgroßmutter von Kindern, die im einundzwanzigsten Jahrhundert aufwachsen werden; ich werde zu alt sein, zu müde und ehrlich gesagt zu desinteressiert, um mir über meine eigenen Kinder Gedanken zu machen. Ich werde nicht um mich schlagen und schreien, wenn sie mich in ein Heim stecken wollen; sie können ihr Leben weiterleben und mich meinen Erinnerungen überlassen. Vielleicht werde ich dann nur noch an Harold denken, wenn sie mich besuchen kommen.

Siehst du, das Problem ist, daß ich nicht gern an Harold denke, weil er schon so lange nicht mehr zu meinem Leben gehört. Und besonders ungern denke ich an seinen Tod. Selbst nach all den Jahren, all den Liebhabern, den Enkeln und allem, was ich genossen habe, kommen mir manchmal Gedanken, die mich beunruhigen. Und bei den allerschlimmsten Gedanken muß ich mir immer und immer wieder sagen, daß sie einfach nicht wahr sein können.

Drittes Buch

Prolog

Die Tragödie in der Familie Barlow war am 27. Dezember Hauptmeldung der Mittagsnachrichten im BBC-Fernsehen, und die Stimme des Nachrichtensprechers klang betont ernst.

»Die Polizei vernimmt noch immer die Mitglieder einer Familie in einem Haus in Hertfordshire, in dem heute morgen zwei Leichen gefunden wurden.« Auf dem Bildschirm erschien ein Ausschnitt der Devon Lane mit Kameraschwenk vom Haus über den Garten. »Sie wurde um 8 Uhr 30 zum Haus des Investmentbankers Charles Stansfield und seiner Frau Naomi in Brookmans Park gerufen und fand die Leichen in einem Zimmer im Erdgeschoß. Beide hatten tödliche Schußverletzungen. Mr. und Mrs. Stansfield hatten über die Weihnachtsfeiertage mehrere Familienmitglieder zu Gast« – Gesichter erschienen, und Namen wurden dazu genannt –, »darunter Mrs. Stansfields Bruder, Dick Barlow, Redakteur bei der *Post*, und Tochter Roberta Stansfield, die für Radio BBC arbeitet. Unter den übrigen Gästen waren Mrs. Stansfields Mutter, Mrs. Florence Barlow« – zehn Jahre altes Standfoto von Florence, kostümiert für eine Aufführung von *My Fair Lady* –, »sowie ihr zweiter Sohn, Timothy Barlow, mit seiner Frau Claire« – Hochzeitsfoto von 1963.

Der Nachrichtensprecher kam wieder ins Bild. »Ein Polizeisprecher teilte mit, daß sich noch weitere Mitglieder der Familie über Weihnachten im Hause aufhielten. Die Leichen der Opfer wurden ins Barnet General Hospital gebracht. Die Polizei, die im Zusammenhang mit den Todesfällen keine Personenfahndung eingeleitet hat, will die Namen der Opfer im Lauf des Tages bekanntgeben. Die Tragödie war ein Schock für die Nachbarn in diesem vornehmen Viertel des Börsenmaklergürtels von Hertfordshire ...« Der Sprecher wurde ausgeblendet, und auf dem Bildschirm erschien Reverend Piers Lumley, der Pfarrer der Gemeinde, sein Name am unteren Rand eingeblendet. »Wir sind alle fassungslos. Es ist furchtbar und völlig unerklärlich. Es ist eine so glückliche, so innig miteinander verbundene Familie, die jedes Weihnachtsfest gemeinsam feiert. Charles und Naomi waren an Heiligabend noch mit Naomis Mutter im Gottesdienst, und es gab nicht das kleinste Anzeichen einer Disharmonie. Ich weiß dafür absolut keine Erklärung ...« Die Kamera blieb noch einen Moment auf ihn gerichtet, während er wie in tiefem Schmerz den Kopf senkte, dann kam der Sprecher wieder ins Bild, und seine Stimme klang jetzt um eine Nuance anders. »Die jüngste Waffenruhe in Bosnien-Herzegowina wurde heute morgen gebrochen, als Artilleriegranaten in ...«

Die Wanduhr im Konferenzraum des Polizeihauptquartiers von Hertfordshire war stehengeblieben; sie schien das einzige zu sein, was nicht in Bewegung war. Mehrere Reporter sprachen über Mobiltelefone mit ihren Redaktionen, gaben Informationsschnipsel weiter und erhielten Anweisungen; Fernsehteams überprüften die vor dem Tisch am einen Ende des Raumes aufgebauten Kameras, jederzeit bereit, die laufenden Sendungen mit ihrem Live-Bericht zu unterbrechen; Fotografen drängten sich um den Pressesprecher und versuchten ihm klarzumachen, daß sie so bald wie möglich in das Haus müßten. Alle wollten nur zwei Namen wissen, die der Opfer, um die sich dann alles drehen würde.

Die Press Association gab weitere Hintergrundinformationen heraus.

HSA 581500 PAHOME PA 14.22
POLIZEI · Todesfälle · INFO
ACHTUNG NACHRICHTEN- UND BILDREDAKTIONEN
Erste Bilder von der Polizeipressekonferenz über die beiden Todesfälle in Hertfordshire voraussichtlich gegen 15.05 abrufbar.

Fotos von Chief Superintendent Michael Dundee wahrscheinlich gegen 15.30.

HSA 581507 PAHOME PA 14.30
POLIZEI · Todesfälle (Fortsetzung)
Trevor Webb, 33, Sprecher der WG in der Bucklers Road, Hackney, London E8, in der Emma Barlow wohnt, sagt: »Wir sind sicher, daß sie wohlauf ist. Emma weiß immer auf sich aufzupassen.«

Er bestritt, daß Mitglieder der WG Drogen konsumieren, obwohl die Polizei das Haus offenbar schon mehrmals durchsucht hat.

HSA 581519 PAHOME PA 14.36
POLIZEI · Todesfälle (Fortsetzung)
Dr. Mark Peters, zu dessen Privatpatienten Charles und Naomi Stansfield gehören, sprach vor ihrem Haus in der Devon Lane kurz mit Reportern.

»Das ist furchtbar da drinnen, ein Alptraum«, sagte er. »Alle stehen unter Schock. Ich habe der Polizei gesagt, daß zwei von ihnen schnellstmöglich zur Behandlung ins Krankenhaus müssen, auch wenn sie keine körperlichen Verletzungen haben.«

Dr. Peters bestätigte, daß es sich bei den beiden Opfern um Familienmitglieder handelt, wollte aber ihre Namen vor der offiziellen Bekanntgabe durch die Polizei nicht nennen. Er sagte, das Zimmer, in dem die Leichen gefunden wurden, sei ›mit Blut bespritzt‹, es sehe dort aus wie ›in einem Schlachthaus‹. Wie er weiter sagte, sucht die Polizei nicht nach Schuldigen außerhalb des Hauses.

»Wie in einem Schlachthaus ...« gute Schlagzeile, besonders wenn wir noch ein Foto von dem Zimmer kriegen können ... die Gesichter der Opfer hineinmontiert ... der Graphiker soll schon mal einen Entwurf machen. Schon was von einer Festnahme? Die könnten wir jetzt verdammt schlecht gebrauchen; dann müßten wir uns womöglich einen Maulkorb umhängen. Wie wär's mit einem Familienstammbaum? Um zu zeigen, wie sie alle miteinander verwandt sind. Die Großmutter ist schon seit Jahren verwitwet, oder? Vergessen wir also den Ehemann. Fangen wir bei ihr an und gehen dann nach unten. Mit

Kopfbildern. Die beiden Opfer irgendwie hervorgehoben. Mit einem schwarzen Rand vielleicht? Irgendwas in dieser Art. Setz gleich mal jemanden darauf an. Wie spät ist es? Gut, in zehn Minuten wissen wir mehr.

HSA 581537 PAHOME PA 14.43

POLIZEI · Todesfälle (Fortsetzung)

Sanitäter trugen heute nachmittag um halb drei eine noch nicht identifizierte Frau auf einer Bahre aus dem Haus in der Devon Lane. Sie wurde von einer anderen Frau auf der kurzen Fahrt zum Barnet General Hospital begleitet, wohin man zuvor auch die Mordopfer gebracht hat.

Ein Sprecher des Krankenhauses wollte die Namen der Frauen nicht bekanntgeben, sagte aber, sie würden auf Schock behandelt und müßten über Nacht dableiben.

MEMO FÜR BILDREDAKTIONEN: Farbfoto im Querformat von Frau, die in den Krankenwagen getragen wird, ist über PA Pictures um 15.00 Uhr abrufbar.

ERSTES KAPITEL

Bis auf Kate, Richards ältere Tochter, die über die Feiertage zu ihrer Mutter nach Somerset gefahren war, hatte sich die ganze Familie zu diesem Weihnachtsfest versammelt. Ihre Schwester Emma hatte die Einladung zuerst abgelehnt und ihrem Vater düster erklärt, sie würde sich zu Tode langweilen, aber in letzter Minute hatte sie dann doch entschieden, daß sie nichts Besseres vorhatte und immerhin kostenlose Verpflegung in Aussicht stand. Als Richard sie in ihrer WG abholte, blieb er im Wagen sitzen und ließ Stephanie hineingehen.

Sie kamen am Nachmittag des Heiligabends, einer nach dem anderen, die Autos voller Geschenke zum Zeichen eines guten Willens, der in manchen Fällen eher pflichtgemäß als aufrichtig war. Im Lauf der Jahre hatten sie gelernt, sich mit ihrer Verschiedenheit zu arrangieren, Ressentiments und Eifersüchte zu dämpfen und Eigenschaften hinzunehmen, die sie sonst nur bei Mitgliedern ihrer jeweils eigenen Familie tolerieren würden. Es galt, Neuigkeiten auszutauschen, Fragen zu stellen und sich wieder aneinander zu gewöhnen. Die Geschenke wurden unter dem Baum gestapelt, und nach und nach wurde jeder doch Teil des Familientreffens; Richard und Roberta stritten über Journalismus; Tim und David spielten im

Keller Snooker; Claire und Stephanie halfen bei den Vorbereitungen fürs Mittagessen am nächsten Tag, und Emma fand sich widerstrebend bereit, sich ihnen anzuschließen. Am Abend ging Florence mit Charles und Naomi zum Gottesdienst in die Kirche. Hie und da gab es kleine Kollisionen unterschiedlicher Mentalitäten, aber nichts, was Verletzungen oder auch nur eine Spur von Groll hinterließ.

Der Weihnachtsmorgen lief nach einem Muster ab, das sich in den vorangegangenen Jahren unbewußt eingespielt hatte. Es gab ein leichtes Frühstück – Naomi verteilte diverse Flocken und Körner auf dem Tisch, und jeder bediente sich selbst –, dann versammelten sie sich im Wohnzimmer, während in der Küche das Essen brutzelte. Charles legte eine CD mit Weihnachtsliedern ein, gesungen vom Chor des King's College, und servierte Sherry, obwohl Richard sich einen Whisky erbat. Sie plauderten über dies und jenes und warteten auf das, was inzwischen Tradition geworden war. Als die Kinder noch klein waren, hatten sie die Geschenke herumgereicht, und erst wenn alle verteilt waren, wurden sie geöffnet. Obwohl der kindliche Spaß an diesem Ritual verlorengegangen war, erhielten Roberta und David es aufrecht. Florence witzelte wie üblich, daß sie sich schon darauf freue, wenn demnächst eine neue Generation das übernehme.

»Das erste ist für ...« Roberta drehte das Päckchen um, damit sie den Anhänger lesen konnte »... für Tim. Da hast du es. Dies hier ist für Großmama, und dieses ... oh, das ist für Kate. Kannst du es mitnehmen, Richard? Danke. Fang ... für wen ist das da?«

»Für dich«, antwortete ihr Bruder.

»Dann ist dies hier mein Stapel. Na komm, mach schon, sonst brauchen wir den ganzen Tag dafür.«

»Onkel Richard, noch mal Kate, und ... Emma.« David gab die Päckchen weiter.

»Mama, David ... das kann ich nicht werfen, es wiegt mindestens eine Tonne ... Claire ... Daddy ... das ist bestimmt eine Flasche für ... wo ist der Anhänger? ... Noch mal Mama ... tolles Papier ... zwei weitere für Daddy ... Vorsichtig mit dem hier. Zerbrechlich ... Tim ... Emma ... was heißt denn das? Die Handschrift ist grauslich ... ah, für Großmama ... gibst du mir bitte mal das da rüber? ... Richard ... nein, das ist eins vom Baum, das kommt erst später dran. Ist wahrscheinlich runtergefallen ... da hast du's, Stephanie ... Roberta, hoffentlich gefällt dir die Farbe ... was ist denn das um Himmels willen für eine komische Form? ... es ist für Mama, von Claire und Tim ... das in der Fortnum & Mason-Tüte ist auch für sie ... Noch mehr? ... Himmel, das ist ja maßlos ... danke dir, Bruderherz ... Emma von Großmama ... das ist meins, meins, meins ... der Anhänger ist abgegangen. Erkennt es jemand? ... David. Iß nicht alle auf einmal ... ah, ich weiß, was da drin ist ... Richard. Das muß ein Buch sein ... da ist noch eins für Claire, hinter dem Kübel ... ist es das? Genau, her damit.«

Aufgerissenes buntes Papier und Seidenbänder in allen Regenbogenfarben häuften sich auf dem Teppich, während freudige Kommentare ausgetauscht, Dankesküßchen verteilt und um Bewunderung nachgesucht wurde. Da sie alle mit eigenen Entdeckungen beschäftigt waren, nahm niemand Notiz von Charles, der das Turnbull-und-Asser-Hemd von seiner Tochter beiseitelegte und das lange Paket aufnahm, das offensichtlich ein Kasten war. Er riß das Papier auf, hob den Deckel ab und nahm ein Gewehr heraus.

»Gütiger Himmel, so eine Überraschung.« Er lächelte Naomi zu.

»Hast du denn gewußt, daß du es bekommst?« fragte Roberta.

»Ich mußte ja mitgehen, als Mama es gekauft hat«, antwortete er. »Ich bin Inhaber des Waffenscheins. Sie durfte es aber als Geschenk verpacken, und ich habe versprochen, es erst heute aufzumachen. Ich danke dir, Liebling.«

Er nahm das Gewehr an die Schulter und zielte auf den silbernen Stern an der Spitze des Weihnachtsbaums.

»Den solltest du lieber nicht abschießen«, scherzte Roberta. »Das bringt bestimmt Unglück oder so was.«

»Quatsch. Wenn ein Stern fällt, kann man sich doch etwas wünschen«, warf David ein.

»Aber nicht, wenn man ihn selbst abschießt.« Roberta zog einen Pulli aus dem Päckchen, das sie in der Hand hielt. »Sieh dir das an! Richard, sag Kate, sie ist ein Schatz. Der ist ja wirklich – «

»Das ist ja ein Gewehr!«

Alle erstarrten bei Claires empörter Stimme. Die Finger um ein gerade ausgepacktes Geschenk geklammert, sah sie Charles anklagend an.

»Eine Schrotflinte«, korrigierte Naomi. »Charles redet schon so lange davon, daß er sich eine neue anschaffen will; da habe ich gesagt, ich schenke sie ihm.«

»Zu Weihnachten? Da soll doch Friede auf Erden herrschen, nicht Mord und Totschlag.«

»Man schießt damit ja nicht auf Menschen«, blaffte Naomi sie an. »Sei nicht albern. Charles benutzt sie für die Fasanenjagd. Himmel, du hast schon oft genug Fasan bei uns gegessen und nie etwas dagegen gehabt.«

»Darum geht es nicht. Ist dir klar, daß mit Gewehren unschuldige Kinder umgebracht werden, während wir hier sitzen?«

»Himmel hilf«, murmelte Roberta vor sich hin. »Sie ist übergeschnappt.«

»Claire!« Florence blitzte ihre Schwiegertochter wütend an. »Was ist nur in dich gefahren? Naomi kann Charles zu Weihnachten schenken, was sie will. Das geht niemanden sonst etwas an. Und jetzt hör auf damit. Du verdirbst allen die Freude.«

»Ich mag keine Gewehre«, wiederholte Claire eigensinnig. »Und ich finde es einfach –«

»Niemand will wissen, wie du es findest!« unterbrach sie Florence.

Schweigen breitete sich aus, bevor Claire antwortete. »Nein, das will niemand wissen. Ich weiß schon.« Sie schniefte leise. »Also gut. Ich entschuldige mich. Es tut mir leid, Charles. Ich bin sicher, daß es eine wunderbare Schrotflinte ist.« Sie warf einen Blick zu Tim, der wegsah.

»Schon gut, Claire«, sagte Charles zu ihr. »Es tut mir leid, daß sie dich so irritiert.«

»Dicke Luft«, flüsterte David seiner Schwester zu, die neben ihm auf dem Fußboden saß.

»Hilf mir beim Lüften«, flüsterte sie zurück, sprang auf

die Füße und umarmte Florence. »Großmama! Die sind ja wonnig! Wo hast du sie gefunden?«

Florence lächelte ihr anerkennend zu. »Sie sind nichts Besonderes. Aber die Verkäuferin hat gesagt, das sei der letzte Schrei.«

»Sie sind absolut perfekt.« Roberta beugte sich vor und flüsterte, während sie ihr einen Kuß gab: »Und ich glätte die Wogen.«

»Ich weiß. Gut gemacht.«

Das Auspacken ging weiter, aber ein paar Minuten später stand Claire auf und verließ wortlos das Zimmer. Keiner sagte etwas darüber, bis Charles wieder mit der Sherryflasche herumging.

»Möchtest du Claire einen bringen?« fragte er Tim leise.

Der schüttelte den Kopf. »Sie kommt gleich wieder.«

»Ich glaube, du solltest mal nach ihr sehen.«

Tim ging zögernd; er hatte mit Familienstreitigkeiten noch nie umgehen können. Claire war in ihrem Schlafzimmer und starrte aus dem Fenster über die mit Rauhreif bedeckten Felder auf der anderen Seite der Devon Lane.

»Alles in Ordnung? Kommst du wieder runter?«

»Ich werde wohl müssen.« Sie sah weiter aus dem Fenster. »Schließlich darf ich ja Naomis Weihnachten nicht verderben, oder?«

»Es ist unser aller Weihnachten.«

»Nein, das stimmt nicht. Es ist ihr Fest. Wir sind das privilegierte Landvolk, das ins Herrenhaus geladen ist. Immer schön bescheiden bleiben und die Gutsherrin nicht kränken.«

»Das ist doch lächerlich.«

»So, ist es das?« Sie zuckte gleichmütig die Achseln. »Na ja, wenn du es nicht selber siehst, brauche ich mich gar nicht erst anzustrengen, um es dir zu erklären. Also gut. Ich werde mir auf die Zunge beißen, um keinen in Verlegenheit zu bringen, und dabei die Stunden zählen, bis wir aus diesem verdammten Haus abfahren.«

»Du kommst also runter?«

»Wenn ich soweit bin. Keine Sorge, ich sage nichts mehr, was die Leute nicht hören mögen. Ich bin in ein paar Minuten unten.«

»Wir essen bald.«

»Ich werde mich bemühen, daran zu denken, welches Messer man nimmt, und nicht ›Schöpflöffel‹ sagen.« Sie drehte sich zu ihm um. »Gut so?«

»Kein Grund, deswegen gleich einen Streit anzufangen.«

»Nein. Aber das Ganze ist ja nicht meine Schuld.« Sie scheuchte ihn mit ihrem Blick aus dem Zimmer, dann seufzte sie tief, bevor sie ihre Handtasche aufmachte, um ihr Make-up zu reparieren.

Als Tim die unterste Treppenstufe erreicht hatte, kam Charles gerade aus seinem Arbeitszimmer.

»Ich habe die Schrotflinte weggepackt«, sagte er. »Wo ist Claire?«

»Sie kommt gleich. Es tut mir leid, daß –«

»Es braucht dir nicht leid zu tun«, unterbrach ihn Charles. »Das Ding hat sie nervös gemacht, aber es ist ja vorbei. Alle haben es vergessen.«

Keiner hatte es vergessen, aber sie taten zumindest so,

während sie warteten, daß Naomi und Florence zum Essen riefen. Richard blätterte in der Biographie von Rupert Murdoch, die ihm seine ältere Tochter geschenkt hatte, und merkte nicht, wie Stephanie sich neben David stellte, der durch das Fujinon-Fernglas, das er von seinem Vater bekommen hatte, aus dem Fenster schaute. Als sie und David sich beim letzten Weihnachtsfest zum ersten Mal begegnet waren, hatten sie gelegentlich vielsagende Blicke und leise vertrauliche Bemerkungen ausgetauscht. Weiter war nichts passiert, aber Stephanie war doch enttäuscht gewesen, daß David keine Gelegenheit gefunden hatte, wieder Kontakt zu ihr aufzunehmen – vielleicht auch nicht wollte. Sie fand Richard, sosehr er sich gegen das Altern wehrte, allmählich langweilig. Das anfänglich Prickelnde dieser Affäre mit dem bekannten *Post*-Redakteur war dem Gefühl gewichen, daß die Kluft zwischen ihnen immer größer wurde; er hatte nichts übrig für Guns N'Roses, und sie fand Status Quo ziemlich tot. Eine Beziehung, die wenig außerhalb des Schlafzimmers bot, begann zu welken.

»Du studierst doch in Leeds, nicht?« fragte sie. »Das ist meine Heimatstadt. Ich fahre im nächsten Monat sogar wieder mal hin.«

»Welche Gegend?«

»Headingley.«

Er ließ das Fernglas sinken. »Ich habe eine Wohnung in der Hobbs Road. Weiß du, wo das ist?«

»Ja ... Darf ich mal da durchgucken?«

»Klar. Man kann die Zeit von der Kirchturmuhr ablesen.«

»Wo?« Sie nahm das Fernglas und hielt es sich vor die Augen. »Ich sehe nicht mal die Kirche.«

»Da.« Er griff nach ihrer linken Hand und schob sie leicht nach einer Seite. »Hast du sie?«

»Nein. Ich bin hoffnungslos mit solchen Dingen.«

Er stand dicht hinter ihr, hatte die Hände jetzt an ihrem Kopf und bewegte ihn sanft. »Achte auf den viereckigen Turm . . . siehst du ihn?«

»Ich glaube ja, aber es ist alles so unscharf.«

»Moment mal.« Seine Hände griffen nach dem Glas. »Man muß es auf deine Augen einstellen.« Während seine Finger das geriffelte Rädchen justierten, berührten sich ihre Körper, und Stephanie drückte sich bewußt gegen ihn, nur ganz leicht, aber deutlich.

»Dein Haar riecht gut«, murmelte er.

»Danke.«

»Siehst du sie jetzt?«

»Ja.«

»Wie spät ist es denn?«

»Noch lange nicht Zeit zum Schlafengehen.«

Sie trennten sich, als Florence ins Zimmer trat, um anzukündigen, daß sie jetzt gleich essen könnten. Während David die Hände herunternahm, ließ er sie leicht über die Vorderseite von Stephanies Pullover gleiten; beide wußten, was begonnen hatte.

Die Betretenheit, die Claires Wiedererscheinen allgemein auslöste, wurde durch die kleinen Zeremonien beim Essen überspielt. Sie zogen an Knallbonbons von Harrods, um kleine Holzschnitzereien zu gewinnen, frotzelten Emma so lange, bis sie ihren Papierhut aufsetzte, und begannen zu essen; Birnen in Estragonsoße als Vorspeise, anschließend Schinken im Brotteig auf italienische Art und Truthahn mit glasierten Zwiebeln, Karotten *paysanne* und Kroketten und Röstkartoffeln. Zum Nachtisch konnte man wählen zwischen Christmas Pudding in seiner blauen Brandy-Flamme oder Orangensoufflé. Florence beschwerte sich, sie habe so viel gegessen, daß sie nicht mehr vom Tisch aufstehen könne.

Nach dem Lunch fuhren Charles und Naomi mit Roberta und David zum Pflegeheim, um Charles' Vater zu besuchen, Florence döste in einem Sessel, und Tim schlug einen Verdauungsspaziergang vor. Claire hatte keine Lust, aber Richard, Stephanie und Emma wollten mitgehen, und so machten sie sich auf den Weg über die froststarren Felder, die still und kahl unter einem bedrükkenden Himmel mit bedrohlich tief hängenden Schneewolken lagen. Sie waren ein freudloses Quartett: Richard mit ersten Symptomen einer whiskybedingten Aggressivität, Tim bedrückt wegen Claires Verhalten, Emma und Stephanie durch nichts als ihr Geschlecht und ein Gefühl der Langeweile miteinander verbunden.

»Claire hat sich ja ganz schön danebenbenommen«, meinte Richard unverblümt zu seinem Bruder, als sie das erste Törchen hinter der Devon Lane erreichten.

»Inwiefern?«

»Na, wie sie über das Geschenk für Charles hergezogen ist natürlich. Niemand verlangt von ihr, auf die Jagd zu gehen. Sie wird doch wohl nicht zu so einer blöden Vegetarierin, oder?«

»Sie mag nun mal keine Feuerwaffen.« Obwohl er bedauerte, was seine Frau gesagt hatte, und trotz aller Schwierigkeiten in seiner Ehe hatte Tim immer noch das Gefühl, Claire verteidigen zu müssen, besonders gegen seinen Bruder.

»Ich mag sie nicht, aber ich behalte es für mich. Dumme Kuh.«

Zorn flackerte über Tims Gesicht, dann drehte er sich um, öffnete das Törchen und ging voraus, die Schultern hochgezogen, die Hände tief in den Taschen seiner Steppjacke. Die anderen kamen schweigend nach, bis sie Tim eingeholt hatten, der wütend Steine vor sich herkickte.

»Welchen Weg wollt ihr nehmen?« fragte er. »Ich nehme den rechten. Es ist zwar der längere, aber ein schöner Spaziergang.«

»Dann gehe ich links«, meinte Richard. »Es ist zu beschissen kalt, um hier draußen rumzustiefeln. Kommt, ihr zwei.«

»Ich will noch nicht zurück«, sagte Stephanie. »Ich gehe mit Tim.«

Richard wirkte einen Moment überrascht, dann zuckte er die Achseln. »Wie du willst. Mir ist es scheißegal, was andere machen. Emma?«

Es war von Anfang an schon kein gemeinsamer Spaziergang gewesen, und nun gingen sie endgültig getrennte Wege. Stephanie und Tim sprachen kaum ein Wort; der Bruder ihres Liebhabers interessierte sie nicht, und ihn hatten ihr Selbstbewußtsein und ihre Sinnlichkeit schon immer irritiert. Manchmal sah er sie im Geiste als eine der Schönen in den Zeitschriften, die er sich immer kaufte, eingeölte, aufreizende Nacktheit, die ein Gemisch aus

Schuldgefühlen und etwas nie Gekanntem, aber Begehrenswertem erzeugte.

Emma, die neben ihrem Vater herging, hatte das Gefühl, wenigstens ein bißchen Interesse an ihm zeigen zu müssen. »Hast du diesem Neuen bei euch in der Redaktion schon heimgeleuchtet? Ich meine den von der *Sun*, der so eine Pest ist, wie du sagst?« Sie sah ihn leicht besorgt an, weil er nicht antwortete. »Was ist denn los?«

»Ich habe ihm nicht heimgeleuchtet. Er weiß noch gut, wie ich ihm vor Jahren mal eine Story vermasselt habe.«

»Na und?« meinte sie wegwerfend. »Du hast schon ganz andere abserviert.«

»Ich weiß, aber er versprüht überall sein Gift.« Er sah sie an. »Der will meinen Kopf.«

»Den kriegt er doch nicht.« Ihre Worte waren teils Ermutigung, teils verbissene Überzeugung, daß so etwas nie passieren könnte, denn bei aller Ablehnung brauchte Emma Barlow die Gewißheit um die Stärke ihres Vaters. »Du hast mir immer gesagt, das ganze Geheimnis sei, immer noch knallhärter zu sein als alle anderen.«

»Schon.« Er schlug seinen Mantelkragen hoch. »Aber sie lauern immer darauf, daß du mal ausrutschst.«

»Ausrutschen? Du? Quatsch!« Emma tat jetzt etwas, was sie seit Jahren nicht mehr getan hatte: Sie hängte sich bei ihrem Vater ein. Seine gedrückte Stimmung beunruhigte sie, denn sie hatte sich nie vorgestellt, daß er eines Tages ihren Zuspruch brauchen könnte, und sie verstand sich sowenig darauf, diesen zu geben, wie er darum bitten konnte. »Komm. Enttäusch mich nicht.«

»Enttäusche ich dich?«

»Wenn du unter die Räder kommst, ja . . . aber das wirst du doch nicht. Oder?«

Richard antwortete nicht, während er auf den sinkenden Feuerball der Sonne starrte, der durch das schwarze Spitzenmuster winterlicher Bäume am Horizont loderte.

»Nach Möglichkeit nicht . . . kehren wir um.«

Florence setzte sich auf, als Claire mit dem Tee ins Zimmer kam, um den sie nach dem Aufwachen gebeten hatte.

»Ich hoffe, dir ist klar, wie sehr du dich bei Naomis Geschenk für Charles danebenbenommen hast«, sagte sie. »Es war für alle sehr peinlich, und du bist hier immerhin Gast.«

Eine Tasse klapperte auf der Untertasse, so zitterte das Tablett in Claires Händen. »Das ist ja jetzt erledigt. Ich habe gesagt, was ich zu sagen hatte – und mich dafür entschuldigt.«

»Aber wenn du erst gar nichts gesagt hättest, wäre keine Entschuldigung nötig gewesen.« Florence nahm ihre Tasse. »Danke. Es ging dich einfach nichts an, und dich kritisiert in dieser Familie ja auch niemand.«

»In dieser Familie nimmt man von mir überhaupt nicht Notiz.«

»Das ist doch lächerlich.«

»Es ist nicht lächerlich. Ihr alle behandelt mich seit Jahren von oben herab. Glaube ja nicht, daß ich das nicht merke.« Claire machte eine ausholende Gebärde. »Sieh dir das alles doch mal an. Naomi protzt andauernd mit ihrem Reichtum vor mir herum.«

»Himmel, ich weiß überhaupt nicht, wovon du redest. Naomi und Charles mögen reich sein, aber meine Tochter ist kein Snob, und –«

»Kein Snob?« unterbrach Claire sie sarkastisch. »Du merkst es wohl wirklich nicht, nein? Wenn du nicht ihre Mutter wärst, würde sie nichts mit dir zu tun haben wollen. Du wärst ihr nicht fein genug.«

»Was fällt dir ein!«

Claire stellte betont langsam ihre Tasse ab und beugte sich vor. »Was mir einfällt? Warum denn nicht? Ich könnte dir so einiges über Naomi erzählen. Sie hat Charles nur seines Geldes wegen geheiratet, und unter all dem Getue ist sie so gewöhnlich wie ich. Genaugenommen ist sie sogar eine ganze Ecke gewöhnlicher. Ich habe nie etwas getan, was ich nicht mal meiner eigenen Mutter erzählen würde.«

»Was meinst du damit?«

»Was du nicht weißt, macht dich nicht heiß.«

Florence stand auf und strich ihren Rock glatt. »Ich glaube, mit dir stimmt irgend etwas nicht, Claire. Wenn ich du wäre, würde ich mal zum Arzt gehen, sobald wir wieder in Manchester sind. Jedenfalls bleibe ich nicht hier sitzen und höre mir das an. Ich gehe in mein Zimmer.«

Als sie die Tür hinter sich zumachte, ließ Claire sich in ihren Sessel zurücksinken und brach in Schluchzen aus. Zum erstenmal in ihrem Leben hatte sie jemandem aus der Generation ihrer Eltern widersprochen, und sie hatte es nur mit einem Gefühlsausbruch tun können, weil man sie zu dem Glauben erzogen hatte, die Alten wüßten immer alles am besten. Schon wollte sie instinktiv alles auf ihre

Wechseljahre schieben, aber sie wußte, daß dies nur ein Rückgriff auf die schon gewohnte Entschuldigung wäre, um sich vor etwas zu drücken, was Jahre zurückreichte, nämlich die schreckliche Einsamkeit, die aus einem Gefühl völligen Versagens erwachsen war. Es gab nichts, was ihr kostbar war, nichts, was ihr ein Gefühl der Befriedigung oder Erfüllung gegeben hätte, am wenigsten sie selbst.

Für sie alle war dieser Tag zweigeteilt. Die Freude – wie unecht auch immer – beim Austausch der Geschenke und dem gemeinsamen Essen, bei dem man auf traditionelle Familienscherze und Erinnerungen an frühere Weihnachtsfeste ausweichen konnte, war verpufft und einem Gefühl von Leerlauf und Übersättigung gewichen, gepaart mit der Erkenntnis, daß sie den Rest dieses Tages und den nächsten miteinander verbringen mußten, und dem Gefühl, mitten im Winter in einem Haus festzusitzen. Und dann kamen Naomi, Charles und die Kinder aus dem Pflegeheim zurück und brachten auch noch den drückenden Hauch nahen Todes mit.

»Wie geht es deinem Vater?« erkundigte Florence sich bei Charles, als sie ins Zimmer traten. Sie war wieder nach unten gekommen, als die anderen von ihrem Spaziergang zurückkehrten, ließ aber Claire betont links liegen.

»Nicht viel anders als sonst«, antwortete Charles. »Er hat sich gefreut, uns zu sehen.«

»Nein, hat er nicht. Er fand es gräßlich.« Roberta schien den Zornestränen nah. »Er weiß, daß Weihnachten ist, und er würde viel lieber hier sein, als in diesem Heim.«

»Ich glaube nicht, daß Großpapa überhaupt noch irgend etwas weiß, Schätzchen«, sagte Charles zu ihr. »Und er hat sich bestimmt gefreut, uns zu sehen.«

Roberta sah ihren Vater an, dann gab sie ihm einen Kuß. »Ja, sicher, natürlich hat er sich gefreut. Entschuldige, Daddy.«

»Ist es nicht eine Ironie des Schicksals?« Florence lächelte Roberta mitfühlend an. »Der Großvater, den du nie kennengelernt hast, war am Ende seines Lebens in einer ganz ähnlichen Situation.«

»Kann mir jemand beim Tee helfen?« fragte Naomi unvermittelt. »Dann könnten wir den Weihnachtskuchen anschneiden und die Geschenke vom Baum verteilen.«

»Ich helfe dir.« Richards Worte klangen eine Spur zu artikuliert, als er aufstand, in der einen Hand den Whisky, den er sich eingegossen hatte. »Ich habe bisher noch keinen Finger gerührt.«

Er folgte seiner Schwester in die Küche und ließ sich sagen, wo Tablett, Tassen, Untertassen und Teller zu finden waren, während sie den Fruchtkuchen anschnitt, dessen weißer Zuckerguß mit winzigen grünen Tannenbäumchen und einem Santa Claus auf einem Schlitten verziert war.

»Charles' Alter Herr wird allmählich zur Last, wie?« meinte Richard. »Wie lange geben sie ihm noch?«

»Es kann jetzt jederzeit soweit sein, und ich möchte nicht darüber reden. Nein, nicht dieses Tablett. Das mit den Blumen. Und in der obersten Schublade liegt ein Leinendeckchen, das darauf paßt.« Naomi lenkte ihre Aufmerksamkeit wieder auf das, was sie gerade tat.

»Das Problem hatten wir ja nicht.«

»Halt den Mund, Richard.« Ihre Hand zitterte leicht, als sie das nächste Stück abschnitt. »Du hast getrunken.«

»Na und? Wenn ich noch aufrecht stehen kann, war es wohl nicht soviel.«

»Es war mehr als genug. Gib mir die Teller rüber.«

Er lehnte sich an den Küchentresen und sah zu, wie sie die Kuchenstücke abschnitt und mit einem silbernen Tortenmesser auf der Platte anordnete.

»Eins muß ich dir lassen«, meinte er. »Du hast ja deine Schäfchen verdammt gut ins trockene gebracht.«

»Was um alles in der Welt meinst du damit?«

»Na, all das hier. Großes Haus, reicher Mann, die richtigen Freunde. Wenn man bedenkt, wie es war, als wir Kinder waren –«

»Richard!« Naomi richtete sich auf, wobei das Tortenmesser auf seine Brust zeigte. »Was ist in dich gefahren?«

»Zum einen: ich habe es satt, jedes Jahr zu Weihnachten diese Farce von der glücklichen Familie zu spielen.«

»Du mußt ja nicht kommen.«

»Doch, muß ich. Sei doch mal ehrlich, Naomi. Seit über dreißig Jahren spielen wir jetzt dieses Theater. Die liebevollen Kinder, die sich um die verwitwete Mutter scharen. Tim hat es zu seiner lebenslangen fixen Idee gemacht, du spielst die erfolgreiche Tochter, die großzügig an ihrem Wohlstand teilhaben läßt, ich bin der Aufsteiger, der sich seiner Wurzeln erinnert . . . also, jedenfalls so ähnlich. Wie du's auch drehst, wir sind allesamt verdammte Lügner.«

»Lügner?« wiederholte Naomi ungläubig. »Ach, das ist

aber starker Tobak, gerade von dir. Du verdienst doch dein Geld mit Lügen.«

»Das habe ich ja auch früh gelernt, nicht?«

Naomi merkte plötzlich, daß die Küchentür halb offen stand. Auch wenn die übrigen im Salon am anderen Ende der Diele waren, konnte man sie womöglich hören. Sie schloß energisch die Tür und stellte sich mit dem Rücken dagegen.

»Jetzt hör mal zu«, sagte sie. »Ich weiß nicht, was dich jetzt darauf gebracht hat – abgesehen vom Whisky –, aber hör sofort damit auf. Klar? Was willst du denn? Nach all den Jahren ein härenes Gewand anziehen?«

Er starrte sie einen Moment lang an, dann rieb er sich die Augen. Er hielt den Kopf gesenkt, als er sprach.

»Sag mir nur eins.«

»Was?«

»Daß es nicht meine Idee war.« Die geflüsterten Worte klangen wie eine Beichte.

»Was?« Naomi ging durch die Küche und legte ihm die Hände auf die Schultern. »Was war nicht deine Idee?«

»Den Alten umzubringen.«

Richards Fassade zerbröckelte, und Naomi sah einen Menschen vor sich, den sie nicht kannte und von dessen Existenz sie keine Ahnung gehabt hatte. Sie hörte jemanden in der Diele und fuhr entsetzt herum, weil sie dachte, der Betreffende könne in die Küche kommen, doch die Schritte entfernten sich die Treppe hinauf. Sie wandte sich hastig wieder ihrem Bruder zu.

»Hör auf!« Sie schüttelte ihn heftig. »Werde nüchtern!«

»Mach nicht den Whisky dafür verantwortlich.«

»Wenn nicht der Whisky, was zum Teufel dann?«

Er sah auf, und in seinem Blick lag ein angstvolles Flehen. »Ich weiß nicht, warum es gerade jetzt hochkommt – vielleicht weil Charles' Vater jetzt in diesem Zustand ist oder ... ist nicht wichtig. Das Entscheidende ist, daß es mich quält, seit ... ich habe immer noch Alpträume deswegen. Erst neulich mußte Stephanie mich wecken, weil ich so geschrien habe.«

Naomi versuchte mit der entsetzlichen Vorstellung zurechtzukommen, daß ihr starker Bruder verhängnisvoll schwach werden könnte. »Aber jetzt spielt es doch keine Rolle mehr. Wir sind raus aus der Sache.«

»Du vielleicht. Ich nicht.«

Sie holte tief Luft. »Dann hast du etwas nachzuholen. Um Himmels willen, wir mußten alle damit klarkommen. Glaubst du denn, ich wäre da, wo ich heute bin, wenn ich irgendwelche Schuldgefühle zugelassen hätte?«

»Du hast es mir immer noch nicht gesagt.«

»Was habe ich dir nicht gesagt?« In ihrer Bestürzung und Angst hatte sie ganz vergessen, daß er ihr eine Frage gestellt hatte.

»Daß es nicht meine Idee war.«

Dieses schon fast kindliche Betteln um Tröstung, das so gar nicht zu dem Bild passen wollte, welches Richard Barlow der Welt bot, ließ Naomis Angst zu Wut gerinnen.

»Sei doch nicht so blöde«, blaffte sie. »Natürlich war es deine Idee! Glaubst du denn, wir hätten es getan, wenn du es nicht zuerst vorgeschlagen hättest? Versuch bloß nicht, dein schlechtes Gewissen auf mich abzuwälzen, Richard. Das kann ich nicht brauchen.«

Er sah sie einen Augenblick an, dann verließ er ohne ein weiteres Wort die Küche. Naomi merkte, daß ihre Hand, die noch immer den Elfenbeingriff des Kuchenmessers umklammert hielt, feucht war.

ZWEITES KAPITEL

Der Stechpalmenzweig stammte aus der Hecke im eigenen Garten, aber die Misteln hatte Naomi weiter unten in der Devon Road von tiefhängenden Zweigen geschnitten. Jetzt hing das Ganze an dem vierarmigen Leuchter in der Diele, mattgrüne Blätter und kränklich weiße Beeren, aufgehellt durch eine Kette goldener Kugeln und glitzernder Lamettafäden. Stephanie bemerkte es erst am Abend des Weihnachtstages, als es ihr beim Herunterkommen ins Auge fiel. Die Familie hatte sich übers Haus verteilt, einige sahen fern, Tim war wieder im Keller, wo er allein Snooker spielte, Roberta half Naomi in der Küche, und Emma rauchte in ihrem Zimmer einen Joint, wobei sie den Rauch aus dem geöffneten Fenster blies, um es dann vor der Kälte rasch wieder zu schließen. Als Stephanie die unterste Stufe erreichte, kam David aus der Garderobe.

»Ich sehe soeben den Mistelzweig«, sagte sie. »Und keiner hat mich darunter geküßt.«

»Dann sollten wir etwas dagegen tun.«

»Eigentlich müßte ich Richard suchen.«

»Die Mühe kannst du dir sparen. Der hängt halb schlafend in einem Sessel.«

»Dann kann er mir im Augenblick wohl nicht viel nützen, oder?«

»Nein, aber ich vielleicht.«

David Stansfield besaß den Dünkel der Jungen, Wohlhabenden, Gutaussehenden und Selbstbewußten; Stephanie Phillips war sich ihrer Wirkung auf Männer genau bewußt. Beide gehörten nicht zu denen, die sich durch so etwas wie ein Gewissen hemmen lassen. Sie ließen einander unmißverständlich wissen, daß der Kuß ein Vorspiel zu sehr viel mehr war, sobald sich das machen ließ. Sie waren so darin vertieft, ihre Botschaft anzubringen, daß sie nicht merkten, wie Emma von der Galerie zur Treppenbiegung kam und hastig vom Geländer zurücktrat.

»Das ist erst mal genug«, flüsterte Stephanie. »Wir wollen doch nicht, daß jemand sich fragt, wo wir sind.«

»Okay . . . du weißt ja schon, daß mein Schlafzimmer neben deinem liegt – und Richards natürlich.« David wischte sich mit dem Taschentuch ihren Lippenstift vom Mund, während er auf den Salon zuging.

»Arroganter Hund«, murmelte Stephanie leise. Es klang aber anerkennend.

Kurz darauf spähte Emma vorsichtig übers Geländer; die Diele war leer. Sie gesellte sich unten zu den anderen, die vor dem Fernseher saßen. Stephanie hockte auf dem Boden zu Richards Füßen, einen Arm auf sein Knie gelegt; David hatte sich zu seiner Großmutter aufs Sofa gesetzt und bot ihr Pralinen aus einer Schachtel an. Emma bewunderte die Gelassenheit der beiden, während sie überlegte, wie sie das eben Gesehene nutzen könnte.

In der Küche ließ Naomi eines ihrer kostbaren geschliffenen Weingläser fallen, und es zersprang auf den unglasierten roten Fliesen in tausend Stücke.

»Das sieht dir aber gar nicht ähnlich, Mama. Du bist doch sonst immer so vorsichtig mit deinen Sachen.« Roberta holte Schaufel und Handfeger aus einem Schrank. »Bleib stehen, damit du nicht drauftrittst. Ich fege es zusammen.«

Naomi blickte auf den Kopf ihrer Tochter, die um ihre Füße herum fegte. Sie ließ nie etwas fallen, jedenfalls nichts Kostbares. Besitz war ihr wichtig, nicht als Zeichen des Reichtums, sondern vielmehr der Sicherheit; Naomi Barlow hätte nur davon träumen können, so etwas zu besitzen, Naomi Stansfield hatte ein halbes Dutzend davon. Darum ist Naomi Stansfield nicht ...

Nach Richards Ausbruch war Naomi Barlow in voller Lebensgröße wiedergekehrt, angstvoll, schuldbewußt, bedroht und drohend. Tims Geschenk vom Baum war ein Taschenbuch mit Cricket-Cartoons gewesen, und er hatte gemeint, die hätten seinem Vater sicher gefallen. Naomi war ein Schluck Wein in die falsche Kehle geraten, worauf sie unter der eindringlichen Versicherung, es sei gleich wieder gut, wenn die anderen sie nur in Ruhe ließen, in die Küche rannte. Aber es war nicht gut. Als sie keuchend an der Spüle lehnte, hatte sie vor sich im dunklen Fenster ihr Spiegelbild gesehen. Ein Spiel des Lichts verwischte die Zeichen des Alters und ließ sie jünger aussehen, so wie damals, als ... ihr ganzer Körper krampfte sich zusammen, sie würgte verzweifelt. Was war nur los mit diesem Weihnachtsfest? Welche Mischung aus Geschehnissen und Emotionen erschütterte die Mauern ihrer so sicher geglaubten Verteidigungsanlage?

»Heb mal den Fuß ein bißchen an.« Roberta, die immer

noch vor ihr hockte, tippte mit dem Handfeger auf den Schuh ihrer Mutter. »Genau. Gleich hab ich's.«

Aber es wird schon gutgehen. Richard war nur betrunken; morgen früh wird er einen Kater und dafür alles vergessen haben. Er wird nicht wieder davon reden wollen, denn er wird nur noch daran denken, zu seiner geliebten *Post* zurückzukommen. Alle anderen reisen auch ab, und dann sind Charles und ich wieder allein, und Roberta und David kommen uns besuchen, wenn sie Lust haben. Charles' Vater kann nicht mehr lange leben – und nächstes Jahr Weihnachten sagen wir allen, daß wir wegfahren. Damit ist das gewohnte Schema dann durchbrochen. Mama wird enttäuscht sein, aber die anderen wird es nicht weiter berühren. Verschwinde, Naomi Barlow. Du gehörst hier nicht her.

»Wenn Daddy es merkt, sage ich, es war meine Schuld.« Roberta richtete sich auf und zwinkerte ihr zu. »Noch ein kleines Familiengeheimnis.«

»Was meinst du damit?«

Roberta war erstaunt über den scharfen Unterton in der Stimme ihrer Mutter. »Ich meine, daß er ja nicht erfahren muß, daß du es warst ... Was ist denn?«

»Nichts ... ich habe nur ... sag ihm, was du willst.« Sie wandte sich ab, unfähig, dem besorgten Blick ihrer Tochter standzuhalten, und sah sich erneut im Fenster gespiegelt. »Du liebe Güte, wie ich nur aussehe. Ich gehe schnell mal nach oben und mache mich ein wenig zurecht. Frag du mal ... frag, ob jemand Hunger hat. Es ist noch kalter Puter da – oder du kannst noch etwas von dem Schinken aufschneiden ... ich komme gleich wieder und helfe dir.«

Roberta wickelte die Glasscherben in Zeitungspapier und warf sie in den Mülleimer. Seit sie aus dem Pflegeheim zurück waren, stimmte mit ihrer Mutter etwas nicht; sie war nervös und angespannt, hatte Florence einmal brüsk widersprochen und wild den Kopf geschüttelt, als Charles vorschlug, noch ein Gläschen zu trinken. Das paßte überhaupt nicht zu ihr, schon gar nicht zu ihrer Rolle als perfekte Gastgeberin . . .

»Hallo.«

Roberta schreckte aus ihren Gedanken auf. »Hallo, Emma. Hat da drinnen jemand Hunger?«

»Keine Ahnung.« Sie lächelte verschlagen. »Wenn, dann jedenfalls nicht auf Essen.«

»Wie bitte? Himmel, kannst du dich nicht etwas klarer ausdrücken? Ich bin nicht für Spielchen aufgelegt.«

Ihre Kusine durchquerte die Küche, schwang sich auf die Arbeitsplatte unter den Einbauschränken und nahm sich eine Dattel aus einer halbleeren Schachtel. Die Feindschaft zwischen ihr und Roberta ging auf ihre Kindertage zurück; als sie alt genug waren, um zusammen zu spielen, hatte die sechs Jahre ältere Roberta immer ihren Kopf durchsetzen wollen und dies oft mit kindlicher Gewalt erreicht. Roberta war das hübsche kleine Mädchen gewesen, das dann zu einer schlanken, lebhaften jungen Frau heranwuchs; Emma, das Puddingbaby, war jetzt der dickliche Teenager mit der schlechten Haut. Erst hatte sie ihrer älteren Kusine gegrollt und schließlich begonnen, sie zu verachten; einer der Gründe, warum sie gegen Konventionen rebellierte, war der, daß Roberta so konventionell geworden war und fleißig gelernt hatte, ein Studium absolviert und dann noch einen guten Job bekommen. Emma kostete die seltene Gelegenheit zur Rache aus.

»Ich meine damit, daß dein Bruder Hunger hat.« Sie kaute bedeutungsvoll auf der Dattel herum. »Großen Hunger.«

»Spuck's aus, Emma«, sagte Roberta ungeduldig. »Ich habe keine Lust ... Du widerliches kleines Biest!«

»Du hast gesagt, ich soll's ausspucken.«

»So habe ich es aber nicht gemeint. Heb ihn auf.«

»Heb ihn doch selber auf ... oder verdrehst du mir gleich den Arm, damit ich es tue?«

»Himmel, wann wirst du bloß erwachsen?« meinte Roberta müde, dann fegte sie mit Besen und Schaufel den Dattelkern auf. »Also, was war mit David?«

»Er wedelt mit seinem Wunderhorn.«

»Was soll denn das nun wieder heißen?«

»Er und Stephanie wollen ein Nümmerchen schieben.«

»Meine Güte«, sagte Roberta angewidert. »Kannst du nicht ausnahmsweise mal über Gossenniveau denken? Ich weiß, daß die Typen, mit denen du rumhängst, ihr bißchen Hirn vorwiegend zwischen den Beinen haben, aber manche Leute schaffen es tatsächlich, durchs Leben zu gehen, ohne Tag und Nacht an Sex zu denken. Das nennt man erwachsen sein. Schon mal was davon gehört?«

Emma zuckte die Achseln. »Sie wollen trotzdem bumsen. Ich kann's ihr nicht verübeln. David ist ja recht appetitlich.«

»Sie ist zufällig die Freundin deines Vaters.«

»Schon, aber der Alte kommt langsam in die Jahre,

nicht? Man kann es ihr kaum verdenken, wenn sie Lust auf was kriegt, das mehr in ihrer Preislage ist.«

Roberta sah sie an und schüttelte dann den Kopf. »Worauf fährst du eigentlich derzeit ab? Ecstasy? Du kriegst langsam Halluzinationen.«

Emma hob die Schultern und ließ sich von der Arbeitsplatte gleiten. »Dann hab ich mir wohl eingebildet, daß ich sie in der Diele beim Zungenkuß gesehen habe und er dabei ihren Hintern befummelt hat. Na ja, ich gehe jetzt mal fragen, ob irgendwem nach Atzung ist.«

Als Emma aus der Küche war, sank Roberta in sich zusammen. Sie hatte schöne Erinnerungen an Weihnachten, die bis weit in ihre Kindheit zurückreichten, aber jetzt wurde es langsam anstrengend. Sie war noch ganz mitgenommen vom Besuch bei ihrem Großvater und machte sich Sorgen um ihre Mutter; da mußte sich Emma auf diese bösartige Weise aufspielen, und das Ganze nur, um Wind zu machen. Es war lächerlich, annehmen zu wollen, daß sich zwischen David und Stephanie etwas abspielte. Sicher, David betrachtete sich als Gottesgeschenk für alle Frauen und hatte die Moralvorstellungen eines korrupten Anwalts, aber selbst er würde doch wohl nicht so dämlich sein, vor Richards Nase etwas mit Stephanie anzufangen. Roberta verwarf den Gedanken. Sie hatte andere Sorgen.

Die Hälfte des Abends lag noch vor ihnen, und eine allgemeine Langeweile hatte sich breitgemacht, als Florence mit strahlendem Gesicht Scharaden vorschlug.

»Die haben wir immer gespielt«, sagte sie. »Ich weiß

gar nicht, warum wir damit aufgehört haben. Es macht solchen Spaß.«

»Klar, Großmama.« Roberta griff die Idee begeistert auf, denn alles war besser als diese tödliche Monotonie. »Ich fange an.«

Sie stellte sich vor den Kamin und dachte einen Augenblick nach, dann legte sie mit nach oben gewandtem Gesicht die Hände zusammen und machte anschließend eine Bewegung wie jemand, der eine Filmkamera hält.

»Ein Buch und ein Film«, verkündete Florence für alle, die es nicht begriffen hatten. Roberta hielt drei Finger hoch. »Drei Wörter im Titel.« Sie deutete auf den dritten Finger. »Drittes Wort.« Roberta zupfte an ihrem Ohr. »Klingt wie ...« Roberta legte die Hände auf die Brust, hob die Ellbogen bis in Schulterhöhe und bewegte sie vorwärts und rückwärts.

»Aerobic«, sagte David.

»Fit«, schlug Tim vor.

»Angeben.« Charles grinste seiner Tochter zu, die ihm eine liebevolle Grimasse schnitt. Sie streckte die Arme aus, als ob sie Flügel wären, und vollführte weitausholende Bewegungen.

»Wedeln«, sagte Florence. Roberta schüttelte den Kopf und wiederholte die Gebärde, diesmal langsamer.

»Fliegen.« Roberta deutete auf Stephanie und nickte.

»Soll ähnlich klingen wie fliegen«, sagte Tim. »Siegen? Liegen? Stiegen? Noch nicht ganz? Frieden? Irgendwas mit Frieden?«

»Brot ohne Frieden ist wie Frieden ohne Brot«, warf Claire ein.

Florence schoß ihr einen warnenden Blick zu. »Weiter, Roberta«, sagte sie. »Wir sind dicht dran.«

Roberta hielt einen Finger für das erste Wort hoch. Dann krümmte sie sich zusammen wie ein verwundetes Tier.

»Sieht aus wie Schmierentheater«, bemerkte David. Roberta streckte ihm die Zunge heraus.

»Getroffen ... verwundet ... Blattschuß ... Schmerzen ... Schuß ... schießen ... Gewehr ... Krieg ...?«

»Krieg und Frieden«, rief Naomi.

»Mama hat es erraten«, sagte Roberta. »Du bist dran.«

Naomi stand widerstrebend auf. Sie war nicht in der Stimmung für Party-Spiele, aber der Vorschlag war von ihrer Mutter gekommen, und sie wollte sie nicht enttäuschen. Ihr fiel absolut nichts ein, und David begann langsam und spöttisch in die Hände zu klatschen, während alle warteten.

»Einen Moment noch«, protestierte sie. »Ich denke nach ... also gut.«

Sie deutete ebenfalls einen Film und ein Buch an, dann hielt sie vier Finger hoch, wobei sie Daumen und Zeigefinger eng zusammenpreßte.

»Ein kurzes Wort«, sagte Tim. »Das? In? Ein? Die? Aha. Die irgendwas. Drittes Wort ... auch kurz. Aber? Der? Des? Gut. Die irgendwas des irgendwas.«

»Die Iden des März«, sagte Claire rasch.

»Ist nicht verfilmt«, erklärte Roberta. »Weiter, Mama.«

Naomi zögerte, dann deutete sie das zweite Wort an und malte mit beiden Händen so etwas wie weibliche Rundungen in die Luft.

»Den Film muß ich sehen«, rief David.

»Frau ... Mädchen ... sexy ... sechsundachtzig, achtundfünfzig, achtundachtzig ... zum Donnerwetter, was könnte das denn noch sein?«

Naomi schüttelte den Kopf und umriß ein Rechteck und darauf etwas Rundes, oben Offenes.

»Ein Bild ... Picasso, Frauenbild ... nein, ein Stillleben ...« Naomi zeichnete ein Dreieck und mehrere Kreise. »Ein kubistisches Stilleben ... das ewige Dreieck ...«

Naomi winkte ab und hob vier Finger für das letzte Wort. Richard saß ihr am nächsten. Sie blitzte ihn zornig an, hob mit gekrümmten Fingern die Hände und kratzte wütend nach seinem Gesicht. Da er, vom Alkohol umnebelt, die Vorgänge nur halb mitbekommen hatte, fuhr er heftig zurück.

»Haß«, rief jemand. »Töten ... angreifen ... zerstören ... Mord.«

»Hör auf!« Richard sprang schwankend hoch. Whisky schwappte aus seinem halbvollen Glas auf den Teppich. Überraschtes Schweigen folgte.

»Es ist doch nur ein Spiel, Richard«, versuchte Naomi ihn mit Nachdruck zu beruhigen. »Ist ja schon gut.«

»Das war kein Spiel, das war ...«

»Nein!« Sie gab ihm einen heftigen Stoß, und er taumelte gegen Charles' Sessel.

»Naomi!« sagte Charles schneidend. Er half Richard auf. »Tut mir leid, Richard. Komm, setz dich.«

Alle sahen ihnen zu, bis auf Tim, der seine Schwester anstarrte. Ihr Gesicht hatte jeden Ausdruck verloren, als ihr die Bedeutung der Scharade aufging, die sie unbewußt gewählt hatte. Stilleben, Früchte, letztes Wort Zorn. *Die Früchte des Zorns* von John Steinbeck, inzwischen aus der Mode, aber einer der ersten ernsthaften Autoren, die ihre Generation als Teenager gelesen hatte. Ein Autor, den die gebildete Naomi Stansfield als zweitklassig abtat, dessen Bücher aber Naomi Barlow verschlungen hatte ... sie rannte aus dem Zimmer.

»Laß gut sein, Roberta«, sagte Charles, als seine Tochter aufstehen wollte. »Ich gehe schon. Ich glaube, sie ist einfach übermüdet. Entschuldigt bitte. David, frag doch, ob jemand vor dem Schlafengehen noch einen Drink möchte, ja?«

Er ging nach oben, ganz sicher, daß Naomi sich in die Privatsphäre ihres gemeinsamen Schlafzimmers geflüchtet hatte. Sie lag bäuchlings auf dem Bett und schluchzte.

»Laß mich in Ruhe!« Die erstickte Aufforderung kam, sobald er die Tür aufgemacht hatte, und wurde ihm mit beinah kindischer Wut entgegengeschleudert.

»Erst wenn du mir gesagt hast, was los ist.« Er setzte sich neben sie und versuchte, ihr übers Haar zu streichen. Sie schüttelte seine Hand wütend ab.

»Faß mich nicht an!«

»Gut, gut. Ich bleibe nur hier sitzen.«

Naomi fühlte sich durch die ruhige, besorgte Anwesenheit ihres Mannes zusätzlich gefoltert. Aus Anlaß ihrer Silberhochzeit in diesem Jahr hatten sie eine Nostalgiereise zu der Kirche unternommen, in der sie getraut worden waren, und ein anderer Besucher hatte sie fotografiert, wie sie wieder nebeneinander vor dem Portal standen. Das Bild stand jetzt gerahmt auf Naomis Nachttisch, und sie hatte es immer als endgültigen Beweis für die Unumkehrbarkeit dessen angesehen, was sie sich zu erreichen vorgenommen hatte damals, an einem Nachmittag 1962 in einem Garten in Sheffield. Als sie einige Minuten zuvor ins Zimmer stürzte, hatte das Foto sie förmlich angesprungen, und sie mußte einen Aufschrei unterdrücken. Ihre auf Lügen und Verrat gebaute, schützende Welt brach zusammen, und daß Charles ihr inmitten der Ruinen noch immer die Hand hinhielt, war eine Tortur. Er wußte nicht, was vorging, aber seine Liebe zu ihr war so unverrückbar, wie ihre Sicherheit falsch war.

»Entschuldige«, flüsterte sie. »Ich fühle mich nicht wohl ... es ist nichts ... ich bin nur ... geh runter und sag ihnen ... ich kann nicht darüber reden, nicht jetzt ... es wird schon wieder ... bitte ...« Ihre Stimme versagte, als sie schluckte. »Ich liebe dich.«

»Ich liebe dich«, Charles strich ihr wieder übers Haar, und diesmal wehrte sie sich nicht dagegen. »Du bleibst jetzt hier, und ich komme bald wieder.«

Roberta wartete in der Diele auf ihn. »Was ist?«

»Ich weiß es nicht genau, Schätzchen. Sie sagt, sie fühlt sich nicht wohl, aber es steckt mehr dahinter. Sie hat sich über irgend etwas aufgeregt. Das hast du ja sicher auch gemerkt.«

»Natürlich.« Sie machte eine Kopfbewegung zur geschlossenen Tür des Salons hin. »Dieser Tag ist wie vergiftet. Die Luft da drin könnte man in Stücke schneiden und zur chemischen Kriegführung benutzen. Was ist nur mit allen los?«

»Vielleicht sind diese weihnachtlichen Familienfeste überholt«, sagte Charles. »Wir sind alle über das Stadium hinaus, noch gern zusammenzusein. Aber jetzt ist es ja bald vorbei. Schon jemand auf dem Weg ins Bett?«

»Großmama bestimmt, und Claire hat, glaube ich, auch genug. Richard sollte sich hinlegen, bevor er von allein umfällt – er trinkt übrigens immer noch, als dürfte man es demnächst nicht mehr.«

»Na, dann komm und hilf mir mal, vielsagend zu gähnen.«

Während er sprach, ging die Tür zum Salon auf, und Florence erschien. »Ich gehe zu Bett ... und ich habe vorgeschlagen, daß die anderen das auch tun. Was macht Naomi?«

»Hat sich schon hingelegt«, erklärte Charles. »Sie hat sich einfach übernommen. Sie bedauert ihren Ausbruch sehr.«

»Na ja, wenn ihr Bruder nicht so betrunken gewesen wäre ...« Florence schürzte mißbilligend die Lippen. »Momentan ist er kaum in der Lage, sich zu entschuldigen, also tue ich es für ihn. Es tut mir alles sehr leid, Charles.«

»Ist nicht so wichtig ... Gute Nacht.«

»Schlaf gut, Großmama.« Roberta küßte Florence auf die Wange.

»Gute Nacht, Kind. Ich danke dir für einen schönen Weihnachtstag.« Damit ging sie die Treppe hinauf.

»Dann wollen wir jetzt dem Rest mal mit dem Zaunpfahl winken«, sagte Charles.

Ihre Rückkehr löste flüchtige Erkundigungen nach

Naomis Befinden aus, die Charles ausweichend beantwortete, bis Claire und Emma gute Nacht sagten. Claire war deutlich verärgert, daß Tim nicht mitkam und sich damit entschuldigte, selbst die drei Bäder könnten nicht alle gleichzeitig aufnehmen. Nach weiteren zehn Minuten wollte Charles wieder zu Naomi und bat nur noch mit leicht sarkastischem Unterton, der letzte möge das Licht ausmachen. Roberta folgte ihm in die Diele.

»Warum sagst du ihnen nicht einfach, sie sollen endlich in die Heia gehen?« flüsterte sie ärgerlich. »Es ist schließlich dein Haus.«

»Und sie sind meine Gäste. Es muß irgend etwas mit meiner Erziehung zu tun haben.«

»Du bist auch müde, stimmt's? Und beunruhigt.« Sie küßte ihn mitfühlend. »Geh du nach Mama sehen, und gib ihr einen Kuß von mir. Ich werde mit denen da drin schon fertig.«

Sie ging wieder hinein und begann energisch das Zimmer aufzuräumen. Stephanies halbherziges Hilfsangebot schlug sie unwirsch aus.

»Das dauert nicht lange«, sagte sie. »Ich will niemanden vom Schlafengehen abhalten ... brauchst du nicht deinen Schönheitsschlaf, David?«

Sie war stinkwütend auf ihren Bruder. Er machte sich offenbar wenig Sorgen um ihre Mutter und hatte völlig versagt, als es darum ging, seinem Vater rettend unter die Arme zu greifen. Roberta wußte schon lange, daß David ein Egoist war, aber es wurde immer schlimmer mit ihm. Emmas Bemerkung fiel ihr wieder ein; hatte er wirklich nur im Kopf, wie er mit Stephanie zusammenkommen könnte?

»Okay« stimmte er zu. »Brauchst du auch bestimmt keine Hilfe, Schwesterherz?«

»Doch ... aber von dir bekommt man ja keine.« Sie stellte weiter schmutzige Teller und Gläser auf ein Tablett.

»Was meinst du damit?«

»Vergiß es. Geh einfach schlafen.« Bevor er noch etwas sagen konnte, ging sie an ihm vorbei und in die Küche. Sie hoffte, er käme ihr nach, aber dann hörte sie ihn auf der Treppe vor sich hin summen.

»Egozentrischer Affe«, murmelte sie, als sie die Spülmaschine belud. »Dich knöpfe ich mir morgen vor.«

Nur Tim und Richard saßen noch da, als sie wieder in den Salon kam.

»Stephanie ist nach oben gegangen«, erklärte Tim unnötigerweise. Roberta hatte ihre Zweifel, ob Richard es überhaupt mitbekommen hatte. Sein Gesicht wirkte ganz aufgedunsen, und er konnte offenbar ebensowenig klar sehen wie klar denken.

»Wenn ihr beide jetzt geht, gehe ich auch«, sagte sie. »Kommt schon, das wird ja langsam –«

»Musch mi Naomi redn.« Richard nuschelte so, daß er fast nicht zu verstehen war.

»Wie bitte?« fragte Roberta energisch.

»Naomi«, wiederholte er, jetzt sichtlich bemüht, mit der herablassenden Ungeduld des Betrunkenen zu sprechen, als stellten sie sich nur taub, um ihn nicht zu verstehen. »Wichtig. Müssen reden. Wo's sie? Ich muß sie ...« Benommen schwankend versuchte er sich zu erheben.

»Bring ihn ins Bett, Tim«, befahl Roberta kurz und

bündig. »In diesem Zustand möchte ich ihn nicht in der Nähe meiner Mutter wissen.«

»Nicht deine Mutter«, brummelte Richard. »Unsere Schwester. War unsere Schwester schon lange bevor ... viele Jahre ... als der Alte Herr noch gelebt hat. Immer wir drei ... das schreckliche Trio haben sie uns genannt ... haben alle möglichen Sachen –«

»Sei still, Richard!« Tim entwand seinem Bruder das Whiskyglas. »Das reicht jetzt. Roberta hat recht. Wir gehen schlafen.«

Er wollte ihn am Arm nehmen, aber Richard stieß ihn täppisch weg.

»Muß erst zu Naomi ... reden ... sie glaubt, es war meine Idee. Du glaubst das doch nicht, oder? Ich hab nur mitgemacht mit euch. Ich wollte nie, daß ...« Roberta schrie leise auf, als Tim ihm eine klebte.

»Hör auf! Du hast zuviel getrunken. Um Himmels willen, halt den Mund!«

Richard glotzte ihn mit trübem Blick an. »Du hast mich geschlagen ... du Scheißer. Das machst du nicht noch mal ... Ich hau dir eins in die Fresse ... komm her.«

Tim gab einen würgenden Laut von sich, als Roberta ihn am Kragen packte und zurückriß, um sich dann zwischen ihn und seinen Bruder zu stellen. Sie weinte vor Wut.

»Ich weiß nicht, was zum Teufel das alles soll, aber jetzt ist Schluß damit«, befahl sie drohend. »Was fällt euch überhaupt ein? Ihr seid in unserem Haus. Daddy macht sich die größten Sorgen um Mama, der halbe Haushalt sitzt auf glühenden Kohlen, und ihr beide benehmt euch wie die Säue! Und noch eins: Ich bin vielleicht nicht groß und stark, aber ich kenne ein paar hundsgemeine Tricks. Also, entweder ihr reißt euch jetzt augenblicklich zusammen und geht ins Bett, oder ich fange an um mich zu treten. Klar?«

»Er hat mich geschlagen«, wiederholte Richard störrisch. »Er kann nicht ...« Er jaulte auf, als Roberta ihm gegens Schienbein trat.

»Ich hab dich gewarnt, Richard. Und das nächstemal ziele ich höher.«

Er stierte sie bestürzt an. Naomi hatte ihn einmal so getreten, im Schuppen in Tattersall Close, und nach all den Jahren konnte er sich noch daran erinnern. Er holte tief Luft, und ein gurgelnder Laut kam aus seinem Mund.

»Wenn du kotzen mußt ...« Roberta griff sich eine Leinenserviette, die sie beim Aufräumen übersehen hatte, und stieß sie ihm fast ins Gesicht. »Sieh zu, daß du nach oben kommst.«

Richard schien plötzlich ernüchtert und völlig fassungslos. Er hielt sich die Serviette vor den Mund, nickte und ging mit behutsamen Schritten zur Tür.

»Und jetzt du«, sagte Roberta, als er draußen war. Tim, der heftig blinzeln mußte, rieb sich den Hals über der Stelle, wo das Hemd gerissen war. »Ich weiß nicht, welche Entschuldigung du hast, denn immerhin scheinst du ja nüchtern zu sein. Ich will sie auch nicht hören. Verpiß dich einfach, wie dein widerlicher Bruder!«

»Es tut mir leid, Roberta. Wir hätten uns nicht ... Ich kann es nicht erklären.«

»Dann spar dir die Mühe. Gute Nacht.« Sie wandte ihm

den Rücken zu, die Arme über der Brust verschränkt und fest entschlossen, so stehenzubleiben, bis er fort war. Ein stechender Schmerz schoß ihr durch den Kopf, und sie mußte wieder weinen, diesmal nicht vor Wut, sondern aus schmerzlicher Erleichterung. Als sie Tim die Tür hinter sich zumachen hörte, mußte sie sich an einer Sessellehne festhalten, weil ihre Knie nachgaben.

»Allmächtiger Himmel«, schluchzte sie. »Macht bloß, daß ihr hier rauskommt. Alle miteinander.«

DRITTES KAPITEL

In der Nacht war es, als ob nichts sich je wieder regen wollte. Eis versiegelte leise die Oberfläche des Zierteichs im Garten, Frost verschloß die Fenster und legte körnigen Silberglanz auf das spröde Glas und Metall der Autos in der Auffahrt. Die Äste der Bäume versteinerten, wurden knochenweiß und starr. Auch im Haus schien alles ruhig, doch es gab kleine Bewegungen im stillen. Naomi stöhnte im Schlaf, und Charles legte den Arm um sie; Florence wachte halb auf und war immer noch verlegen und ärgerlich über das Benehmen ihres Sohnes; Roberta warf sich ruhelos hin und her, weil sie verwirrt nach Erklärungen für das Geschehene suchte; Tim starrte nervös blinzelnd an die Decke; Richard schnarchte in alkoholisierter Bewußtlosigkeit und zischelte hin und wieder unverständliche Halbsätze. Stephanie hatte sich schlafend gestellt, als er heraufkam, und verachtungsvoll seinem Fluchen gelauscht, als er sich schwankend der Kleider entledigte und sich mit einem häßlichen Rülpser neben sie fallen ließ; was würden die bei der *Post* jetzt von ihrem supertollen Redakteur denken, der zum jämmerlichen Wermutbruder heruntergekommen war. Während er sich stöhnend zurechtlegte, rutschte sie zur Seite, bevor er womöglich anfing, ihr auf die Pelle zu rücken, aber er dämmerte fast augenblicklich weg. Nach einigen Minuten schlüpfte sie leise aus dem Bett, zog ihren Morgenmantel an und schlich sich auf den Flur hinaus; unter Davids Tür war ein Lichtschein zu sehen. Als sie die Tür öffnete und rasch ins Zimmer trat, sah er von dem Buch auf, das er gerade las.

»Hallo«, sagte er lässig. »Ich hatte dich schon fast abgeschrieben. Was macht Richard?«

»Der ist weg vom Fenster.« Sie schloß die Tür. »Übrigens, du bist hoffentlich vorbereitet.«

Er zog die Schublade seines Nachttischs auf, holte ein Päckchen Kondome heraus und ließ es wie zufällig neben sich aufs Federbett fallen. Sie sah, daß es angebrochen war. »Ich reise nie ohne.«

»Ganz schön von dir eingenommen, wie?«

»Ja.«

»Himmel, bist du eingebildet. Ich bin keine von den kleinen Studentinnen, mit denen du sonst rumrammelst, damit du es weißt.«

»Aber du bist hier.« Er betrachtete sie amüsiert und siegesbewußt. Stephanie wußte genau, wenn sie jetzt wieder ging, würde er nur gleichgültig lachen und sich wieder seinem Buch zuwenden. Er war wirklich ... plötzlich hatte er den zusätzlichen Reiz einer Herausforderung. Sie löste den Gürtel von ihrem Morgenmantel und ließ ihn von ihrem Körper auf den Boden gleiten. Sein Gesicht veränderte sich.

»Das geht dir unter die Haut, was?« bemerkte sie trokken. »Sagst du jetzt, daß du dich freust, mich zu sehen, oder gehe ich wieder?«

Er nickte kurz. »Ich freue mich, dich zu sehen.«

»Schon besser.« Als sie auf ihn zuging, wollte er die Lampe auf seinem Nachttisch ausknipsen. »Nein. Laß an. Ich will dein Gesicht sehen.«

Roberta fuhr aus kurzem, unruhigem Schlaf hoch und sah auf ihren Wecker; es war zwanzig nach vier.

»Himmel«, stöhnte sie, als sie sich zurückfallen ließ. In ein paar Stunden würden sie alle aufwachen, und gingen die Reibereien dann da weiter, wo sie aufgehört hatten? Wie lange würde es dauern, bis Richard wieder zum Whiskyglas griff? Was zum Teufel konnte man am zweiten Weihnachtsfeiertag tun, außer wie eingesperrt in einem Haus herumzusitzen, aus dem doch alle nur wegwollten? Verdammt fröhliche Weihnachten! Wenigstens mußten sie nur noch einen Tag überstehen; am siebenundzwanzigsten würde Tim so früh wie möglich wieder in Richtung Manchester aufbrechen wollen, und Richard würde zu seiner *Post* rasen und Emma und Stephanie unterwegs absetzen. Roberta nahm sich vor, Zeit für ein Gespräch mit ihrer Mutter einzuplanen ...

Sie war hellwach, und ihr Mund fühlte sich an wie ausgetrocknet; in der Aufregung vor dem Zubettgehen hatte sie ganz vergessen, sich ein Glas Wasser mitzunehmen. Mit einem resignierten Seufzer stand sie auf. In dem Haus, das ihr von Kindesbeinen an vertraut war, fand sie den Weg auch im Dunkeln, weshalb sie sofort den Lichtschein unter der Tür ihres Bruders sah. Im ersten Moment dachte sie sich nichts dabei, doch dann blieb sie oben an der Treppe stehen. Warum war er noch wach, wenn nicht ... ihre Miene wurde verbittert, als Emmas Worte ihr wieder einfielen, und schon wollte sie einfach in sein Zimmer gehen, doch dann stockte sie. Wenn sie fände, was sie vermutete, würde sie explodieren und das halbe Haus aufwecken – aber sie mußte es trotzdem wissen. Leise machte sie die Tür zu Richards Zimmer auf und warf einen Blick hinein; er lag laut schnarchend im Bett – allein. Roberta legte den Kopf an den Türrahmen und weinte, während sie vor sich hin flüsterte.

»Du verdammter, rücksichtsloser, selbstsüchtiger, geiler ... *Scheißer*!« In diesem Moment haßte sie ihren Bruder mehr, als sie in ihrem Leben je einen Menschen gehaßt hatte. Daß er mit Stephanie schlief, darum ging es nicht; Roberta hatte sich über die Freundin ihres Onkels nie irgendwelche Illusionen gemacht. Sie war sexuell überentwickelt und moralisch zurückgeblieben. Wenn sie etwas mit David anfangen wollte, auch gut. Aber daß ihr Bruder so gefühllos und gleichgültig gegenüber allem war, was um ihn herum vorging, daß er nicht wenigstens wartete, bis sie es etwas diskreter anstellen konnten ... Roberta ging die Treppe hinunter und nahm sich vor, ihm bei nächster Gelegenheit die Hölle heiß zu machen.

Sie brühte sich in der stillen Küche eine Tee Tasse; sie fühlte sich erschöpft, hatte aber keine Lust, wieder ins Bett zu gehen. Statt dessen ging sie ins Wohnzimmer, wo sie nur die Christbaumbeleuchtung andrehte. Naomi hatte sich dieses Jahr für Dekorationen in allen möglichen Schattierungen von Rot, Rosa, Scharlach, Rosé, Zinnober und Kirsch entschieden, die im dunklen Kiefergrün schimmerten. Roberta lächelte säuerlich über die zwielichtige Bordellatmosphäre, die das schuf. Sie zündete sich eine ihrer seltenen Zigaretten an – schlechtes Zeichen, sagte sie sich, zuviel Druck – und versuchte ihre Gedanken zu ordnen. Richard hatte sich vollaufen lassen, aber hinter seinem unzusammenhängenden Gebrabbel hatte mehr gesteckt; Tim hatte ihn tatsächlich geschlagen; ihre Mutter war hypernervös gewesen. Alle drei schienen am Rande eines Zusammenbruchs und konnten sich nicht einmal um der guten Manieren willen zusammennehmen ... es war höchst beunruhigend, weil es so gar nicht zu ihnen paßte. Immerhin, nur noch ein Tag zu überstehen, und dann ... sie schlief ein, während die Zigarette noch im Aschbecher weiterglühte. Später erwachte das Haus langsam zum Leben.

»Was machst du denn hier unten?«

»Hmm?« Roberta blinzelte schläfrig. »Oh, hallo Mama. Entschuldige. Ich bin Gott weiß wann aufgewacht und wollte eine Tasse Tee trinken. Dabei muß ich wohl eingenickt sein ... wie spät ist es?«

»Kurz vor acht. Ich fange schon mal an, Frühstück zu machen.«

»Himmel, das ist wie die Speisung der Fünftausend ... ich helfe dir.« Sie rieb sich die Augen, stand auf und sah ihre Mutter kritisch an. »Wie fühlst du dich?«

»Gut.« Naomi zog den Gürtel ihres Morgenmantels fester.

»Stimmt nicht. Du siehst grauenhaft aus.«

»Oh, danke für die Blumen. Dein Anblick erinnert auch nicht gerade an ein Frühlingsbild.«

»Spaß beiseite. Ich mache mir Sorgen um dich. Worum

ging es denn gestern abend? Tim und Richard haben sich hier beinah noch geprügelt.«

»Was?« fragte Naomi erschrocken. »Weswegen?«

»Weiß der Himmel. Richard war natürlich voll wie tausend Mann. Er hat dauernd davon gefaselt, daß er mit dir reden wollte. Ich mußte ihm gegens Schienbein treten, damit er endlich aufhörte.«

»Laß dich da ...« Naomi wandte sich ab. »Misch dich da nicht ein, Schätzchen. Wir ... er und ich hatten vorher eine Auseinandersetzung ... nicht weiter wichtig. Wenn er aufwacht, wird er alles vergessen haben. Bringen wir einfach noch diesen Tag hinter uns, und ... komm, wenn du mir helfen willst, sollten wir anfangen.«

»Ich gehe wieder rüber.« David rekelte sich schlaftrunken, als Stephanie aus dem Bett stieg. »Richard macht einen Mordsaufstand, wenn er aufwacht und ich nicht da bin.« Sie zog ihren Morgenmantel über und küßte ihn kurz. »Bestes Weihnachtsgeschenk, das ich je hatte. Wir sehen uns später.« Er schlief schon wieder.

Sie spähte über den Flur, dann eilte sie ins Zimmer nebenan. Dort roch es nach Whiskydunst, und Richard schnarchte immer noch. Warm und zufrieden stieg sie neben ihn ins Bett. David Stansfield mochte ja aufreizend eingebildet sein, aber sie konnte sich mit jedem Mann abfinden, der so gut im Bett war ... sie kuschelte sich in ihr Federbett, ließ die befriedigende Sinnenlust noch einmal Revue passieren und plante schon, wann man das wiederholen könnte.

»Ich möchte heute heimfahren«, sagte Claire. »Ich habe die Nase voll.«

Tim schüttelte den Kopf. »Das können wir nicht machen. Wir enttäuschen Mama. Du weißt doch, wie sehr sie das Hiersein genießt.«

»Ja, und wir wissen auch warum, nicht wahr?«

»Was willst du damit sagen?«

»Sie schlabbert gierig diesen Luxus auf, als ob ihr das zukäme. Wenn deine Schwester nicht so reich verheiratet wäre, hätte deine Mutter nie den Fuß über die Schwelle eines solchen Hauses gesetzt.«

»Donnerwetter noch mal –«

»Nichts Donnerwetter! Sie macht mich krank, wenn sie hier sitzt wie eine Katze in der Sahneschüssel, während du und ich gedemütigt werden. Siehst du denn nicht, wie sie sich verändert, wenn wir mit ihr hierherkommen? Roberta kriecht ihr dauernd hinten rein, und David behandelt sie wie eine königliche Hoheit. Ich finde es zum Kotzen. Und was dein Bruder sich gestern abend . . .«

»Claire . . .« Unbeholfen versuchte er ihr den Arm um die Schultern zu legen, aber sie schüttelte ihn heftig ab. Die alljährliche Heimsuchung, mit ihm ein Bett teilen zu müssen, war ihr ein Graus, und es war dann auch genauso schlimm gewesen, wie sie erwartet hatte. Immer wieder war sie aufgewacht mit dem Bewußtsein, daß der neben ihr Schlafende ihr Ehemann war; nach so vielen Ehejahren hätte es eigentlich das Normale sein sollen, sie hätten sich wohl fühlen müssen in dieser körperlichen Nähe mit der Erinnerung an zahllose Momente der Leidenschaft, die man auf ruhigere, tiefere Art wieder durchleben konnte.

Das gemeinsame Bett hätte ein warmer, bergender, geheimer Ort der Liebe sein sollen, keine ständige Folter, die sie daran erinnerte, wie vieles ihr fehlte. Unter ihrer Abweisung sackte er zusammen wie unter einer neuerlichen Niederlage.

»Wir können trotzdem nicht abreisen«, wiederholte er trotzig. »Wir müssen nur noch einen Tag durchhalten. Himmel, das wirst du doch noch schaffen.«

»Also gut, aber nächstes Jahr kannst du allein fahren, wenn du willst. Ich bleibe zu Hause.«

»Guten Morgen, Charles.«

»Florence! Gut geschlafen?«

»Nicht sonderlich gut, leider. Ich rede nachher mit Richard und sage ihm, daß er sich bei dir entschuldigen muß. Er hat sich gestern abend unmöglich benommen.«

»Tu's lieber nicht. Es ist doch nicht der Rede wert, und es besteht keine Notwendigkeit ...«

»O doch. Er hat uns alle einer peinlichen Situation ausgesetzt und Naomi offensichtlich aus dem Gleichgewicht gebracht ... Wie geht es ihr denn heute morgen?«

»Offenbar ganz gut. Sie ist in der Küche und macht Frühstück.«

»Als ob sie nicht schon genug getan hätte ... ich gehe ihr helfen.«

Ohne den traditionell feststehenden Ablauf des ersten Weihnachtstages, kamen sie alle herunter, wann es ihnen beliebte; als Emma um elf Uhr noch immer nicht aufgetaucht war, sagte Richard, er werde sie aus dem Bett holen. Sie war hellwach, hatte die Vorhänge aufgezogen, lag auf dem Bett und starrte mit leerem Blick an die Decke.

»Kommst du runter?« fragte er.

»Wozu?« Sie rührte sich nicht.

»Du kannst doch nicht den ganzen Tag hier liegenbleiben.«

»Warum nicht? Man hat doch sonst nur Scheiße zu tun.«

»Komm schon, Em. Tu's deinem alten Herrn zuliebe.«

Sie wandte den Kopf und sah ihn kühl an. »Und was hat mein alter Herr je für mich getan?«

»Was soll das heißen?«

»Genau das . . . also gut, ich komme gleich runter . . . wie geht's Stephanie heute morgen?«

»Stephanie? Gut. Warum?«

»Nur so . . . vielleicht hat sie ja eine Möglichkeit gefunden, sich in dieser blöden Hütte hier zu amüsieren.«

»Wovon redest du?«

»Ach, nichts. Geh schon . . . ich hab doch gesagt, ich komme gleich.«

Roberta hatte sich an dem Morgen besondere Mühe gegeben, gut auszusehen. Sie hatte sich die Haare gewaschen und zu einem kurzen, kastanienbraun glänzenden Helm gebürstet, dann zog sie den beigefarbenen Wollcrêperock des Armani-Kostüms an, das sie von ihren Eltern mit der passenden Bluse aus Waschseide von Nicole Farhi zu Weihnachten bekommen hatte. Als sie sich im Spiegel betrachtete, beschloß sie, den Versuch zu wagen und die

Stimmung im Hause etwas zu heben. Dann kam sie in die Küche und sah als erstes Claire – Dauerwelle, wild gemusterte Strickjacke, dunkel karierter Rock, flache Schuhe –, die nur einen Blick auf sie warf und sofort wieder in ihre Teetasse stierte.

»Guten Morgen.« Roberta küßte Florence.

»Guten Morgen. Du siehst bezaubernd aus. Ich habe gelesen, lange Röcke sind wieder in Mode.«

»Voll im Trend.« Sie wirbelte auf ihren hohen Absätzen herum. »Warte nur, bis sie mich so beim Sender sehen. Ich werde mich der Angebote gar nicht erwehren können.« Sie grinste spitzbübisch. »Genau wie du, Großmama.«

»Das reicht, mein Fräulein. Ich bin eine achtbare Dame, die ein gewisses Alter längst überschritten hat.«

Roberta zog ein ungläubiges Gesicht. »Ach, wirklich? Erzähl mal!«

Claire litt stumm unter den Blicken, die zwischen den beiden gewechselt wurden. Kleine private Scherze waren zwischen Menschen, die einander nahestanden, so wichtig. Wäre Harry am Leben geblieben, könnte sie jetzt Enkel haben, die vielleicht ihre Freunde geworden wären.

»Wo ist denn Richard hingefahren?« fragte Roberta, während sie anfing, sich eine Tasse Kaffee zu machen.

»Er will sich im Dorf eine *Post* holen«, erklärte Florence. Sie fand es nett, wie Brookmans Park seine Hauptstraße noch immer als »das Dorf« bezeichnete.

»Dann bringt er bestimmt auch alle anderen mit, die heute erschienen sind. Gott, wie peinlich, ausgerechnet die *Sun* in unserem Haus. Na, wenigstens ist er dann beschäftigt. Und was wollen wir anderen machen? Claire?«

Claire stand auf. »Ich tue, was man mir sagt, Roberta. Wie immer.«

Roberta gab ein leises Knurren von sich, als ihre Tante aus der Küche ging. »Das hat mir gerade noch gefehlt, Großmama. Ich versuche die Leute hier ein bißchen aufzuheitern.«

»Ich weiß, Schätzchen. Aber bei Claire ist so was immer eine Sisyphusarbeit.«

»Schon, aber . . .« Roberta setzte sich Florence gegenüber an den Tisch. »Was ist nur mit allen los? Sie kotzen mich an. Mama hat sich so viel Mühe gemacht, und sie scheißen bloß auf alles. Entschuldige, normalerweise gebrauche ich dir gegenüber nicht solche Wörter, aber –«

»Schon gut«, unterbrach Florence sie. »Wenn es noch mehr solche Auftritte gibt wie gestern abend, könntest du auch von mir welche hören. Richard war einfach widerlich.«

»Er war nicht der einzige.«

»Wie meinst du das?«

»Ist nicht so wichtig.« Roberta griff über den Tisch und nahm die Hand ihrer Großmutter. »Wir beide gegen den Rest der Welt? Mama und Dad zuliebe?«

»Na klar. Wir kriegen das schon hin.«

Der Tag war zu leer, es gab zu viele Lücken zu füllen, alles nur, um der Langeweile abzuhelfen. Und es gab einiges, was gesagt werden mußte. Florence begann damit, als sie Richard allein im Salon sitzen fand.

»Hast du dich schon bei Naomi entschuldigt?« fragte sie.

»Wofür?«

»Für gestern abend natürlich ... Und nimm bitte die Zeitung herunter. Du warst betrunken und hast alle in eine peinliche Situation gebracht.«

Richard ließ den *Daily Mirror* sinken, behielt ihn aber in der Hand. »Sie hat nichts gesagt.«

»So, aber ich sage etwas. Ich erwarte von meinen Kindern, daß sie sich besser benehmen.«

»Ich bin nicht mehr dein verdammtes Kind. Ich bin fast fünfzig.«

»So hast du dich gestern aber nicht benommen. Das dulde ich nicht, Richard.«

»Was duldest du nicht?« blaffte Richard, der einen Kater und dröhnende Kopfschmerzen hatte. »Wenn Naomi mir den Kopf waschen will, soll sie es selber tun. Aber du, hör auf, mich wie einen kleinen Jungen zu behandeln. Ich kann das nicht leiden.«

»Was du leiden und nicht leiden kannst, interessiert mich nicht. Du warst widerwärtig. Wenn dein Vater –«

»Halt den Mund!« Die Zeitung flatterte und fiel auseinander, als er sie nach ihr warf. »Was zum Teufel hat denn der damit zu tun?«

Florences Gesicht wurde hart. »Scher dich selbst zum Teufel, Richard! Da staunst du, was? Aber rede nie wieder so von deinem Vater! Wenn dir sonst nichts einfällt, zeige wenigstens etwas Achtung für ihn.«

»Achtung? Für diesen heuchlerischen, selbstzufriedenen, aufgeblasenen Mist –«

»Richard! Hör auf! Hast du schon wieder zu trinken angefangen?«

Einen Augenblick lang starrten sie einander an, dann ging die Tür zur Diele auf, und Naomi kam herein.

»Was um Himmels willen ist denn hier los? Der dritte Weltkr. . .?« Sie unterbrach sich, als beide sich zu ihr umdrehten. »Oh, ich wußte nicht, daß ihr das seid.«

»Entschuldige, Naomi«, sagte Florence steif. »Ich war gerade dabei, Richard zu sagen, daß er sich für seinen Auftritt von gestern abend entschuldigen soll, aber er ist heute vormittag offenbar in einer sehr merkwürdigen Stimmung. Jedenfalls habe ich getan, was ich konnte. Vielleicht reagiert er dir gegenüber ja nicht so hysterisch. Ich gehe jetzt ein Weilchen in mein Zimmer.«

»Danke, Mama, aber du brauchtest nicht . . .« Naomi seufzte, als Florence aus dem Zimmer ging, dann wandte sie sich müde an Richard. »Was zum Teufel war denn los?«

»Unwichtig. Sie ist mir einfach auf den Geist gegangen.«

»Weil sie wollte, daß du dich entschuldigst?«

»Nein, es war . . . lassen wir das. Und meinetwegen ja, es tut mir leid. Ich habe mich säuisch benommen.«

»Stimmt . . . und darüber habe ich nachgedacht, Richard. Wenn du nicht versprechen kannst, dich in Zukunft mehr im Zaum zu halten, bist du hier nicht mehr willkommen. Noch so eine Episode wie die gestern abend verkrafte ich nicht. Du bist sowieso nie gern hergekommen. Vielleicht hast du ja recht, wenn du sagst, das Ganze sei nur Schein, den wir aus den falschen Gründen aufrechterhalten. Lassen wir's doch einfach sein.«

»Kannst du das?« fragte er leise.

»Fang nicht schon wieder damit an«, warnte sie. »Ich

will es nicht wissen. Mach ... mach es einfach mit dir selbst ab. Wie Tim und ich es getan haben. Und versuch nicht, deine verdammten Bürden mir aufzuladen. Klar?«

»Aber du hast gesagt, daß –«

»Sei *still*!« Naomi schloß die Augen und schauderte. »Was ich gesagt habe, habe ich gesagt. Und was ich gesagt habe, das meine ich. Punkt. Und jetzt werde verdammt noch mal allein damit fertig.«

Sie drehte sich um und ging aus dem Zimmer. Richard sah ihr nach, dann ging er sich einen neuen Drink eingießen.

Im Abstand von knapp einer Sekunde krachten zwei Explosionen, hallten durch die Stille des Waldes und gingen in wildem Flügelschlagen unter, als Wintervögel in den Himmel stoben. Ein im Unterholz verborgener Hirsch flüchtete erschrocken. Es war früher Nachmittag, und die Sonne unternahm den symbolischen Versuch, mit ihrem kalten, blassen Licht den eisigen Dunst zitronengelb zu färben und Rauhreif und Eis ein wenig zum Glitzern zu bringen. Charles ließ die Flinte sinken und klappte sie auf, um die rauchenden Patronenhülsen auszuwerfen; er hatte nichts schießen wollen und nur auf den obersten Ast eines toten Baumes gezielt.

»Schon mal mit so einer geschossen?« fragte er.

»Lange nicht mehr«, antwortete Richard. »Die Grundregeln habe ich vor etwa zehn Jahren mal beigebracht bekommen, da war ich zu so einer Herrenjagd eingeladen.«

Charles lud die Waffe neu und hielt sie seinem Schwager hin. »Dann versuch's mal wieder. Der Rückstoß ist weniger stark als erwartet.«

Er stellte sich hinter Richard, als dieser die Läufe wieder hochklappte und in den leeren Himmel richtete. Stephanie hielt sich die Ohren mit den Schaffellhandschuhen zu, die Naomi ihr geliehen hatte, und wieder zerrissen donnernde Explosionen die Stille.

»Damit kann man ja Tote aufwecken«, jammerte sie.

»Keine Sorge, das nächste Haus ist mindestens anderthalb Kilometer weit weg«, beruhigte Charles sie. »Willst du sie auch mal ausprobieren, David?«

»Okay!« David übernahm die Schrotflinte von Richard und lud sie selbst.

»Was passiert denn ... ich meine, das sind doch keine Kugeln da drin, oder?« fragte Stephanie. Nachdem David jetzt die Waffe hatte, interessierte sie sich plötzlich dafür.

»Nein, Schrot.« David sah sich auf der Lichtung um, auf der sie standen. »Siehst du den Baumstumpf da?« Er nahm die Flinte an die Hüfte und schoß. Der dicke Teppich aus toten Blättern um den Baumstumpf stob in alle Richtungen weg, und abgerissene Holzstückchen flogen in die Büsche dahinter. »Und jetzt komm mal mit und sieh es dir an.«

Stephanie ging mit ihm über die Lichtung, und sie bückten sich; die Rinde war mit lauter kleinen Löchern gespickt. David hob ein Bleikügelchen auf.

»Stell dir vor, du bist ein Vogel und fliegst ein paar von diesen Dingern genau in den Weg.«

»Ich stelle mir lieber etwas anderes vor«, antwortete sie leise und strich mit den Fingern über die Läufe der Flinte, die er noch in der Hand hielt. »Freud läßt grüßen, findest du nicht?«

»Nicht jetzt«, murmelte er.

»Aber später ... und ich will beide Läufe.«

»Himmel, du bist ja unersättlich. So was mag ich an einer Frau.« Seine Lippen bewegten sich kaum, dann richtete er sich auf und drehte sich zu seinem Vater um. »Du hast recht mit dem Rückstoß, Dad. Man spürt ihn kaum.«

»Kommt, es wird Zeit, daß wir nach Hause gehen«, sagte Charles. Er hatte vorgeschlagen, sein Geschenk auszuprobieren, nur um der erstickenden Atmosphäre im Haus zu entkommen, aber jetzt wollte er zu seiner Frau zurück. Als sie zum Auto gingen, legte Richard den Arm um Stephanies Schultern und fühlte das verhaltene Widerstreben ihres Körpers.

VIERTES KAPITEL

Am Abend des zweiten Weihnachtsfeiertages waren Nachbarn zu Drinks eingeladen, Außenstehende, denen ein frohes Familienfest vorgespielt werden mußte.

»Ja, es ist schön, wenn wir alle hier zusammen sind ... wir kommen jetzt schon seit Jahren zu Charles und Naomi. Sie machen uns diese Tage immer wunderschön ... Ach, Sie sind Lehrer? Dann müssen Sie sich mit Tim unterhalten ... Probieren Sie die mal. Die sind köstlich ... Drucken konnten wir das nicht, aber wir wissen, daß Maxwell vor seinem Tod ... Ganz nah bei Manchester. Nicht weit vom Cricketstadion. Kennen Sie es? ... Ist sie ihr erstes Enkelkind? Wie süß ... Gefällt es Ihnen? Hat meine Nichte mir geschenkt ... Claire, die Dame hier strickt auch ... Wir fahren morgen vormittag zurück ... Ich habe mich gefreut, Sie kennenzulernen ... Auf Wiedersehen ...«

Als Charles und Naomi das letzte Ehepaar verabschiedet und die Haustür hinter ihnen zugemacht hatten, breitete sich Leere aus, und alle trennten sich wieder. Florence, für die diese letzten beiden Stunden genau das repräsentierten, was sie sich unter Weihnachten in Hertfordshire vorstellte, las in einem Buch aus der Bücherei, das sie mitgebracht hatte; Claire, die diese Nachbarn snobistisch gefunden hatte, blätterte in der *Daily Mail* von Richards Zeitungsstapel; Tim sah sich beiläufig die vielen Weihnachtskarten an, die im Zimmer herumlagen. Es wurden oberflächliche Gespräche geführt, nur um die Pausen auszufüllen. Stephanie fragte, ob sie einen Fön ausleihen könne, und ging nach oben, um sich die Haare zu waschen; Charles erklärte, er habe dringend noch zu arbeiten, und verschwand in seinem Arbeitszimmer.

»Das ist ja gräßlich«, flüsterte Roberta ihrer Mutter zu. »Wir müssen *irgend etwas* mit ihnen machen.«

»Nachher kommt ein Film in BBC 2. Den können sie sich ansehen.« Naomi wirkte erschöpft. »Ich gehe nach nebenan und schreibe ein paar Briefe.«

Roberta stellte fest, daß ihre Eltern ihre Gastgeberpflichten vernachlässigten, als ob sie sich von ihren Gästen nichts mehr erhofften. Immerhin war es kurz vor neun; keine drei Stunden mehr, dann wären alle im Bett. Der Film begann und bot eine neue Fluchtmöglichkeit; eine seichte Hollywoodproduktion mit garantiertem Happy-End ... Plötzlich fiel Richard auf, daß Stephanie noch nicht vom Haarewaschen zurückgekommen war, und er sagte, er wolle sie suchen gehen. Roberta registrierte augenblicklich, daß David vor etwa einer Viertelstunde das Zimmer verlassen hatte.

»Nein, laß nur«, sagte sie hastig. »Ich muß sowieso mal raufgehen. Bleib du nur sitzen.«

Voll neu entbrannter Wut rannte sie, immer zwei Stufen auf einmal, die Treppe hinauf und sagte sich dabei wider jede Vernunft, wenn sie das Schlimmste erwartete, werde es schon irgendwie nicht eintreffen. Richards und Stephanies Zimmer war leer, der ausgeliehene Fön lag noch in seiner Hülle auf dem Bett.

»Verdammter Mist, hab ich doch recht gehabt«, murmelte sie vor sich hin, dann rannte sie über die Galerie und stieß die Tür zum Zimmer ihres Bruder auf. Zwei gierig verschlungene Leiber erstarrten abrupt in ihrer Bewegung, und ein kurzes, angespanntes Schweigen trat ein, während sie erschlafften und sich voneinander lösten. David hatte seine Hose und Unterhose ausgezogen, aber Hemd und Socken hatte er noch an; Stephanies Rock und Slip lagen zerknüllt auf dem Boden, Pullover und BH waren bis zum Hals hochgeschoben und ihre Brüste entblößt. So halbnackt boten sie ein Bild der Verworfenheit und Heimlichkeit.

»Weißt du nicht, daß man höflicherweise anklopft?« fragte David hämisch.

»Gott, was seid ihr für ... Schweine!« Roberta spie ihnen das Wort entgegen. »Zieht euch sofort an und kommt runter. Einzeln. Übrigens weiß ich, daß ihr's letzte Nacht auch getrieben habt. Wäre es zuviel verlangt, euch zu benehmen, bis ihr weg seid? Danach könnt ihr euch dumm und dämlich vögeln, aber es hier in diesem Haus zu tun ist einfach ungehörig.«

»Zisch ab, Schwesterherz. Wir tun doch niemandem weh damit.«

»Niemandem weh ...?« Sie schüttelte ungläubig den Kopf. »Hast du denn verdammt noch mal gar keine Ahnung, was um dich herum vorgeht, David? Alle sind auf hundertachtzig, Mama steht kurz vor dem Nervenzusammenbruch. Es ist, als wenn jeden Moment eine Bombe hochgehen könnte, und du hast nichts anderes im Kopf, als dich mit dieser Nutte zu amüsieren!«

»Wie bitte?« Stephanie setzte sich auf, ihre Augen blitzten. »Du scheinheilige Kuh! Nimm das sofort zurück, oder ... oh, *Scheiße*!«

Sie ließ sich aufs Bett zurückfallen und starrte an die Decke. Roberta merkte, daß David an ihr vorbei zur Galerie schaute, und drehte sich um; hinter ihr stand Richard.

»Nein!« Roberta packte Richard an den Armen. »Fang jetzt keinen Streit an. Bitte ...«

Sie taumelte, als er sie brutal beiseite stieß, und David war mit einem Satz aus dem Bett, als sein Onkel sich auf ihn stürzen wollte; Richard landete auf Stephanie, dann sprang er auf der anderen Seite wieder hinaus, nur darauf bedacht, seinen Neffen zu erwischen.

»Mistkerl! Warte nur, bis ich ...«

Halbnackt und verletzlich wie er war, griff David sich ein Buch vom Regal und warf es nach ihm; Richard stolperte, als er sich duckte, und das Buch flog an die Wand, dann bekam er David, als der an ihm vorbeistürmen wollte, am Fußgelenk zu fassen.

»Hört auf!« Roberta rannte zu den kämpfenden Männern und versuchte verzweifelt, sie zu trennen. »Stephanie! Um Himmels willen, hilf mir doch!«

Richard schleuderte sie zur Seite und schlug wild mit den Fäusten um sich, während er versuchte David ins Gesicht zu treffen. Roberta erwischte sein rechtes Handgelenk und konnte es einen Moment festhalten, bevor er sich losriß und David auf den Mund schlug. Als er die

Faust erneut hob, warf Stephanie ihm die Arme um den Hals und ließ sich rückwärts fallen, wobei sie ihn mitzog; David schlich sich davon wie eine verängstigte Krabbe und hielt sich fluchend die aufgeplatzte Lippe. Roberta stand schluchzend zwischen den beiden Männern.

»Jetzt reicht's aber! Hört endlich auf! Ihr seid ja widerlich! Alle beide!«

»Erzähl mir nichts von widerlich.« Richards Gesicht war rot vor Wut. »Das kannst du von deinem Bruder sagen, diesem Mistbock!«

»Dann verpaß ihr wenigstens auch eine!« fuhr Roberta ihn an. »Er mußte sie ja nicht gerade festbinden.«

»Nein, das mußte er nicht.« Richard drehte sich zu Stephanie um, die ihn losgelassen hatte und mit der einen Hand ihren Rock vom Boden klaubte, während sie mit der anderen Büstenhalter und Pullover herunterzog. »Wer von euch hat damit angefangen?«

»Ist das wichtig? Es ist eben passiert.«

»Wie letzte Nacht, da ist es auch –« Roberta unterbrach sich; der Zorn hatte ihr die Zunge gelockert, aber es war zu spät.

»Letzte Nacht?« polterte Richard los. »Willst du damit sagen, daß sie –?«

»Nein!« Sie ging durchs Zimmer und machte die Tür zu. »Ich weiß nicht ... Ich habe nur gesehen ... Wahrscheinlich habe ich mich getäuscht.«

»Was hast du gesehen?« wollte Stephanie wissen. »Moment mal, das hast du doch vorhin schon gesagt. Herrgott, hast du etwa zugeguckt?«

»Ich bin doch nicht pervers! Ich habe Licht unter der

Tür gesehen. Ich wußte nicht, was vorging, aber ... Entschuldigt, ich hätte den Mund halten sollen.«

»Na klar.« Richard stand auf und rieb sich die Knöchel seiner rechten Hand. »Als ich voll war.« David wich zurück, als er auf ihn zuging. »Keine Angst, ich werde deine kostbare Visage nicht weiter demolieren ... Ich will mich nur wieder betrinken gehen.«

»Tu das nicht, Richard.« Robertas Blick flehte ihn an, während sie mit dem Rücken an der Tür stehenblieb, um ihm den Weg nach draußen zu versperren. »Es tut mir alles so leid, aber ...« Sie fing wieder an zu weinen. »Aber es ist so abscheulich. Ich weiß nicht, was mit euch allen los ist. Wie wenn man auf einem Vulkan sitzt. Kannst du nicht wenigstens bis morgen früh Theater spielen? Bitte.«

»Ich habe mein ganzes verdammtes Leben lang Theater gespielt und bin es einfach müde.« Er rieb sich die Stirn. »Also gut. Ich kann nichts versprechen, aber ich will's versuchen. Es gibt auch so schon genug Scheiße in dieser Familie.«

»Was meinst du damit?«

»Spielt keine Rolle.«

Sie sah ihn verwirrt an, während sie sich zur Seite schieben ließ und er an ihr vorbei aus dem Zimmer ging; sie kannte ihn, seit sie denken konnte, und doch war er ein Fremder.

»Ich blute.« Davids Stimme klang wie die eines schmollenden Kindes.

»Halt die Klappe und zieh dich an.« Roberta war übel vor Ekel. »Dann komm runter, und benimm dich den Rest des Abends wie ein normaler Mensch. Morgen kannst du abzischen und tun, was du willst. Aber bis dahin möchte ich, daß ihr zwei euch benehmt. Klar?«

»Wenn du nicht hier reingeplatzt wärst, hätte das alles nicht passieren müssen.« David hatte sich aus einer Schachtel am Bett ein Kosmetiktuch genommen und betupfte seine Lippe damit. »Wir hätten das geheimgehalten. Du hast uns alles versaut.«

Roberta wandte sich ab. »Wenn du das so siehst, David, habe ich dir nichts mehr zu sagen.«

Sie ließ die beiden allein und ging in ihr Zimmer, wo sie sich an die Wand lehnen mußte, weil ihr schwindlig wurde. Tief in ihr saß zusätzlich noch der Schmerz von dem, was ihr damals mit Martin passiert war. Sie hatte ihn nicht direkt mit Suzanne im Bett gesehen, aber noch lange hinterher hatte sie sich der quälenden Vorstellung nicht entziehen können, was diese beiden Körper miteinander angestellt hatten. Der flüchtige Anblick ihres Bruders mit Stephanie, wie sie selbstvergessen keuchten, hatte die Eifersucht, den Haß und das Gefühl demütigender Wertlosigkeit wieder aufleben lassen.

»Laß gut sein!« sagte sie laut. »Das spielt keine Rolle. Bring nur noch den Rest des heutigen Abends hinter dich.«

Sie wischte sich das von Tränen verschmierte Make-up vom Gesicht, dann blieb sie ein paar Minuten ganz still sitzen und zwang sich, ganz ruhig zu sein, bevor sie wieder nach unten ging. Stephanie war schon wieder im Salon und saß auf dem Boden zu Richards Füßen. Roberta fand soviel Theaterspiel ein bißchen übertrieben, aber die beiden berührten sich nicht. Erstaunt stellte sie fest, wie kurz der ganze Zwischenfall gewesen war; sie war vor noch nicht einmal einer Viertelstunde aus diesem Zimmer gegangen, und ihre Abwesenheit war gar nicht aufgefallen, weil sich alle auf den Film konzentriert hatten, als gelte es, nur ja nichts an sich heranzulassen. Florence war die einzige, die aufsah und lächelte, bevor sie ihre Aufmerksamkeit wieder dem Geschehen auf dem Bildschirm zuwandte.

David kam gerade die Treppe herunter, als Naomi aus dem Nebenzimmer trat.

»Mein Gott, was hast du denn angestellt?«

»Wie? Ach, das?« Er befühlte vorsichtig seine Lippe an der Stelle, wo ein Pflaster den Riß bedeckte. »Ich bin im Bad ausgerutscht. Ist nicht so schlimm.«

»Eine Beule hast du auch. Laß mich mal sehen.«

»Laß das, Mama.« Er wich zurück, als sie auf ihn zukam. »Es ist nichts weiter.«

»Das Blut dringt schon durchs Pflaster. Laß mich nur mal ...«

»Geh weg! Ich bin doch kein Kind mehr!«

Gekränkt durch seine Zurückweisung, funkelte Naomi ihn böse an. »Wie ein Erwachsener benimmst du dich auch nicht gerade. Aber bitte, wenn du lieber blutend rumlaufen willst, ist das deine Sache. Ich habe auch so schon genug am Hals. Sind die anderen noch beim Fernsehen?«

»Soweit ich weiß, ja.«

»Na schön, vielleicht kannst du mir dann bei meinen Gastgeberpflichten behilflich sein. Roberta hat ihr Soll mehr als erfüllt.«

Ihre Behauptung, sie wolle Briefe schreiben, war nur eine Ausrede gewesen. In der letzten Stunde hatte Naomi allein in ihrem Zimmer gesessen und sich eingeredet, daß ihr Schutzwall sicher war und nicht einfach eingerissen werden und sie preisgeben konnte. Sie würde sich so bald wie möglich mit Richard in der Stadt treffen, um herauszufinden, was ihn plötzlich so schwach machte, und ihre Schutzmauern dadurch wieder aufbauen, daß sie die seinen stärkte. Vielleicht mußte sie auch mit Tim reden; nach dreißig Jahren konnte jetzt nicht alles verloren sein. Bis dahin mußten die letzten Etappen des Weihnachtsfestes noch durchgestanden werden. Sie hatte das jahrelang problemlos geschafft; warum sollte es diesmal anders sein? Sie brauchte doch nur alle ganz normal zu behandeln, wie in jeder anderen Familie; daß nun ihr Sohn auch noch auf ihre Anteilnahme so aggressiv reagierte, konnte sie nicht brauchen.

Während der Abspann des Films über den Bildschirm rollte, wurde ihnen allen unbehaglich bei dem Gedanken, sich nun wieder miteinander beschäftigen zu sollen. Es war erst kurz nach elf, und Florence sagte sofort, sie gehe jetzt zu Bett.

»Wir haben morgen eine lange Fahrt vor uns, und im Wetterbericht ist Schnee für die Midlands angekündigt, da sollten wir zeitig aufbrechen.« Sie ging zu Naomi und küßte sie. »Ich danke dir. Es war ein schönes Weihnachtsfest. Wie immer. Wo ist Charles?«

»Er arbeitet noch. Er hat morgen eine wichtige Sitzung.«

»Dann bedanke ich mich morgen noch einmal bei euch

beiden.« Florence blickte sich im Zimmer um. »Kommt noch jemand mit hoch?«

»Ja«, antwortete Claire. »Du hast recht mit dem Wetter. Wir sollten so früh wie möglich losfahren. Tim?«

»Ich trinke nur noch aus.« Er hielt sein Glas hoch.

»Sieh zu, daß es nicht zu lange dauert.«

Emma, die dringend einen Joint brauchte, folgte ihnen fast auf dem Fuß, aber Richard sagte, er wolle noch die Spätnachrichten sehen, und ließ keinen Zweifel daran aufkommen, daß Stephanie bei ihm zu bleiben habe; Roberta starrte David an, bis er verstanden hatte, und ging.

»Ich gehe nur eben nachsehen, ob Daddy fertig ist«, sagte Naomi.

Sobald sie die Tür hinter sich zugemacht hatte, stand Stephanie auf und setzte sich abseits. Roberta seufzte still bei sich. Ihr fiel wieder ein, was Richard von lebenslangem Theaterspielen gesagt hatte, und sie fragte sich, was er wohl damit gemeint haben könnte, aber in den letzten beiden Tagen hatten sich überhaupt alle so komisch benommen, daß sie gar nichts mehr verstand. Er tat ihr plötzlich leid – ein starker Mann, der es nicht verkraften konnte, die Nacht im selben Bett mit einer Freundin verbringen zu müssen, die er mit einem anderen Liebhaber erwischt hatte. Aber es war unmöglich, ihnen getrennte Zimmer zu geben; soviel Platz war nicht im Haus, und Naomi würde peinliche Fragen stellen, die er in seinem Suff womöglich beantworten würde. Denn er hatte sich in seiner Wut nun doch mit eiskaltem Vorsatz betrunken.

»Ich gehe schlafen«, erklärte Stephanie unvermittelt. »Ich bin müde.«

Richard beachtete sie nicht, aber nachdem sie draußen war, wandte er sich an seine Nichte. »Und du gehst auch, Roberta.«

»Und du sagst mir in meinem eigenen Haus nicht, was ich zu tun habe.«

»Geh«, sagte er. »Ich will mit Naomi und Tim reden. Allein.«

»Ich werde nicht –«

»Ich habe das Theater gespielt, das du gewünscht hast«, unterbrach er sie. »Jetzt möchte ich, daß du ins Bett gehst. Wenn du nicht gehst, könnte ich Dinge sagen, die du lieber nicht hören würdest.«

»Was redest du da?« Tims Stimme klang verwirrt und ein wenig ängstlich.

»Roberta weiß es«, antwortete Richard. »Und darum geht sie jetzt ins Bett.«

Eben hatte er ihr noch leid getan, weil der lächerliche Chauvinismus des Endvierzigers durch die fast schon possenhaften Ereignisse von vorhin angekratzt worden und seine Arroganz in sich zusammengefallen war. Jetzt verabscheute sie ihn, wie er mit rotfleckigem Gesicht dasaß und ihr vorschrieb, wie sie sich zu verhalten habe. Das schlimmste war, daß sie sich fügen mußte; wenn nicht, würde er nämlich sagen, was sie so unbedingt vor ihren Eltern verheimlichen wollte.

»Also gut«, stimmte sie zu. »Aber drohe mir nie wieder, Richard. Gute Nacht, und ich verabschiede mich gleich, weil ich keine große Lust habe, dich morgen noch einmal zu sehen. Schönes Neues Jahr, wenn es soweit ist.« Sie stolzierte aus dem Zimmer. Am anderen Ende der

Diele brannte Licht in der Küche; das mußte ihre Mutter sein.

»Gute Nacht, Mama«, sagte sie von der Schwelle aus.

»Gute Nacht, mein Liebes ... Was ist denn los? Du siehst wütend aus.«

»Richard will mit dir und Tim reden und hat mich einfach auf mein Zimmer geschickt.«

»Na so was. Das hat er sicher nicht so ernst gemeint.«

»Doch, hat er.« Ihre Wut brach sich in Tränen Bahn. »Entschuldige, Mama, aber außer dir und Dad und Großmama hasse ich momentan alle und alles in diesem Haus. Das war das schrecklichste Weihnachten der Weltgeschichte.«

»Aber Schätzchen.« Naomi stellte das Glas Wasser, das sie sich gerade eingegossen hatte, ab und nahm ihre Tochter in die Arme. »Ich weiß, es war fürchterlich, und ich danke dir, daß du immer da warst und mir so lieb geholfen hast.«

»Aber wie kommt das?« schluchzte Roberta, an sie geschmiegt. »Warum sind alle so abscheulich?«

»Sind sie ja nicht.« Naomi strich ihr übers Haar. »Du weißt, daß sie es nicht sind. Großmama ist doch dieselbe, oder? Und Emma. Und David.« Sie machte ein erstauntes Gesicht, als Roberta sich gewaltsam losriß.

»David ist ein egoistisches Schwein!«

»Warum? Was hat er getan?«

»Ach, nichts weiter ... Ich wollte das nicht sagen. Vergiß es wieder.« Roberta wischte sich mit dem Handrükken die Tränen ab. »Ich gehe jetzt ins Bett ... Wo ist Daddy?«

»Schon nach oben gegangen. Er ist sehr müde.«

»Dann gehe ich ihm noch gute Nacht sagen.« Sie trat wieder zu Naomi und küßte sie. »Ich liebe dich.«

»Ich dich auch, mein Schätzchen. Mach dir keine Sorgen. Es wird sich alles wieder einrenken. Schlaf gut.«

Daß Roberta litt, tat Naomi am meisten weh. Nachdem sie sich eingeredet hatte, daß ihre eigene Kindheit – Naomi Barlows Kindheit – durch ihren Vater kaputtgemacht worden war, hatte sie sich fest vorgenommen, daß ihre eigenen Kinder glücklich sein und es ihnen nie an Verständnis und Aufmerksamkeit fehlen sollte. Sie war stolz auf Roberta und David, diese erfolgreichen, gut angepaßten und untadeligen Kinder, die ein weiterer Beweis dafür waren, wie gut sie sich in die Frau verwandelt hatte, die sie jetzt war; was immer den Kindern passierte, wertete sie als Bedrohung für sich selbst. Nach den Ängsten, die sie Richards wegen ausgestanden hatte, war sie jetzt wütend auf ihn. Als sie in den Salon kam, hatte er sich schon wieder einen großen Whisky eingeschenkt und zur Hälfte ausgetrunken, und jetzt war er auf dem besten Weg von alkoholisiertem Schwadronieren zu offener Aggression.

»Gut«, sagte er, als sie eintrat. »Ich will mit dir reden.«

»Das hat mir Roberta gesagt.«

»Roberta? Ach ja. Mußte sie ins Bett schicken.«

»Was unverzeihlich war, aber darüber reden wir, wenn du wieder in der Lage bist, etwas zu begreifen. Und was wolltest du nun so Wichtiges besprechen?«

»Das weißt du.«

»Nein, ich weiß es nicht . . Weißt du es Tim?«

»Er quasselt dauernd was von Dad und –«

»Genau«, unterbrach ihn Richard. »Unser Alter Herr. Ich wollte euch etwas über ihn erzählen. Ihr beide wißt das noch nicht, aber –«

»Hilf mir bitte, ihn ins Bett zu bringen, Tim«, sagte Naomi in scharfem Ton. »Morgen früh hat er alles vergessen.«

»O nein.« Richard stand auf und entfernte sich weiter von der Tür. »Erst, wenn ihr gehört habt, was mit ... wie hieß sie noch? So ein walisisches Flittchen mit Riesentitten. Hat bei Coombes Brothers gearbeitet.«

»Coombes Brothers?« wiederholte Naomi ungläubig. »Meine Güte, Richard, wie blau bist du eigentlich? Was soll das alles?«

»Ich erzähl euch was ... hört einfach mal zu. Sie hieß ... nicht Myfanwy. So ähnlich wie ... Megan! Das war's. Megan Williams. Mit der hat der Alte herumgebumst. Das wußtet ihr doch nicht, was?«

»Du bist ja verrückt!« Tims Stimme klang empört. »Und sag nicht solche Sachen über ...«

»Laß, Tim, er ist wirklich nicht zurechnungsfähig.« Naomi machte eine ungeduldige Handbewegung. »Und ich habe keine Lust, mir noch mehr solchen Unsinn anzuhören. Im Augenblick habe ich kein Bedürfnis, je wieder mit dir zu reden, Richard. Du bist widerlich.«

»Widerlich? Schon das zweite Mal, daß mir das heute abend gesagt wird.«

»Was mich nicht wundert. Von wem?«

»Roberta. Nur weil ich mir deinen mißratenen Sohn vorgeknöpft habe.«

Naomi wandte sich an Tim. »Was ist denn vorgefallen?«

»Nichts«, beteuerte Tim. »Wir haben alle vor dem Fernseher gesessen. Ich glaube nicht einmal, daß Richard und David überhaupt miteinander gesprochen haben.«

»Na also. Er ist so betrunken, daß er sich einbildet, einen Streit mit David gehabt zu haben, du brauchst dich also nicht darum zu kümmern, was er über Dad sagt. Im Moment könnte er nicht mal seinen Namen buchstabieren. Laß ihn hier. Soll er doch auf dem Fußboden nächtigen, mir ist es egal.«

Sie wandte sich zitternd zur Tür. Mit ihren Brüdern und dem Gespenst ihres Vaters nach so vielen Jahren allein zu sein machte ihr furchtbare Angst.

»Nimmy . . .«, begann Tim.

»Nenn mich nicht Nimmy!« Sie fuhr zu ihm herum. Der Kindername hatte Naomi Barlow heraufbeschworen, die es augenblicklich anzugreifen und wieder zu vernichten galt, in seiner Person. »Himmel noch mal, werde doch endlich erwachsen. Sieh dich an! Ein kleiner Schullehrer, der nicht mal eine Klasse von Siebenjährigen zur Räson bringen kann. Der sich über schäbige Chinarestaurants ausläßt, als ob sie das Dorchester wären. Angezogen wie aus einem Oxfam-Laden. Klammert sich an Mammi wie ein dämlicher Schuljunge. Merkst du denn gar nicht, was für ein Jammerlappen du bist? Das einzige, wozu du taugst, ist als Lachnummer.

Und was dich angeht, Richard . . . also, ich dachte immer, ich hätte zwei Brüder, aber ich habe nur zwei lasche Schwestern. Ein Trunkenbold und ein zurückgebliebenes Kind. Keiner von euch hat mir in irgendeiner Weise geholfen, seit wir . . .« Sie verschluckte sich an Worten, die sie nicht mehr aussprechen konnte, mußte würgen und begann zu schluchzen. »Verschwindet doch endlich. Haut ab. Ihr seid ... ihr seid ... was habt ihr denn vor? Wollt ihr mir alles kaputtmachen, was ich habe?« Sie blickte beide anklagend an, dann rannte sie hinaus.

»Was meinst du mit ...?« Tim hatte die Hände zu Fäusten geballt, während er hinter ihr her rief. Er drehte sich zu seinem Bruder um. »Hast du das gehört? Nach allem, was ich für Mama getan habe, während sie sich zur Gräfin Koks von der Gasanstalt entwickeln und du dich in Fleet Street hochboxen konntest.«

»Gräfin Koks?« wiederholte Richard spöttisch. »Mein Gott, das hab ich seit dreißig Jahren nicht mehr gehört. Naomi hat recht, du bist nie erwachsen geworden. Du bist noch genau wie früher.«

»Gott sei Dank. Wenigstens bin ich ehrlich.«

»Bist du das? Komm schon, keiner von uns ist ehrlich, Tim. Das würden wir nicht wagen.« Er zündete sich eine Zigarette an und trank durch den halb ausgestoßenen Rauch den restlichen Whisky aus. »Ich möchte dir eine Frage stellen, die ich vorhin schon Naomi gestellt habe. Wessen Idee war es?«

»Wessen Idee war was?«

»Du weißt genau, was ich meine. Wer hat zuerst die Idee aufgebracht, den Alten umzubringen?«

»Wie bitte?« Tim schüttelte den Kopf. »Himmel, Richard, das weißt doch du. Es war deine Idee.«

Richard schwieg, dann nickte er, als hätte er plötzlich etwas verstanden. »Schon kapiert. Ihr habt euch abgesprochen.«

»Was zum Teufel redest du da?«

»Du und Naomi. Ihr kommt nicht klar damit, also schiebt ihr es mir in die Schuhe. So einfach, nicht? Sagt ja sowieso jeder, daß ich der knallharte Schurke bin. Und ihr beide seid aus der Bredouille.«

»Du warst es doch«, beharrte Tim. »Von Anfang an. Du hast dir ausgedacht, wie wir es machen könnten, und uns dann zum Mitmachen überredet. Und anschließend bist du so schnell wie möglich weggerannt und zu dem geworden, was du heute bist. Du hast zugelassen, daß wir unser Leben ruinierten, weil du an nichts anderem interessiert warst als an dir selbst. Ich habe Dad geliebt und –«

»Blödsinn. Du hast ihn genauso gehaßt wie wir.«

»Sag das nie wieder, Richard. Ich warne dich ... Und was zum Teufel hast du da vorhin über ihn und irgend so eine Frau von Coombes Brothers erzählt?«

»Sag ich doch. Er hat mit ihr herumgebumst.«

»Lügner!« Tim trat drohend auf ihn zu. »Das hat er nicht! Dad hätte so etwas nie getan. Was willst du eigentlich? Dir eine Entschuldigung dafür zurechtzimmern, daß du mitgeholfen hast, ihn umzubringen?«

»Sei nicht so blöd. Dafür hätte ich ihn doch nicht umgebracht. Es zeigt nur, was für ein scheinheiliger Scheißer er war. Ich wette, sie war nicht die einzige. Kann's ihm allerdings nicht verdenken. Sie hatte die größten ...« Er taumelte rückwärts, als sein Bruder ihn vor die Brust stieß wie ein kleines Kind, das gegen einen größeren Rabauken anzugehen versucht. »Hör auf, du Trottel! Wenn die Wahrheit dir nicht gefällt, dann frag mich nicht danach.«

»Das ist nicht die Wahrheit! Du bist –«

Richard packte ihn am Hemd. »Jetzt hör mal zu, du Hohlkopf. Er hat sie gevögelt, daß es qualmte. Du kannst dir einreden, was du willst, aber ich weiß es.«

»Nein ... nein!« Ein Hemdknopf riß ab, als Tim sich befreite und zurückwich. »Du erzählst schon zu lange nichts als Lügen, Richard – dafür bezahlen sie dich ja –, du kannst überhaupt keinen mehr für anständig halten, nicht einmal deinen eigenen Vater.«

»Na gut, dann glaubst du mir eben nicht. Aber fragen wir doch Mama. Sie hat nie was gesagt, aber gewußt hat sie bestimmt was von dem, was da abging. Sie war immer schwer auf Draht.«

»Untersteh dich, Mama etwas davon zu erzählen!«

»Warum nicht? Es spielt doch jetzt keine Rolle mehr. Und sie war in der Zwischenzeit auch kein Kind von Traurigkeit. Sie glaubt, es weiß keiner, aber erinnerst du dich noch an Don Barraclough von nebenan? Pharmavertreter oder so was. Als ich noch beim *Messenger* gearbeitet habe, bin ich mal nachmittags unangemeldet bei ihr vorbeigegangen, da waren die beiden zusammen oben. Mama hat runtergerufen, er würde ihr helfen, irgendwas zu reparieren, aber sie hat mich nicht raufkommen und helfen lassen. Sie hat sogar extra gesagt, ich soll unten bleiben und warten, bis sie runterkommt. Als sie dann kam, konnte man es ihr vom Gesicht ablesen, was sie getrieben hatten. Sie hat es zu verbergen versucht, aber ich wußte Bescheid. Und ich bin verdammt sicher, daß er nicht der einzige war.«

Tim hatte zu zittern begonnen, während ihm Tränen der Wut und Enttäuschung übers Gesicht rannen. Er atmete schwer und unregelmäßig, und einen Moment lang sah es aus, als ob er gleich umkippen würde. Er schluckte mühsam, und als er sprach, kamen die Worte in gequälten Stößen und abgehackt.

»Nein ... nein ... nein ... Nimmy hat recht ... du bist krank ... Dad hätte nie ... Mr. Barraclough war ... tu das nicht, Richard ... hör auf ... es ist grausam ... nicht Mama ... du sollst deine ... lieben ...« Wortfetzen gingen in seinen lauten Schluchzern unter. »Du bist bösartig!«

Richard lachte. »Und du bist ein Jammerlappen, wie Naomi gesagt hat. Vielleicht glaubst du es ja, wenn Mama es zugibt. Jetzt verpiß dich zu deiner Trulla, sei ein braver kleiner Junge. Ich bleibe hier und vernasche noch diesen Scotch. Ins Bett zu gehen lohnt sich für mich nicht.«

Tim machte noch immer schluchzend kehrt und rannte so schnell aus dem Zimmer wie vorhin seine Schwester. Nach lebenslangen Lügen war plötzlich zuviel Wahrheit ans Licht gekommen.

FÜNFTES KAPITEL

Bei anderen Mordfällen, in denen Michael Dundee ermittelt hatte, waren die Opfer an Orten gefunden worden, denen man die Häßlichkeit und Brutalität des Verbrechens ansah – einem ausgebrannten Auto, einer schmutzstarrenden Junkie-Behausung, in abfallübersäten, düsteren Unterführungen, wo es nach Urin stank. Das Haus in der Devon Lane war der falsche Ort, eine Adresse, zu der die Polizei höchstens in Verbindung mit einem Verkehrsdelikt fahren würde, einem hochkarätigen Schwindel vielleicht, aber nicht wegen zweier gräßlich zugerichteter Leichen, die mitten in all dieser Vornehmheit hingeschlachtet lagen wie Tiere. Die Frau mußte im Fallen mit der Hand die hohe chinesische Vase auf dem glänzenden Flügel umgestoßen haben, denn rings um ihren Leichnam lagen lauter Seidenblumen verstreut, als hätten trauernde Freunde sie dort hingelegt.

Aber alles hatte in einem Mißverhältnis gestanden. Als Charles Stansfield ihm am Morgen die Haustür öffnete, hatte er sich untadelig korrekt verhalten, Schock und Entsetzen verborgen unter einer Maske geziemenden Verantwortungsbewußtseins. Nichts sei verändert worden, versicherte er Dundee. Nachdem die Schüsse ihn geweckt hätten, sei er nach unten gegangen und habe sie gefunden;

er habe mit einem Blick gesehen, daß sie tot waren, und sofort die Polizei verständigt, noch vor dem Arzt. Er hatte Dundee sogar um Erlaubnis gebeten, sich einen Brandy einschenken zu dürfen, bevor er beherrscht und klar seine Aussage machte. Und jetzt, als Dundee noch einmal mit ihm sprechen mußte, kaschierte ruhige Gefaßtheit noch immer den Schmerz und alle Selbstvorwürfe.

»Ihre Schrotflinte, Mr. Stansfield. Erste Frage, warum war sie nicht sicher verwahrt? Sie kennen doch bestimmt die Auflagen für einen Waffenschein?«

»Natürlich kenne ich sie, und normalerweise halte ich mich auch daran, Superintendent. Mir ist durchaus klar, wieviel Verantwortung ich für das Geschehene trage, und ... nun, ich werde damit leben müssen. Die Flinte war nicht da, wo sie hingehörte – wenn Sie wollen, zeige ich Ihnen in meinem Arbeitszimmer, wo sie hätte sein sollen, da wäre sie absolut sicher aufgehoben gewesen – aber gestern nachmittag war ich draußen, um sie auszuprobieren. Ich sagte ihnen ja, daß es sich um ein Weihnachtsgeschenk meiner Frau handelt. Als ich zurückkam, wurde ich durch irgend etwas abgelenkt und habe sie in die Ecke neben der Eingangstür gelehnt. Es ist nicht zu entschuldigen, aber danach habe ich sie schlicht vergessen.«

»Und war auch Munition dabei?«

»Leider ja. Ich hatte noch ein paar Patronen in der Tasche, die habe ich auf den Tisch in der Diele gelegt.«

Dundee enthielt sich einer Kritik; Stansfield wußte, daß sein Tun gefährlich gewesen war und in einer Tragödie geendet hatte. Er würde es sich nie verzeihen.

»Wer im Haus – außer Ihnen – könnte die Flinte denn laden und abfeuern?« fragte er.

»Mein Sohn David, dem ich es selbst beigebracht habe. Meine Frau, obwohl sie die Jagd vor Jahren aufgegeben hat. Mein Schwager, Mr. Richard Barlow, von dem ich es bis gestern nicht wußte. Sonst wüßte ich keinen ... ach, Verzeihung. Roberta hat sich einmal dafür interessiert, aber das ist lange her.«

»Und Sie sind sicher, daß die Flinte nicht geladen war«?

»Absolut sicher. Ich war unverzeihlich leichtfertig, aber nicht dumm.«

»Das sehe ich, Sir, und ich mache Ihnen keinen Vorwurf daraus.« Dundee gewährte ihm einen Blick stillen Mitgefühls, bevor er fortfuhr. »Aber nachdem die Flinte erst einmal neu geladen worden war, könnte jeder andere sie natürlich abgefeuert haben.«

»Selbstverständlich. Aber ich habe mir etwas überlegt. Wenn ein Eindringling ins Haus gekommen wäre und –«

»Das glaube ich kaum«, unterbrach ihn Dundee. »Ich sehe schon, daß dies für Sie alle besser wäre, aber nichts deutet darauf hin. Die ersten Streifenbeamten, die hier ankamen, sagen, es habe gegen sieben Uhr ein wenig geschneit, nicht viel, aber genug, um den Boden zu bedekken. Und sie haben gesehen, daß die einzigen Reifenspuren auf Ihrer Auffahrt von dem Arzt stammten, der kurz vorher eingetroffen war. Danach haben wir das Gelände rund ums Haus abgesucht. Niemand hätte sich nähern können, ohne Fußspuren zu hinterlassen. Es gab keine.«

»Aber es hätte jemand kommen können, bevor es anfing zu schneien.«

»Möglich, aber wie wäre der ins Haus gekommen? Sie sind offensichtlich sehr sicherheitsbewußt. Alle Türen und Fenster sind gesichert, und nirgendwo ist etwas aufgebrochen. So oder so, wenn wirklich jemand während der Nacht eingebrochen wäre, warum hätte er morgens um acht noch hier sein sollen?« Dundee lächelte betrübt. »Es tut mir leid, Sir, aber wir haben es hier nicht mit unmöglichen Morden zu tun, für die es dann am Schluß eine lächerliche Erklärung gibt. So etwas kommt nur in Romanen vor. Diese Tat wurde von jemandem im Haus begangen. Ich muß nur wissen, wer es war, und wenn ich kein Geständnis bekomme, finde ich es wahrscheinlich durch etwas so Simples wie Fingerabdrücke heraus. Bis dahin müssen wir weitere Fakten sammeln. Die Frage, die mich im Augenblick am meisten interessiert, ist das Warum ... Hat es über Weihnachten zwischen Mitgliedern Ihrer Familie irgendwelche Streitigkeiten gegeben?«

Charles Stansfield seufzte. »Ich weiß nicht, ob Sie es Streitigkeiten nennen würden, aber es herrschte eine gewisse Spannung. Es war etwas ... Ich hatte den Eindruck, meine Frau wußte mehr darüber, als sie mir sagen wollte.«

»Leider ist Mrs. Stansfield im Moment außerstande, uns dazu etwas zu sagen«, meinte Dundee. »Außer ... Sie könnten uns da vielleicht weiterhelfen, Sir. Bisher hat Ihre Frau nur einen Satz gesagt. Eine meiner Beamtinnen hat versucht, sie zum Reden zu bewegen. Sie sprach sie selbstverständlich mit Mrs. Stansfield an, aber da sagte Ihre Frau plötzlich: »Ich bin Naomi Jean Barlow.« Das war alles. Ich weiß natürlich, daß dies ihr Mädchenname ist, aber warum hat sie ihn jetzt wieder benutzt?«

»Das weiß ich auch nicht, Superintendent, aber sie hat einen furchtbaren Schock erlitten, und Sie können kaum erwarten, daß sie sich rational verhält. Ich sehe allerdings nicht, was daran wichtig sein sollte.«

»Ich auch nicht«, pflichtete Dundee bei.

»Und wann darf ich zu ihr? Ich gestehe Ihnen ja zu, daß Sie im Augenblick bei jedem Schritt, der in diesem Haus geschieht, mitzureden haben, aber daß Sie uns so voneinander fernhalten, wird langsam unerträglich. Wo ist sie?«

»Sie ist noch hier, Sir. Der Arzt ist bei ihr. Ich bringe Sie so bald wie möglich zu ihr oder sie hierher. Erzählen Sie mir mehr über diese ... Spannung, sagten Sie, glaube ich.«

Seit über einer Stunde hatte Naomi Stansfield ihren Blick nicht vom gegenüberliegenden Fenster gewandt, aber es war, als könnte sie nichts erkennen. Ihr Gesicht sah aus, als ob die kleinste Bewegung eines einzigen Muskels einen furchtbaren Dammbruch verursachen und alles Leid und Entsetzen freilassen könnte, das sie in sich eingesperrt hielt; außer dem einen Satz, den Dundee vor Charles erwähnt hatte, war seit Eintreffen der Polizei kein Wort über ihre Lippen gekommen.

»Naomi. Nimm sie doch bitte«, drängte Mark Peters, wobei er ihr die Tabletten an die Lippen drückte und diese sanft zu öffnen versuchte. »Du fühlst dich dann besser. Komm, bitte.«

Ihre Lippen wurden starr, je fester er drückte, dann schüttelte sie heftig den Kopf und stieß seine Hand weg.

»Naomi, das hat doch keinen Sinn.« Er seufzte, während sie weiter aus dem Fenster starrte. »Ich kann dir nicht helfen, wenn du mich nicht läßt. Es sind nur ein paar Tabletten ... Sieh mal, ich lasse sie zusammen mit dem Wasser hier. Versprich mir, daß du sie nimmst.«

Er legte die Tabletten auf das Tischchen neben ihrem Stuhl und stellte das Wasserglas dazu. Dann sah er sie einen Moment lang traurig an, bevor er sie mit dem schweigenden Polizisten im Wohnzimmer allein ließ. Eine Polizistin lächelte mitfühlend, als er in die Halle trat.

»Noch immer nichts?«

»Nein, und ich möchte, daß sie die Tabletten nimmt, bevor wir sie ins Krankenhaus bringen. Wenn sie so weitermacht, muß ich ihr eine Spritze geben ... Aber das würde bedeuten, daß jemand sie festhalten müßte.«

»Dabei können wir Ihnen helfen.«

»Danke. Ich gebe ihr noch ein paar Minuten, um zu sehen, ob sie sie von selbst nimmt.«

»Sie sehen ganz erschöpft aus«, sagte die Polizistin. »Ich finde mich inzwischen in der Küche zurecht, seit die Spurensicherung da fertig ist. Kommen Sie mit auf eine Tasse Tee. Für den Augenblick haben Sie alles getan, was Sie konnten.«

Er folgte ihr und zündete sich eine Zigarette an, als er am Tisch saß. Die Polizistin stellte den Wasserkocher an und löffelte Zucker zu dem Teebeutel in einem Becher.

»Sie kennen die Leute schon lange, nicht?«

»Ich war Naomis Arzt, als sie Roberta und später David erwartete. Bei David bin ich sogar Pate.«

»Ich habe mir schon gedacht, daß sie Ihnen mehr bedeuten als nur irgendeine Familie mit einem Trauerfall. Es tut mir sehr leid. Das Ganze ist auch ohne persönliche

Beziehung schon schlimm genug ... Was ist denn Ihrer Meinung nach passiert?«

Der Arzt sah sie mißtrauisch an. »Ist das ein Verhör?«

»Nein.« Der Kocher schaltete sich ab, und sie goß Wasser in den Becher. »Ich bin nicht von der Kriminalpolizei. Mich interessiert einfach Ihre Meinung. Ich glaube nicht, daß Sie mir etwas sagen würden, was Sie nicht gegenüber meinen Kollegen wiederholen würden.«

»Was kann ich denen überhaupt sagen? Charles hat mich sofort angerufen, nachdem es passiert war, und als ich kam, fand ich hier die Polizei, zwei Leichen und ... wie viele? ... acht Menschen im Schockzustand. Niemand scheint genau zu wissen, was eigentlich passiert ist, warum also ausgerechnet ich? Was meint denn Ihr Mr. Dundee?«

»Ich bin nur von der hiesigen Schutzpolizei. Mir vertrauen die sich nicht an. Aber soviel ich mitbekommen habe, können sie aus niemandem eine zusammenhängende Geschichte herausbekommen. Kein Wunder. Die meisten haben ja noch geschlafen, als die Schüsse fielen.«

»Und es gibt keine ... keine Hinweise, wie es dazu gekommen ist?«

»Nicht, daß ich wüßte, aber es muß etwas Dramatisches gewesen sein. Ich könnte mir für gestern abend einen Streit im Suff vorstellen, der außer Kontrolle geraten ist ... aber nicht morgens um diese Zeit.«

»Nein.« Zum erstenmal war Peters in der Lage, objektiv zu denken. »Das heißt, sie sind stocknüchtern aufgestanden und heruntergekommen, und dann ... großer Gott, das macht es ja noch schlimmer, nicht?«

»Und wer ist aufgestanden?« fügte die Polizistin hinzu.

»Bestimmt nur die beiden. Das eine muß ein Selbstmord sein. Der Flintenlauf wurde ihm ja offensichtlich in den Mund gesteckt.«

»Aber hat er das selbst getan?«

»Muß er wohl. Man läßt sich doch nicht einfach eine geladene Schrotflinte in den Mund schieben.«

»Sofern er nicht vorher eins über den Schädel gekriegt hat – und von seinem Kopf ist nichts mehr übrig, was das widerlegen könnte.«

»Ist das die Ansicht der Polizei?«

»Die von der Kriminalpolizei halten alles für möglich, solange sie nicht genau wissen, was passiert ist, und mit mir werden sie bestimmt nicht darüber reden. Aber hierfür wird es keine rationalen Erklärungen geben, Doktor.« Sie reichte ihm seinen Tee. »Wie geht es den anderen?«

»Mrs. Barlow – Naomis Schwägerin – ist zusammengebrochen und ins Krankenhaus gebracht worden. Ihre Kriminalpolizei läßt sonst niemanden hier raus, wenn es nicht unbedingt nötig ist. Sie hat noch zu viele Fragen. Die anderen sind gefaßter, als man erwarten würde. Das ist natürlich der Schock. Sie werden später zusammenklappen.« Er trank die Hälfte des Tees mit einem Schluck. »Ach, übrigens, können Sie mir nicht diese verdammten Reporter vom Hals schaffen? Die sind über mich hergefallen wie die Wölfe, als ich aus der Tür trat.«

»Sie halten sich auf einer öffentlichen Straße auf und verursachen keine Behinderung«, antwortete sie. »Und für deren Verhältnisse benehmen sie sich bisher recht manierlich.«

»Und sie warten nur darauf, bis sie endlich alles in Riesenlettern auf ihre Titelseiten klecksen können.«

»Natürlich. Das erwarten die Leser ja von ihnen.«

Durch die wartenden Journalisten ging Bewegung, als Dundee in Begleitung des stellvertretenden Chief Constable und des Pressesprechers den Konferenzraum betrat und sich an den Tisch vor den Kameras setzte. Es entstand eine kurze Pause, während ein Mikrophon an seinem Revers befestigt wurde.

»Zuerst möchte ich mich für die Verzögerung entschuldigen, mit der diese Pressekonferenz beginnt«, sagte er. »Aber unsere Ermittlungen sind umfangreich und noch nicht abgeschlossen. Ich verlese zuerst eine Erklärung, die Sie sich anschließend in schriftlicher Form von Sergeant Davies geben lassen können.«

Er senkte den Blick auf das Blatt Papier, das er in der Hand hielt. »Heute früh um acht Uhr dreißig fuhren Beamte der Polizei von Hertfordshire nach einem Anruf in die Devon Lane, Brookmans Park.

In einem Zimmer im Erdgeschoß des Hauses fanden sie die Leichen zweier Personen, die tödliche Schußverletzungen aufwiesen. Sie wurden als Miss Roberta Stansfield, zweiundzwanzig Jahre, und ihr Onkel Timothy Barlow, neunundvierzig Jahre, identifiziert. Miss Stansfield war die Tochter von Mr. und Mrs. Charles Stansfield, den Besitzern des Hauses. Sie wohnte in Muswell Hill, North London. Mr. Barlow war der Bruder von Mrs. Stansfield, wohnhaft in Wilmsford bei Manchester.

Eine dritte Person weist ebenfalls eine leichte Schußverletzung auf. Die Polizei untersucht zur Zeit eine doppelläufige Schrotflinte, die am Ort des Geschehens gefunden wurde.

Außer Mr. und Mrs. Stansfield und den Verstorbenen hielten sich noch sechs weitere Personen im Haus auf. Bis auf eine gehörten alle zur Familie. Diese Personen werden noch befragt. Die Polizei sucht keine weiteren Personen im Zusammenhang mit der Tat.«

Er sah auf. »Soweit die offizielle Erklärung der Kriminalpolizei, meine Damen und Herren. Sie werden verstehen, daß es in diesem Stadium der Ermittlungen noch Einzelheiten gibt, die ich nicht preisgeben kann, aber ich werde Ihre Fragen, soweit es mir möglich ist, beantworten ... Ja?«

»Ist schon jemand festgenommen worden, Superintendent?«

»Nein.«

»Aber eine Festnahme steht unmittelbar bevor?«

»Das kann ich noch nicht sagen.«

»Aber es wäre dann jemand aus dem Haus?«

»Wenn, dann ja.«

»Können Sie uns sagen, wer sich noch im Haus aufgehalten hat? Einige Namen haben wir bereits.«

»Ich kann Mr. und Mrs. Stansfield bestätigen, aber über andere möchte ich mich lieber nicht äußern.«

»Stimmen einige der veröffentlichten Namen nicht?«

»Ich kenne nicht alle Namen, die veröffentlicht wurden. Ich wiederhole nur, daß es bis auf eine Ausnahme Familienmitglieder waren, die hier gemeinsam Weihnachten gefeiert haben.«

»Wer gehörte nicht zur Familie?«

»Eine mit einem der Familienmitglieder befreundete Person.«

»Freundin?«

»Ja.«

»Können Sie uns etwas über die Art der Verletzungen bei den Opfern sagen?«

Dundee hielt inne und überlegte sich seine Antwort. »Miss Stansfield hatte Verletzungen am Oberkörper. Mr. Barlow weist Wunden am Kopf auf.«

»Waren beide Läufe der Waffe abgefeuert?«

»Ja.«

»Superintendent, zu Mr. Barlows Kopfverletzungen: Können sie dadurch entstanden sein, daß ihm die Waffe in den Mund geschoben wurde?«

»Das ist durchaus möglich.«

»Heißt das, sie *wurde* ihm in den Mund geschoben?«

»Nein. Ich sage nur, daß es möglich ist.«

»Wenn es so war, hat er sie sich selbst hineingesteckt?«

»Da wir nicht wissen, ob es so war, kann ich Ihre Frage nicht beantworten.«

»Sie sagten, eine dritte Person sei verletzt worden. Wer ist das?«

»Ich kann Ihnen das derzeit nicht sagen.«

»Aber die Person muß dabeigewesen sein, als es passierte.«

»Ja. Und hat eine Aussage gemacht.«

»War es ein Mann oder eine Frau?«

»Tut mir leid, aber ich möchte nicht einmal so weit gehen.«

»Wer hat die Polizei verständigt?«

»Mr. Charles Stansfield, der Besitzer des Hauses.«

»Ist er der Verletzte?«

»Auf diese Frage kann ich Ihnen nicht antworten.«

»Können Sie schon etwas zum Motiv sagen?«

»Wir ... gehen verschiedenen Hinweisen nach. Uns wurde von ... gewissen Meinungsverschiedenheiten berichtet.«

»Worum ging es dabei?«

»Sie können von der Polizei kaum erwarten, daß sie sich darüber ausläßt.«

»Wann genau ist das Ganze geschehen?«

»Nach dem, was uns berichtet wurde, sowie nach der medizinischen Untersuchung kurz bevor die Polizei gerufen wurde.«

»Um acht Uhr dreißig?«

»Da sind die ersten Beamten eingetroffen. Der Anruf kam um ...« Dundee beriet sich flüsternd mit dem Pressesprecher »um acht Uhr vierzehn. Ein Streifenwagen war etwa fünfzehn Minuten später beim Haus, und die ersten Kriminalbeamten kamen gegen neun.«

»Passiert ist es demnach ... wann? ... gegen acht?«

»Ungefähr.«

»Waren die Opfer angezogen?«

»Sie trugen Nachtwäsche.«

»Können Sie die genauer beschreiben – die Nachtwäsche?«

Dundee durchschaute sofort das lüsterne Interesse des Sensationsreporters. »Ganz normal«, sagte er. »Außerdem trugen beide Morgenmäntel.«

»Sie waren also nicht nackt?«

»Nein. Die nächste Frage bitte.«

»Mr. Dundee, es wurde berichtet, daß Charles Stansfield möglicherweise in ein illegales Waffengeschäft verwickelt war. Könnte da ein Zusammenhang bestehen?«

»Davon weiß ich nichts. Wir haben allerdings im derzeitigen Ermittlungsstadium noch keine Hinweise auf irgendwelche Einwirkungen von außen.«

»Wie kam die Schrotflinte ins Haus?«

»Sie war ein Weihnachtsgeschenk an Mr. Stansfield von seiner Frau.« Dundee merkte, wie plötzlich das Interesse stieg. »Mr. Stansfield besitzt einen Waffenschein, und die Flinte wurde bei einem lizenzierten Händler gekauft.«

»Dann war es also seine eigene Waffe – das Geschenk seiner Frau –, mit der seine Tochter getötet wurde?«

»Leider ja.« Dundee nickte und stand auf, als der Chief Constable ihn am Arm faßte. »Ich glaube, mehr können wir im Augenblick nicht sagen. Ich möchte noch hinzufügen, wie sehr die Polizei es zu schätzen weiß, daß die Medien sich bisher nicht ungebührlich eingemischt haben, und ich hoffe, das bleibt auch so. Wir wissen, daß Sie Ihre Arbeit tun müssen, aber wir vertrauen darauf, daß Ihnen bewußt ist, welch furchtbare Tragödie sich hier ereignet hat. Sollte es eine Festnahme geben, werden die Press Association und andere Agenturen sofort informiert. Ich danke Ihnen.«

HSA 589569 PAHOME PA 19.36

POLIZEI · Todesfälle · DRINGEND

Ein Sprecher der Polizei in Hertfordshire sagt, daß

Richard Barlow in Verbindung mit dem Tod seines Bruders und seiner Nichte vernommen wird.

HSA 589574 PAHOME PA 19.45

POLIZEI · Todesfälle (Fortsetzung)

Richard Barlow, Redakteur der Zeitung *Post*, wurde heute abend zum Tod seines Bruders Tim Barlow und seiner Nichte Roberta Stansfield vernommen.

Mr. Barlow (49) hat die Weihnachtstage im Haus seiner Schwester und seines Schwagers, Charles und Naomi Stansfield, in Brookmans Park, Hertfordshire verbracht. Weitere Familienangehörige, die als Gäste im Haus waren, haben der Polizei ebenfalls bei ihren Ermittlungen geholfen.

HSA 589577 PAHOME PA 19.50

POLIZEI · Todesfälle · INFO

ACHTUNG NACHRICHTENREDAKTIONEN UND BILDREDAKTIONEN

Ein neues Foto von Richard Barlow kann über PA Pictures abgerufen werden. Die Polizei hat keine Bedenken gegen die Veröffentlichung. Farbfoto (Hochformat) der Opfer Roberta Stansfield und Timothy Barlow (zusammen) ist ebenfalls abrufbereit. Wir versuchen Interviews mit anderen Familienmitgliedern zu bekommen und warten auf eventuelle Festnahmen.

SECHSTES KAPITEL

Was Richard Barlow der Kriminalpolizei von Hertfordshire erzählte, war nicht die Wahrheit, denn er schützte sich vor der eigenen Vergangenheit. Es bleibt eine Geschichte, von der er nie abgegangen ist, weder in Gesprächen mit seiner Familie noch in Interviews durch Vertreter seines eigenen Berufsstandes.

Die Kette der Ereignisse begann gegen zwei Uhr am Morgen des 27. Dezember. Richard war unten geblieben und leerte den Whisky, bevor er in einen unruhigen Schlaf fiel. Alkohol machte ihn depressiv, und als er aufwachte, überkam ihn ein erdrückendes Gefühl, versagt zu haben. Seine Stellung bei der *Post* – Erfolg, Macht und Wichtigkeit, um die seine Selbstachtung kreiste – war in einem Maße bedroht, daß es nur noch eine Frage der Zeit war, bis er sie verlor. Seine Freundin, der letzte Anker für seine schwindende Vitalität, hatte ihn betrogen und gedemütigt. Sein Bruder und seine Schwester hatten den lebenslangen Selbstbetrug um den Mord an ihrem Vater zerstört, hinter dem er sich versteckt hatte. Nachdem so das ganze Gerüst seiner Persönlichkeit zusammengebrochen war, mußte er sich selbst ins Gesicht sehen, und was er da sah, das ertrug er nicht.

Dunkel erinnerte er sich an die Flinte neben der Eingangstür. Er ging benebelt und verwirrt hinaus und holte sie, wobei er auch die Patronen mitnahm, die Charles auf dem Tischchen hatte liegenlassen. Unmöglich zu sagen, ob er an diesem Punkt wirklich die Absicht hatte, sich zu erschießen, aber die Waffe war das greifbare Symbol für den Ausweg des Selbstmords, ein Ausweg, den viele Menschen in einer Lebenskrise zumindest in Betracht ziehen. Sie zu laden öffnete diesen Ausweg weiter, ihr Gewicht in den Händen zu fühlen war wie ein Abwägen der Vorzüge eines sofortigen Todes gegen das Elend von Selbstmitleid und Ruin. Einmal schob er sich tatsächlich die Läufe in den Mund, aber er mußte würgen und zog den Kopf zurück; sicherheitshalber hatte er die Hände sowieso in gebührendem Abstand vom Abzug gehabt. Die pathetische Geste war wieder eine Form des Selbstbetrugs. Ich will es tun ... ich könnte es tun ... es bedeutet den sofortigen Tod ... warum nicht? Andererseits, warum? Warum sich unterkriegen lassen? Wenn die *Post* ihn loswerden wollte, gab es andere Zeitungen, die ihn mit Kußhand nehmen würden. Es waren genug andere junge Frauen im Umlauf. Er hatte die Mittel, es seinen Geschwistern heimzuzahlen; Naomi konnte er über David und Stephanie aufklären, Tim mit der Wahrheit über ihre Eltern konfrontieren. Selbstmord war also eine Dummheit. Dadurch gestärkt, legte er die Schrotflinte auf den Boden, lehnte sich in den Sessel zurück und versank erneut in trunkene Bewußtlosigkeit.

Tim hatte kaum ein Auge zugemacht. Was sein Bruder über ihre Eltern von sich gegeben hatte, setzte ihm zu. Anfangs sagte er sich, daß es nur Richards Lügen waren, aber der hatte gedroht, Mama damit zu konfrontieren, und das wäre unverzeihlich; hinter seinen Ängsten verbarg sich der erschreckende Gedanke, daß es womöglich auch noch wahr sein könnte. Noch ein verlogenes Leben war in Bedrängnis. Kurz nach halb acht hielt er es nicht mehr aus und ging seinen Bruder suchen. Als er Stephanie allein im Bett liegen sah, schlich er die Treppe hinunter; Richard schnarchte in einem Sessel, den Hals unbequem zur Seite geneigt.

»Wach auf!« Tim rüttelte ihn heftig an der Schulter. »Richard! Wach auf!«

»Was?« rief Richard und fuhr erschrocken zusammen, als er sich so hart ins Bewußtsein gerüttelt fühlte; von der plötzlichen Bewegung dröhnte ihm der Kopf. »Großer Gott!« Er griff sich mit beiden Händen an die Schläfen, während Übelkeit ihm in die Kehle stieg.

»Wach auf«, wiederholte Tim drängend. »Ich muß mit dir reden.«

»Zisch ab. Laß mich in Ruhe.«

»Erst wenn du es versprochen hast.«

»Was versprochen?«

»Mama nichts zu sagen ... du weißt schon, was ich meine. Das mit Dad.«

Richard stöhnte. »Wie spät ist es?«

»Das spielt keine Rolle!« Tim rüttelte ihn wieder. »Hör mir zu! Du darfst nichts sagen! Es ist alles Lüge! Wenn du es nicht versprichst, Richard, dann werde ich ... werde ich ...«

»Dann wirst du was?« Richard stieß die Hand seines Bruders ungeduldig weg. »Komm hier nicht hereingeplatzt wie . . . wie . . . ich weiß auch nicht wie. Verpiß dich, und laß mich in Ruhe.«

Tim schnaufte vor Erregung. »Aber du mußt es versprechen. Pfadfinderehrenwort.«

»*Pfadfinderehrenwort?* Himmel, das darf doch nicht wahr sein. Oder bist du genauso besoffen wie ich?«

»Du hattest Zeit zum Ausnüchtern.«

»Dagegen muß ich gleich was tun. Wo ist der verdammte Scotch?«

Tim schubste ihn in den Sessel zurück, als er aufzustehen versuchte. Es machte ihn wütend, körperlich angegriffen zu werden, und er sprang hoch und schlug seinem Bruder auf den Mund.

»Nimm deine verdammten Finger weg! Ich schlag dir die Visage ein!« Er blinzelte beinah überrascht, klammerte sich an die Stuhllehne, als ihm schwindlig wurde, erholte sich wieder und ging schwankend und vor sich hin brummelnd zum Barschrank.

»Blöder Trottel. Scheißpfadfinderehre!«

Er fummelte am Griff der Schranktür, bevor er sie aufbekam und eine leere Karaffe aus Bleikristall herausnahm. »Mist. Leer.«

»Richard!«

»Ach, Himmel – Arsch, halt doch die Fresse und . . .« Er drehte sich um und zuckte erschrocken zusammen. Tim hatte die Schrotflinte vom Fußboden neben dem Sessel aufgehoben und hielt sie auf ihn gerichtet. »Leg das Ding weg, du blöder Hund!«

»Erst wenn du es versprichst.«

Richard hörte die Hysterie in den Worten. »Also gut.

Ich verspreche es, zum Teufel noch mal! Ich verspreche alles, aber ...«

»Klar tust du das.« Tim sah ihn an, als ob ihm gerade etwas klar geworden wäre. »Du versprichst immer alles. Aber du hältst es nicht, stimmt's? Das tust du nie.«

»Was meinst du damit?« Richard war von panischer Angst wie gelähmt, als er das Gesicht seines Bruders sah. »Gut, gut. Großes Pfadfinderehrenwort! Hand aufs Herz. Was zum Teufel muß ich tun, daß du mir glaubst?«

»Gar nichts.« Tim schüttelte den Kopf. »Ich hasse dich, Richard. Ich hasse dich, weil du alle anderen haßt. Du bist ein Zerstörer. Es war deine Idee, Dad umzubringen, und jetzt willst du Mama und mich mit deinen Lügen vernichten. Du bist ... du taugst nicht dazu, mit anständigen Leuten zusammenzuleben.«

»He, nun komm schon. Reg dich ab. Also gut, es tut mir leid, was ich über ...« Richards Blick irrte hastig durchs Zimmer und suchte, hinter welchen Möbeln er Schutz finden könnte. In welchem Zustand er auch Augenblicke zuvor noch gewesen sein mochte, jetzt war er hellwach und begriff, daß sein Bruder immer mehr außer Kontrolle geriet. »Paß mal auf, du legst jetzt dieses Ding hin und ...«

»Tim!« Beide Männer fuhren herum. Von ihrem Gebrüll aufgeweckt, war Naomi heruntergekommen. »Was machst du da?«

Er richtete die Flinte wieder auf seinen Bruder. »Er will Mama Lügengeschichten erzählen. Das darf er nicht.«

»Bring ihn um Himmels willen zur Vernunft!« flehte Richard.

»Bitte, Tim«, sagte Naomi sanft, während sie einen Schritt auf ihn zu machte. »Es ist schon gut. Komm, gib Nimmy das Ding.«

Er wich kopfschüttelnd zurück. »Nein. Du weißt doch, wie er ist. Er ist schlecht. Er war es, der Dad umgebracht hat.«

»Das ist nicht wahr. Du warst es ... sie war es ... wir haben es alle getan!« Richard ergriff die leere Karaffe und schleuderte sie durchs Zimmer, aber sie verfehlte seinen Bruder, krachte in die Äste des Weihnachtsbaumes und zerschlug den Schmuck.

»O mein Gott!«

Naomi drehte sich um, als sie die Stimme hinter sich hörte. »Bleib wo du bist, Roberta. Nein, geh Daddy holen.«

»Aber was ist denn los?«

»Tim ist durchgedreht und ... hol nur Daddy.«

»Ist das Ding geladen?«

»Stell jetzt keine Fragen!« schrie Naomi.

»Ich wüßte, wie man das feststellt«, sagte Tim ruhig. Als er die Flinte wieder hob, warf Richard sich hinter die Couch und begann auf allen vieren zur Tür zu kriechen. »Hol jemanden! Er ist verrückt geworden! Ruf verdammt noch mal die Polizei!«

Tim stieß Naomi zur Seite und stürzte an ihr vorbei. »Es hat keinen Zweck, Richard. Du kannst nicht ewig davonrennen.«

»Hör auf!« Roberta trat vor und stellte sich an den Flügel, genau dahin, wo Richard gerade aus seinem Versteck auftauchen wollte. Naomi schnappte entsetzt nach

Luft. »Tim, leg das Ding weg! Du weißt nicht, was du tust. Du wirst doch Richard nicht erschießen!«

Einen Augenblick hielt Tim inne, da sprang Richard unmittelbar hinter seiner Nichte hoch und versuchte in Panik, die Tür zu erreichen. Tim schwenkte die Flinte seitwärts und folgte seiner Bewegung; Roberta bewegte sich instinktiv mit; dann bebte das ganze Zimmer von einem ohrenbetäubenden Knall. Roberta bekam die volle Ladung ab und wurde an der Einbuchtung des Flügels entlang nach hinten geschleudert, wobei sie mit dem rechten Arm eine Vase umstieß, bevor sie zu Boden fiel. Richard jaulte auf und griff sich mit der Hand an die Wange, wo drei verirrte Schrotkugeln ihn getroffen hatten.

»Nein! Nein! *Nein!*« kreischte Naomi, während sie zu ihrer Tochter stürzte, neben ihr auf die Knie sank und ihren Körper an sich drückte.

Tim starrte auf seine Nichte hinunter. Ihr aquamarinfarbener Morgenmantel war zerfetzt, ihr Gesicht zur Unkenntlichkeit zerrissen. Dann blickte er auf die Flinte in seinen Händen, als versuchte er etwas Unbegreifliches zu verstehen.

»Ich wollte nicht . . .« Die Flinte noch immer in der Hand, machte er ein paar Schritte nach vorn und kniete sich neben seine Schwester. »Es tut mir leid, Nimmy. Es war . . .«

Benommen vor Schock und Ungläubigkeit leistete er keinen Widerstand, als Naomi ihre Tochter sanft auf den Boden legte und ihm die Flinte abnahm. Ohne zu zögern, drehte sie die Waffe um und hielt sie so, daß sie fast sein

Gesicht berührte. Richard, zu keiner Bewegung fähig, schloß nur die Augen, als sie Tims Kopf wegschoß. Danach legte sie die Flinte beiseite und nahm Roberta wieder in die Arme, als ob sie die einzigen Menschen auf der ganzen Welt wären. Auf dem Teppich neben ihnen verfärbten sich die zartlila Seidenblumen aus der umgeworfenen Vase, als das dunkle Blut ihre Blütenblätter tränkte.

Richard hörte plötzlich eilige Schritte die Treppe herunterkommen und trat in die Diele, gerade als Charles an der Tür ankam.

»Geh nicht hinein!« Er packte seinen Schwager beschwörend am Arm. »Ruf die –«

Aber Charles war schon an ihm vorbei. Er blieb einen Augenblick auf der Schwelle stehen und trat dann ins Zimmer. Richard lehnte sich an die Wand, schloß erneut die Augen und öffnete sie erst wieder, als David die Treppe heruntergerannt kam.

»Was zum Teufel war das?«

»Es ist ein Unglück passiert. Mit der Flinte.«

»Großer Gott! Ist jemand verletzt?«

»Ja ... hör zu, dein Vater ist im Moment da drin, und ...« Richard zuckte zusammen, als Florence, gefolgt von Claire, auf der Treppe erschien. Er wandte sich wieder an David. »Keiner darf ins Zimmer. Ich schließe die Tür, und du hältst die Leute auf. Ich komme gleich und helfe dir. Steh nicht herum, tu, was ich dir sage.«

David wandte sich den angstvollen Fragen entgegen, die von der Treppe kamen, während Richard in den Salon zurückging. Charles hatte Naomis Arme von Robertas Körper gelöst und half ihr auf die Füße.

»Nimmst du sie bitte, Richard?« sagte er. Er zeigte keinerlei Hysterie, nur starre Ruhe und betäubten Gram. »Ich rufe die Polizei.«

Naomis Körper fühlte sich wie tot an, als ihr Bruder den Arm um ihre Schultern legte, sie wegführte und die Tür hinter ihnen schloß. Charles Stansfields Miene war starr, als er auf den Körper seiner Tochter hinunterblickte, dann ging er durchs Zimmer und nahm den Telefonhörer auf.

»Die Polizei bitte ... Polizei? Mein Name ist Stansfield, ich rufe von Devon Lane Nummer elf in Brookmans Park an. Hier ist leider ein ... Unglück passiert. Zwei Menschen sind tot. Können Sie sofort kommen? Nein, es ist niemand mehr in Gefahr ... genau, Nummer elf – ›The Larches‹. Ich sorge dafür, daß niemand das Haus verläßt ... ja, rufen Sie bitte einen Krankenwagen. Danke.«

Er legte auf und wählte sofort danach eine andere Nummer. »Mark? Hier Charles Stansfield. Tut mir leid, dich zu stören, aber kannst du sofort kommen? Roberta ist ...« Ein schmerzhaftes Würgen ließ das Wort in seinem Hals steckenbleiben. »Sie ist erschossen worden. Ich bin sicher, daß sie tot ist, aber vielleicht kannst du etwas für Naomi tun. Nein, sonst ist niemand verletzt, außer ... komm einfach her, Mark. Bitte. So schnell du kannst.«

Er legte den Hörer auf und sah keine der beiden Leichen mehr an, als er aus dem Zimmer und zu der übrigen Familie ging.

So war es wirklich.

Angesichts der Tatsache, daß Richard Barlow Zeuge zweier gewaltsamer, blutiger Tode gewesen war, fand Dundee seine Gelassenheit schon fast unheimlich, schrieb sie aber einer starken Persönlichkeit zu. Seine Leute hatten im Lauf des Tages viel über den Ruf des Redakteurs der *Post* erfahren. Mit einer Kopie seiner Aussage in der Hand setzte Dundee sich ihm gegenüber an den Tisch im Verhörzimmer.

»Ich möchte nur noch einige Punkte Ihrer Aussage klären, Mr. Barlow«, sagte er.

Richard nickte. »Was wollen Sie wissen?«

»Sie sagen . . .«, Dundee warf einen Blick auf die erste Seite, ». . . daß Sie am Abend des zweiten Weihnachtsfeiertages nicht ins Bett gegangen, sondern unten im Salon geblieben sind. Warum?«

»Ich hatte ziemlich viel getrunken und bin in meinem Sessel eingeschlafen.«

»Hat niemand Sie zu überreden versucht, ins Bett zu gehen?«

»Nein . . . ich hatte sehr viel getrunken und war wohl, wie ich fürchte, ziemlich ungenießbar. Ich nehme an, daß die anderen mich einfach nicht ansprechen wollten.«

»Ich verstehe . . . und haben Sie die ganze Nacht in dem Sessel geschlafen?«

»Ich erinnere mich dunkel, daß ich ein paarmal aufgewacht bin, aber ich muß dann jedesmal wieder eingeschlafen sein.«

»Bis Ihr Bruder Sie geweckt hat . . . Wann war das?«

»Ich bin nicht ganz sicher, aber es muß wohl gegen acht gewesen sein.«

»Und Sie haben sofort zu streiten angefangen?«

»Ja. Wir hatten am Abend vorher eine Auseinandersetzung gehabt – kurz vor dem Zubettgehen, genaugenommen –, und er knüpfte daran an.«

»Gleich frühmorgens? Dann muß es wohl etwas Ernstes gewesen sein.«

»Für ihn ja. Es ging um unseren Vater.«

»Ihren Vater?« Dundee blickte wieder auf die Aussage. »Ich dachte, Ihr Vater sei tot?«

»Das stimmt auch. Er ist 1959 gestorben.«

»Worum ging dann nach all den Jahren diese Auseinandersetzung?«

Richard zündete sich eine Zigarette an. »Das ist eine lange Geschichte, aber im wesentlichen habe ich meinem Bruder erzählt, daß er mal eine Affäre hatte, als wir noch Teenager waren. Er wußte nichts davon und hat sich ziemlich aufgeregt, als ich das sagte. Er bezichtigte mich der Lüge. Ich sagte ihm, es sei nicht gelogen und unsere Mutter wisse bestimmt davon. Ich meinte, wir könnten sie am nächsten Morgen fragen.«

Dundee lehnte sich auf seinem Stuhl zurück. »Und gleich am nächsten Morgen – offenbar sofort nach dem Aufstehen – war Ihr Bruder noch immer ... deswegen erregt? Wegen einer Sache, die mehr als dreißig Jahre her war?«

»Ja. Dazu müssen Sie etwas über Tim wissen. Nach dem Tod unseres Vaters hat er sich sehr eng an unsere Mutter angeschlossen, ein bißchen die Beschützerrolle übernommen. Offensichtlich hatte er das Gefühl, es würde sie kränken, wenn ich mein Wissen vor ihr erwähnte.«

»Glauben Sie das auch?«

»Ehrlich gesagt, nein. Ich denke, sie wußte wahrscheinlich Bescheid.«

»Dann erscheint die Reaktion Ihres Bruder unter den Umständen übertrieben.«

Richard zuckte die Achseln. »Er hat unsere Mutter wirklich sehr geliebt. Er hatte das Gefühl, daß ich sie irgendwie bedrohte.«

»Hätten Sie es ihr denn erzählt? Ich meine, die Sache mit der Affäre?«

»Wahrscheinlich nicht. Ich war betrunken, als ich gestern abend mit ihm darüber sprach.«

»Ich verstehe.« Dundee nahm wieder die Aussage zur Hand. »Sie sagen, als sie aufwachten, hatte er Mr. Stansfields Schrotflinte in der Hand.«

»Das ist richtig. Charles hatte sie in der Halle neben der Eingangstür stehenlassen.«

»Aber Mr. Stansfield beharrt darauf, daß sie nicht geladen war, als er sie dort hingestellt hat.«

»Das weiß ich genau. Ich war gestern nachmittag mit Charles im Wald, als er sie ausprobiert hat, und ich erinnere mich, daß er sie aufgeklappt über dem Arm getragen hat, als wir zum Auto zurückgingen. Ich habe nicht gesehen, daß er sie danach neu geladen hat.«

»Wie wurde sie dann geladen? Ihr Bruder war doch kein Jäger, oder?«

»Vor ein paar Jahren war er einmal zu einer Lehrertagung in London und hat bei mir gewohnt. Eines Nachmittags hatte ich eine Presseeinladung zur Eröffnung eines Schützenklubs und habe ihn mitgenommen. Dort hat er mit einer Flinte umgehen gelernt, aber ich weiß nicht, ob er je wieder Gelegenheit hatte ...«

»Wann war das, Mr. Barlow?«

»Ich weiß es nicht genau ... vor zehn Jahren vielleicht? Es können auch zwölf sein.«

»Wie hieß dieser Klub?«

»Daran erinnere ich mich nicht.« Richard stippte Asche auf eine Untertasse, die auf dem Tisch stand. »Es war irgendwo in Surrey, glaube ich. Oder Kent. Ich war nie wieder dort.«

»Sie sagen also, daß Ihr Bruder die Flinte geladen haben könnte.«

»Ich wüßte nicht, warum nicht. Es ist kein Kunststück, wenn man einmal weiß, wie es geht.«

»Also gut. Was passierte dann?«

»Steht alles in meiner Aussage.«

»Ich möchte es trotzdem gern noch einmal von Ihnen selbst hören.«

Richard zündete sich eine zweite Zigarette am Ende seiner ersten an, bevor er diese auf der Untertasse ausdrückte.

»Tim hat sich sehr aufgeregt. Er hat mich angeschrien und wild mit der Flinte herumgefuchtelt. Ich habe versucht, ihn zu beruhigen, denn er hatte offensichtlich völlig die Kontrolle über sich verloren. Natürlich wußte ich zu dem Zeitpunkt nicht, ob die Flinte geladen war, aber ich wollte es lieber nicht riskieren, sie ihm wegnehmen zu wollen. Unser Lärm hat dann wohl Roberta aufgeweckt, denn sie kam herunter. Ich weiß nicht warum, aber als Tim sie sah, wurde es noch schlimmer.«

Er hielt inne. »Über die nächsten Minuten weiß ich nicht mehr so genau Bescheid, weil ich solche Angst hatte, um Roberta ebenso wie um mich. Wir beide rückten näher zueinander und versuchten gleichzeitig auf ihn einzureden, um ihn zu bewegen, die Flinte wegzulegen. Ich dachte, wenn wir zum Flügel kämen, könnte ich Roberta vielleicht mit darunterziehen. Es klingt im nachhinein nicht sehr schlau, aber die Umstände waren auch nicht dazu angetan, klare Gedanken zu fassen. Das dumme war, daß wir dafür auf die Tür zugehen mußten, die nach draußen zur Diele führt, und da wurde er richtig hysterisch, also ließen wir es sein. Er weinte – einmal hat er sogar gelacht –, und mir war klar, daß bei ihm etwas ausgerastet war. Dann kam Naomi ins Zimmer und schrie ihn an. Das war der Auslöser. Er richtete die Flinte direkt auf uns beide, und ich wußte, daß er schießen würde. Ich habe Roberta gepackt und wollte mich mit ihr zu Boden werfen, aber . . .«

Er stockte erneut, diesmal mehrere Sekunden lang. Als er wieder sprach, klang es schuldbewußt.

»Ich hätte sie einfach hinwerfen und mich auf sie fallen lassen sollen. So aber hatte ich sie fast wie einen Schild vor mir. Bis auf das hier –«, er faßte sich an die Wange, wo der Arzt seine kleinen Wunden versorgt hatte, »hat sie die volle Ladung abbekommen.«

Er senkte den Kopf und schwieg, Dundee wartete.

»Mir ist klar, daß es schwierig für Sie ist, Mr. Barlow«, sagte er schließlich. »Aber wir müssen eben . . .«

»Ich weiß.« Richard sah wieder auf. »Ist schon gut. Fakten zu sammeln ist ja auch mein Geschäft. Viel mehr gibt es sowieso nicht zu erzählen. Naomi schrie auf und stürzte zu Roberta. Ich war so betäubt, daß ich nur dastand und zu nichts mehr fähig war. Tim ... da muß ich mal überlegen. Er rührte sich zuerst gar nicht, dann ging er zu Naomi und blieb neben ihr stehen. Er sagte: »Nimmy« – ein Kosename, den er schon in unserer Kinderzeit für sie hatte –, und sie sah ihn nur an. Sie hielt Roberta in den Armen. Einen Moment lang stierten sich die beiden nur an, dann drehte er die Flinte um und steckte sich die Läufe in den Mund. Das war's. Er hat nicht gezögert, und keiner von uns beiden hätte ihn zurückhalten können.«

Dundee nickte. »Danke, Mr. Barlow. Nur noch ein paar Punkte. Ihre Fingerabdrücke waren auf der Schrotflinte. Haben Sie die Waffe nachher aufgehoben?«

»Nein, aber die Abdrücke stammen wahrscheinlich vom Nachmittag, als ich mit Charles im Wald war. Die seines Sohnes müßten Sie eigentlich auch gefunden haben.«

»Und Mrs. Stansfield? Ist sie auch dabeigewesen, oder hat sie die Flinte nach der Tat aufgehoben?«

»Nein, aber sie hat Charles die Flinte zu Weihnachten geschenkt. Er mußte als Besitzer des Waffenscheins zwar mitgehen, aber Naomi hat sie bis Weihnachten für ihn aufgehoben. Es klingt verrückt, aber so haben sie es gemacht. Natürlich hat sie das Ding wahrscheinlich beim Einpacken in der Hand gehabt.«

Dundee fiel auf, daß Richard Barlow auf alles eine vollständige Antwort parat hatte. So etwas war zwar durchaus möglich, aber unmittelbar nach einem traumatischen Erlebnis war es immerhin ungewöhnlich.

»Ich habe soeben einen ersten Bericht des Pathologen bekommen«, sagte er. »Demnach lassen die Verletzungen Ihres Bruders nicht unbedingt darauf schließen, daß er sich die Flinte in den Mund gesteckt hat.«

»Er hat sie sich eindeutig in den Mund gesteckt«, wiederholte Richard. »Aber ich erinnere mich, daß seine Hände zitterten. Er könnte gezuckt haben, als er abdrückte, und die Ladung ist ihm ins Gesicht gegangen. Ich weiß, daß ich die Augen zugemacht habe, als ich sah, was er vorhatte.«

»Ihre Aussage lautet also, daß Ihr Bruder in einem unkontrollierten Wutausbruch, der Ihnen galt, seine Nichte versehentlich erschossen hat. Und dann hat er sich selbst erschossen.«

»So war es. Ich weiß nicht, was meine Schwester Ihnen erzählt hat, aber sie dürfte wohl kaum in der Lage sein, zusammenhängend darüber zu reden.«

»Im Augenblick nicht«, bestätigte Dundee und stand auf. »Ich glaube, in dieser Phase haben wir keinen weiteren Grund, Sie länger aufzuhalten, und Sie wollen sicher zu Ihrer Familie zurück. Ich muß Sie aber bitten, sich zu unserer Verfügung zu halten, falls wir noch Fragen haben sollten ... Wann wollten Sie nach London zurückfahren?«

»Eigentlich heute, aber ich bleibe noch ein bißchen.«

»Für alle Fälle haben wir ja Ihre Adresse. Ich danke Ihnen, Mr. Barlow.«

In seinem Büro las Dundee noch einmal alle Aussagen durch, geschriebene Worte, ohne die Tränen und den Kummer, die sie begleitet hatten. Es gab nichts, was einen

Zweifel auf Richard Barlows Geschichte geworfen hätte; Meinungsverschiedenheiten waren im Spiel gewesen, Spannungen, zuviel Alkohol. Charles Stansfield hatte gesagt, ihm sei aufgefallen, daß es zwischen seiner Frau und ihren Brüdern Reibereien gegeben habe, wofür er den Grund aber nicht herausfinden konnte. Es fehlte noch Naomis Aussage. Das Problem war, daß sie offenbar in einen Zustand katatonischer Trance gefallen war und sich weigerte, mit irgend jemandem zu sprechen; die Familie sagte, so sei sie schon gewesen, seit Richard sie aus dem Salon geführt habe. Ihr Arzt hatte versichert, sie sei nicht in der Lage, verhört zu werden, und konnte nicht vorhersagen, wann sich das ändern würde; sie hatte Beruhigungsmittel bekommen und war ins Krankenhaus gebracht worden.

»Na?« sagte Dundee zu seinem Sergeant. »Unfall und Selbstmord? Mord und Selbstmord? Zwei Morde? Suchen Sie sich was aus.«

»Was meinen Sie, Sir?«

»Es ist so unvorstellbar, daß man alles meinen kann. Nette, achtbare, gesetzestreue Familie verbringt Weihnachten zusammen, und am Ende sind zwei von ihnen in Stücke geschossen. Nicht gerade ein Fall, bei dem man auf den ersten Blick sieht, was los war. Aber eines sage ich Ihnen. Harmlose Grundschullehrer mittleren Alters wedeln nicht mit Schrotflinten herum, wenn sie nicht einen verdammt triftigen Grund dafür haben. Ich wüßte gern, was dieser Grund war.«

»Er hat sich mit seinem Bruder gestritten.«

»Wegen einer Affäre, die sein Vater in den fünfziger

Jahren hatte?« meinte Dundee wegwerfend. »Da muß mehr dahinter sein. Das Problem an der Sache ist, daß man an solche Familien, wenn sie erst ihre Reihen schließen, so unheimlich schlecht herankommt. Fürs erste erzählt unser einziger Augenzeuge eine plausible Geschichte, die zu den Fakten paßt, die wir haben.«

»Was ist mit diesem illegalen Waffengeschäft, in das Stansfield angeblich verwickelt war?«

Dundee schüttelte den Kopf. »Vergessen Sie's. Die von Special Branch sagen, er habe sich sofort mit ihnen in Verbindung gesetzt, als er Unrat witterte, und er sei völlig sauber. Außerdem wären die Typen, falls da eine Verbindung bestände, darauf aus gewesen, ihn umzubringen, nicht seine Tochter und seinen Schwager.« Er tippte auf die Papiere auf seinem Schreibtisch. »Und Richard Barlows Version ist so annehmbar wie jede andere, die sich irgendwer ausdenken könnte.«

»Glauben Sie ihm?«

Dundee hob die Schultern. »Ich bin mir nicht ganz sicher. Ich bin sehr gespannt auf das, was Mrs. Stansfield uns erzählen wird, wenn sie erst dazu in der Lage ist. Bis dahin setzen wir unsere Ermittlungen fort. Vielleicht war es ja so, wie er es dargestellt hat.«

HSA 581702 PAHOME PA 21.04
POLIZEI · Todesfälle (Fortsetzung)
Chief Superintendent Michael Dundee teilte heute abend mit, daß Richard Barlow nach seiner Vernehmung entlassen wurde. In einer Erklärung an Press Association wurde hinzugefügt, die Polizei habe eine

Erklärung für die Todesfälle und die Sache befinde sich nun in der Hand des Coroners. Die Ermittlungen laufen weiter, aber Festnahmen werden nicht erwartet.

Die Berichte über die gerichtliche Untersuchung des Todes von Roberta Stansfield und Tim Barlow enthalten die offizielle Erklärung für die Geschehnisse; beide beruhen fast ausschließlich auf dem, was Richard vor Gericht aussagte. Beide Male wurde er vom Coroner in die Zange genommen, aber er wich nicht von seiner Aussage vor der Polizei ab. Naomi, die einzige weitere Zeugin, befand sich in der psychiatrischen Abteilung einer Privatklinik in Hampstead, und ein medizinisches Gutachten sprach ihr die Fähigkeit ab, vor Gericht auszusagen. Nach Abschluß des Verfahrens wurde Michael Dundee angewiesen, die Akten beider Todesfälle zu schließen; er denkt noch oft darüber nach, hat aber nie einen Grund gesehen, die Ermittlungen wieder aufzunehmen.

Naomi ist immer noch im Krankenhaus. Nach ihrer Einlieferung fiel dem Personal auf, daß sie sich immer aufregte, wenn man sie mit Mrs. Stansfield ansprach; diese Ausbrüche hörten auf, als Charles vorschlug, man solle sie Naomi Barlow nennen. Sie spricht noch immer nicht, aber gelegentlich hält sie irgend jemanden an, offenbar wahllos – eine Schwester, eine Putzfrau, einmal einen Elektriker, der eine Lampe reparieren wollte –, und sagt nur einen einzigen, beschwörenden Satz: »Ich habe meinen Vater getötet.« So geschickt man sie auch befragt, mehr sagt sie nicht. Ihr Psychiater hat mit Charles darüber gesprochen, und der hat ihm das Wenige erzählt, was er weiß. Beide sind als intelligente Männer zu dem Schluß gekommen, daß die Ursache eine Verwirrung in einem unzugänglichen Teil ihrer Erinnerungen sein muß, die mit Harolds Tod in einer Zeit, als sie noch ein empfindsamer Teenager war, dem traumatischen Erlebnis mit Roberta und Tim sowie möglicherweise mit Charles' Vater zu tun hat, der um dieselbe Zeit im Sterben lag. Als Charles das gegenüber Richard erwähnte, war dieser ganz seiner Ansicht und fügte hinzu, seiner Meinung nach könne eventuellen weiteren Äußerungen seiner Schwester kein großes Gewicht beigemessen werden.

Florence wohnt in der Devon Lane; wenn Charles das Haus verkauft, will er ihr eine Wohnung in der Nähe der Klinik kaufen, in der Naomi ist. Sie besucht ihre Tochter jeden Nachmittag, und dann sitzen die beiden in Naomis Zimmer, oder wenn das Wetter gut ist, gehen sie Arm in Arm auf dem Gelände spazieren. Florence spricht unablässig mit Naomi, bekommt aber nie eine Antwort; es ist nicht einmal sicher, ob Naomi überhaupt weiß, wer sie ist. Florence hat entdeckt, daß mit nachlassender Trauer ihr Schuldgefühl zunimmt. Sie war so sicher gewesen, daß sie und Harold ihre Kinder anständig erzogen hätten, aber sie glaubt, daß etwas so Schreckliches irgendwie auch ihre Schuld sein muß, und sie wirft sich vor, daß sie sich nach dem Tod ihres Vaters nicht genügend um sie gekümmert hat.

Claire hat keinen Kontakt mehr mit der Familie ihres Mannes und sich zu guter Letzt in einen Mann verliebt, den sie schon seit einigen Jahren kennt; eines Tages wird sie es ihm sagen. Sie hat nicht um Tim getrauert, und in ihrem Haus gibt es inzwischen nichts mehr, was sie an ihn erinnern würde; sogar die Fotos des kleinen Harry sind alle beseitigt. Niemand versteht das, und einige Freunde glauben, daß sie entweder verrückt wird oder unentschuldbar grausam geworden ist. Aber die Kinder im Tageskindergarten von Wilmsford vergöttern ihre Tante Claire.

Richard ist immer noch bei der *Post*, aber nicht mehr als Redakteur. Daphne Byron wurde vom Vorstand überstimmt, als sie für seine Kündigung plädierte; statt dessen wurde er zum Mitherausgeber befördert, ein Titel, der Außenstehende beeindruckt, in Journalistenkreisen aber als Abstellgleis für unbrauchbar gewordene Mitarbeiter gilt. Es wird nur noch von ihm erwartet, daß er sich ab und zu in der Redaktion blicken läßt, und die meiste Zeit sitzt er mit seinen eigenen Altersgenossen irgendwo bei einem Gläschen, wo sie in längst vergessenen Geschichten schwelgen und einander bestätigen, daß sie einst die Löwen waren. Von seinem Nachfolger wird er von oben herab behandelt, was er nicht leiden kann. Harold Barlows Kinder sind jedes auf seine Weise tot.

Nach dem Weihnachtsfest schien Charles' Vater mehrere Wochen lang verwirrt und traurig, daß Naomi und Roberta ihn nicht mehr besuchen kamen, dann glitt er in eine noch tiefere Dämmerung, in der er sanft entschlief. Sein Sohn und sein Enkel waren die einzigen Trauernden bei seiner Beerdigung. Charles Stansfield schreibt nicht mehr Tagebuch; es gibt nichts mehr in seinem Leben, was festzuhalten ihm wert erscheint.

Barbara Vine im Diogenes Verlag

»Barbara Vine alias Ruth Rendell ist in der englischsprachigen Welt längst zum Synonym für anspruchvollste Kriminalliteratur geworden.«
Österreichischer Rundfunk, Wien

»Ihre Romane spüren den finstersten Besessenheiten, den Obsessionen, Zwängen und emotionalen Abhängigkeiten, den Selbsttäuschungen und Realitätsverlusten von Liebes- oder Haßsüchtigen nach. Barbara Vine: die beste Reiseführerin nach Tory-England und ins Innere der britischen Kollektivseele.«
Sigrid Löffler/profil, Wien

Barbara Vine (i.e. Ruth Rendell) wurde 1930 in London geboren, wo sie auch heute lebt. Sie arbeitete als Reporterin und Redakteurin für verschiedene Magazine. Seit 1965 schreibt sie Romane und Stories, die verschiedentlich ausgezeichnet wurden.

Die im Dunkeln sieht man doch
Roman. Aus dem Englischen von Renate Orth-Guttmann

Es scheint die Sonne noch so schön
Roman. Deutsch von Renate Orth-Guttmann

Das Haus der Stufen
Roman. Deutsch von Renate Orth-Guttmann

Liebesbeweise
Roman. Deutsch von Renate Orth-Guttmann

König Salomons Teppich
Roman. Deutsch von Renate Orth-Guttmann

Astas Tagebuch
Roman. Deutsch von Renate Orth-Guttmann